NAPOLEÃO
E O REBELDE

MARCELLO SIMONETTA & NOGA ARIKHA

NAPOLEÃO
E O REBELDE

A história da família Bonaparte e do conflito entre
o imperador e seu irmão mais novo

Tradução de
HELOÍSA MOURÃO

1ª edição

EDITORA RECORD
RIO DE JANEIRO • SÃO PAULO
2018

CIP-BRASIL. CATALOGAÇÃO NA PUBLICAÇÃO
SINDICATO NACIONAL DOS EDITORES DE LIVROS, RJ

S618n
Simonetta, Marcello, 1968-
   Napoleão e o rebelde: A história da família Bonaparte e do conflito entre o imperador e seu irmão mais novo / Marcello Simonetta, Noga Arikha; tradução de Heloísa Mourão. – 1ª ed. – Rio de Janeiro: Record, 2018.

   Tradução de: Napoleon and the rebel
   Inclui índice
   ISBN 978-85-01-40030-7

   1. Napoleão I, Imperador dos franceses, 1769-1821. 2. Guerras napoleônicas, 1800-1815. 3. França – História militar – 1789-1815. I. Arikha, Noga. II. Título.

14-14847

CDD: 940.27
CDU: 94(44)

Copyright © Marcello Simonetta e Noga Arikha, 2011

Título original em inglês: Napoleon and the rebel

Todos os direitos reservados. Proibida a reprodução, armazenamento ou transmissão de partes deste livro, através de quaisquer meios, sem prévia autorização por escrito.

Texto revisado segundo o novo Acordo Ortográfico da Língua Portuguesa.

Direitos exclusivos de publicação em língua portuguesa para o Brasil adquiridos pela
EDITORA RECORD LTDA.
Rua Argentina, 171 – 20921-380 – Rio de Janeiro, RJ – Tel.: (21) 2585-2000, que se reserva a propriedade literária desta tradução.

Impresso no Brasil

ISBN 978-85-01-40030-7

Seja um leitor preferencial Record.
Cadastre-se em www.record.com.br
e receba informações sobre nossos lançamentos e nossas promoções.

Atendimento e venda direta ao leitor:
mdireto@record.com.br ou (21) 2585-2002.

SUMÁRIO

Agradecimentos	7
Prefácio	9
1. Juventude (1775-1799)	15
2. Diplomacia (1800-1802)	75
3. Amor (1802-1803)	131
4. Exílio (1804-1807)	181
5. Império (1808-1815)	223
Epílogo (1815-1840)	277
Notas	305
Bibliografia	319
Índice	325

AGRADECIMENTOS

Em primeiro lugar, queremos agradecer à condessa Albalisa Faina por conceder-nos generosamente o acesso ao Archivio Faina em Perugia, um tesouro de documentos sobre os Bonaparte. Também somos gratos ao padre Abele Calufetti, do Archivio dei Frati Minori di Lombardia, em Milão, e a Roberto Lanzi por partilhar suas fotos digitais de ambos os arquivos.

Um agradecimento especial a Massimo Colesanti, presidente da Fondazione Primoli, e à valente arquivista Valeria Petitto, por seu firme apoio; bem como à sua vizinha de porta, Giulia Gorgone, diretora do Museo Napoleonico, que compartilhou seus vastos conhecimentos sobre a família Bonaparte.

Pierre Rosenberg e Marc Fumaroli escreveram calorosas cartas de recomendação para que tivéssemos acesso, respectivamente, aos Archives Diplomatiques do Ministère des Affaires Etrangères e da Bibliothèque de l'Institut de France, em Paris. Sylvie Biet foi muito útil quando consultamos o Fonds Masson na Bibliothèque Thiers, em Paris. Inge Dupont e Maria Molestina nos ajudaram na consulta aos autógrafos dos Bonaparte na Morgan Library and Museum, em Nova York. Patricia Tyson Stroud sugeriu gentilmente a importância dos documentos de Mailliard nos manuscritos e arquivos da Biblioteca da Universidade de Yale. A saudosa Geneviève Madec-Capy nos transmitiu seu entusiasmo pela vida e pelas obras de Lethière.

Maria Teresa Caracciolo e Isabelle Mayer-Michalon em Paris foram parceiras maravilhosas na pesquisa e na redação do catálogo *Un homme libre* para a exposição sobre Lucien no Musée Fesch, em Ajaccio, 2010. Ludovica Cirrincione D'Amelio e Angelica Zucconi nos deram bons conselhos em Roma durante a excelente *amatriciana* de Memmo. Olivier Bernier em Nova York, Peter Hicks na Fondation Napoléon em Paris e Louis-Napoléon Bonaparte Wyse em Bruxelas nos forneceram dicas úteis durante o curso da pesquisa. Christophe Leonzi nos forneceu o nome atual e a receita para o doce corso que Lucien amava.

Somos gratos à nossa agente, Elizabeth Sheinkman da Curtis Brown, por acreditar neste livro e pelo entusiasmo com que ela se dedicou a encontrar um lar para ele. Nossos editores da Palgrave Macmillan, Alessandra Bastagli, que adquiriu o manuscrito e editou seu início, e Luba Ostashevski, que terminou o trabalho com firmeza, ajudaram-nos a melhorar o primeiro rascunho. Gostaríamos também de agradecer a Debby Manette por seu preciso copidesque.

Começamos a escrever no verão de 2008, na casa siciliana de Gea Schirò e Alessio Planeta, a quem agradecemos por sua magnífica hospitalidade. Em seus estágios iniciais, o texto teve o benefício dos generosos e perspicazes conselhos editoriais de Joan Juliet Buck e Marie d'Origny, ambas amigas e leitoras maravilhosas.

Não teríamos sequer começado a escrever este livro se Jonathan Kagan não tivesse comprado o quadro de Lethière que representa Lucien e Alexandrine. Sua paixão e seu conhecimento de assuntos artísticos, literários e políticos têm sido uma constante inspiração para nós, assim como foi o afetuoso encorajamento de Ute Wartenberg Kagan.

Este livro é dedicado a um saudoso pai e a uma nova criança: Avigdor Arikha e nosso filho, Vigo Luciano. O primeiro nos deixou pouco antes de poder conhecer o outro, que nasceu assim que o livro foi concluído, em um momento de grande tristeza e muita alegria.

PREFÁCIO

Este livro começou com uma pintura. No verão de 2005, um colecionador de Nova York adquiriu o retrato incomum, erótico, de um casal em uma sala decorada para parecer antiga. O artista, um francês mestiço chamado Guillaume Guillon Lethière da ilha caribenha de Guadalupe, pintou uma mulher sensual, curvilínea, languidamente deitada num divã, sua nudez mal oculta por uma gaze fina, sob a qual estavam visíveis seus pelos pubianos — surpreendente para uma obra neoclássica como aquela. O homem, belo e moreno, o queixo apoiado na mão direita, contempla com gravidade, e desejo, a beldade reclinada; sua mão esquerda repousa sobre um pergaminho parcialmente desenrolado. Uma coroa de louros murchos repousa a seus pés; o perfil de um sátiro surge no canto esquerdo. Os nomes dos dois amantes estão inscritos em grego sob o divã: Alexandra e Lukiano.

Verificou-se que a pintura era um retrato duplo de Lucien Bonaparte, irmão de Napoleão, e Alexandrine de Bleschamp, então sua amante; mas a história por trás deste quadro permaneceu um mistério. Quando começamos a investigar, percebemos o quanto havia por desvendar. Lucien é creditado por historiadores por seu papel crucial no golpe que levou Napoleão ao poder, mas pouco se diz a seu respeito depois disso, porque ele não foi um personagem central na Europa napoleônica. Sua história, que é também a de Alexandrine — que se tornou sua esposa contra a vontade de Napoleão —, não foi devidamente contada, porque é a história de um homem que escolheu levar uma vida privada, em parte por causa do amor.

No entanto, Lucien contou sua própria história em suas longas e detalhadas *Mémoires*. Um primeiro volume foi publicado durante sua vida e outra edição em três volumes apareceu mais tarde, em 1883. Mas o editor, um coronel aposentado chamado Theodore Iung, em seu afã de demonstrar que o autor era um "inimigo da verdade, como seus irmãos", não publicou a obra integralmente.[1] Nós tínhamos de consultar o manuscrito e verificar o que ficara de fora. Em uma manhã de novembro de 2007, fomos aos arquivos do Quai d'Orsay, o Ministério das Relações Exteriores da França, onde encontramos os três rolos de microfilme contendo *Mémoires* de Lucien Bonaparte (ironicamente numerados como 1814, 1815 e 1816, os anos do declínio napoleônico e do início da Restauração). Começamos a examinar algumas passagens do texto e, percebendo que estavam ausentes na edição de Iung, encomendamos uma cópia digital do microfilme. Após examiná-lo em detalhe, constatamos que Iung omitira cerca de metade do texto original.

Foi um choque: as páginas cortadas por Iung e ignoradas por historiadores subsequentes contêm detalhes fascinantes e assombrosos, recriando todo um mundo que, como resultado, permaneceu oculto por quase duzentos anos. Extensas passagens que recontam episódios da adolescência, da juventude e da maturidade de Lucien, e que descrevem seus amores e ódios, tinham sido apagadas. Mais grosseiramente, o editor ignorou inúmeras histórias sobre o relacionamento de Lucien com Napoleão, com seus outros irmãos e cunhados, com sua mãe e seus filhos. Ao longo das *Mémoires* inéditas, vemos Lucien pensando, temendo, amando, zombando, questionando, descobrindo, planejando. Ele oferece seu ponto de vista e opinião sobre todos na família, sobre condes e príncipes encontrados na Espanha e na Itália, sobre os experientes políticos franceses Talleyrand e Fouché, sobre artistas e escritores.

No entanto, uma grande decepção para nós foi que a descrição do primeiro encontro de Lucien com Alexandrine, que tínhamos a esperança de localizar nestes documentos, não aparecia em lugar algum. A chave para a pintura ainda não havia emergido. Por algumas semanas, nós nos perguntamos como podia ser assim. Não parecia possível que a alma apaixonada e stendhaliana que foi Lucien jamais tivesse escrito

PREFÁCIO

sobre o momento que mudara sua vida. Talvez tivesse destruído esta passagem íntima, num ímpeto de raiva ou vergonha; ou ela o fez. Ou talvez os documentos estivessem escondidos em outro lugar. Havia algum tempo que sabíamos que um ramo da família italiana de Lucien, os Faina, herdara algumas obras de arte importantes, bem como cartas cujos originais haviam sido confiscados por Napoleão III, que mandou destruí-los tão logo Alexandrine morreu em 1855. Provavelmente ele tinha uma boa razão para fazê-lo, já que sua pretensão ao trono repousava no fato de que era filho de Louis, um dos irmãos Bonaparte, com Hortense, filha do primeiro casamento de Joséphine Beauharnais — e é provável que Louis não fosse, na verdade, seu pai.

Nós enfim rastreamos os herdeiros da família Faina, que vivem em Milão. Eles gentilmente nos enviaram dois robustos volumes datilografados contendo resumos detalhados dos materiais preservados em seus arquivos: centenas de cartas trocadas entre os membros da família por mais de um século, desde o início do século XIX ao início do século XX. Muitas eram cartas escritas ou recebidas por Lucien, Alexandrine, seus filhos e netos, e todas eram inéditas. Contudo, havia mais surpresas pela frente: no final do segundo volume enviado por eles, havia uma pequena seção de "escritos literários" do prolífico casal; consistia em uma lista de obras e itens simplesmente listados como fragmentos das *Mémoires*.

Era lógico que precisávamos examinar estes fragmentos, então marcamos uma data para visitar o arquivo, que estava guardado na antiga propriedade da família Faina, nos arredores de Perugia. A condessa Albalisa Faina, *née* Roncalli, uma distinta senhora na casa dos 70 anos, recebeu-nos calorosamente e nos levou a um prédio próximo, abrindo as portas para o empoeirado arquivo da família. Pegamos algumas pastas volumosas das prateleiras e, eletrizados, começamos a folheá-las. Uma das primeiras que abrimos era o fragmento atado das *Mémoires*, com a caligrafia com que nos tornáramos íntimos desde os documentos do Quai d'Orsay. E lá estava, num pequeno caderno: o relato em primeira pessoa de Lucien sobre seu encontro com Alexandrine.

Antes de morrer, Alexandrine conseguiu guardar os documentos mais particulares da família em algum lugar oculto, provavelmente

12 NAPOLEÃO E O REBELDE

prevendo as ações de seu sobrinho imperial, Napoleão III. Sua cautela foi recompensada, pois ela conseguiu impedir a destruição de muitos documentos que lançam luz sobre sua própria vida e a de seu amado esposo, Lucien.

∞

As *Mémoires*, publicadas ou não, são a principal fonte para nosso livro. Uma vez que a história de Lucien jamais foi contada em sua totalidade, e que sua voz humana foi afogada pela história, decidimos respeitar seu relato, tentando ser o mais fiel possível às suas vívidas lembranças. A memória pode ser autocomplacente e Lucien não foi exceção neste aspecto; contudo, em vez de julgá-lo como seus detratores muitas vezes fizeram, optamos por deixar o memorialista falar e ser ouvido. Em geral, nós lhe demos o benefício da dúvida, exceto quando tínhamos uma prova positiva de que a memória ou relato estava amplamente equivocado. Como historiadores, revisamos sua datação e corrigimos omissões voluntárias e exageros. Ao longo do processo, inserimos correções que levam em conta os fatos que encontramos através de estudo histórico, de outros documentos em primeira mão e dos testemunhos, memórias e cartas de seus contemporâneos.

Também decidimos manter inalterada a maior parte de seus diálogos com Napoleão e outros, anotados pelo próprio Lucien (ele usava abreviações para transcrevê-los), porque são preciosos por sua qualidade de primeira mão, independentemente de sua veracidade. A vida em família — especialmente a vida na família Bonaparte — é algo complicado, e Lucien tinha o talento de captar a seus familiares e até a si mesmo com a guarda baixa, fornecendo às gerações futuras revelações sobre Napoleão e os círculos de poder à sua volta.

É graças ao testemunho de Lucien que pudemos esboçar um retrato íntimo da família que foi o epicentro da vida europeia nas primeiras décadas do século XIX. A história de Lucien e Alexandrine nos oferece a oportunidade de refletir sobre os valores adotados por aqueles que estão nas fronteiras do poder, muitas vezes contra todas as probabilidades, e revela como paixões particulares podem sobrepujar a política. Lucien é uma figura incomum: um político ambicioso que transformou a noção de vida privada em uma declaração política; um homem brilhante que foi inconstante em suas paixões, mas cujas paixões foram absolutas; um homem de princípios que podia contradizer-se; um escritor elegante que permanece desconhecido como figura literária; um mulherengo cuja eventual devoção a uma mulher o empurrou para a margem da história. Apesar de todos os seus defeitos, nós o vemos como o mais humanamente admirável dos irmãos Bonaparte. Esperamos ter-lhe feito justiça nestas páginas.

1

JUVENTUDE

(1775-1799)

Existe ainda na Europa um país capaz de legislação: é este a ilha de Córsega. A valentia e a constância com as quais este bravo povo tem recobrado e defendido sua liberdade bem mereciam que algum sábio lhe ensinasse conservá-la. Tenho certo pressentimento de que um dia aquela pequena ilha assombrará a Europa.

— Jean-Jacques Rousseau, *Do contrato social*

A ORANGERIE NO CHATEAU DE ST. CLOUD, A POUCOS QUILÔMETROS DE PARIS

10 de novembro de 1799 (19 Brumário, ano VIII no calendário da Revolução)[1]

Moreno e magro, Lucien Bonaparte, presidente do Conselho dos Quinhentos, estava sentado na câmara lotada do castelo de St. Cloud. Usava o traje do cargo — uma toga vermelha sobre terno e um lenço revolucionário atado ao redor da cintura — e observava com atenção o acalorado debate entre os membros do conselho. No início daquela tarde, Lucien, aos 25 anos, provocara a discussão quando anunciou a demissão de Paul Barras, líder do Diretório, que vinha governando a França com crescente inépcia desde 1795. A carta oficial de renúncia de Barras, tão notavelmente contida para um homem famoso por sua crua ambição, foi recebida com desânimo e descrença entre os homens ali reunidos.

Os oradores se acotovelavam por um lugar, os ânimos estavam exaltados e as vozes, estridentes. Os muitos argumentos que Lucien ouvia eram contraditórios, e a sessão parecia seguir para um impasse. Ele desejava uma votação rápida sobre a resolução que entregaria poderes de governo a seu irmão mais velho, o general Napoleão Bonaparte. Após uma década de golpes violentos e horrendos banhos de sangue, de um governo despótico e instabilidade interna, de imensa privação e guerras brutais, o brilhante líder militar assumiria e garantiria que a França fosse por fim governada justa e corretamente. O plano fora gestado por muito tempo e se desdobrava agora, embora mais lentamente que o previsto.

De repente, as portas no extremo da câmara do conselho se escancararam. Lucien era gravemente míope e, àquela distância e à luz fraca de novembro, só divisou as silhuetas de quatro granadeiros uniformizados escoltando um homem baixo em direção à tribuna. Ouviu gritos e berros furiosos dirigidos ao intruso: "Abaixo o tirano! Abaixo o ditador!"

O homem baixo era o general Bonaparte. A sessão se arrastara por tempo demais: ele sentiu o impulso de encurtar os inúteis debates e assumir, como planejado. Mas a câmara do Conselho dos Quinhentos não era um campo de batalha e soldados armados não eram permitidos no salão. Napoleão tentou abrir seu caminho à tribuna, mas encontrou uma obstinada resistência. Os membros do Conselho gritavam para ele com intensidade crescente. Alguns homens se aproximaram desembainhando punhais, um deles até rasgando a farda de um granadeiro. A turba deu socos e empurrou o general. Napoleão optou por uma retirada lenta, recuando em direção à saída, aparentemente machucado, um pouco de sangue correndo de sua face esquerda. Foi um grosseiro erro tático, que provavelmente interromperia seu avanço e favoreceria os inimigos dos Bonaparte. Pouco antes, a vitória parecia certa. Agora, assomava-se uma derrota espetacular. Assim que o intruso indesejável deixou o salão, o clima entre os conselheiros se alterou dramaticamente.

Ouviram-se gritos mais altos: "Proscrição! Moção para proscrição!" Lucien conhecia muito bem o significado deste linguajar revolucionário:

era um clamor pela prisão imediata e punição capital. Em questão de minutos, tudo parecia ter desabado. Após semanas de infinitos preparativos, a aparição prematura de Napoleão o transformava em um desonroso bode expiatório. E, por uma ironia trágica, Lucien se viu na posição de ter de pôr em votação a sentença de morte de seu próprio irmão, tão clamorosamente exigida pela multidão furiosa.

Relutante, Lucien se pôs de pé e se dirigiu lentamente ao púlpito, onde foi precedido por alguns oradores verborrágicos. Precisava retardar a votação da sentença capital de seu irmão. A única saída era exercer seu direito de falar como membro do Conselho, e não como seu presidente. Eventualmente, entre insultos e ameaças, assumiu a tribuna e assim falou: "Eu me oporei a esta moção. Suspeitas levantadas de forma tão leviana acarretam loucos excessos. Uma irregularidade menor, ainda que formalmente equivocada, não pode apagar tantos triunfos, tantos serviços prestados à nossa pátria."

Um estrondo de murmúrios e protestos o interrompeu: "O tempo se esgota! Vamos votar a proposição!"

Lucien tentou continuar seu discurso, mas sua famosa eloquência não foi páreo para o caótico Conselho. Já que seu apelo para silenciar as paixões fracassou, despiu a toga dramaticamente e a deixou na tribuna, dizendo: "Não resta nenhuma liberdade aqui. Seu presidente, em sinal de luto público, está abandonando o símbolo da magistratura popular."

Este gesto teve um efeito maior que qualquer palavra sua. Muitos representantes o convidaram a tomar de volta seu lugar. Em vez disso, temendo por sua vida naquele caos, Lucien desceu da tribuna para o meio da sala, onde avistou um grupo de amigos e apoiadores. Uma dúzia de soldados liderados pelo general Frégeville o cercou e escudou. Alguns membros do Conselho gritaram: "Sigamos nosso presidente!" Outros gritavam de volta: "A liberdade foi violada!"

Lucien conseguiu dizer ao general que em breve não teria condições de responder pela situação no Conselho e que Napoleão deveria enviar alguém para resgatá-lo dentro dos próximos dez minutos. Depois, Lucien conseguiu sair para o pátio onde havia tropas reunidas à espera de ordens, e onde Napoleão aguardava, montado em um cavalo. Lucien também montou o cavalo de um dragão da guarda e demandou um rufar de tambores. Quando a bateria parou, um profundo silêncio se seguiu e, no crepúsculo iminente, com voz forte e entusiástica, Lucien se dirigiu aos soldados:

CIDADÃOS! A maioria do Conselho está neste momento aprisionada em terror por alguns poucos representantes do povo, que estão armados com adagas e cercam a tribuna, ameaçando seus colegas com a morte e propondo as mais terríveis deliberações.

Declaro que estes audaciosos bandidos, sem dúvida inspirados pelo gênio funesto do governo inglês, ergueram-se em rebelião contra o Conselho, exigindo que o general encarregado da execução dos decretos do Conselho seja proscrito, como se a palavra "proscrito" tenha ainda de ser considerada a sentença de morte das pessoas mais amadas por seu país.

Declaro aos senhores que este pequeno número de homens enfurecidos proscreveu a si mesmo por seus ataques à liberdade do Conselho. Em nome de todos aqueles que, por tantos anos, foram vítimas ou joguetes destes malditos filhos do Terror, confio aos soldados a missão de resgatar a maioria de seus representantes; de modo que, protegidos contra punhais por baionetas, nós possamos deliberar sobre o destino da República.

General, e soldados, e cidadãos, os senhores reconhecerão como deputados da França somente aqueles que venham a seu encontro com seu Presidente. Quanto àqueles que permanecerem na Orangerie para votar por proscrições, que a força os expulse! Eles já não são os representantes do povo, mas sim representantes do punhal.

Vive la République![2]

Após este discurso, as tropas gritaram "Vive Bonaparte!", mas hesitaram em agir. Era evidente que os soldados não estavam totalmente preparados para voltar suas baionetas contra os representantes nacionais.

Mortalmente pálido e incerto diante da multidão furiosa, mas firme em seu cavalo, Napoleão gritou: "Se alguém resistir, morte, morte, morte! Sim, sigam-me, sigam-me, eu sou o deus das batalhas!" Na melhor das hipóteses, foi um chamado ineficaz. De seu próprio cavalo, Lucien

JUVENTUDE

sussurrou na mesma hora: "Quer fazer o favor de segurar sua língua, pelo amor de Deus? Você não está falando com seus mamelucos!" Nisto, Lucien se inclinou, pegou a espada de seu irmão, puxou-a e exclamou em voz alta: "Juro que atravesso o coração de meu próprio irmão se ele tentar algo contra a liberdade dos franceses."[3]

Ao ouvir esta promessa inflamada de Lucien, os soldados marcharam para a Orangerie e afugentaram todos os manifestantes; alguns escaparam pelas janelas. Ao cair da noite, Lucien já havia passado todas as resoluções necessárias e Napoleão Bonaparte se tornou primeiro cônsul da República Francesa.

LIBERDADE, IGUALDADE, FRATERNIDADE

O gesto de Lucien e as palavras pronunciadas por ele vieram em momento perfeito; a retórica não poderia ter sido mais eficaz. Também parecem, em retrospecto, ter sido sinceros: Lucien via a si e ao irmão como os defensores da liberdade republicana, aqueles que se apresentavam como baluartes contra os excessos sangrentos da Revolução e também contra o retorno à monarquia, tão fresca ainda na memória da nação.

Naquele dia de novembro, o futuro primeiro cônsul estava em choque, silencioso, como se paralisado, o rosto sangrando um pouco, seu gênio estratégico imobilizado, enquanto seu ardente e destemido irmão despertava as tropas revolucionárias, jurando que seu irmão mais velho pagaria com a vida se viesse a macular a liberdade da França. Se Napoleão pôde tomar o poder naquele dia, foi graças a seu irmão Lucien.

Mas Napoleão tinha dificuldade em sentir gratidão. A competição entre os dois irmãos começou cedo. Lucien tinha 9 anos quando, em 1784, entrou para a escola militar de Brienne. Na chegada, passou por um exame físico completo e Napoleão, seis anos mais velho e que lá passara os cinco anos anteriores, relatou meticulosamente estas informações sobre seu irmão mais novo em uma carta a um de seus tios: "Ele tem um metro e vinte centímetros e seis linhas de estatura." Tamanha atenção à altura de um irmão talvez pareça excessiva, e não podemos deixar de indagar se Napoleão já tinha inseguranças quanto à sua pouca altura e se temia ser ultrapassado até pelo irmão mais novo. O relatório prosseguia: "Ele está na sexta classe em latim e deve aprender os diferentes ramos de instrução. Mostra muito talento e boa vontade e temos motivos para esperar que algo bom possa ser feito dele. É saudável, forte, rápido e incisivo. Está muito familiarizado com o francês e esqueceu o italiano por completo. Fará um pós-escrito à minha carta. Eu não vou ajudá-lo, para que o senhor observe o progresso dele. Espero que lhe escreva com mais frequência do que fez em Autun."[4]

Os elogios, embora suficientemente generosos, eram paternalistas, até professorais, e um pouco impessoais. Segundo Lucien, Napoleão não o recebeu em Brienne com muita cordialidade. Napoleão inspirava medo em Lucien, bem como em seus colegas de escola. Sua presença era vagamente ameaçadora, seus modos sérios e desagradáveis. Foi decididamente impopular na escola. Ao contrário, Lucien era um menino gentil, capaz de profundas afeições.[5] Mais tarde na vida, Lucien se convenceu de que a falta de sensibilidade de seu irmão mais velho provavelmente contribuiu para sua própria relutância quando adulto em dobrar-se a ele.

Os irmãos partilharam apenas alguns meses em Brienne e, em outubro de 1784, Napoleão saiu da Escola Real Militar de Paris. Quatro meses depois, o pai dos meninos, Carlo Bonaparte — um respeitado patriota corso, classe média, de criação toscana — morreu na França (em Montpellier, onde havia buscado tratamento médico). Deixou oito filhos (cinco meninos e três meninas) e a mãe deles, Letizia, 32 anos de idade e dona de uma vontade de ferro. Ela não podia continuar pagando pela esmerada educação que Carlo sempre insistira que os filhos recebessem — quase falindo no processo — a não ser valendo-se de recursos como o envio de Lucien para o seminário. Tornando-se padre, Lucien acabaria por proporcionar a renda estável de que todos precisavam agora; o plano era que sucedesse o sacerdócio de um tio em San Miniato, na Toscana. E foi assim que, em 1786, Lucien entrou para o seminário em Aix-en-Provence.

Lucien não foi consultado sobre esta decisão e estava profundamente infeliz. Mas em Aix ficou encantado em se reunir com seu querido tio,

JUVENTUDE

o padre Joseph Fesch — meio-irmão de sua mãe — com quem deveria estudar. Em 1781, Fesch acompanhou Lucien, então com 7 anos, na viagem marítima desde Ajaccio, capital da Córsega, a Marselha, a caminho de seu primeiro colégio na cidade de Autun. O garoto enjoou constantemente e chegou ao destino pálido e magro, em nítido contraste com o rosado Fesch, um *bon vivant* que tentou iniciar seu jovem sobrinho nos prazeres do vinho. Talvez um pouco cedo demais: Lucien ficou tão nauseado que jamais tocaria em vinho novamente.[6]

Em 1786, aos 11 anos de idade, Lucien soube discernir que o seminário não era lugar para ele. Logo após a chegada de seu sobrinho, Fesch trocara Aix por Lyon, em busca de um emprego mais lucrativo. Depois que gastou o uniforme que trouxera de Brienne, Lucien não teve pudores em mostrar sua insatisfação em usar roupas de padre, rapidamente transformando-as em farrapos. Os professores o repreendiam, chamando-o de "pequeno demônio, um verdadeiro diabinho que quebra tudo".[7] Lucien permaneceu fundamentalmente aborrecido e sem amigos por três anos, até que Joseph, o mais velho dos irmãos Bonaparte, veio vê-lo.

A relação de Lucien com Joseph era tão calorosa quanto sua relação com Napoleão era fria. Joseph foi o único membro da família a estar junto ao leito de morte de seu pai em Montpellier e posteriormente interrompeu seus estudos na academia militar, que se tornaram financeiramente inviáveis, e voltou para casa em Ajaccio. Como primogênito, Joseph prometera a Carlo, ainda em Montpellier, que assumiria o papel de chefe de família. Destacou-se no papel paternal, esbanjando carinho e atenção para com Lucien. Percebendo rapidamente que o sacerdócio não era a vocação do menino, Joseph o levou de volta para casa.

A mãe estava lá para recebê-los, assim como seus dois irmãos mais novos, Louis e Jérôme, e duas irmãs mais novas: Pauline, uma linda menina de cabelos escuros e 8 anos de idade, e a pequena Caroline. Napoleão também estava lá, numa breve licença do serviço militar. Sua irmã Elisa, a mais velha das meninas, estava na escola real de Saint-Cyr no continente. Oito filhos, nenhum pai: era um fardo pesado para Letizia. Seu idoso cunhado, o arcediago Lucien — em honra do qual o terceiro filho foi batizado — ajudava com a administração de suas finanças. Ele estava de cama, mas ainda assim exercia extraordinária autoridade. Sempre foi muito respeitado pelos corsos, especialmente porque era próximo de seu líder exilado, Pasquale Paoli, autor da Constituição de 1755 que libertou a Córsega do domínio genovês e a transformou em uma república representativa. Paoli estava morando na Inglaterra; fugiu para lá em 1769, depois que a Coroa francesa secretamente comprou dos genoveses os direitos sobre a maior parte da Córsega, território de língua italiana. O próprio Joseph logo partiu para a Toscana para frequentar a universidade em Pisa, onde estudou direito. Lá, fez amizade com o irmão de Pasquale, Clemente Paoli, e envolveu-se profundamente com o movimento de independência da Córsega.

Logo chegou o dia em que Napoleão deveria partir e regressar a seu regimento. Ele abraçou um choroso Lucien, mas quando aconselhou o irmão a estudar bem o seu latim, uma vez que ele seria padre, as lágrimas do menino rapidamente secaram. Napoleão sabia perfeitamente bem que Lucien não tinha qualquer interesse no sacerdócio. Não restava nada a dizer. O momento de afeto não durou muito.

Na ausência de seus irmãos mais velhos, aos 14 anos Lucien se viu subitamente como o filho mais velho e como chefe da família por direito. Este não é um papel que se assume facilmente num clã corso. Ele achava que já tinha idade suficiente agora para escolher uma carreira por si. O sacerdócio com que sua mãe contava para ter uma renda futura, que teria feito dele o homem mais rico da família, podia muito bem ser passado para Louis, ou Jérôme, se Louis também não tivesse interesse. Mas, já que Letizia não estava feliz com a antipatia de Lucien pela posição religiosa, o rapaz queria esconder seus sentimentos da mãe. Então arquitetou um plano que resolveu a questão de uma vez por todas.

Usando a tesoura de sua fiel babá Saveria, ele cortou sua batina e retalhou seu chapéu redondo de padre, que jogou pela janela. Saveria ficou horrorizada; Letizia, indignada. Como punição por este ato duplamente sacrílego, ela ordenou que o filho ficasse em seu quarto, colocando-o a pão e água enquanto medidas eram tomadas para uma roupa nova, secular. Era óbvio que sua punição só duraria o tempo necessário para fazer a roupa. Sua babá e sua irmã Pauline, de 9 anos de idade, não tiveram coragem de obrigar o menino ao duro regime. Pauline lhe passava doces por baixo dos panos, especialmente um pastel corso chamado *palcotelle* (hoje chamado *falculelle*) que Lucien adoraria pelo resto da vida.[8]

Independentemente da punição, este ato de rebeldia foi o primeiro gosto que Lucien teve de libertar-se das regras opressivas. E seu resultado foi um belo e novo terno verde, uma fonte de alegria e motivo de gratidão para com sua mãe compreensiva. Seguiu-se a vontade de estudar — incluindo o latim, como prometera a Letizia —, e dali em diante passaria horas na biblioteca bem abastecida da família, lendo os historiadores romanos, os poetas épicos italianos e os filósofos iluministas com crescente prazer e entusiasmo.

∾

Napoleão ainda era um jovem subtenente, baseado principalmente em Auxonne, perto de Dijon. Mas já ardia com o desejo revolucionário e era dominado por sonhos de glória. Escreveu em seu diário um "projeto de memorial sobre a autoridade monárquica" contra doze monarquias da Europa, descrevendo em detalhes como cada uma daquelas coroas fora usurpada, argumentando que os monarcas mereciam ser destronados.[9] Enquanto isso, o movimento antimonarquista tornava-se cada vez mais furioso e vociferante em toda a França. Em 14 de julho de 1789, o povo de Paris marchou para a Bastilha, abriu suas portas e libertou os prisioneiros ali cativos. A Revolução começava a agitar o mundo.

Exatamente dois meses depois, Napoleão, já tenente, voltou às pressas para a Córsega, que foi rapidamente integrada ao governo revolucionário. Lucien notou que seu irmão havia crescido muito nos últimos anos, mas que era "pequeno e feio", especialmente em comparação com Joseph.[10] Napoleão também foi mais caloroso do que tinha sido em Brienne, ou mesmo em sua última visita à casa. Ambos os irmãos tinham amadurecido e se comportavam melhor desta vez — Napoleão não era particularmente afetuoso, mas foi suficientemente cordial nas longas caminhadas ou cavalgadas que fizeram juntos nas montanhas da Córsega, encontrando seus compatriotas, camponeses e pastores. O orgulhoso tenente mostrou a Lucien os esboços de seus escritos filosóficos e políticos, textos fascinantes, embora cheios de erros ortográficos que o irmão mais novo não ousava apontar, louvando em vez disto a impressionante *História da Córsega* de Napoleão.[11]

O interesse dos irmãos pela ilha era genuíno, mas também oportunista. Eles sentiam que o legado patriótico de seu pai lhes abriria portas. Lucien abraçou entusiasticamente os princípios de liberdade, igualdade, fraternidade, uma tríade que se tornou o bordão da Revolução. A recente Declaração dos Direitos do Homem consagrara tais princípios como o núcleo de uma nova ordem política, moralmente sã, em que a justiça reinaria e um poder limitado e democrático representaria o povo. Lucien estava ansioso por desempenhar um papel na realização destes nobres objetivos.

Os corsos tendiam a tomar os princípios da Revolução como um fato, uma vez que se concebiam como iguais, livres e unidos, e as diferenças de classe eram mínimas na ilha. Para um jovem que se identificava com a França, que foi educado nos clássicos e que estava impregnado da história da Roma republicana, aquelas palavras de ordem e os acontecimentos em curso sob sua bandeira no continente soavam como um forte chamado à ação. Lucien estava ansioso por seguir os passos de seus irmãos mais velhos, ambos invejavelmente envolvidos em atividades públicas, e começou com o ativismo político em casa.

Lucien então ingressou no Clube dos Jacobinos local, onde Joseph era um funcionário departamental. Lá, o adolescente estudioso foi cercado pela gente simples do campo. Embora ainda fosse um mero rapaz de 14 anos, não teve dificuldade para encontrar palavras quando subiu à tribuna pela primeira vez, fazendo um discurso elaborado e eloquente sobre os direitos do homem, armado com brilhantismo e orgulho de sua formação clássica em retórica. Falou de Paoli como de um gigante cuja estatura ultrapassava a de todos os heróis gregos e romanos, que defendeu seu país como Epaminondas, o general que libertou Tebas do domínio espartano. O discurso foi recebido com uma ruidosa ovação,

JUVENTUDE

palmas, gritos e um grande rufar de botas — a reação entusiasmada do público foi esmagadora. Inspiradas pela adoração coletiva, as palavras de Lucien se transformaram num fluxo torrencial. Viu-se prevendo o retorno de Paoli — ainda que fosse altamente improvável àquela altura —, eletrizando a sala com amor, admiração e gratidão pelo homem. De repente, tornou-se um profeta aos olhos daquelas pessoas enlevadas, que o abraçaram quando desceu da tribuna, cobrindo-o de louvor. A multidão o levou de volta para casa em triunfo, onde sua mãe surpresa e um tanto assustada o recebeu. À medida que repetia a história de suas façanhas oraculares dia após dia, esgotando-se no processo, ela também passou a se preocupar com o talento recém-descoberto e a inevitável intoxicação que o sucesso podia causar em um homem tão jovem. Mas ela evitava expressar sua preocupação.

Lucien estava agora estabelecido como um jovem líder em Ajaccio. Descobriu que podia cativar uma plateia e de repente tornou-se mais amado pelo povo que seus irmãos mais velhos. Eles também participavam do Clube, mas em silêncio e jamais na tribuna. Enquanto Napoleão apenas continuava a escrever seus pensamentos, Lucien falava em alto e bom som. Encontrou uma voz, ouviu aplausos, sentiu a aprovação.

EM NOME DO PAI

No primeiro aniversário do Dia da Bastilha, 14 de julho de 1790, Pasquale Paoli voltou para casa. Os ilhéus entraram em delírio por ver seu *Babo*, como o chamavam — palavra corsa para "pai" —, após vinte longos anos de exílio.

Aos 65 anos de idade, mas ainda combativo, o líder fizera uma parada em Paris para receber o título de tenente da Córsega, embora seu encontro mais inspirador não tenha sido com os jacobinos, que de fato governavam a França, mas com seu antigo oponente, o rei Luís XVI. Os anos de Paoli na Inglaterra o transformaram num defensor convicto da monarquia constitucional. Sua atividade política ficara mais restrita no exílio, mas ele jamais ficou ocioso, e ainda veio a ser adotado pela elite intelectual, artística e política da Inglaterra. Mais notavelmente, Paoli frequentara o Clube Literário fundado por Samuel Johnson e Joshua Reynolds, que — além de incluir o próprio biógrafo de Johnson e Paoli, James Boswell (para quem Paoli era "um desses homens que já não são mais encontrados, exceto nas vidas de Plutarco"[12]) e o dramaturgo Oliver Goldsmith, incluía também gente da qualidade de Edmund Burke, Adam Smith e Edward Gibbon — exerceu uma influência decisiva sobre seus pontos de vista.

A Córsega foi incorporada à França pela Assembleia Nacional Francesa em 1790, o que significou que corsos exilados receberam autorização para voltar à ilha. Um dos exilados era Paoli. Ele queria comemorar esta união de forças pela liberdade, e voltou à sua ilha natal na crença de que a França poderia promover a forma de governo sob a qual vivera feliz na Inglaterra. Sua primeira ação ao retornar foi enviar uma carta de congratulações à Assembleia Nacional, afirmando que decidira deixar a Inglaterra para viver e morrer entre seus compatriotas, para desfrutar de seus direitos como cidadão livre da Córsega.

Carlo Bonaparte lutara ao lado de Paoli na guerra de independência e Letizia, na gloriosa lembrança de Lucien, estava entre as muitas mulheres que, acompanhadas de seus filhos, partiram para recebê-lo quando chegou a Ajaccio, em junho de 1791. Foi uma ocasião alegre, de celebração, e todos na cidade interromperam seus afazeres habituais para aguardar a chegada do herói. Joseph era o chefe da delegação enviada pelos clubes jacobinos de Ajaccio e Bastia para receber Paoli no porto.

O retorno do herói revolucionário foi o rito político de passagem para Lucien. Ansioso por impressioná-lo, Lucien buscou boas fontes na biblioteca em casa. Absorveu e memorizou dois pensadores políticos em especial, o francês Jean Bodin e o inglês Joseph Needham, confiando que suas sentenças seriam suficientemente obscuras para que ninguém as reconhecesse. E também escolheu para seu discurso um assunto dramático da história popular da Córsega, a heroica morte de fome de Guagno, patriota corso.

Lucien correu com uma multidão para encontrar o amado líder. Paoli subiu à tribuna do Clube dos Jacobinos, relutantemente tomando assento em uma poltrona imponente que parecia régia demais para sua modéstia natural. E, quando chegou o momento, Lucien, superando seu medo inicial do palco, declamou palavras suas e dos grandes pensadores, destacando em particular "a preferência que as pessoas deveriam dar a um governo republicano".[13] Torcendo o tempo todo para que nem Joseph nem Napoleão identificassem sua fonte acadêmica, falou com paixão e convicção. Lucien viu Paoli sorrindo e dirigindo algumas palavras a seus irmãos — elogiosas, como viria a saber. Ao final do discurso, o público aplaudia e delirava. Mas o melhor ainda estava por vir: os outros membros do Clube anunciaram o segundo discurso de Lucien, o que ele havia composto sobre Guagno. O jovem orador finalmente pôde mostrar seu valor ao homem que importava, sem se esconder por trás das palavras de outros. Ele usou todo seu ardor para recontar a dramática história do mártir da Córsega, que pronunciou com seu último suspiro o nome de Paoli como "o defensor da liberdade".[14] O discurso foi um triunfo; Paoli estava comovido.

Este foi um momento de virada para Lucien. Ele tinha forte necessidade de ser reconhecido por uma autoridade, principalmente porque seu pai já não estava mais lá para aprovar ou desaprovar. Ele só podia amadurecer se falasse e fosse ouvido. E seu desejo de ser adotado por uma figura paterna foi amplamente saciado quando, no fim de seu discurso, Paoli o abraçou, exclamando, "Vejo que você gostaria de ser meu pequeno Tácito", e o comparou a Carlo Bonaparte, que também fora extraordinariamente erudito quando jovem.[15] Quando, com autoridade mas também gentileza, Paoli repreendeu Lucien por igualar liberdade à forma republicana de governo, e não à monarquia constitucional, o adolescente enrubesceu e sentiu que seu mundo de repente estava desabando. Mas, vendo a forte reação do menino à crítica, Paoli continuou: "Vejo que você é tão bom quanto seu pai foi, e, se isto lhe convier, e à Signora Letizia, não nos separaremos mais."[16] Em seguida, Paoli convidou Lucien para passar alguns meses com ele em sua casa em Rostino, nas montanhas, durante o verão e o outono de 1791.[17]

Os irmãos — Joseph especialmente — aprovaram o plano e Lucien, aos 16, tornou-se assim um secretário informal de Paoli — uma posição que seu próprio pai ocupara duas décadas antes. "Seu pai", Paoli recordava, "foi meu melhor amigo. Mais jovem que eu, ele estudou muitos livros, enquanto eu aprendi a conhecer os homens. Se tivesse vivido mais tempo, ele teria sido meu herdeiro natural".[18] Paoli se tornou a figura paterna de que Lucien sentia falta — para não dizer um mentor político.

A tranquila casa em Rostino havia sido um convento em tempos mais antigos. Era rodeada por florestas de castanheiras e rebanhos de ovelhas, cujos balidos reverberavam pelas montanhas com os ecos das estrofes do poeta italiano Tasso, entoadas por Paoli em sua voz retumbante e pelos pastores. Foram alguns meses felizes para Lucien: sua compreensão do mundo se expandia à medida que o velho líder debatia história com ele, falando longamente sobre o passado e o futuro da Córsega e da França. Paoli pensava na Inglaterra não como uma monarquia, mas como "uma república, sábia e poderosa", cujo modelo a França deveria emular.[19]

Paoli tinha muito a dizer sobre a América: ele estava convencido de que seus fundadores, especialmente Benjamin Franklin (a quem conheceu) e o próprio George Washington, teriam preferido uma monarquia constitucional a uma república, mas que a decisão dos americanos em adotar a última foi ditada por seu ódio à Inglaterra, e não pelo amor aos ideais republicanos. Ele também acreditava que, dada a contínua expansão do território dos EUA, um governo republicano teria controle muito menos homogêneo sobre o país do que uma monarquia constitucional. Quanto à escravidão, era a "lepra americana",[20] que corrompera um país com grande potencial, cujos habitantes eram perigosamente inclinados a substituir a aristocracia de sangue pela "aristocracia do dólar".[21]

Lucien ficou profundamente impressionado com muitas das ideias de Paoli. A mente afiada e curiosa do jovem absorvia tudo, processava os novos pensamentos e as provocações inesperadas. Mas ele não estava completamente convencido. A anglofilia de Paoli parecia denotar uma firme antipatia pela França, que Lucien achava inaceitável. Ele não podia evitar o ceticismo quanto à tendência de seu mentor de idealizar a superioridade moral de seus ilhéus e do orgulho que tinham de sua

JUVENTUDE 29

liberdade — celebrada certa vez por Jean-Jacques Rousseau. No entanto, ele era respeitoso demais para com o velho para expressar suas dúvidas.

Napoleão, porém, confrontava Paoli abertamente e começava a suspeitar da fidelidade do irmão mais novo a um homem que via como anacrônico. Uma divisão política se abriu entre o clã Bonaparte e a facção Paoli — entre aqueles que defendiam a França e a renovação política e os que queriam fazer avançar a causa da independência da Córsega. No fundo, Paoli era um verdadeiro corso, que não podia perdoar uma traição ou uma desobediência percebida sem recorrer a uma vingança feroz. Um dia, o tenente Napoleão Bonaparte declarou provocativamente a ele que os corsos, não importando quão puros eram seus costumes, ainda praticavam o antigo sistema de vinganças de família — dificilmente uma indicação de civilidade avançada. Ele estava justificando sua posição contra a de Paoli.

Lucien se viu preso entre as inquietas ambições de sua geração e a fidelidade aos ideais de sua recém-descoberta figura paterna. Em maio de 1792, aos 14 anos de idade, Louis, o irmão mais novo de Lucien e Napoleão, sempre pronto para espionar em prol deste último, encontrou na mesa de Lucien um panfleto escrito por ele que atacava um membro do Clube dos Jacobinos local. Napoleão ficou furioso. Ele procurou minar seu irmão de 17 anos ao criticar a forma do panfleto, dizendo: "Eu vi seu panfleto: não vale nada. Há muitas palavras e pouquíssimas ideias. Você busca comoção. Esta não é a maneira de se dirigir ao povo. Eles são mais sensatos e sensíveis do que você pensa. Sua prosa fará mais mal do que bem."[22]

Lucien — que estava em Ucciani, nas montanhas, com o restante de sua família — respondeu com palavras igualmente duras; ele suspeitava dos motivos políticos de seu irmão e, em 24 de junho de 1792, escreveu a Joseph, que havia permanecido em Ajaccio: "Em Napoleão, sempre detecto uma ambição que não é totalmente egoísta, mas que é maior que seu amor pelo bem-estar público. Acredito que, em um Estado livre, ele certamente seria um homem perigoso (...). Ele me parece inclinado a tornar-se um déspota, e acho que se tornaria um, caso fosse um rei, e que seu nome seria um terror para a posteridade e para os patriotas sensíveis."[23]

A evidente compreensão do jovem Lucien quanto ao caráter de Napoleão dá o que pensar, pois sua desconfiança provavelmente era muito justificada, mesmo em 1792. "Acredito que ele é capaz de ser um vira-casaca", disse Lucien de seu irmão, talvez com base em observações cotidianas, na vida familiar, ou em sua premonição de que Napoleão seria um "terror para a posteridade". E estes não eram tempos comuns. Estar do lado certo naqueles dias frenéticos era uma questão de vida e morte. O Terror tivera início de fato naquele ano e a lâmina brilhante da guilhotina fora banhada em sangue incessantemente nos últimos meses. Em agosto, Napoleão tornou-se capitão.

Em 21 de janeiro de 1793, Luís XVI foi executado. A notícia rapidamente chegou à Córsega. De uma monarquia fraca, a França mergulhou em anarquia selvagem. Paoli, já horrorizado com o rumo sangrento que a Revolução havia tomado, ficou devastado. "Infeliz nação!", disse ele a Lucien. "Nossa Córsega não pode ser governada por estes monstros!"[24] Paoli conheceu Luís XVI em Paris em 1790, quando o manso rei envolvera o líder ilhéu em uma conversa de coração aberto sobre as virtudes das repúblicas e declarou-se pronto a desistir de sua coroa se fosse convencido de que isto traria felicidade ao povo. A execução do sincero e ingênuo monarca provocou enorme sofrimento emocional e político àqueles que se sentiam leais a ele e, menos evidentemente, aos liberais, apesar de suas opiniões sobre a monarquia. O homem que lutou pela independência da Córsega agora justificava seu amor pela Inglaterra dizendo que, uma vez que a Córsega jamais seria realmente independente, ele "preferia tê-la conduzida por cabeças pensantes e não por cabeças rolantes".[25]

Paoli tentara trazer os filhos de Carlo Bonaparte para seus pontos de vista, mas, apesar dos horrores ocorrendo na França, ele não conseguiu atraí-los para seu lado. Eles se sentiam franceses afinal e tinham fé em seu país. Agora que o rei fora morto, Paoli incitou os corsos em revolta contra a república francesa, organizando os líderes locais e reunindo os habitantes das montanhas em tropas. "Ai de quem tomar o partido daquela horda de bandidos!", exclamou. "Não pouparei ninguém, nem mesmo os filhos de Carlo!"[26] Esta explosão de raiva, tão incomum ao velho líder, assustou Lucien, que, embora não fosse mais seu secretário, ainda o admirava. Era uma ameaça pouco velada, um aviso do que estava reservado para a família se eles não seguissem as diretivas de Paoli.

LUTAR OU FUGIR

Lucien ficou perplexo com a escolha que se apresentava agora entre uma Córsega que se voltara contra a França e uma França que já não era mais o país com que os corsos queriam associar-se. Em suas memórias, ele lembra que foi enviado por Paoli de volta das montanhas para Ajaccio e sua família. Encontrou a cidade entrincheirada e ouviu tiros — a Guarda Nacional estava em patrulha. Foi barrado nos portões: para que fosse permitida a sua entrada, Napoleão e Joseph tiveram que ser avisados de sua chegada, e este último foi buscá-lo. Ao chegar, Joseph agarrou o braço de Lucien e lhe disse para ficar quieto. O movimento antifrancês foi rapidamente reprimido pelo próprio Joseph, em aliança com a administração departamental e com Napoleão, que fora nomeado comandante da Guarda Nacional da Córsega durante a licença do Exército. O pouco de esperança que Lucien ainda mantinha de uma reconciliação entre Paoli e seus irmãos começou a desaparecer.

Lucien registrou em suas memórias a cena marcante que o esperava em casa e — embora provavelmente a tenha embelezado em sua releitura — ela capta pungentemente a dinâmica da família.[27] Sua mãe estava cercada por todos os seus irmãos. Napoleão estava sentado num recesso da janela, vestindo o belo uniforme da Guarda Nacional e segurando a pequena Caroline, que brincava com a corrente de seu relógio. Louis estava sentado sozinho em um canto, pintando fantoches, Pauline e Jérôme brincavam juntos e, ao lado de Letizia, bordando, agindo como adulta, Elisa em seus 14 anos. A menina fora trazida para casa por Napoleão quando o edital revolucionário para abolir mosteiros encerrou as atividades de sua exclusiva escola para meninas em Saint Cyr, uma venerável instituição fundada por Luís XIV.

"Finalmente", disse a mãe quando Lucien entrou, "aqui está ele: eu estava com medo de que o mago Paoli não o deixasse voltar." Lucien respondeu: "Pelo contrário, mãe. Foi o próprio general quem me enviou." Napoleão riu e zombou. Joseph sugeriu que poderia ser melhor tirar os pequenos da sala. "Eu também preciso ir?", perguntou Elisa, cuja curiosidade foi despertada. "Sim, menininha", disse Joseph, "ainda que você seja um *grande demoiselle de Saint Cyr*." A mãe concordou, pedindo a Elisa que levasse os outros com ela. Elisa fez uma mesura a Letizia, Joseph e Napoleão. Ao jovem Lucien, ela deu um afetuoso tapinha na mão, sussurrando: "Você vai me contar tudo, certo?" Os dois se tornaram melhores amigos desde que ela voltara para a Córsega, e Lucien tinha total intenção de mantê-la informada do que estava acontecendo.

Lucien relatou à mãe e aos irmãos mais velhos que Paoli tramava uma insurreição. Eles ouviram, perplexos. Letizia por vezes expressou sua surpresa, e depois a convicção de que Paoli fracassaria porque as cidades corsas já não se preocupavam com a soberania nacional — sua causa estava claramente perdida.

Mas, quando Lucien finalmente — dolorosamente — relatou a frase ameaçadora que Paoli deixara escapar contra os irmãos Bonaparte, o mundo desabou. Os três homens se levantaram ao mesmo tempo, marchando furiosamente ao redor da sala, exclamando, "O quê? Ele disse o quê? Ele disse isso? É demais!", explodiu Napoleão. "É o que vamos ver! *Compère* Pascal! Ele ainda não me conhece! Ele declara guerra contra nós! Quanto a mim, eu não odeio a ideia de guerra. Ainda não combati, mas começarei alegremente com ele."

Joseph ficou furioso também, mas seus ataques de raiva tendiam a não durar muito tempo em presença de outros mais irados que ele. Com toda calma, dando de ombros, ele respondeu ao furioso Napoleão: "Guerra! É mais fácil dizer que fazer! Eu entendo que você talvez ame a guerra, mas com o que, e com quem, você vai travá-la?"

Letizia, irritada, mas até então em silêncio, apoiou Joseph. "Sim, com o que vamos entrar em guerra com ele, Napolione? Você sabe que cada combatente montanhês vale quatro vezes mais que um de nós. Ah, se todos eles estivessem do nosso lado, eu mesma não hesitaria em lutar, assim como Napolione. Mas o caso é diferente."

JUVENTUDE

Enquanto isso, Napoleão resmungava: "Ele disse isso, ele realmente disse isso. Ótimo. Ótimo, nós faremos guerra." Quando Letizia perguntou a Napoleão o que deveria ser feito agora, ele respondeu: "Admito que não gosto de guerras sem artilharia. Aquele diabo Paoli vem impedindo a construção de estradas, por isso não se pode usar canhões na ilha. Temos que estar prontos para um ataque."

A conversa se voltou para a estratégia. Foi um verdadeiro conselho de família — transcrito palavra por palavra, ou reinventado, por Lucien — ao fim do qual se tornou claro que medidas urgentes deveriam ser tomadas para garantir a segurança dos Bonaparte e uma possível fuga para a França.

Eles debateram até tarde da noite, mas, quando Lucien se preparava para se retirar, Joseph lembrou que haveria duas sessões no Clube dos Jacobinos no dia seguinte às quais ele deveria comparecer, já que não poderia ir naquela noite. Lucien ficou surpreso, dizendo, "Amanhã? Mas o que você quer dizer? Meu querido irmão, amanhã eu tenho que voltar para Paoli!"

Ouvindo isto, Letizia explodiu: "Você está louco? Desta vez ele não deixará que você volte para cá! Agora que ele precisa saber tudo o que aconteceu aqui, ele o fará refém! Você prometeu voltar?"

Joseph tranquilizou sua mãe. "Bem, ele dificilmente seria capaz de mantê-lo refém se Lucien retornasse de boa-fé, cumprindo sua palavra de que ele estaria de volta. Mesmo assim, eu espero que ele não tenha dado sua palavra." Mas Lucien defendeu seu mentor, dizendo: "Meu Deus! Eu não precisei prometer que voltaria. Nem eu nem ele jamais duvidamos disto nem por um segundo."

Joseph e Letizia expressaram alívio, e Lucien passou a explicar sua relação especial com Paoli. "Minha querida mãe, meu caro Joseph, é exatamente porque não precisei prometer que é como se eu tivesse prometido. É como se..." Lucien foi interrompido quando sua mãe e seu irmão começaram a discutir se ele tinha obrigação de voltar. Letizia disse: "Por favor! Se ele tivesse prometido... prometido... Ele nem tem esse direito. Eu digo que ele não poderia, não deveria ter prometido, porque é menor de idade e não pode assumir nenhum compromisso sem minha permissão."

Joseph confirmou: "Isto é legalmente verdadeiro, mas nós não precisamos chegar a isto. Felizmente, ele não prometeu nada. Assim, você pode, deve ficar conosco, meu querido Lucien." Neste ponto Lucien protestou: "Mas isto é horrível! Eles vão dizer que eu traí Paoli." Sua mãe o tranquilizou. "Eles dirão isto de todos nós, meu querido, e em nenhum caso será verdade. É de Paoli que se dirá que ele traiu a França. Em Ajaccio, não se fala de outra coisa." Ainda assim, Lucien insistiu: "Mas eles estão errados. Paoli não poderia ter traído a França à qual jurou fidelidade; e, além disso, eu o ouvi dizendo que nunca há traição nos meios que um homem usa por amor ao país."

Letizia confessou que não pensava em Paoli como um traidor — esta simplesmente não era sua natureza —, mas ela notara seu crescente distanciamento da França jacobina, e, dada a dor e a indignação que ele deve ter sentido quanto à execução de Luís XVI, a quem ele venerava como um santo, ela previra os passos fatais que ele tomaria. Joseph também tivera o mesmo pressentimento. E ele não podia confiar em uma Córsega republicana liderada por Paoli; em larga medida, ele preferiria ver a aliança com a França preservada e continuar a ser um cidadão francês — a loucura na França não duraria, porque o derramamento de sangue jamais durava. Paoli designara Carlo como seu potencial sucessor — toda a família estava ciente da fé de Paoli no patriarca —, mas agora não havia mais garantias. Joseph tentou explicar a Lucien por que Paoli estava errado e ainda assim continuava a ser um grande homem: ele se mantinha heroicamente fiel a seu ideal de uma Córsega independente, mas isto não era realista ou possível, e portanto era má política. Uma revolta contra a França implicaria a aliança da ilha com a Inglaterra, grande inimiga da França, especialmente desde que esta última apoiava a independência americana; e a Inglaterra usaria uma tal aliança em seu próprio interesse estratégico contra sua inimiga. Por isso, mesmo que Paoli não perdoasse os filhos de Carlo por abandoná-lo, Lucien tinha de perceber que era seu mentor quem os forçava a abandoná-lo.

Lucien não estava convencido. Joseph tentou outra tática, argumentando desta vez que Paoli estava certo em admirar o modelo inglês — mas que, se todos o houvessem abandonado quando o rei

Carlos I foi decapitado, então o perfeito Estado inglês que agora havia jamais teria existido.

Letizia e Joseph, durante a ausência de Napoleão da sala, buscavam todos os tipos de argumentos para construir um caso forte contra Paoli, como advogados tentam conquistar um juiz. Ao final, Lucien estava quase em lágrimas.

"Então está decidido! Seu dever é abandonar o querido amigo que nosso pai tanto admirava! E eu? Sim, todos dirão que eu o traí! E ele, ele me acusará de tê-lo traído! Oh Deus!"

Joseph tentou acalmá-lo: "Não, Lucien, não, não tenha medo de ser acusado de traição: é normal para alguém da sua idade submeter-se à vontade de sua mãe e de seus irmãos mais velhos, que são homens tão capazes quanto Paoli de julgar o que lhes cabe à honra e aos interesses, bem como o que cabe aos seus."

Estas palavras simples e muito mais emocionalmente sensíveis tiveram o efeito pretendido. Lucien finalmente percebeu o que estava em jogo. Ele cedeu e de repente se sentiu em paz. Ele aceitou que sempre poderia admirar Paoli, mesmo prometendo jamais tornar a procurá-lo. Joseph estava aliviado.

"Conversaremos mais amanhã", disse ele, "uma vez que você esteja descansado, e encontraremos uma maneira de conciliar seu dever para com a família e a consideração que você deve a seu anfitrião; e que devemos a nosso grande compatriota."

Depois que Lucien acordou de um longo sono, a conversa recomeçou com uma grande refeição em família. Na sobremesa, a conversa se voltou para o crescimento do poder inglês na Índia — um país, pensava Napoleão, onde alguém podia encontrar fortuna. Ele declarou que, se não conseguisse ser promovido, ingressaria nas forças britânicas na Índia e voltaria um rico nababo, abastado o suficiente para pagar os dotes das três irmãs. Enquanto Joseph galantemente assegurava ao capitão que seu mérito o levaria longe, mesmo sem proteção de seus superiores, Lucien ficou silenciosamente chocado pela amostra descarada da ganância de seu irmão.

Mas o principal ponto da discussão era encontrar uma forma decente para que Lucien terminasse seu relacionamento com Paoli. Era evidente que o jovem teria que lhe escrever uma carta. Juntos elaboraram uma carta breve e bastante fria, que acobertava as razões de Lucien para não retornar, ao mesmo tempo que afirmava que a decisão era agora um assunto de família.

༄

O aprendizado político de Lucien estava acabado. Ele estava despertando para as urgentes realidades de um mundo em desordem, onde os debates não se limitavam à teoria. Quando, na manhã seguinte, foi ao Clube dos Jacobinos — a esta altura renomeado Société Populaire (Sociedade Popular) —, ele abraçou sua nova posição política, impulsionado pela atmosfera fervorosa e pelos comoventes discursos dos participantes. Quando subiu ao pódio, as palavras lhe vieram com facilidade; ele já estava centrado o bastante para expressar calorosamente seu respeito, admiração e amor pelo *père de la patrie* (pai da pátria) e, ao mesmo tempo, descrever a situação tensa como um questão de segurança, uma medida preventiva que os cidadãos de Ajaccio tomaram justamente contra perigos imprevistos, uma vez que o líder já não queria mais ser francês. Tomando atalhos retoricamente astutos e sem se aprofundar na questão, Lucien na verdade anunciou sua ruptura com Paoli.

༄

No continente, a Revolução tornava-se cada vez mais sangrenta. Os debates na Sociedade Popular não chegavam nem perto de ser tão dramáticos como os da Assembleia Nacional em Paris, e a política na ilha permanecia em ordem graças em parte a Joseph — mas a guerra civil explodia. Napoleão reorganizou totalmente a Guarda Nacional, que recuperou a eficiência perdida sob Paoli. E Lucien se tornava um fervoroso antipaolista porque, em 1793, o líder fez a Córsega renunciar à França e lutar mais uma vez para se tornar independente.

No final de fevereiro de 1793, uma frota francesa estacionou em Ajaccio em seu caminho para o que seria uma missão malfadada contra a Sardenha. Seu comandante era o almirante Laurent de Truguet,

JUVENTUDE

de quem Napoleão se tornara braço direito. A presença desta frota no porto garantiu que os corsos patriotas se mantivessem longe da cidade, e a família Bonaparte passou a contar com ela para sua segurança. Mas, uma vez que a frota partiu — e Napoleão com ela, incumbido da conquista da pequena ilha de Maddalena, na costa da Sardenha —, os *montagnards*, ou montanheses, reuniram suas forças e, sob a liderança de Paoli, tomaram o controle de várias cidades em torno de Ajaccio.

Neste ponto, a bandeira tricolor da França revolucionária se erguia apenas sobre algumas cidades costeiras. A vida se tornava mais arriscada a cada dia para os antipaolistas e era cada vez mais premente que os Bonaparte organizassem sua partida. Joseph já não desempenhava um papel na administração da ilha; Napoleão, retornando vitorioso de Maddalena, estava em Bastia, uma cidade no norte da Córsega, com os representantes do povo, tentando aumentar a defesa contra os paolistas. Lucien deixou a ilha sem sua família, à frente de uma delegação de corsos jacobinos para buscar ajuda contra os insurgentes paolistas. Ele seguiu Huguet de Sémonville, embaixador em Constantinopla para a república francesa.[28] Passando brevemente pela Córsega, o embaixador fizera um discurso em francês na Sociedade Popular: ninguém o compreendia, então Lucien imediatamente traduziu para o italiano (os corsos falavam italiano). A ardente eloquência de Lucien impressionou o embaixador, um homem astuto que percebeu o ardor do jovem Bonaparte. Determinado a colocá-lo sob sua proteção, ele imediatamente convidou Lucien para ser seu secretário particular e Lucien aceitou, na vaga esperança de segui-lo rumo ao Oriente. Lucien navegou com ele para Marselha na primavera de 1793, mas incapaz de livrar-se de uma estranha premonição do que estava por vir. Lá, seus caminhos se separaram.

JACOBINOS, "OS DEMÔNIOS DO CONTINENTE"

Na última vez em que Lucien esteve no sul da França, foi como um seminarista, quatro anos antes. Agora, aos 18 e encarregado de uma missão política, ele sentia que estava voltando como um homem importante. Assim que desembarcou em Marselha, ele foi levado à Sociedade

Popular local para entregar sua mensagem urgente sobre a situação na Córsega. A reunião foi realizada em uma igreja desconsagrada, escura e úmida, cheia de homens usando quepes vermelhos revolucionários e mulheres ruidosas nas galerias. A chegada dos corsos foi anunciada pelo presidente, e uma audiência foi concedida de imediato.

Mais uma vez, as palavras de Lucien fluíram. Ele começou por exigir ajuda para os corsos patriotas e, como recordou mais tarde, experimentou pela primeira vez "o quanto as paixões dos que escutam têm poder sobre os que falam".[29] Pregou fortemente contra Paoli, o traidor que "abusara da confiança nacional", e estava prestes a entregar a Córsega aos ingleses — o *perfide Albion* que saquearia suas ricas florestas para construir sua armada.[30] Foi encorajado pela reação da galeria às suas palavras, desfrutando de seu efeito, buscando provocar e excitar cada vez mais. A simples menção da Inglaterra despertou as multidões, e por horas Lucien amontoou insulto após insulto a seu antigo mentor.

Quando finalmente desceu do púlpito, ele foi envolvido pelo abraço caloroso da multidão e agredido pelo bafo de alho de seus irmãos revolucionários, uma surpresa desagradável que lhe lembrou onde estava e quem ele era: um corso na França. Moções foram rapidamente passadas — para enviar tropas a Ajaccio e uma delegação de três membros para acompanhar Lucien e sua delegação a Paris, onde eles denunciariam a traição de Paoli. Era meia-noite quando Lucien pôde sair.

Apesar de sua exaustão, Lucien teve problemas para conciliar o sono naquela noite. Depois que dormiu, caiu em sonhos agitados. Paoli continuava aparecendo em seu traje de líder montanhês, totalmente armado. Em vez de estar irritado com Lucien, ele estava cheio de amor, fitando-o com calma e terna benevolência, ignorante da traição de seu protegido. Lucien sabia em seu sonho que traíra seu mentor deliberadamente e sentiu vergonha — mas não arrependimento. Paoli então quis afastá-lo, mas Lucien não podia mover-se. O velho mentor se levantou da poltrona em que estava sentado e estendeu a mão, mas Lucien hesitava em tocá-la. No momento em que se decidira, o venerável ancião, atravessando-o com um olhar indignado, desapareceu como uma sombra. Lucien tentou

JUVENTUDE

chamá-lo, mas as palavras ficaram presas em sua garganta. O pesadelo se repetiu durante toda a noite.

Lucien foi acordado na manhã seguinte pelos ruídos agitados do mercado da cidade e logo percebeu o que havia feito. Ele foi um agitador. Acabara de falar contra o homem que tinha sido seu professor e ídolo, havia pronunciado palavras em direta contradição com tudo o que aprendera com ele, até mesmo votou por seu mandado de prisão — e os homens com quem ele iria a Paris eram revoltantes, imundos, malcheirosos, brutais e selvagens.

Ele foi até a janela e viu um mar de quepes coloridos — uma multidão de pessoas zanzando pelas ruas. Os deputados locais chegaram para levá-lo ao desjejum, e ele saiu para as multidões, para a Cannebière, a famosa avenida comercial de Marselha. Ele ficou surpreso com a atmosfera jovial, a comoção tão cedo no dia, os homens de chapéu, as mulheres bem-vestidas e as belas crianças. Lucien e os deputados conseguiram abrir seu caminho às cotoveladas até o Café Cannebière e encontrar um lugar. Pessoas iam e vinham, embora um grupo de uma dúzia de indivíduos continuava na sala, conversando. Distraído, ele seguiu a conversa.

"Quando começaram?"

"Às nove."

"Será que eles desempenham bem seus papéis?"

"Sim, até onde sei. Mas a multidão era grande e foi difícil chegar perto."

"Que pena. Está um dia lindo", disse a senhora gorda no balcão.

"E é um bom dia também", acrescentou um feio corcunda com olhos injetados, maliciosos — seu rosto inesquecível lembrava o de Marat, o jornalista revolucionário radical que seria morto a facadas em sua banheira, no julho seguinte.

Outro homem bastante doente se intrometeu: "Isso é muito interessante. Vocês acham que ainda conseguiremos encontrar um bom lugar? Eu preciso sentar para assistir a isto."

"Oh, não", respondeu outro, "é impossível, vai ficar com as pernas bambas de prazer ao ver o espetáculo, não é, seu patriota sensível!"

Lucien quis saber de seus novos colegas do que aquelas pessoas estavam falando e se aquele era um dia de festa. O mais fervoroso deles exclamou, "É melhor que isso!", e o levou a uma janela: ela dava para uma rua em cuja extremidade ficava uma praça que parecia o ponto focal de todos os acontecimentos.

"Aqui, vê?", riu o colega, apontando para a praça. "São só uns vinte aristocratas que vão rolar!"

E lá estava ela: a guilhotina, a lâmina vermelha de sangue. Os condenados eram os mais ricos comerciantes da cidade. No entanto, as lojas estavam abertas, vendendo as mercadorias das mesmas pessoas cujas cabeças seriam cortadas; transeuntes comiam, bebiam, riam, comemoravam o derramamento de sangue e desfrutavam do espetáculo. Um dos companheiros de viagem de Lucien gracejou: "Esses vinte oportunistas do mercado querem cuspir e escarrar na cesta da Revolução!"[31]

Lucien estava nauseado, horrorizado e aterrorizado. Ele certamente não iria a Paris, a capital do Terror. Desta vez ele usou seu poder de persuasão para livrar-se e ficar em Marselha. O argumento a que recorreu não era tão absurdo: ele tinha de estar no comando dos esforços de resgate para a Córsega. Também tentou a bajulação, persuadindo o menos brutal de seus três colegas comedores de alho que eles seriam plenamente capazes de cumprir a missão de Paris por conta própria.

☙

Lucien tentou voltar para a ilha. As notícias de lá não eram nada tranquilizadoras, e ele não tinha ideia do que havia acontecido com sua família. Os representantes franceses, incluindo Napoleão, aparentemente tinham sido expulsos de Bastia, e a insurreição de Paoli ganhava terreno. Lucien fez seu caminho para Toulon, de onde a travessia para Ajaccio era menor que de Marselha. Chegando lá, descobriu que uma fragata francesa tinha acabado de entrar no porto. Curioso para ver quem ou o que ela carregava, ele seguiu a multidão e viu fugitivos e refugiados descendo da rampa do navio. E ali, de repente, estavam sua mãe e irmãos, caminhando para o cais! Havia confusão. Ansioso e apreensivo, Lucien tentou alcançá-los através da multidão barulhenta — eram certamente as mesmas pessoas que assistiram às decapitações diárias de seus compatriotas, embora aqui seus gritos não fossem hostis.

JUVENTUDE 41

A família estava a salvo e ilesa. Todos acenaram para Lucien, que foi ao encontro deles no cais, muito feliz. Ele abraçou Elisa e as crianças, e o gordo e rosado tio Fesch, que se juntou ao restante da família em Ajaccio. Seguidos pela multidão estranhamente bem-intencionada, eles se encaminharam para um hotel modesto. Precisavam muito de descanso: a travessia, que normalmente não era muito longa, durou boas sessenta horas. Finalmente fechando a porta para o caos do lado de fora e depois de colocar as crianças na cama, Letizia se voltou a Lucien e lhe contou o que tinha acontecido.

❧

Após a partida de Lucien, disse ela, a situação se tornou desesperadora. O fanatismo revolucionário dos jacobinos jogou a maioria dos corsos para o campo paolista e Letizia ficou sozinha com as três meninas e os dois meninos pequenos, desprovidos da proteção conferida geralmente pelos três filhos mais velhos. Sabendo muito bem que, se Ajaccio caísse para os homens de Paoli, a família estaria em perigo, ela enviou as crianças mais novas, Jérôme e Caroline, para ficar por perto com sua mãe, madame Fesch.

Certa noite, Letizia foi acordada por um grupo de *montagnards* que invadiram seu quarto. Ela se sentou, apavorada, convencida de que eles tinham vindo para pegá-la e às crianças. Mas as tochas iluminaram o rosto de um dos homens: era Costa, que por muito tempo fora dedicado à família. Ele era o chefe de Bastelica, uma cidade próxima no meio da ilha, nas profundezas da floresta e ao pé das montanhas. Costa chamara os jacobinos de "demônios do continente", mas logo percebeu que seus companheiros corsos também se transformavam em criaturas diabólicas.[32] Um sobrinho dele encontrara tropas paolistas nas montanhas, rumando para Ajaccio, onde, foi-lhe dito, eles "tomariam todos os filhos de Carlo, vivos ou mortos". Quando Costa soube disto, ele imediatamente reuniu seus homens e correu para Ajaccio a fim de salvar a família, precedendo seus inimigos apenas em alguns quilômetros.

Letizia e as crianças tiveram pouco tempo para se preparar. Eles só puderam embrulhar suas roupas e, cercados por sua escolta, fugiram da cidade no meio da noite. Os homens que abriram os portões para Costa devem ter acreditado que estavam fazendo um favor a Paoli — mal sabiam eles que haviam assegurado a fuga dos Bonaparte. Não importava se Paoli realmente quis dizer aquilo, os *montagnards* levaram sua missão declarada a sério e Paoli provavelmente tinha consciência de que era o que eles fariam.

Foi uma noite de grande ansiedade para todos eles. Letizia, cercada por três de seus filhos e acompanhada por Fesch, que estava longe de ser um guerreiro, marchou no escuro, através das montanhas, pântanos e florestas, consciente de que um encontro mortal com o inimigo podia ocorrer a qualquer momento. O dia nasceu. Eles descansaram em uma floresta por um tempo, onde tinham uma vista da costa. Viram chamas subindo ao céu:

"Madame, aquela é a sua casa, que está queimando", um dos homens de Costa disse a Letizia.

Ela respondeu: "Ah, não importa! Vamos construir tudo de novo e muito melhor — *Vive la France!*"[33]

Eles marcharam por mais uma noite, mantendo os olhos na costa, até que, chegando à torre de Capitello, finalmente avistaram uma frota francesa, que rapidamente interceptou os sinais de socorro que eles enviavam da praia. Um pequeno barco se aproximou e levou a família Bonaparte para a fragata, segura, e com destino a Bastia; a partir daí, eles foram para Calvi, onde ficaram com amigos. Joseph reuniu-se a eles, assim como Jérôme e Caroline, que foram escoltados até lá, e Napoleão, após outra tentativa infrutífera de retomar Ajaccio. Era claramente inseguro permanecer na Córsega, e assim eles navegaram para Toulon, onde chegaram em 13 de junho de 1793.[34]

Apesar das garantias de Letizia, Lucien não conseguia acreditar que *Babo* tinha dado a ordem para pegar sua mãe e irmãos mais novos "vivos ou mortos". Mas sua raiva agora não tinha limites. Seu remorso desapareceu: ele teria voltado à delegação a Paris se ela já não tivesse zarpado; ele queria que Paoli soubesse que ele havia assinado seu mandado de prisão. A família estava na miséria, sua casa fora incendiada, a preciosa biblioteca reduzida a cinzas — juntamente com os seus escritos e os de Napoleão. Os Bonaparte nunca foram muito ricos; mas agora eram refugiados cujas únicas posses eram as roupas em seus corpos. Letizia conseguira salvar um pequeno estoque de ouro e uma pequena caixa de joias, mas nada mais. E tudo era obra de Paoli.

FUNERAIS E CASAMENTOS

Era agosto de 1793 e a vida dos refugiados estava repleta de incerteza e perigo. Todos tinham de fazer face às despesas, improvisar e inventar oportunidades. Joseph estava desempregado em Paris com Napoleão, que tentava obter a promoção que lhe era devida depois de sua missão parcialmente bem-sucedida em La Maddalena. Lucien estava em Marselha. No fim das contas, um amigo corso de Letizia tinha um parente chamado Jacques Pierre Orillard de Villemanzi, que ocupava o lucrativo cargo de comissário de guerras em Marselha. Era um homem gentil e elegante, de quem Lucien rapidamente se tornou amigo. Villemanzi estava ansioso por ajudar o jovem Bonaparte, oferecendo um empréstimo de algum dinheiro a Lucien e em seguida nomeando-o guardião de suprimentos para o exército na pequena cidade de Saint-Maximin, perto de Marselha — um trabalho que o menor de idade Lucien garantiu com o uso da certidão de nascimento de Joseph. Villemanzi também lhe cedeu generosamente o uso de um casebre junto de sua casa.

Para Lucien, o posto em Saint-Maximin não soava como um trabalho dos sonhos, mas o salário era decente e seria essencial, especialmente para Letizia, que lutava para sustentar os cinco filhos menores. O Estado forneceu um subsídio para os corsos exilados, mas era uma quantia mínima, consistindo na maior parte de pão, bens essenciais e munição.

Villemanzi devia seu cargo a seu protetor, o general Jean-François Carteaux, que teria de aprovar Lucien para o trabalho; e ele logo obteve para Lucien uma audiência com o general. Como o jovem Bonaparte logo aprenderia, os revolucionários não eram adeptos de generais intelectualmente refinados, como Paoli: Carteaux era um mau pintor que se tornou um mau líder militar, apesar de seus esforços. Era filho de soldado, um personagem grosseiro, arrogante e patético, sentimental e cruel a um só tempo, que derramava lágrimas por viúvas e órfãos futuros antes de qualquer batalha que comandava. Durante o cerco de quatro meses de Lyon, no verão de 1793, ele lançou um grupo assustador de brutamontes chamado Exército Revolucionário e autorizou um saque terrível da cidade rebelde. Em seguida, ele avançou para extinguir o início de uma revolta em Marselha, onde só sua presença já era suficiente para resolver os tumultos.

Lucien não estava ansioso para conhecer o general, mas era algo que tinha que ser feito — ele estava nas mãos de Villemanzi, que insistia que não havia outro caminho. Enquanto caminhavam pelos corredores barulhentos do gabinete de Carteaux em um antigo prédio administrativo, os dois amigos viram soldados semibêbados cantando, conversando e praguejando, jogando cartas e dominó, e bebendo mais. Quando eles saudaram o condecorado general, ele prontamente exclamou, voltando-se para Villemanzi:

"Então este é seu jovem amigo, o patriota corso exilado? Rapaz, ele é assustadoramente magro! Você garante sua honestidade? É preciso incorruptibilidade, a primeira virtude do imortal Maximilien Robespierre! Que homem! Que santo."

Lucien então teve que suportar um discurso interminável cheio de pragas absurdas, descrições lacrimosas de proezas militares e panegíricos à República e à liberdade. A audiência terminou com "Você assumirá seu posto, não? O serviço à República em primeiro lugar. Adeus, meu jovem, estou com pressa."[35]

E foi assim que Lucien arranjou um emprego, com o pagamento de seis meses adiantados, que ele deu a Letizia, e um subsídio para viagens, que ele colocou em uso imediatamente. Ele deixou Marselha para ir a Saint-Maximin no dia seguinte. Era uma viagem curta para o interior, e Letizia prometeu a Lucien que, se a situação de seus irmãos em Paris não melhorasse em breve, ela viria morar com ele. Mas, alguns dias após sua chegada, ele recebeu uma carta anunciando que Napoleão fora nomeado major na divisão de artilharia das tropas destinadas a cercar Toulon. Temendo a aproximação do Terror, a fortificada Toulon de

JUVENTUDE

repente se rendeu à frota inglesa (reforçada pela ajuda dos espanhóis), e os revolucionários organizavam sua recaptura com urgência. Quanto a Joseph, ele logo seria nomeado comissário de guerras.

⌒

Na época, era considerado patriótico que as cidades adotassem nomes clássicos e, num exibicionismo republicano, os revolucionários renomearam Saint-Maximin como "Maratona". Lucien foi recebido na cidade com todas as honras; sua reputação o precedera. Ele rapidamente descobriu que os moradores eram devotos do crescente culto da "razão" e do "Ser Supremo" instigado sob o governo de Robespierre. Ele também viu que eram inofensivos e, na maior parte, ignorantes.

Logo em sua chegada, o prefeito informou que 20% da população estavam na cadeia — um antigo mosteiro — como "suspeitos", sob ordens do distrito de Brignoles, do qual a cidade era parte. Selecionar quem exatamente deveria aprisionar foi um exercício estranho para o prefeito e a polícia local. Um critério era a roupa: qualquer um usando roupas de luxo suficiente para ofender aqueles que viviam na miséria era trancado. Aristocratas, intelectuais, e os que não usavam o quepe jacobino vermelho eram adicionados à lista. Felizmente ninguém tinha sido executado ainda. E ninguém se arriscava a ser enviado para a prisão úmida e escura na cidade de Orange, onde o Tribunal revolucionário operava ininterruptamente para mandar gente ao cadafalso — com não menos eficiência que o infame Tribunal de Paris sob os auspícios de seu implacável promotor público, Fouquier de Tinville, que se vangloriava alegremente de que "cabeças caíam como telhas". Até ali, os cidadãos encarcerados de Saint-Maximin estavam a salvo, mas ainda assim seus dias estavam contados, algo precisava ser feito.

Lucien descobriu os detalhes desta situação por intermédio de um homem de meia-idade, aparência agradável, gordo, pele rosada e dentes brancos, que participara discretamente de sua reunião com o prefeito. Ele se revelou um monge secularizado que tomara o nome clássico de Epaminondas — seu nome religioso era padre Bruno. Astuto e rápido, ele logo se tornaria um aliado útil para Lucien. Ele era presidente do comitê revolucionário local, ao qual apresentou o corso. O status de refugiado patriótico de Lucien, juntamente com suas habilidades em oratória, seu charme pessoal e sua juventude cativaram a população local, especialmente as mulheres de quepes vermelhos, ricas e pobres, que apareciam todas as noites com seus bordados e aplaudiam ruidosamente sempre que Lucien ocupava o púlpito. Em pouco tempo, ele sucedeu Epaminondas como presidente do comitê: o ex-monge ficou feliz em deixar o assento para ele, e não havia muita concorrência, dado que todos os cidadãos educados estavam na prisão.

A partir desta posição, Lucien estabeleceu uma "pequena ditadura".[36] Ele se inflava de autoconfiança, mas, consciente de seu orgulho — "o principal motor de todo bem e todo mal que alguém perpetra" —, também se obrigava a controlá-lo. Apesar de lidar com gente simples, em sua maioria analfabeta, evitava a tentação de abusar de seu poder facilmente conquistado, em vez disso tentando ajudá-los, em aliança com Epaminondas, que sentia ardentemente o dever de cuidar dos presos. O nome clássico que Lucien adotou foi Brutus, assassino de César — um nome historicamente carregado, com certeza, mas também profundamente teatral. E era ao teatro que Lucien recorria em sua missão de melhorar a sorte daqueles infelizes aldeões. Ele conseguiu libertar alguns dos prisioneiros, melhorou as condições dos que tinham que ficar na cadeia, passou uma resolução garantindo que ninguém seria enviado para a infame prisão de Orange e iniciou uma série de apresentações onde os presos representavam papéis em peças republicanas e patrióticas. Ele até forçou uma senhora bem-nascida a atuar na peça *Brutus* de Voltaire — e assim ela obteve sua libertação da cadeia.

Enquanto isso, em Paris, a rainha Maria Antonieta não teve a mesma sorte: usando vestido e chapéu brancos, as mãos atadas, ela foi levada em carroça à guilhotina em 16 de outubro de 1793. A intenção de Lucien era distrair a todos do medo e do horror daquele ano e, em grande medida, ele conseguiu.

Carteaux foi enviado a Toulon em setembro de 1793 para reprimir uma insurreição monarquista, mas não conseguiu expulsar o inimigo.

Desafiado por Napoleão, então com 24 anos de idade e um oficial de artilharia, a detalhar seu plano de guerra para a Convenção — como a Assembleia era então chamada —, o gaguejante general mostrou mais uma vez sua incompetência em assuntos militares e foi liberado do serviço em novembro. Napoleão foi nomeado *chef de battallion* (major) depois que o general Dugommier assumira a missão, e foi apelidado de Capitão Canhão. Uma vez que ele conseguiu carta branca nas operações de cerco, a frota inglesa finalmente caiu sob o fogo francês. Lucien, talvez enviado para Toulon em seu papel como almoxarife militar, testemunhou as destemidas façanhas do irmão e ficou profundamente impressionado.

Incansavelmente, o Capitão Canhão supervisionava o posicionamento de cada uma das baterias, que eram perigosamente expostas ao fogo inimigo. Um dia, Lucien o seguiu, mas Napoleão, voltando-se para ele, disse: "Você não vai embora? Este não é o seu lugar."

"Mas você está aqui, meu irmão."

"Sem dúvida estou, e todos aqui têm que me obedecer. Portanto, saia imediatamente. Este não é o seu trabalho; cada qual com o seu."[37]

Assim Lucien se afastou um pouco. No momento em que ele deixou o lugar que ocupava, um artilheiro que estivera parado a seu lado foi morto por uma bala que por pouco não atingiu a perna esquerda de Napoleão. O campo de batalha evidentemente não era território para Lucien. Napoleão prosperava sobre ele e gozava de uma assombrosa invulnerabilidade. Toulon caiu em dezembro de 1793. Este foi o primeiro triunfo de Napoleão. Dali em diante, como o escritor e cronista Alexandre Dumas colocou: "A História o agarrou e jamais o abandonaria."[38]

Em uma carta assinada como Brutus Bonaparte, Lucien comemorou esta vitória contra os monarquistas: ela anuncia "com alegria" aos deputados da Convenção, "a partir do campo de glória, caminhando sobre o sangue dos traidores, que suas ordens foram executadas e que a França foi vingada; nem idade nem sexo foram poupados. Aqueles que foram apenas feridos pelo canhão republicano foram executados pela espada da liberdade e a baioneta da igualdade".[39] A batalha foi feroz, a carnificina, horrenda. Mas, embora a linguagem sanguinária não fosse incomum para a época, ela parece decididamente fora de lugar até mesmo para Lucien, por mais propenso que fosse a excessos de oratória: ao longo de sua vida, evitou a violência sempre que pôde e, não vendo nenhuma emoção nas batalhas, buscava soluções pacíficas em vez de guerras. Ele sempre negaria ser o autor desta carta, que, no entanto, ficou associada a seu nome revolucionário.

Em 1794, o Terror estava no auge. Chegou ao odioso apogeu naquele verão, sob o governo de Robespierre: desde que a guilhotina começara seu trabalho sinistro no ano anterior, não haviam rolado tantas cabeças como naquele ano. Não foram apenas aristocratas e "inimigos" políticos, mas também escritores, cientistas e filósofos, que eram executados com suas famílias inteiras.

Napoleão evitou ser tragado àquele esgoto escuro. Maximilien Robespierre tinha um irmão mais novo chamado Augustin, que era superintendente do Exército nos Alpes. Um membro da Convenção, ele foi apelidado de "bombom" por sua doçura e por muitas boas ações no auge do Terror — em contraste absoluto com seu irmão. Ele lutou por anistias e contra a perseguição dos cristãos e, horrorizado com o fratricídio sem fim que assolava o país desde a morte do rei, ele tentou parar Maximilien. Este homem que salvava vidas foi bem recebido nas cidades do sul da França com gritos de "*Vive Robespierre!*" Napoleão se dava bem com Augustin — os dois se conheceram em Nice, onde Bonaparte, agora general de brigada, estava comandando a artilharia. No rastro da vitória de Toulon, o nome de Napoleão começava a significar algo, e Augustin, que testemunhou a vitória, informou o irmão dos talentos do jovem general, convencendo-o a considerar Bonaparte para nada menos que o cargo de comandante de Paris.

A promoção de Napoleão a general em 1793 permitiu que a família Bonaparte se estabelecesse mais confortavelmente em um castelo perto de Antibes. Lucien veio de Saint-Maximin para uma visita de alguns dias. Durante uma caminhada com Joseph e Napoleão, este último anunciou sobre a oferta e perguntou aos irmãos o que deveria fazer. Lucien se alegrou com a ideia de finalmente "chegar à capital". Mas Napoleão já tinha tomado sua decisão: ele recusaria a oferta. Ele observou, fitando intensamente os olhos de Lucien: "Isto não é algo com que se entusiasmar. Não é tão fácil salvar a própria cabeça em Paris como é em Saint-Maximin. Augustin é um sujeito honesto, mas seu irmão não brinca em serviço. Ele terá de ser obedecido. Servir àquele homem? Não, jamais! Sei bem como eu seria útil para ele, substituindo aquele idiota do comandante de Paris; mas *isto não é o que eu quero ser*. Não é o momento certo. O exército é o único lugar honroso para mim hoje; seja paciente, *eu comandarei Paris no futuro*."[40]

Em todo caso, a fama repentina de Napoleão foi um benefício para Lucien, que pensou que poderia usar a influência do nome do irmão para tirar os moradores da cadeia. Os temidos agentes do Comitê de Segurança Pública, Paul Barras (o homem que mais tarde se tornaria líder do Diretório) e Stanislaus Fréron, ansiavam por mais execuções capitais. No mesmo momento em que cidades de toda a França aprisionavam mais "suspeitos", quando os dois homens descobriram em Marselha que em Saint-Maximin ninguém fora entregue à guilhotina — que os moradores na verdade se *divertiam* com teatro e música —, eles decidiram agir.

Um dia, uma senhora correu para Lucien e lhe disse, sem fôlego: "Em nome dos céus, presidente cidadão, venha e nos defenda: estão levando nossos filhos para Orange. Lembre-se de que você nos prometeu." Lucien imediatamente exigiu que o alarme fosse soado e correu para a prisão com uma centena de membros da Sociedade Popular. Umas seis carroças já estavam carregadas com prisioneiros acorrentados, com destino a Orange. Os homens de Barras, usando lenços tricolores e chapéus emplumados, esperavam às portas com alguns guardas, enquanto um secretário escrevia os nomes das vítimas. Lucien não perdeu um segundo. Ele ordenou que os homens saíssem "em nome da lei". Ele sabia exatamente o que estava fazendo: "O Comitê Revolucionário não ordenou nenhuma entrega dos prisioneiros", havia declarado. "A Sociedade Popular está prestes a se reunir; vão até lá e apresentem sua autoridade. Guardas, libertem os suspeitos." No começo, os homens o tacharam como "moderado", pronunciaram os nomes daqueles que enviaram os presos e ignoraram Lucien. Mas, alertados pelo sino, chegaram diversos moradores e familiares dos condenados. Alguns estavam armados. Lucien ordenou a libertação dos prisioneiros e teve seu desejo atendido pela força dos números. Os trinta e tantos prisioneiros foram devolvidos à prisão, e os portões foram muito bem guardados por seus concidadãos. O delegado enviado por Barras começou a tremer quando Lucien pediu para ver seus documentos. Modificando instantaneamente seus modos e elogiando a Sociedade Popular de Saint-Maximin, ele confessou que não tinha "mais nada a dizer, já que o Comitê Revolucionário é presidido por um patriota corso". Dali ele partiu de repente, seguido por seus homens.

Lucien descreveu aquele dia como "um dos mais felizes da minha vida".[41] Ele realmente tinha salvo vidas. Seu jeito com as palavras, a presença de espírito, a determinação e a autoconfiança lhe serviram em ação. O "mísero almoxarife" — como o ressentido Barras mais tarde rotularia Lucien em suas *Mémoires*, chamando seu estilo oratório na Sociedade Popular de "gritaria demagógica" —[42] tornou-se o heroico salvador da cidade.

❧

Lucien vinha cortejando assiduamente e com sucesso as atenções da filha analfabeta mas encantadora de seu estalajadeiro, Christine Boyer. Pierre-André Boyer, o pai da moça, um burguês convencional que não adotara um estiloso nome clássico, não permitiria que o pretendente de sua filha escapasse com seu namorico. Depois de uma reunião do comitê em que Lucien jorrara igualdade, Boyer, virando as palavras de Lucien contra ele, disse: "Você que tem tanto a dizer sobre princípios, por que não começar a praticar sua moral casando-se com minha filha, uma vez que, se não o faz, está ferindo sua reputação?"[43] O protesto foi proferido em público, na presença de uma grande aglomeração. Não havia muita opção para Lucien. E, em 4 de maio de 1794, enquanto o Terror explodia, Lucien se casou com Christine. Ela tinha 22 e ele apenas 19 — menor de idade, de fato, uma vez que a idade legal de casamento para os homens era 21 anos. Então, assim como Lucien usara

JUVENTUDE 51

a certidão de nascimento de seu irmão mais velho Joseph para conseguir o emprego em Saint-Maximin, ele a usou novamente para se casar. A certidão de casamento estava em nome de Brutus Bonaparte — o nome revolucionário de Lucien.

A família de Lucien ficou furiosa por ele se casar precipitadamente com alguém abaixo de sua posição e especialmente por não pedir o consentimento de Letizia. Mas, segundo todas as opiniões, Christine era uma linda jovem, dotada de um belo sorriso e uma beleza morena sulista, cujos encantos não eram diminuídos pelas marcas visíveis de varíola; ela era graciosa, gentil, carinhosa e bondosa. E o amor de Lucien era amplamente retribuído. Embora fofocas maliciosas mais tarde alegassem que ela ficara grávida antes de casar, os registros esclarecem os fatos: ela deu à luz sua primeira filha, Charlotte, nada menos que onze meses após o dia do casamento.

O casamento de Lucien foi logo seguido pelo de Joseph, com Julie Clary, filha de um rico comerciante de seda de Marselha, em 1º de agosto de 1794. A escolha era tão boa quanto a de Lucien parecia absurda. Enquanto isso, Napoleão, cuja irritação com Lucien era extrema, ficou noivo da irmã de Julie, Désirée, mas ele a tratava com melindrosa indiferença. O amor não era prioridade em sua mente: o cenário político estava mudando dramaticamente e, com ele, os destinos dos Bonaparte.

TODOS OS CAMINHOS LEVAM A PARIS

A França se banhava em seu próprio sangue, até que os carrascos do Terror se tornaram vítimas de seus próprios atos. A contagem regressiva para o fim daquele período medonho começou com a morte de Georges Jacques Danton, em 5 de abril de 1794. O estridente orador literalmente gastou o resto de sua poderosa voz se defendendo contra as acusações fabricadas num julgamento revolucionário de fachada cuja máquina jurídica letal ele mesmo havia criado. Sua cabeça silenciosa foi cortada e mostrada ao povo de Paris, que há muito o idolatrava. Mas o eloquente líder da Revolução profetizou que seus parceiros de crime em breve seguiriam seu destino.

Com intrigante pontualidade, apenas duas semanas após o quinto aniversário do Dia da Bastilha, em 28 de julho, Robespierre — "o hipócrita mais cruel e o maior covarde de todos", nas palavras de Lucien —[44] foi guilhotinado. Aqueles que ordenaram sua execução foram seus antigos aliados, incluindo Barras, Fréron e Fouché.

O jovem Augustin Robespierre, defensor de Napoleão, ofereceu-se para seguir seu irmão à morte na forca, no mesmo dia. Os expurgos do Termidor — assim chamado porque começaram no mês de Termidor, o equivalente no calendário revolucionário ao período entre meados de julho e meados de agosto — duraram alguns meses. Foi um momento de extrema tensão e angústia para a família Bonaparte. Na esteira da queda do poderoso Robespierre e da Convenção Jacobina, o caos e a vingança grassavam e muitos oficiais e funcionários públicos comprometidos foram removidos de seus postos. Por causa de sua associação com Augustin, Napoleão foi preso em Nice em 11 de agosto, mas ficou detido apenas até o dia 20: suas habilidades eram necessárias e o jogo de engenho político superava os ditames da vingança.

De sua parte, Lucien eventualmente deixou Saint-Maximin, uma vez que o almoxarifado militar foi desmontado e com ele seu emprego — na verdade, no momento em que se casou, ele já estava fora do trabalho. Além disso, ele enfrentava o duplo perigo de ser denunciado às autoridades militares por não se alistar no exército como era exigido em sua idade e prejudicado por seu fervor jacobino, embora, em sua opinião, ele interpretasse apenas "a paródia do que o Convenção queria", recusando-se a ser associado com os excessos de seus companheiros jacobinos.[45] E assim Lucien se retirou à pequena e tranquila cidade de St. Chamas como inspetor na administração militar. O problema era que suas adoradas esposa e filha tiveram que ficar para trás por um tempo com o pai de Christine em Saint-Maximin.

Pelo menos o trabalho não exigia tempo integral, e os dias em St. Chamas se passavam agradavelmente, muitas vezes em compromissos sociais com famílias locais. Um dia, em agosto de 1795, na companhia de seus amigos e quando declamava um poema para cumprir uma promessa, Lucien foi chamado à porta: um militar o buscava. Ele ficou surpreso ao

JUVENTUDE

ver Auguste Rey, filho de um casal de Saint-Maximin, que esteve entre os prisioneiros que ele salvara. O rapaz de 16 anos usava o uniforme dos Compagnons de Jésus (Companheiros de Jesus), uma seita sulista antijacobina e brutalmente vingativa. "Bem, Auguste, o que você quer de mim, e como estão seus pais?", perguntou Lucien. A resposta foi inesperada: "Marche, bandido, e mostre-me as mãos!" Auguste prendeu Lucien em nome da nova administração de Saint-Maximin, algemando-o e levando-o embora. Auguste brandia a espada para fazer Lucien andar mais rápido e os meninos que acompanhavam Rey não cessavam de insultá-lo. Lucien perguntou: "Para onde me levam? Vocês cortarão minha garganta como recompensa por ter salvado seus pais?" Auguste respondeu: "Não, você não tem nada a temer quanto a isso. Vou levá-lo para a prisão de Aix." Lucien se assustou: "Para a prisão de Aix! Ora, há apenas alguns dias os prisioneiros foram massacrados lá! É tão ruim quanto a prisão de Orange."[46]

Em Aix, Lucien se viu em uma grande cela com uma centena de outros presos indefesos. As paredes e colchões de palha estavam manchados com o sangue das vítimas anteriores. No dia seguinte, ele escreveu para sua mãe e irmãos para informá-los sobre o que tinha acontecido. E ele escreveu uma carta suplicante ao pai de Auguste: afinal, ele salvara suas vidas.[47] Ele também escreveu ao Représentant du Peuple (representante do povo) da Córsega, invocando sua situação lamentável como compatriota, marido e pai, alegando ele que deixara seu cargo três meses antes de 9 Termidor (27 de julho de 1794, quando Robespierre foi preso e condenado à morte) e que nenhum "homicídio jurídico" jacobino tinha ocorrido sob sua supervisão.[48]

Depois de seis semanas de agonia na cela lotada, uma ordem de libertação veio de Paris. Estava assinada por Napoleão. Lutando por sua carreira, Napoleão suportara o humilhante rebaixamento para o cargo de brigadeiro de infantaria, e tirou licença médica numa tentativa de ganhar tempo. Mas, por recomendação de Barras, ele foi nomeado conselheiro militar do Comitê de Segurança Pública para a campanha italiana cuja elaboração estava em marcha. Nesta posição, Napoleão conseguiu livrar seu irmão da cadeia.

Lucien foi direto para Marselha, onde o resto da família, incluindo Letizia, encontrou refúgio sob a asa de Joseph. Ele encontrou a atmosfera da cidade muito diferente. Seus habitantes, outrora tão ansiosos para desfrutar dos espetáculos de mortes sangrentas criados pela Convenção Jacobina, comemoravam alegremente sua derrota. Em todo o país, os contrarrevolucionários e monarquistas eram os novos heróis. Uma nova constituição republicana foi decretada em agosto, em nome da igualdade e da divisão do poder: o governo seria composto de duas câmaras legislativas — o Conselho dos Quinhentos e o Conselho dos Anciãos — encimadas pelo Diretório executivo, composto de cinco membros do Conselho, cujo líder não oficial era Barras. Mas, para indignação daqueles que comemoraram o fim da tirania jacobina, os deputados da antiga Convenção determinaram que eles mesmos deveriam constituir dois terços das câmaras, sem eleições.

Não vendo motivo algum para ficar em Marselha, Lucien apressou-se a Paris, onde chegou em 27 de setembro de 1795 e encontrou Napoleão. As revoltas jacobinas nos meses que antecederam a morte de Robespierre provocaram uma forte presença militar na capital. Novas revoltas agora vinham da direita: monarquistas conclamavam todos a rejeitar a "lei dos dois terços", mas sem sucesso nas províncias, onde as assembleias aceitaram integralmente a constituição. Em Paris, a revolta chegou a um impasse em 5 de outubro de 1795, apenas alguns dias depois da chegada de Lucien: os monarquistas marchavam contra o Diretório, que montara sede nas Tulherias, o palácio real. A cena poderia ter sido assustadoramente parecida com a que Napoleão testemunhara, o golpe de 10 de agosto de 1792, quando o rei foi capturado: foi sua primeira experiência das consequências sangrentas da batalha e, na verdade, nenhum outro campo de batalha causou nele impressão mais forte. Na época, Napoleão observou que, se o rei estivesse montado em seu cavalo, teria vencido naquele dia fatídico. Mas hoje os rebeldes eram os partidários do rei; não eram uma turba faminta, exausta e desesperada, eram uma massa bem organizada, bem-vestida e revoltada, mas disciplinada. Os militares estavam no local, de frente para ela.

Quando Barras convocou freneticamente os generais para resgatar o Diretório, apenas um punhado respondeu, Bonaparte e Carteaux se

JUVENTUDE

sobressaíam entre eles. Ironicamente, antes da Revolução, Carteaux pintara um retrato equestre de Luís XVI e depois invadiu as Tulherias. Agora, pela terceira e última vez, o prolixo e covarde general mudaria de lado. Barras imediatamente nomeou Napoleão comandante de Paris. Lucien se lembrou da profecia que Napoleão pronunciara menos de dois anos antes, de que ele "comandaria Paris no futuro". Tão determinado a defender as Tulherias como foi em atacar Toulon, Napoleão requisitou a artilharia e empregou metralha letal contra os rebeldes. A chuva forte os desencorajou e lavou o sangue das centenas de vítimas nas ruas.

Impressionado com o furor de Napoleão, Barras o nomeou segundo em comando do Exército do Interior. Napoleão pediu a Fréron, que estava prestes a assumir o cargo de procônsul de Marselha, que levasse Lucien consigo como seu secretário pessoal. Fréron fora próximo de Robespierre e inimigo de Lazare Carnot, agora ministro no governo do Diretório, e assim sua carreira política estava em declínio. Mas ele era um libertino, um amante das mulheres e da bebida — um "excelente revolucionário", ainda que "afeminadamente literário", segundo seu amigo Barras, com quem ele supervisionara o derramamento de sangue jacobino no sul; e, embora Lucien se opusesse ao derramamento de sangue, ele não fez objeções à amizade de Fréron.[49] Sob a influência dos hábitos soberbos de Fréron, Lucien aproveitou a viagem para Marselha a fim de exercitar sua oratória em Aix, onde esteve preso, e em várias cidades sulistas. Em Marselha, Fréron viveu como um "vice-rei persa", mantendo sua casa iluminada dia e noite, promovendo touradas e peças, impressionando a alta sociedade com sua perspicácia e ar sedutor, com uma sofisticação desenvolvida em sua educação com as tias do próprio Luís XVI.[50]

A irmã de Lucien, Pauline, também estava em Marselha e muito provavelmente conheceu Fréron por intermédio do irmão. Ela tinha 15 anos e já era uma beldade — pequena, pele clara, com cabelos e olhos escuros e uma boca sensual. Fréron tinha 42 anos, era pai de dois filhos com sua amante, uma ex-atriz de Paris. Ele se dedicou a seduzir a bela Pauline e obteve êxito imediato. Em poucos dias, falava-se em casamento. Os irmãos estavam intrigados com o casal; e Letizia se recusou firmemente a permitir as bodas de Pauline com o ex-terrorista (como os arquitetos e cúmplices do terror eram agora chamados), que ela acreditava incapaz de sustentar seu grandioso estilo de vida por muito mais tempo. Lucien concluiu seu período como assessor de Fréron, mas, em 1º de novembro de 1795, assumiu o cargo no Diretório a sério. Uma semana depois, Napoleão nomeou Lucien como comissário de Guerra do Exército do Norte, com sede em Antuérpia, então parte da Holanda.

☙

Antes de assumir a função, Lucien passou um mês em Paris. Foi, de longe, o período mais emocionante que já tivera em sua vida. Após o Terror, Paris era uma cidade dissoluta e festiva. Os sinais de indigência estavam por toda parte: a cidade estava imunda e fétida, havia bebês abandonados nas ruas junto a cães selvagens e animais mortos. Mas as ruas eram também palco de celebrações. Após anos de medo, perseguição, guerra e morte, a busca do prazer era a ordem do dia. Agora que as "celebrações" forçadas e moralistas impostas por Robespierre em verdadeiro estilo ditatorial estavam acabadas, os parques estavam cheios, música era tocada ao ar livre, uma dúzia de teatros encenava peças obscenas todas as noites, os salões reabriram e os aristocratas sobreviventes começavam a retornar. As pessoas se encontravam novamente em bailes, jogos de azar e danças a noite toda, consumindo sorvetes assistindo aos fogos de artifício. Todo mundo lia avidamente, à medida que novos romances eram impressos em uma enxurrada de criação literária. Vestidos de gaze transparente estavam muito na moda, pois eram vagamente orientais, com pregueados sensuais e acessórios excêntricos; casos de amor pipocavam. As conversas se iluminavam, as fofocas finalmente se voltavam às questões de Eros e não de Tânatos. Os deuses pagãos e os antigos heróis da arte neoclássica povoavam as casas e praças públicas.[51]

Lucien estava apaixonado pela política. Passava os dias na Assembleia, ouvindo os debates, cutucando os deputados para partilhar com eles seus pensamentos profusos. À noite, frequentava o famoso e sofis-

JUVENTUDE

ticado salão de Barras, que revelou ser na verdade Paul François Jean Nicolas, visconde de Barras. Não menos libertino que Fréron, Barras era assustadoramente atraente e dissoluto; e, exatamente como no caso de Fréron, seu pedigree aristocrático não deteve seu ardor revolucionário. Ao contrário de Fréron, porém, ele foi um agente que, após derrubar Robespierre, continuou no topo e enriqueceu subornando os militares a seu favor. Como chefe do Diretório, ele era agora ainda mais poderoso.

Barras também tinha sorte no amor: sua amante era Thérésia Tallien, *née* Cabarrus, uma beldade meio espanhola, morena e pequenina. Ela conhecera seu marido Jean-Lambert Tallien — um aliado moderado de Robespierre — durante a Revolução, primeiro como uma mulher casada, no estúdio da renomada pintora da alta sociedade Elizabeth Vigée-Lebrun, e depois como uma das primeiras divorciadas da nova república, quando Tallien a salvou da prisão. (Seu primeiro marido fora um aristocrata exilado.) Agora Tallien era um homem ciumento e sua esposa era celebrada como a mulher mais voluptuosa da época; de acordo com o primeiro-ministro britânico, William Pitt, ela "era capaz de fechar as portas do inferno".[52] Como anfitriã do salão Barras, ela encheu as paredes com obras de arte que outrora pertenceram à rainha Maria Antonieta. Seus penteados ousados e as túnicas transparentes em estilo grego, muitas vezes imersas em óleos perfumados, definiram uma nova tendência da moda e alucinavam os homens, incluindo Lucien, que a chamou de "uma verdadeira Calipso" e inocentemente flertava com ela.[53] Ele estava aprendendo a prosperar nos salões parisienses. Faminto de vida e cultura, ele estava deslumbrado com o requinte e a liberdade de pensamento, com a energia intelectual e a sensualidade deste mundo renascido, tão diferente do ambiente rudimentar em que vivera. Agora ele desfrutava o convívio das melhores mentes da melhor sociedade, exercitando seu olhar artístico e sua mente literária.

Napoleão também conheceu a "ditadora da beleza"; ele já havia tentado sua sorte com ela, mas madame Tallien o rejeitou com uma notória dose de desdém que o fez parecer um tanto ridículo. Barras, por sua vez, estava ansioso para empurrá-lo para os braços de madame Joséphine de Beauharnais, viúva do marquês de Beauharnais, um general que fora guilhotinado, com quem teve dois filhos. O boato era de que ela tinha vivido um caso com Barras.

Dadas as muitas beldades de Paris, Lucien não se impressionou com aquela mulher mais velha, de cintura evidentemente fina, mas com aparência em declínio e dentes podres, embora Napoleão "a notasse, ou melhor, fosse notado por ela".[54] Nem um pouco brilhante, mas elegante, estilosa e vivida; esta meio-*créole* sabia como usar seus encantos naturais o suficiente para ser conhecida e bem recebida na sociedade parisiense.

Após aquele mês de inebriante folia, Lucien relutantemente partiu para a Holanda sem sua esposa e filha. Logo depois, em 2 de março de 1796, Napoleão se casou com Joséphine. O dote foi bastante incomum: Barras nomeou Napoleão comandante do exército destinado a fazer uma campanha na Itália. Como se seguindo o mau exemplo do irmão mais novo, Napoleão não pediu a autorização de Letizia.

Uma união não aprovada com uma esposa lamentavelmente abandonada em casa era a única coisa que os dois irmãos agora tinham em comum. Enquanto Napoleão, logo depois de se casar, liderava milhares de soldados no que acabou por ser a primeira de suas muitas campanhas triunfais, Lucien, sozinho na Antuérpia, lutava para obter um mísero cavalo para seu próprio uso. Infeliz com seu papel insignificante, devorado pelo tédio e pela insatisfação, ele passava seu tempo lendo jornais e panfletos. Após seis semanas desta vida inútil, ele deixou o cargo e voltou a Paris. Foi um ato de insubordinação que talvez lhe custasse caro, mas ele contava com a proteção de seu irmão para não ser dispensado.

VIVE LA RÉPUBLIQUE!

Em meados de maio de 1796, o exército francês ocupou Milão na luta contra os austríacos. Lucien rapidamente partiu de Paris para se juntar a Napoleão lá — não está claro por que motivo, embora seja provável que ele planejasse pedir ao general que lhe desse outro emprego, talvez também para tentar convencê-lo a deixar Pauline casar-se com Fréron,

JUVENTUDE

que ela ainda amava. Em seu caminho, ele parou em Gênova, onde alguns voluntários se reuniram para navegar para a Córsega em uma tentativa de libertar a ilha da ocupação inglesa provocada por Paoli. O líder dos oficiais era Costa, o homem que salvou sua família da vingança do *Babo* e a quem Lucien abraçou com carinho e gratidão. Lucien estava tentado a acompanhá-los até Ajaccio, mas estava mais ansioso por encontrar seu heroico irmão. Durante sua breve estada em Gênova, chegou a notícia de que a Córsega se insurgira contra Paoli, que voltara a Londres alguns meses antes.

Lucien esperava participar do clima de comemoração que coroava a entrada francesa vitoriosa na capital do norte italiano. Mas Napoleão e seu exército haviam partido para suprimir um levante em Pavia, nas planícies mais ao norte. Em seu caminho até lá, Lucien passou pelas ruínas queimadas de uma aldeia saqueada pelos franceses e viu cadáveres de soldados e civis. E, quando entrou na bela cidade de Pavia, ficou chocado ao ver o quanto tinha sido saqueada; camponeses que se recusaram a se entregar jaziam mortos no chão, seus corpos sendo retirados exatamente quando Lucien chegou. Havia sangue por toda parte, e os saqueadores vendiam produtos roubados nas ruas. Mesmo a mais necessária das guerras, pensou ele, traz uma hoste de infelicidades para as pessoas envolvidas.

Ele avançou. Quando finalmente conseguiu chegar ao ocupado general, Lucien descobriu que seu irmão não tinha tempo para ele; a recepção de Napoleão foi fria e antipática. Lucien passou metade de um dia com ele, sentindo-se inoportuno na melhor das hipóteses. Se, no cerco de Toulon, Lucien se sentira fora do lugar, aqui ele estava fora de ordem, como Napoleão deixou extremamente claro. O jovem abandonara seu posto numa extravagância, foi a Paris e chegou à Itália sem pedir autorização de ninguém, e agora vagava sem rumo.

Furioso e impaciente com seu irmão irresponsável, Napoleão mesmo assim encontrou um cargo de comissário para ele em Marselha. Mas Lucien estava inquieto e perdido, cheio de energia e desesperado por um propósito. Acompanhado por Christine e a pequena Charlotte, ele retornou a Paris. Exasperado, Napoleão escreveu ao ministro Carnot, um dos cinco líderes do Diretório, um homem poderoso que também tinha sido um revolucionário-chave:

> Um de meus irmãos, um comissário do Departamento de Guerra em Marselha, foi para Paris sem permissão. Este jovem tem certa quantidade de talento, mas ao mesmo tempo possui uma mente muito mal equilibrada. Por toda sua vida, ele teve uma mania de mergulhar em política. Neste momento, quando me parece que demasiadas pessoas estão ansiosas por me prejudicar e toda uma intriga foi posta em marcha para dar cor a relatórios que são tão estúpidos quanto perversamente caluniosos, peço-lhe a bondade de me fazer o favor essencial de ordenar-lhe que se junte ao exército dentro de 24 horas. Eu gostaria que fosse o Exército do Norte.[55]

Em agosto de 1796, Lucien acabou no Exército do Reno e com trabalho administrativo; Christine e sua filha estavam com ele. Christine estava grávida, mas sofreu um aborto. Em 14 de setembro, Lucien escreveu diretamente para Barras: "Minha campanha no Reno e no Mosela começa nas circunstâncias mais infelizes. O estado de saúde de minha esposa é alarmante e me obriga a levá-la imediatamente para sua família, o único refúgio para ela dada sua condição." Lucien informou Barras de que pediria ao ministro uma mudança de cargo para Marselha: "N[o] caso de qualquer dificuldade, contamos com sua amizade para superar isto."[56] Se esta petição falhasse, escreveu Lucien, ele teria que renunciar a seu emprego.

A condição de Christine — que Lucien não especificou ser proveniente de um aborto — claramente não convenceu Napoleão como desculpa legítima para que seu irmão deixasse o cargo mais uma vez. Quando Carnot encaminhou o pedido de Lucien a Napoleão, este último, no limite de sua paciência, respondeu a Carnot:

> Recebi sua carta de [8 de outubro de 1796]. O senhor deve ter visto, apenas lendo a carta, que cérebro de lebre tem este jovem. Ele se meteu em problemas tantas vezes em '93, não obstante o bom conselho que jamais cessei de lhe dar, uma vez após a outra. Ele queria bancar o

JUVENTUDE

jacobino, de modo que foi uma sorte ele ter apenas dezoito anos e sua juventude servir como desculpa, caso contrário ele se veria comprometido com aquele punhado de homens que foram a desgraça de seu país. Deixá-lo ir para Marselha seria perigoso, não só para ele mesmo mas também para o interesse público. Ele certamente cairia nas mãos de intrigantes e, além do mais, suas ligações no bairro são muito ruins. Mas, com a Córsega agora livre, o senhor muito me obsequiará em ordenar-lhe que vá para lá, se sua disposição não lhe permitir firmar-se no Exército do Reno. Na Córsega, ele poderia ser de utilidade para a República.[57]

Era uma carta bastante paternalista. Napoleão rebaixava seu irmão, descrevendo-o como um jovem fraco que deve obedecer aos mais velhos. Era verdade que o comportamento de Lucien fora anárquico, que ele tentou bancar o jacobino e mergulhou na política de forma bastante irresponsável. Mas, em sua carta, Napoleão parecia censurar Lucien principalmente por seu idealismo e falta de ceticismo — evidentemente falhas na cabeça de um homem pronto a sacrificar tudo e todos às missões gigantescas que a história lhe confiara. Ele reconheceu que seu irmão tinha talento, mas preferia ignorá-lo, tentando inutilmente impor ao inquieto humanista a crua disciplina militar, mandando-o de cá para lá segundo seu capricho e desconsiderando o fato de que aceitar ordens não era do feitio de Lucien.

Mas desta vez Lucien simplesmente não teve escolha, principalmente porque não tinha meios: precisava voltar para a Córsega. Sabia que dificilmente seria um retorno triunfal ou heroico. Pelo menos poderia adiar seu destino, alongando a viagem. Parou em Marselha o máximo que pôde e conseguiu chegar a Bastia, com sua família, somente em março de 1797. Lucien descobriu que ficaria baseado em Ajaccio. Logo após sua chegada, Letizia partiu para a Itália com Pauline e Caroline, a pedido de Napoleão: ele as esperava em Milão, pois decidira que Pauline deveria casar-se com o general adjunto Charles Leclerc, com quem ele estava lutando a campanha italiana. O romance de Pauline com Fréron teve de ser rompido para sempre: o vice-rei persa estava politicamente desgraçado, acusado de peculato e outros delitos. Joseph também foi para a Itália — tinha sido nomeado nada menos que embaixador em Roma.

Todo mundo havia deixado a Córsega. Lucien estava sozinho e tinha pouco a fazer — na verdade, o modesto posto que lhe fora atribuído era um rebaixamento. Ele estava vivendo como uma espécie de convidado na antiga casa da família, que Joseph havia restaurado até certo ponto, atribuindo o funcionamento do lugar a um agente quando ele saiu para a Itália. Deve ter sido uma situação estranha — em casa, mas uma casa praticamente nova, na cidade de sua juventude, mas desesperado para fazer algo de sua vida adulta. Pelo menos Christine e a pequena Charlotte estavam com ele, e Christine estava grávida novamente.

Um dia, em 1797, Lucien decidiu fazer uma breve pausa em seu trabalho tedioso. Abandonando o posto, partiu para a cidade de Hyères, no continente. Uma celebração das vitórias italianas de Napoleão estava prestes a acontecer, e representantes da cidade apresentaram-se no cais quando Lucien chegou, convidando formalmente o "jovem guerreiro", como o chamavam, para ocupar uma posição de honra nas festividades. Foi um convite inesperado e atraente, mas Lucien pensou duas vezes. Suas façanhas militares eram quase nulas — ele vinha trabalhando como um burocrata do exército, não no front —, e teria sido imprudente, ou até ostensivamente perigoso, falar em nome do Exército da Itália e, portanto, de seu irmão. De qualquer modo, ele deveria estar em seu posto em Ajaccio, não em Hyères; mais uma razão para não chamar atenção para si. Assim, ele recusou a oferta para falar, por meio de uma carta honesta e oficial a um só tempo:

> *Em uma república, a glória é puramente pessoal. Ela cobre com seus louros o defensor da pátria, sem estender tal fama aos membros de sua família. Se eu aceitasse a honra que me oferecem, estaria violando este princípio sagrado, a própria base da democracia. Também estaria agindo em oposição aos desejos positivos de meu irmão, que não reconhece louros festivos a menos que sejam colhidos no campo de batalha. Aceitem então meus agradecimentos em meu próprio nome, e no de meu irmão, e incluam entre seus brindes nosso brinde invariável: "Honra aos generosos filhos da liberdade, vive la République!"*[58]

JUVENTUDE

Ele então partiu de volta para Ajaccio; a folga do tédio tinha chegado ao fim.

Em junho de 1797, Letizia voltou para a Córsega e se dedicou a terminar a restauração da casa. Ela foi com Elisa, recém-casada com Felice Baciocchi, um nobre corso insignificante a quem Napoleão nomeara coronel e postou como comandante de Ajaccio (principalmente porque ele era muito medíocre como soldado para ser enviado a qualquer outro lugar). Era uma chance para que Letizia e Christine finalmente se conhecessem. Lucien não andava em bons termos com a família desde seu casamento, e sua subsequente falta de disciplina e direção não ajudou a melhorar as relações.

No fim das contas, Letizia de fato simpatizou com Christine, encantada por sua graça natural e bom caráter e tocada por sua amorosa devoção a Lucien. Christine a chamava de *maman*. As duas mulheres tinham mais em comum do que qualquer um poderia esperar — inteligentes, embora incultas, francas e razoáveis. Christine acreditava que desta vez estava esperando um menino. Em 1º de agosto, ela escreveu uma carta a Napoleão — a esta altura, Lucien a ensinara a escrever — na esperança de que os irmãos finalmente fizessem as pazes: "Permita-me chamá-lo de irmão", ela começou.

> *Minha primeira filha nasceu em uma época em que o senhor estava irritado conosco. Como eu gostaria que ela pudesse em breve acarinhá-lo, de modo a compensá-lo por todos os problemas que meu casamento lhe causou.*
>
> *Meu segundo filho não nasceu. Fugindo de Paris sob suas ordens, abortei na Alemanha.*
>
> *Em um mês, espero dar-lhe um sobrinho. Uma gravidez feliz e muitas outras circunstâncias me dão esperança de que será um sobrinho. Prometo fazer dele um soldado; mas eu gostaria que ele levasse seu nome e que o senhor fosse seu padrinho. Espero que não rechace o pedido de sua irmã.*
>
> *Por favor, envie sua procuração a Baciocchi, ou a quem desejar. A madrinha será* maman. *Aguardo com impaciência esta procuração.*

Não nos despreze porque somos pobres; pois, afinal de contas, o senhor é nosso irmão: meus filhos são seus únicos sobrinhos, e nós o amamos mais do que à fortuna. Espero que um dia eu possa mostrar-lhe o carinho que tenho pelo senhor.

Sua afetuosa irmã,
Christine Bonaparte

P.S.: Por favor, não se esqueça de mandar minhas lembranças à sua esposa, a quem eu gostaria muito de conhecer. Em Paris, diziam que eu sou muito parecida com ela. Se o senhor se lembrar do meu rosto, deve poder atestar esta verdade.

Napoleão parece ter aceitado o ramo de oliveira enviado por Christine. Logo depois, nomeou Lucien comissário da República em Bastia. Era um bom posto, com um bom salário, todas as despesas cobertas.

O bebê nasceu a termo. Não era um menino. O casal a chamou Victorine; um bebê de "beleza singular", ela viveu por pouco tempo. Lucien, escreveu: "Sua morte, tão dolorosa quanto inesperada. Iluminada de saúde, ela morre em meus braços, à idade de sete meses — um verdadeiro anjinho no céu."[59]

☙

A vida de Napoleão durante aqueles meses não poderia ter sido mais diferente da de Lucien. Excepcionalmente ocupado nos campos de batalha italianos, Napoleão venceu dezoito batalhas, coletando glórias sem precedentes e recolhendo os despojos de guerra que lhe eram devidos, marchando conscientemente nos passos de César e Alexandre, o Grande, conquistando rapidamente e esmagando qualquer inimigo que tentasse pará-lo. Milhares de pessoas morreram, civis sofreram, mas isto não lhe importava. Ele se tornava o mais heroico defensor da França num momento em que o país estava sob ataque de todos os lados — desde a morte do rei, na verdade, a França vinha vivendo sob uma ameaça perpétua, e guerras explodiam em todas as suas fronteiras.

Em dezembro de 1797, no final de sua campanha vitoriosa, Napoleão retornou triunfal a Paris. Foi-lhe imediatamente oferecido o comando do exército contra a Inglaterra. Era uma posição espinhosa, que ele recusou, explicando ao Diretório as razões estratégicas pelas quais era impossível enfrentar a Inglaterra numa luta frontal. Em vez disso, ele partiu para organizar uma grande expedição que visava a minar o Império Britânico no Oriente, mas manteve os planos em segredo para todos, inclusive sua família. Seu objetivo era criar obstáculos para o acesso britânico à Índia, acabando por unir-se a indianos muçulmanos contra os ingleses de modo a ganhar a vantagem no comércio e, assim, completar a guerra econômica que a França já estava travando contra a Inglaterra, iniciando uma nova colônia francesa no Oriente.

Longe dos centros de poder, Lucien não presenciou nenhuma das grandes façanhas de Napoleão. Mas, depois de quatro anos de ausência quase total do cenário político, estava ansioso por fazer parte da ação novamente. Estava com 23 anos e havia aperfeiçoado suas habilidades naturais com leituras sistemáticas; durante os meses solitários na Córsega, ele acumulou energias, atualizando e melhorando sua linguagem ideológica, repensando seus princípios políticos, e até fazendo campanha para obter o sufrágio para os corsos. Ele amadureceu e entendeu como o entusiasmo por seus próprios discursos podia ser vão. Lucien estava pronto para reentrar na briga política: ele disputaria a eleição para o Conselho dos Quinhentos.

Lucien deixou Bastia com sua família e voltou para o continente. Enquanto ele viajava a Paris, Napoleão estava a caminho de Toulon: uma grande frota sob seu comando estava pronta para zarpar rumo ao Egito — mas o destino foi mantido em sigilo para as pessoas a bordo. Em 19 de maio de 1798, Napoleão escreveu a Joseph: "Se Lucien não for eleito *député*, ele pode vir comigo. Ele certamente encontrará muitas oportunidades nesta viagem."[60] Haveria muitas oportunidades de fato, mas Lucien não aceitou o convite de seu irmão. Sua única contribuição para a aventura de Napoleão foi simbólica: sua filha Christine nasceu na Córsega um pouco antes e recebeu o nome do meio de Egypta, como um desejo de boa sorte.

Lucien foi o último membro da família a mudar-se para Paris. Todos viviam perto uns dos outros, no oitavo *arrondissement* dos dias de hoje (na época era o primeiro), recriando a sensação de uma pequena comunidade na grande capital. Lucien, Christine e suas duas filhas ficaram com Elisa e seu marido Felice Baciocchi no início, em uma casa na esquina da rue Verte. Joseph e sua esposa Julie viviam com Letizia e Caroline na rue du Rocher, enquanto madame Pauline Leclerc fixou residência na rue de la Ville-l'Evêque. Jérôme ainda estava na escola e Louis, sempre o irmão obediente, seguira Napoleão ao Egito.

Em junho, Lucien foi eleito *député*, isto é, deputado, no Conselho dos Quinhentos. Aos 23, ele mais uma vez era menor de idade para o cargo e assim, novamente, ele se valeu da certidão de nascimento de Joseph para se qualificar. Nove meses antes, em 4 de setembro de 1797 — uma data lembrada como 18 de Frutidor — houvera um golpe de Estado militar, quando o Diretório tomou o poder dos dois conselhos. Napoleão, juntamente com a maioria dos cinco diretores, posteriormente suprimiu os movimentos contrarrevolucionários que surgiram em resposta ao golpe, banindo muitos deputados. Mas a corrupção gradualmente se instalou, e, no momento em que Lucien assumiu suas funções públicas, o poder do Diretório estava em declínio. Ao longo dos 18 meses seguintes, ele contribuiu ativamente para enfraquecer ainda mais o ineficaz órgão governamental, travando numerosas batalhas legislativas para miná-lo. Ele colocou sua retórica inflamada em ação, salpicando seus discursos com uma imponente série de alusões clássicas utilizadas de maneira artística, mostrando uma compreensão impressionante e versada dos assuntos em pauta. Ele falava bem e com clareza, espírito e postura. Ao longo do tempo, as emoções exacerbadas deram lugar a um entusiasmo equilibrado.

Finalmente encarregado de um papel importante, Lucien dava tudo de si nas tarefas que se lhe apresentavam. Ele tinha especial orgulho do papel que desempenhou em garantir a independência da imprensa, rejeitando um projeto de lei que teria concedido à polícia o direito de censurar ou vetar jornais, o que teria constituído um retorno profundamente indesejado às restrições impostas sob Robespierre. Como

JUVENTUDE 67

resultado, em 5 de junho de 1799, foi arquivado um plano legislativo que autorizava o Diretório a inspecionar preventivamente os jornais. Esta foi uma importante vitória moral e política, essencial em protelar o estado de emergência que na história recente da França custou tantas vidas e que o governo ameaçava reimpor, proclamando pomposamente "perigos à mãe pátria".[61] Mas Lucien pagou um preço por esta vitória, na forma de um inimigo mortal: o sinistro e astucioso Joseph Fouché, que logo se tornaria ministro da Polícia.

❧

Enquanto isso, o general Bonaparte estava lutando no Egito. No começo, ele derrotou um exército de mamelucos nas pirâmides; impôs o domínio francês no Cairo, reprimiu a população com sucesso e iniciou missões culturais que resultariam em avanços significativos nos estudos egípcios. Houve também catástrofes: uma praga em Alexandria, a derrota dos franceses na Batalha do Nilo pela frota britânica de Horatio Nelson ao custo de muitas vidas, e uma insurreição no Cairo. A subsequente entrada de Napoleão na Síria otomana e na Palestina, para enfrentar uma coalizão de tropas lideradas pela Turquia, foi catastrófica: os franceses cometeram um massacre em Jafa, pilhando e estuprando brutalmente por dias, após o que irrompeu uma epidemia de peste; houve um cerco sangrento e fracassado em São João de Acre (Israel), onde a marinha inglesa auxiliou os turcos — em retirada, os franceses queimaram tudo na área, e Napoleão pediu a um farmacêutico do exército que administrasse uma overdose de ópio nos sobreviventes feridos que estavam mal demais para seguir em frente. De volta ao Egito, vitórias impressionantes se alternavam a terríveis reveses. A batalha final do Nilo (25 de julho de 1799) foi uma vitória francesa suficiente para que Napoleão decidisse que a campanha havia terminado.

Por todo o tempo, Napoleão vinha cuidando para garantir que as notícias que se infiltravam lentamente na França ilustrassem a campanha nos termos mais positivos possíveis — e como realizações pessoais do heroico general Bonaparte, em vez de ações coletivas do Exército do

Oriente. Ele até compôs alguns despachos em pessoa. Ele também se mantinha a par das notícias de Paris, onde a situação política se deteriorava rapidamente. Ele escreveu a Joseph e Lucien, pedindo-lhes que falassem francamente ao Diretório e que o obrigassem a prestar muita atenção ao fulgurante Exército no Oriente, mas nenhum deles levou o assunto a público.

Em vez disso, Napoleão recebeu uma carta de seus irmãos instando-o a regressar a Paris. Ela reforçava as súplicas que ele também havia recebido do Diretório e especificamente de Barras, exigindo urgentemente o retorno secreto do general: havia uma ameaça crescente da Áustria e da Rússia, e Bonaparte era o homem para lidar com ela. Estes despachos foram enviados de Paris no final de maio, e no momento em que Napoleão os recebeu, em meados de julho, a própria governança do país estava em perigo, em grande medida graças à liberalização da imprensa que Lucien ajudara a garantir, e que abriu espaço para críticas ferozes ao Diretório. Os franceses queriam mudanças. Estavam descontentes com a Constituição de 1795, que levou o governo a funcionar como uma oligarquia em que o conflito reinava entre a esquerda jacobina — maioria no Conselho dos Quinhentos — e a direita monarquista, tornando-o incapaz de atender às necessidades de uma nação em guerra. A única solução parecia ser reforçar o Executivo, de modo a permitir uma revisão da Constituição; mas o Legislativo nunca votaria em tal resolução. A crise chegou ao ápice quando o abade Joseph Sieyès, até então embaixador em Berlim, obteve um assento no Diretório. Ele era um moderado, nem monarquista nem jacobino, e assim estava acima da atual briga política — um conservador que votara friamente pela morte do rei; um homem sigiloso, melancólico, brilhante e autoritário que raramente sorria, mas sempre impunha seus pontos de vista. Ele determinou que um golpe de Estado era necessário para mudar a Constituição; e ele foi o homem a quem Lucien e Joseph se uniram.

Depois de dezesseis meses difíceis no Oriente Médio, Napoleão abandonou seu esfarrapado exército — sob o pretexto de derrotas bastante verdadeiras na Itália e na Suíça — e começou a fazer o caminho de volta para a França. Ele navegou incógnito, como fora planejado em

JUVENTUDE 69

Paris, parando em Ajaccio, onde se encontrou com seu tio Fesch e juntou algum dinheiro, e partiu uma vez que sopraram os ventos contrários. Em 9 de outubro de 1799, ele desembarcou em Fréjus, uma cidade na costa mediterrânea da França — e não houve nada secreto neste regresso à casa: ele foi recebido em todos os lugares com uma explosão eletrizante de entusiasmo; as ruas eram tomadas por gritos de *"Vive la République! Vive Bonaparte!"* O salvador da *patrie*, ao que parece, já era sinônimo de Estado. Joseph e Lucien o encontraram em Lyon, onde uma trupe de atores rapidamente improvisou uma peça que intitularam *O retorno do herói*, e a cuja apresentação um exausto Napoleão gentilmente assistiu.[62] Uma multidão lotou o salão e as galerias vizinhas. Os gritos eram tão altos que ninguém podia ouvir as palavras, mas isso não importava. Napoleão chegou a Paris na manhã do dia 16 de outubro. Ele correu para sua casa na rue Chantereine (que, em 1816, após sua queda, seria renomeada rue de la Victoire). Mas, para seu espanto, sua esposa não estava lá.

PALAVRAS E ESPADAS

O general vinha lidando com preocupações particulares profundamente perturbadoras. Dois anos antes, Joséphine começara um caso com um oficial ousado e irresistivelmente encantador, Hippolyte Charles. Tudo começou quando Napoleão estava fora, liderando a campanha italiana, ansiando por sua nova esposa, enviando-lhe cartas de amor desesperadas, profusamente românticas, em que ele pedia sua presença a seu lado e ameaçava retornar a Paris se ela não se juntasse a ele, mesmo a custo de sua glória militar, dizendo-lhe que: "Eu sempre fui capaz de impor minha vontade sobre o destino."[63] Ela levara um longo tempo para chegar a Milão, e, quando o fez, ele a festejou de maneira extravagante, apesar de suas suspeitas. Enquanto ele estava no Egito, um fluxo de relatos informou Napoleão de que o *affair* estava em andamento; Joseph e Lucien reforçaram a mensagem. A família Bonaparte, incluindo os dois irmãos, estava furiosa com Joséphine, que não teve coragem de romper completamente o caso por aproximadamente um ano mais, embora ela repetidamente tentasse colocar um fim nele, ciente de que arriscava seu casamento. Napoleão começou a desconfiar de Joséphine; seu ardor certamente já havia esfriado no momento em que ele voltou do Egito, onde teve seu próprio caso com uma certa Pauline Fourès.

Mas a coquete Joséphine queria ser uma boa esposa e até começou a sentir saudade de Napoleão. Decidida a comemorar romanticamente seu retorno depois de tanto tempo separados, ela resolveu surpreendê-lo ao encontrá-lo no caminho que ele estava tomando para Paris; ela se desencontrou dele porque seus cunhados hostis maliciosamente deram-lhe direções erradas. Segundo as *Mémoires* da fofoqueira *salonnière* madame de Rémusat, Joséphine voltou naquela mesma noite em pânico, só para encontrar a porta do quarto trancada. Ela começou a chorar e implorar por perdão, sem sucesso. Eram quatro da manhã quando o general sentido finalmente se dignou a abrir a porta. Ele claramente havia chorado, embora afetasse um ar severo ao repreendê-la "por sua conduta, seu esquecimento dele, todos os pecados reais ou imaginários de que Lucien a acusara" e anunciou sua firme decisão de se divorciar dela. Eugène, filho de 20 anos do primeiro casamento de Joséphine, estava lá com sua mãe; ele acompanhara Napoleão ao Egito, e, para ele, Napoleão acrescentou: "Quanto a você, não deve arcar com o ônus das falhas de sua mãe. Você será sempre meu filho; vou mantê-lo comigo." Eugène declinou da oferta: "Devo partilhar da má sorte de minha mãe, e a partir deste momento me despeço do senhor."[64] Mergulhados na comoção daquele momento dramático, os três personagens chorosos caíram nos braços uns dos outros; Joséphine e Eugène se ajoelharam aos pés de Napoleão e abraçaram seus joelhos. Joséphine explicou as atitudes de que Lucien a acusara. Napoleão acreditou nela, e mandou que Lucien fosse levado a seu quarto às sete da manhã, garantindo que ele os encontrasse juntos, o casal desfrutando o prazer de uma desejada vingança.

Joséphine compreensivelmente guardava rancor contra Lucien e prometeu a si mesma que, cedo ou tarde, ele teria que pagar por tentar destruir seu casamento. Nesse meio-tempo, ela tentou orientar Napoleão a ladear-se com seu amigo Barras e contra Sieyès, porque

JUVENTUDE 71

este último era próximo de seus cunhados. Quando Napoleão chegou ao Diretório no dia seguinte, dramática e estranhamente vestido com traje meio civil, meio militar — usando um chapéu de feltro redondo, um casaco verde-oliva e uma cimitarra turca no quadril presa por um cordão de seda —, ele começou a ler um extenso relatório sobre o Egito. Ele tinha a intenção de justificar sua suposta deserção do Exército do Oriente (as derrotas em casa eram tais que ele não podia continuar fora, argumentou), pela qual os membros do Diretório o queriam punido. E terminava com uma nota dramática: "Cidadãos Diretores!", exclamou ele com empáfia, colocando a mão sobre o punho de sua cimitarra, "juro que jamais recuarei, exceto na defesa da República e de seu governo!"[65] A suposição de que ele seria parte daquele governo estava implícita.

Sieyès se irritou com a insolência. Preocupado com a popularidade inesperada do general de retorno, que descaradamente o rechaçara, ele suplicou a Lucien para abordar Napoleão imediatamente, a fim de chegar a um acordo. Quando se tratava de conveniência política, Napoleão sempre teve o instinto de escolher o que era melhor para ele. Suas alianças políticas eram puramente instrumentais, pois ele não via nada nos homens além de "meios ou obstáculos".[66] Após seus primeiros dias de volta a Paris, ele percebeu que Barras não era mais o centro da ação e que Sieyès tomara a dianteira. Ele decidiu ignorar o conselho de Joséphine e encontrar-se com Lucien, sem que ela soubesse. "Sieyès está certo", disse Napoleão a Lucien, "a França precisa de um governo mais concentrado. Três cônsules são melhores que cinco diretores. Aja sem medo. Agradeça a Sieyès por sua confiança".

"Onde e quando você deseja conhecê-lo?", perguntou Lucien. "Ele está ansioso por fazê-lo."

"É inútil que nos encontremos em qualquer lugar que não em público, no Palácio de Luxemburgo. As coisas não estão suficientemente avançadas. Deixe que ele elabore seu plano de ação. Quando tudo estiver arquitetado, nós nos encontraremos secretamente, em sua casa."

"Posso garantir a ele o seu consentimento para ser um dos três cônsules?"

"Certamente que não! Nem pense nisso; não sei se isso me serviria. Eu acabei de chegar, preciso de algum espaço para respirar. Não quero arriscar minha glória. A França se alegraria em ver-me trocar a espada por uma toga? Eu não quero me comprometer. Se por acaso fracassarmos, ele é um homem a se evitar. Gostaria de ser o mestre de minhas próprias ações, e não estar atado a ninguém."[67]

Em 23 de outubro de 1799, Lucien foi eleito presidente do Conselho dos Quinhentos. Foi uma nomeação muito oportuna; Napoleão tivera seu primeiro encontro com Sieyès no mesmo dia. A reunião foi morna, cheia de desconfiança mútua, mas cada um dos personagens sabia que de alguma forma tinha que contar com o outro para atingir seus objetivos, e eles começaram a discutir o golpe. Em 28 de outubro, o general Bonaparte foi convocado para comparecer perante o Diretório a fim de discutir sua deserção do exército e suas missões militares seguintes, mas ele mostrou ainda mais petulância. Em vez de deixar que os diretores falassem, ele negou agressivamente os rumores de que se apropriara de recursos durante a campanha italiana; seu tom indignado forçou Barras à defensiva, e Napoleão não respondeu ao pedido do Diretório de deixar Paris porque seu gênio militar era necessário em outra parte. Dois dias depois, ele teve uma reunião privada com Barras. Quando o diretor, conhecido pelo público como "o suíno", concordou que algo tinha que ser feito para alcançar a mudança de regime, mas sugeriu convocar a espada de outro general que tivera sucesso mediano em Saint Domingue, Napoleão vetou: desapareceu o resquício de respeito que lhe restava por Barras. Em 1º de novembro, o encontro secreto decisivo com Sieyès ocorreu na casa de Lucien.[68] O plano estava maduro e todas as figuras mais ambiciosas e influentes foram chamadas a bordo: Charles-Maurice de Talleyrand, um conspirador para todas as estações; o general Jean-Baptiste Bernadotte, agora casado com Désirée Clary, cunhada de Joseph e ex-noiva de Napoleão; o sombrio e implacável Joseph Fouché.

A data para o golpe foi fixada para 9 de novembro de 1799 (18 Brumário), exatamente um mês após o desembarque de Napoleão em Fréjus. Lucien saiu de sua casa na rua Verte no início da manhã e fez a base de operações na casa do presidente do Conselho dos Anciãos. Tudo correu de acordo com o plano. À noite, uma sessão extraordinária aprovou os dois conselhos conjuntos na Orangerie do Château de St. Cloud, nos arredores de Paris e longe do Palácio de Luxemburgo, sede do Diretório. No dia seguinte, o 19 Brumário, a ratificação da demissão dos diretores foi para votação. Para garantir o sigilo, Fouché ordenou a seus homens que filtrassem todas as informações relativas às atividades dos órgãos legislativos, e deteve Barras em seu apartamento. Bernadotte manteve as tropas em Paris sob controle. A entrada apressada de Napoleão no Conselho dos Quinhentos desmontou o resto do plano, mas, graças à presença de espírito de Lucien e à sua promessa com a espada do irmão, Napoleão emergiu como primeiro cônsul. Sieyès resumiu sua decepção laconicamente, dizendo: "Eu fiz o 18 Brumário, mas não o 19."[69] Quanto a Lucien, ele não tinha motivo para desânimo: seu irmão lhe devia um favor.

2

DIPLOMACIA

(1800-1802)

Não entendi muito dos eventos do Brumário, que ocorreram na noite em que cheguei a Paris, e fiquei muito feliz porque o jovem general Bonaparte tornou-se rei da França.

— Stendhal, *A vida de Henry Brulard*

RETRATO DO MINISTRO QUANDO JOVEM

Quando a França acordou na manhã do dia 11 de novembro de 1799 — um dia depois do famoso 19 Brumário —, o vacilante governo do Diretório estava acabado. O general Napoleão Bonaparte era agora primeiro cônsul e o governante efetivo da França revolucionária. Sem a intervenção de Lucien, talvez Napoleão tivesse sido morto ou preso. Tumultos poderiam ter irrompido na capital. Em vez disso, a compostura de Lucien levou o golpe de Estado notavelmente sem sangue a uma boa conclusão.

Os conspiradores do Brumário estavam exultantes; em sua convicção de que tinham agido em nome da república e da Revolução, eram sinceros e, ao mesmo tempo, autocentrados. De fato acreditavam que estavam perfeitamente equipados para resgatar o governo francês, e sua convicção foi recompensada.[1]

Dentro do vitorioso clã Bonaparte, os papéis agora tinham de ser definidos. Napoleão e Lucien passaram quase toda sua infância e adolescência separados — havia uma lacuna de seis anos entre os dois —, e faltava intimidade à sua relação. Lucien estava profundamente ciente disso e lamentava não ter vivido a mesma proximidade que Joseph tinha com Napoleão. As circunstâncias dramáticas e carregadas do retorno de seu irmão do Egito não deram a nenhum deles muito tempo para descobrir como compartilhar os holofotes. Ambos estavam ansiosos por aproveitar a oportunidade daquele momento histórico e estabelecer-se firmemente no centro da arena política, mas com diferentes objetivos, se não opostos: Napoleão queria ficar no topo; Lucien estava decidido a defender a república. Agora eles teriam que aprender a viver lado a lado.

No processo frenético de reescrever a Constituição — a versão mais recente instituíra o Diretório, em 1795 —, Sieyès foi esmagado pelas habilidades estratégicas superiores de Napoleão: o primeiro cônsul fez todas as alterações que lhe davam liberdade para construir, com o tempo, o poder absoluto. Napoleão e Joseph passaram uma longa noite no Palácio de Luxemburgo convencendo Lucien a prometer seu silêncio em relação à exclusiva concepção de Napoleão do poder compartilhado. Lucien acabara de ser nomeado membro do Tribunat, uma das quatro assembleias que constituíam o novo governo, e um órgão independente que podia ser terreno fértil para a oposição; em tal posição, Lucien também seria independente do primeiro cônsul. Napoleão pressentiu que isto seria perigoso para ele; o próprio Lucien seria capaz de liderar a oposição. Napoleão tinha de manter seu obstinado irmão a certa distância. E assim ele ofereceu a Lucien o Ministério do Interior.

Lucien aceitou a oferta naquela noite. Ao tomar posse, no final de dezembro, ele expressou suas opiniões fervorosamente democráticas perante o governo. Declarou que, como ministro do Interior, ele visava a "preservar em toda sua pureza os princípios liberais e tutelares da revolução do 18 Brumário" através de uma "filosofia prática" que garantiria a felicidade de todos os cidadãos. Um homem não governa "com ou através de um partido, mas pela vontade geral e pela prática da justiça". Experiência e conhecimento eram necessários, e não sistemas. Lucien fez questão de deixar claro como ele estava ciente de que "um ardente patriotismo pode ter levado a excessos", e ele não ocultou sua

DIPLOMACIA

ambição de transformar Paris na Atenas do século XIX: a filosofia podia ser necessária, ele disse, mas "uma república não é feita inteiramente de filósofos, e os princípios pelos quais se governa Esparta não se aplicam a um grande povo para quem o comércio, o luxo, as artes geraram uma série de necessidades e prazeres que devem ser satisfeitos: porque um verdadeiro governo livre não é para poucos, mas para todos".[2] Isto não era apenas retórica: a justiça realmente importava para ele.

Lucien, que não tinha nenhuma experiência de governo, exceto o pouco que adquirira em Saint-Maximin e Bastia, estava ciente das enormes responsabilidades que haviam caído sobre ele. O trabalho envolvia controle sobre a administração interna do país — incluindo a nomeação de prefeitos e diretores —, o censo nacional, agricultura, comércio, artes e manufatura, instituições artísticas e científicas, obras públicas, minas, pontes, estradas, prisões, escolas, arquivos e estatísticas. O que o ministro do Interior não controlava na época era a polícia, que estava sob o controle firme de Fouché. Logo Fouché teria oportunidade de constranger o jovem e vulnerável ministro. Napoleão confiava em Fouché, embora realmente não gostasse dele.

O homem em quem Napoleão não confiava era seu próprio irmão Lucien: ele desaprovava suas paixões e temia sua mente independente, apesar do apoio ativo de Lucien à causa consular e mesmo enquanto ele cumpria seus deveres como ministro. Lucien realizou outro serviço notável para o primeiro cônsul, quando, no início de 1800, anunciou os resultados de um plebiscito geral convocado para aprovar a nova Constituição e, portanto, legitimar o novo governo. Três milhões de pessoas votaram sim, e apenas 1.562, não. Foi uma vitória esmagadora e surpreendente em favor do governo Bonaparte. (Em 1793, durante o Terror, 1,2 milhão de pessoas a menos haviam apoiado Robespierre e seu bando.[3]) As suspeitas de fraude eleitoral foram imediatamente levantadas; e é muito provável que os cálculos tenham sido manipulados, talvez por Fouché. Lucien manteve sua crença no sufrágio universal, mas foi novamente uma ferramenta, desta vez provavelmente involuntária, no estabelecimento antidemocrático do governo de seu irmão.

Lucien levou a sério suas tarefas ministeriais, trabalhando bem apesar das pressões do cargo. E não havia como negar a atração das recompensas e gratificações que vinham com suas novas responsabilidades. Ele tirou vantagem de sua nova posição para viver luxuosamente, como se supercompensando os anos anteriores de dificuldade e humildade compulsória. Agora ele era tão perdulário quanto podia ser. Apaixonado por arte, começou a adquirir obras de arte. Mudou para uma esplêndida mansão alugada — um *hôtel particulier* —, o Hôtel de Brissac, perto do Palácio e dos Jardins de Luxemburgo. Também comprou uma casa de campo nos arredores de Neuilly, fora de Paris — Le Plessis Chamant, incluindo seu elegante parque. Em suma, estava alegremente acomodado, vivendo confortavelmente com sua esposa e duas filhas, Charlotte, a quem chamava de Lolotte, e Christine-Egypta. Mas a vida em Paris era cheia de distrações e mulheres deslumbrantes. Lucien nunca havia desfrutado de tanto poder. Tudo era tremendamente inebriante e eufórico. Como admitiu mais tarde, a castidade não foi uma de suas qualidades; tampouco se preocupou em manter as aparências. Quando as chances de encontros românticos se apresentavam, ele não necessariamente hesitava.

Houve muitas destas chances. A aparência de Lucien estava longe de ser perfeita, mas ele conseguia ser muito sedutor. Laure Junot, a duquesa d'Abrantès — mulher do general Junot, que lutou com Napoleão na Itália —, era uma corsa com laços estreitos com a família Bonaparte. Ela pintou Lucien em cores vivas.

> Ele era alto, mal torneado, com membros como os da aranha de campo, e uma cabeça pequena, que, com sua estatura alta, poderia tê-lo distinguido de seus irmãos, não fosse sua fisionomia atestando que vinha da mesma cepa da qual as oito crianças, se assim posso expressá-lo, foram cunhadas como uma medalha. Lucien era muito míope, o que o obrigava a semicerrar os olhos e inclinar a cabeça. Este defeito poderia ter dado a ele um ar desagradável, se seu sorriso, sempre em harmonia com suas feições, não concedesse algo agradável a seu semblante. Assim, embora fosse bastante sem graça, em geral ele agradava. Tinha sucesso notável com as mulheres que eram elas próprias muito notáveis, e isto muito antes que seu irmão tomasse o poder.[4]

DIPLOMACIA

Christine sabia sobre as escapadas de Lucien. Ela preferia não censurá-lo, embora evidentemente sofresse. As infidelidades de Lucien poderiam ser compreensíveis em um homem de sua energia e encanto, que se casara numa idade muito jovem e que tanto apreciava a beleza feminina. Mas ele nunca fez muito esforço para esconder suas aventuras eróticas. E, combinada à falta de restrição econômica, esta mesma energia e as proezas sedutoras, esta mesma indiscrição, logo fizeram de Lucien um alvo fácil para aqueles como Fouché, que, sob a batuta invisível de Joséphine, queriam-no fora do poder. O chefe de polícia espalhou todos os tipos de rumores sobre a vida financeira e romântica de Lucien. O ministro foi acusado de desviar fundos — era chamado de "judeu italiano"[5] pela habitualmente suspeita e preconceituosa madame de Rémusat, que exagerou desmedidamente o patrimônio de Lucien de 5 milhões de francos, alegando que ele tinha 500 milhões.[6] Ainda assim, de acordo com as geralmente não tão lisonjeiras *Memórias secretas* de Andrea Campi, o secretário corso de Lucien, "os arranjos interiores da casa de Lucien exibiam o refinamento máximo do luxo, embora não houvesse nada muito magnífico na aparência de seus funcionários ou equipagens: em conjunto, sua mesa, a compra de uma casa de campo perto de Senlis e a despesa de manter o estabelecimento não excediam os emolumentos do seu cargo".[7] Lucien desfrutava da boa vida; mas não era desonesto. Igualmente, embora fosse um romântico e um tanto mulherengo, ele continuava a ser um afetuoso pai de família.

Juliette Récamier, a grande beldade e *salonnière* (anfitriã de salões), representada de modo memorável num retrato de Jacques-Louis David em um divã de estilo que até hoje é chamado de *récamier*, tornou-se o objeto do desejo romântico de Lucien. Ela era casada com um homem mais velho, um banqueiro; o casamento não fora consumado, e alegremente, talvez compulsivamente, Juliette seduzia todo mundo com seus grandes olhos escuros, sua pele de alabastro, sua boca delicada e as bochechas redondas, a combinação cuidadosamente cultivada de inocência infantil e autocontrole feminino — mas sem conceder seus favores. Ela flertava e se esquivava. Como resultado, inúmeros homens se apaixonavam perdidamente por ela.

Lucien foi o primeiro de seus muitos amantes sem esperança a realmente se declarar para ela, e ele nunca fez segredo de sua paixão por aquela "muito notável" criatura: madame d'Abrantès, que conhecia Mme. Récamier (embora as duas não fossem próximas), certamente se referia também a ela com estas palavras. No verão de 1799, antes do triunfo de Lucien em St. Cloud, ele se tornou o assunto da cidade por sua obsessão, e circularam rumores de que os dois estavam tendo um caso. (Aparentemente, a castidade prevaleceu.) Fouché, o frio arquimanipulador e experiente agente dos bastidores, ficou intrigado com a aparente capacidade de Lucien de manter suas energias políticas enquanto também se dedicava à sua paixão, e afirmou de forma bastante absurda que Lucien planejara o 18 Brumário na casa de campo de Juliette.[8]

A princípio, Lucien cortejava Juliette como se numa espécie de exercício literário, no qual ele era Romeu escrevendo para sua Julieta. Ainda que esta Julieta não ficasse alheia ao ardor verbal de Romeu — à paixão que ele expressava no estilo romântico do *Werther* de Goethe e de *La Nouvelle Héloïse*, de Rousseau —, ela correspondia à devoção dele com estudada indiferença. Ela até devolveu a Lucien sua primeira carta como Romeu, elogiando publicamente o autor, mas, ao mesmo tempo, aconselhando-o a se concentrar em seu destino maior e mais útil como político. A partir de então, Lucien passou a escrever em seu próprio nome, com crescente paixão. Ela mostrou as epístolas ao marido, que agradeceu à esposa virtuosa por sua confiança e aconselhou-a a cultivar o irmão do primeiro cônsul até o ponto em que sua dignidade lhe permitia, pelo bem de seus negócios e sua fortuna. A chama de Lucien ardeu por cerca de um ano, durante o qual ele visitou Juliette tanto quanto pôde. Ele sabia perfeitamente bem que era improvável conquistar o prêmio; mas este não era o ponto. Seus sentimentos bastavam por si; por mais adorável que fosse, sua mulher Christine não podia ser objeto de um *amour-passion* de tanta sofisticação.

Lucien escreveu mais de cem cartas a Juliette. Esta amostra de ousadia romântica detonou uma aguda rivalidade sentimental e literária com o escritor François René de Chateaubriand, o único homem a quem, alguns anos mais tarde, Juliette abriria seu coração cuidadosamente

DIPLOMACIA

selado — e seu *boudoir*. Em sua obra-prima, *Mémoires d'Outre-Tombe*, ele citou indiscretamente algumas das cartas de Lucien, que ele identificara não como um ministro, mas como "o autor de *La Tribu indienne ou Edouard et Stellina*" — um romance estranhamente profético que Lucien publicou em 1799 —, e fez galhofa: "[É] picante ver um Bonaparte afundando em um mundo de ficções."[9] Mal sabia ele que Mme. Récamier preservara dois lotes de cartas de amor em um baú com a inscrição "papéis a serem queimados sem ler": um lote de cartas de Lucien Bonaparte, e outro de cartas de Chateaubriand, seu amante de verdade.[10] Aquele Bonaparte literário não a deixara tão indiferente no fim das contas.

No entanto, Chateaubriand capturou um importante aspecto da personalidade de Lucien, que Mme. d'Abrantès descreveu com perspicácia e simpatia:

Com relação à compreensão e ao talento, Lucien sempre exibiu abundância e variedade de ambos. Na juventude, quando encontrava um tema de que gostava, Lucien se identificava com ele; naquele tempo, ele vivia em um mundo metafísico, muito diferente do nosso pequeno mundo intelectual. Assim, aos 18, ler Plutarco o levou ao Fórum e ao Pireu. Ele foi um grego com Demóstenes, um romano com Cícero; ele esposou todas as antigas glórias, mas se intoxicou com as de nosso próprio tempo. Aqueles que, por não terem nenhuma compreensão deste entusiasmo, alegavam que ele invejava seu irmão afirmaram uma deliberada mentira, quando não caíam em erro ainda mais flagrante. Esta é uma verdade que eu posso atestar em pessoa. Mas eu não atestaria com igual confiança a solidez de seu bom senso neste mesmo período, quando [Napoleão] Bonaparte, à idade de 25, instalou a primeira pedra do templo que dedicou à sua imortalidade. Naturalmente indisposto, pela grandeza de seu gênio, a ver as coisas sob uma luz fantástica, e aderindo-se unicamente à realidade, Bonaparte avançou direto ao objetivo com passo firme e constante. Como consequência, ele tinha a pior opinião de quem viajava, como ele dizia, no "reino dos tolos".[11]

Lucien podia ser o sonhador, o alto idealista da família, e Napoleão, o implacável realista que impunha sua vontade com a força que suas paixões terrenas exigiam. Mas Lucien certamente não vivia em um "reino de tolos": ele tinha apenas uma sensibilidade ativa e uma mente criadora, alimentada por sua vasta cultura humanista. Na sociedade, ele era rápido como um chicote. Em uma festa organizada pelo rico comerciante de armas Gabriel-Julien Ouvrard, mais tarde amante da *salonnière* madame Tallien, Lucien se sentou diante de Juliette. Um dos convidados começou a fazer um brinde às beldades presentes; seguiram-se brindes a todas as ausentes. De repente — e de forma inesperada, uma vez que ele era notoriamente abstêmio — Lucien ergueu uma taça de champanhe e propôs um brinde à mais bela das mulheres. Todos os olhos se voltaram para Mme. Récamier, que corou recatadamente. Lucien fez uma pausa dramática; um silencioso suspense tomou a sala. Todos esperavam que Lucien recitasse uma agradável estrofe. Mas, em vez disso, ele simplesmente disse: "Vamos beber à Paz! Não ansiamos tanto por ela?"[12]

Foi uma vingança elegante e espirituosa: e não é de se estranhar que, mais tarde em seus *Souvenirs*, madame Amélie Lenormant, sobrinha de madame Récamier, tenha feito um retrato bastante negativo do amante fantasioso e malsucedido. O Lucien de 24 anos era certamente bonito, ela admitia; mais alto que o irmão, dotado de um olhar agradável apesar de sua notória miopia. Mas "o orgulho da nova grandeza transparecia em seus modos, tudo nele era destinado a criar um efeito: havia artifício e nenhum gosto em seu estilo, havia pompa em seu discurso e egolatria em todo o seu ser". Segundo ela, embora Lucien inspirasse "alegria" em Juliette, ela não gostava particularmente dele; no entanto, ele queria acreditar que era o mais favorecido de seus amantes, e na verdade era incentivado a acreditar nisto por seus "cortesãos".[13]

Uma pessoa decididamente infeliz com este caso, e com os rumores à volta dele, era Christine. Ela também se sentia desconfortável com o novo estilo de vida de seu marido: o esbanjamento material, a intensa sociabilidade a alarmavam. Ela tinha gostos simples e não gostava dos deveres que se abatiam sobre ela como esposa do ministro — ela sentia

DIPLOMACIA

falta da vida modesta e comum que sempre conheceu. Muitas vezes ela foi ver a mãe de Mme. d'Abrantès, confidenciando sua angústia e pedindo todo tipo de conselho prático. De sua parte, Napoleão, que nunca tinha prestado atenção em Christine, de repente começou a gostar dela e apreciar suas qualidades. Isto a encantou. Um dia, ela mostrou à sua confidente um belo conjunto de joias que Joséphine lhe dera de presente — por ordens de Napoleão, e contra a vontade da própria Joséphine, uma vez que sua antipatia por ambos, Lucien e Christine, não havia diminuído.

Os sentimentos de Joséphine para com eles tampouco se confinavam à esfera privada. Lucien regularmente oferecia recepções no Hôtel de Brissac. Suas impressionantes festas ocorriam dentro de uma galeria que seu proprietário, o duque de Brissac, havia acrescentado ao edifício especificamente para tais eventos. Mme. d'Abrantès conta como, em uma destas festas no inverno de 1800, Joséphine

> sentou-se na extremidade superior da galeria, assumindo já a atitude de soberania. Todas as damas se levantavam à sua entrada e quando ela se retirava. A boa e simples Christine a seguia com um sorriso gentil nos lábios, e era frequentemente observado que, se uma era a esposa do primeiro cônsul, o grande magistrado da República, a outra era a esposa de seu irmão; e que madame Bonaparte poderia, sem derrogação da dignidade, ter concedido as cortesias da sociedade e de relações de família, dando o braço a madame Lucien, em vez de exigir que ela a seguisse ou a precedesse.[14]

Joséphine era tão boa em humilhar sua cunhada como era em manter a aparência de relações amistosas com Lucien e Christine. Lucien percebia perfeitamente o jogo de Joséphine, mas Christine escondia dele o quanto aquilo a perturbava, relutando em que Napoleão descobrisse do irmão como Joséphine se comportava. As tensões familiares já estavam altas o suficiente.

Era no campo que Lucien e Christine podiam relaxar, com suas filhas e na companhia de amigos. Mme. d'Abrantès descreveu a casa de Joseph em Morfontaine, onde os hóspedes passavam o tempo em várias atividades, tais como "excursões para os lagos, leituras públicas, bilhar, literatura, histórias de fantasmas mais ou menos misteriosas", tudo em uma atmosfera de "perfeita naturalidade e liberdade". E na casa de Lucien, Le Plessis, "não me lembro, em toda a minha vida, mesmo em suas mais alegres estações, de ter rido com tanto gosto como durante as cinco ou seis semanas que passei entre um numeroso grupo de convidados naquela mansão". Christine era "muito amável", e sem dúvida preferia ficar no campo, onde se sentia muito mais em casa que em Paris. Os humores de Lucien variavam um pouco mais, mas eles "não diminuíam a diversão de estar em Le Plessis; talvez, em alguma medida, eles contribuíam com ela".[15]

❧

No auge da primavera, Christine ficou gravemente doente com uma doença pulmonar. Ela morreu em Le Plessis em 14 de maio, à idade de 28. Ela estava grávida; o feto morreu com ela. Charlotte tinha 6 anos, e Christine-Egypta, 2.

Lucien ficou devastado. Ele enterrou Christine no parque de Le Plessis e erigiu um monumento de mármore branco em sua memória, rodeado por uma paliçada de ferro. Lá, ele passava horas em profundo desespero. Ele escreveu a Mme. Récamier:

> *Recebi sua carta, Julie. Estou de volta ao campo. Só vim aqui para o funeral e o profundo prazer de me sentar ante o túmulo da melhor das mulheres, de ler e chorar pelas palavras que mandei inscrever em sua lápide: "amante, épouse, mère sans reproche" [amante, esposa, mãe irrepreensível]. Eu precisava desta viagem: farei uma a cada mês. Julie, se tivesse conhecido bem aquela que repousa em Plessis, tê-la-ia amado como a uma irmã. Ela não tinha defeitos (...). Toda a minha felicidade, creio eu, desapareceu com ela: fui amado demais para ser amado novamente.*[16]

Esta foi a "primeira dor imensa" de sua vida. Ele honrou sua morte através de um pintor que admirava, Jean-Antoine Gros, um aluno do grande Jacques-Louis David. A imagem representa o jardim funerário e o túmulo de Christine, ante o qual suas filhas se detêm, a mais velha próxima da sepultura em aparente meditação, enquanto a mais jovem é cativada por um ninho de pássaros onde uma mãe alimenta seus filhotes. A inscrição na lápide é visível — embora a palavra "amante" esteja pudicamente coberta por folhas.[17]

A irmã de Lucien, Elisa, apenas dois anos mais nova que ele, ajudou-o com o jardim funerário. Sua presença confortou grandemente o viúvo. Ela tomava um cuidado assíduo das meninas e efetivamente se tornou sua mãe substituta.

VIDAS PARALELAS

No dia em que Christine morreu, Napoleão estava atravessando os Alpes para enfrentar os austríacos em sua segunda campanha italiana. Tinha de ser rápida e muito menos abrangente que a primeira. A batalha decisiva contra os austríacos foi travada em Marengo, no norte da Itália, em 14 de junho de 1800. Inicialmente parecia que os franceses estavam perdendo; mas, no último minuto, o general Louis Desaix, um dos melhores oficiais de Napoleão, chegou com reforços. Ele ganhou o dia para Napoleão, mas caiu na batalha. Napoleão, perturbado pela morte de Desaix, escreveu ao imperador austríaco para negociar uma paz em seus próprios termos: "No campo de batalha de Marengo, em meio a sofrimento e dor, rodeado por 15 mil cadáveres, eu imploro a Vossa Majestade, cabe-me dar-lhe um aviso urgente. O senhor está longe da cena, e seu coração não pode ser tão profundamente comovido como o meu está no local." Uma amostra de diplomacia humana seguiu-se à brutal batalha — um apelo pela vida depois do banho de sangue: "Ofereçamos à nossa geração paz e tranquilidade. Se os homens de dias posteriores forem tolos o bastante para chegar às vias de fato, aprenderão sabedoria depois de alguns anos lutando e assim viverão em paz uns com os outros."[18] Na verdade, Napoleão era combativo até o fim. Mas ele precisava de fato da paz, não tanto por causa do número de mortes, mas porque ele sentia que tinha de tomar as rédeas do poder em Paris.

Seu instinto para retornar estava correto. Paris fervilhava com os ingredientes de um novo golpe de Estado. Talleyrand, Fouché, Sieyès, Carnot, Lafayette e outros se preparavam cuidadosamente para as consequências da possível derrota de Napoleão. Esta foi a chamada conspiração de Auteuil (Talleyrand morava no bairro de Auteuil). Sieyès reuniu-se longamente com Talleyrand para determinar o que fazer em tal caso: eles sabiam que uma derrota significaria o fim do primeiro consulado e que os Bonaparte terminariam na cadeia.

Lucien sabia da trama. Assim que a notícia da vitória Marengo o alcançou, ele escreveu para Joseph, que estava na Itália com Napoleão, informando-o do que estava acontecendo; e ele anexou um pedido em sua carta de que Joseph deveria lê-la para Napoleão e, em seguida, tornar a selá-la com cuidado. Também pediu a Joseph que ele (Lucien), e só ele, deveria ser confidencialmente notificado com 24 horas antes da entrada de Napoleão pelos portões da cidade — ele queria organizar uma recepção comemorativa.[19] Mas, ao ser informado do plano, o primeiro cônsul solicitou um retorno discreto, ciente de que o desastre quase o atingira no campo de batalha e que, mais uma vez, tinha sido evitado no último momento e graças a outra pessoa, assim como acontecera no 19 Brumário. "Eu não tenho desejo de arcos de triunfo ou qualquer tipo de cerimonial", escreveu Napoleão, "o único triunfo genuíno é o contentamento público."[20] Esta demonstração de calculada modéstia era uma prova de que Napoleão estava aprendendo a aprimorar seus instintos demagógicos.

❧

Napoleão retornou em 2 de julho e foi direto para as Tulherias, onde uma multidão se reunira espontaneamente para aplaudir o herói de regresso.

Lucien se ausentara do governo por algumas semanas depois da morte de Christine e lentamente se preparava para voltar ao ministério.

DIPLOMACIA

Joseph sabia quão importante era que Lucien e Napoleão finalmente se entendessem. Ele aconselhou Lucien a fazer uma demonstração de submissão ao primeiro cônsul — comportar-se menos provocativamente, não demonstrar sua independência ou expressar suas opiniões pessoais tão energicamente, e não reagir com impaciência às provocações de Napoleão. Lucien estava bastante disposto a respeitar a autoridade do chefe de Estado, mas exigia que Napoleão o tratasse com a devida consideração — ou, de fato, com afeto fraterno, já que ele parecia incapaz de sentir o respeito que era devido a Lucien como ministro em um governo representativo. Em qualquer caso, Lucien não podia deixar de pensar em Joseph como o chefe da família, a quem se devia todo respeito; e Napoleão tornando-se chefe de Estado não modificou isto em sua mente.

Logo depois, Lucien fez sua primeira visita a Napoleão desde a morte de Christine. Ele nunca esqueceria as boas-vindas: "Você [Vous] perdeu uma excelente mulher. Uma excelente esposa é de extrema importância para um marido. Eu tenho sorte neste aspecto. Espero nunca ter de angariar a coragem necessária para suportar tal infortúnio. Você [Vous] voltará ao trabalho agora, não?"[21] Napoleão sempre usara o *tu* e não *vous* para tratar com Lucien: habitualmente, o mais velho usava *tu* com o irmão mais novo, que por sua vez usava o *vous*, mais formal. Esta mudança repentina para a forma de tratamento mais fria não era auspiciosa. Lucien se sentiu mandado de volta a seus deveres pelo líder supremo — cruamente convocado a esquecer suas emoções e se concentrar no Estado.

Lucien de fato voltou ao trabalho, e fez seus maiores esforços para organizar a Fête de la Concorde, a comemoração realizada em 14 de julho, no que seria o décimo primeiro aniversário da tomada da Bastilha. Ele a renomeou Fête de la Paix Intérieure (Festa da Paz Interior) e decidiu que deveria incluir toda a cidade e ter mais significado do que as "ridículas procissões" promovidas pelo Diretório.[22] No dia, Lucien dirigiu um grupo de ministros, prefeitos e administradores do governo à Place de la Concorde, onde colocou a primeira pedra do obelisco. O primeiro cônsul presidiu solenes cerimônias militares.

No início da tarde, Lucien fez um discurso para os cônsules. Foi uma oportunidade para que ele refletisse sobre o legado traumático e transformador da Revolução. O cenário era grandioso e o momento oportuno: Lucien falou no Templo de Marte no Hôtel des Invalides, o grande monumento militar e hospital que Luís XIV fundara mais de dois séculos antes.

"A violência é sempre o principal elemento das revoluções", começou. "Quer seja devido ao excesso de tirania ou a um desejo de liberdade, ela é uma tempestade terrível." A filosofia alimentou o movimento revolucionário; ela inspirou "todas as almas preparadas por um excesso de males", até que "o fogo sagrado corresse pelas veias do corpo político; milhões de braços foram erguidos; a palavra 'liberdade' ressoa em todos os lugares (...) a Bastilha é tomada". Mas o impulso inicial foi rapidamente descarrilado. "Por que, na implantação de seus poderes, o espírito humano nem sempre sabe como controlá-los? A filosofia, que previra a revolução, quis liderá-la." Como resultado, "a liberdade foi travestida, desfigurada, e tornou-se o brinquedo ou o joguete de várias facções". Morte e luto, guerra civil e caos prevaleceram nas entranhas da nação, enquanto heróis combatiam exércitos inimigos em suas fronteiras. "No entanto, nenhuma revolução jamais foi isenta de fúrias e loucura, pelas quais nenhum indivíduo pode ser responsabilizado; e, hoje, é hora de esquecer os erros e divisões, e celebrar a concórdia." Ele terminou com uma nota alta: "Ó França, República cimentada pelo sangue de tantos heróis e tantas vítimas! Que a liberdade, tanto mais preciosa por seu alto custo, e a concórdia, que repara todos os males, sejam para sempre suas divindades tutelares! O 18 Brumário realizou o que o 14 de julho de 1789 começara: tudo que este último destruiu nunca deve reaparecer; tudo o que aquele construiu, jamais deve ser destruído."[23]

Foi com esse espírito de edificação de um futuro pacífico, sólido, que Lucien ordenou a construção de obeliscos como monumentos comemorativos em todo o país. Napoleão também começou a entender a importância de transformar seus sucessos militares em monumentos duradouros. Dois dias após o festival, ele pediu a Lucien que encomendasse cinco pinturas de grandes vitórias francesas — não só as suas.[24]

O primeiro cônsul também decidiu que estava mais que na hora de que Jacques-Louis David, o porta-voz visual da Revolução, executasse um retrato de Napoleão. Muitos artistas o fizeram antes, mas David foi o maior.

❧

O primeiro cônsul convidou David para encontrá-lo, na presença do ministro do Interior; ele perguntou ao pintor em que ele estava trabalhando. "*A Batalha das Termópilas*", respondeu David. "É uma pena", adicionou Napoleão, "você está errado, David, em perder seu tempo retratando perdedores". Quando David objetou que aqueles trezentos perdedores eram heróis que morreram por seu país e que, apesar de sua derrota, eles conseguiram manter os poderosos persas fora da Grécia por cem anos, Napoleão respondeu: "Não importa. Somente o nome de Leônidas chegou até nós. Todo o resto está perdido para a história." David argumentou de volta, sem sucesso; e, quando Napoleão finalmente anunciou seu desejo de um retrato, David ficou encantado. Ele disse ao primeiro cônsul que estava pronto para começar imediatamente e perguntou quando Napoleão poderia se sentar e posar para ele. "Sentar?", exclamou Napoleão. "Para quê? Você acha que os grandes homens da Antiguidade, cujas imagens chegaram até nós, algum dia se sentaram?" David respondeu que o pintaria "para seu século", para aqueles que o conheceram, e que desejariam que a imagem se parecesse com o homem. Napoleão disse que a semelhança não era uma questão de detalhe físico, mas de caráter; o artista tinha de pintar aquilo que dava vida à fisionomia e não uma "verruga no nariz". David se rendeu graciosamente, brincando que o primeiro cônsul lhe ensinara algo novo sobre a arte de pintar e prometendo executar o retrato sem a presença do modelo.

Quando a entrevista terminou, Lucien, que silenciosamente testemunhou a conversa, acompanhou o confuso artista em seu caminho para fora e lhe disse: "Você vê, meu caro David, ele ama apenas os temas da história nacional, porque pode ter um papel neles. É seu ponto fraco: ele gosta demais de ser falado."[25]

A atitude de Lucien quanto à arte não poderia ser mais diferente da de seu irmão. Alguns anos depois da encomenda de Napoleão, Lucien adquiriu o retrato que David pintou de Belisário, o general bizantino que foi derrotado e cegado. O fato de que a imagem não tinha nenhuma relação com ele não tinha absolutamente nenhuma importância para ele (embora Napoleão mais tarde tenha confessado à mãe como se perturbara com aquela dramática representação da derrota).[26] Lucien não estava obcecado com seu próprio legado como político e nunca pensou na arte como um veículo para sua autopromoção. Ele era um esteta; também tinha um olho excelente e grande confiança em seu próprio gosto. Como seu irmão, mas sem a avidez de Napoleão, ele era um grande admirador de David, que desde o golpe de Estado desempenhara um papel de principal conselheiro artístico para o primeiro cônsul, supervisionando encomendas e financiando artistas. Mas, quando Lucien nomeou-o "primeiro pintor do Governo" em fevereiro de 1800, o artista politicamente esclarecido, embora ansioso para receber um cargo oficial, recusou o título honorário alegando que "parecia que favoreceria apenas a mim".[27] Lucien, teimoso e seguro de suas opiniões — talvez mais ainda na esfera da arte que em qualquer outra — não aceitou a recusa de David; houve uma briga. David ganhou o dia.

O desejo de Lucien para assumir a liderança era motivado por seu profundo amor pelas artes — não apenas as artes visuais, mas também a música e as letras. Como ministro do Interior, ele estava em posição de atuar segundo sua paixão e idealismo. As artes tinham de ser incentivadas, dizia; não apenas aquelas que são úteis à política, mas as que "embelezam a vida e fortalecem os laços que unem as pessoas". Elas eram o "mais agradável fruto da civilização"; elas aumentavam a benevolência e a gentileza.[28]

Depois da morte de Christine, ele precisava deste consolo. E assim permaneceu em luto por um longo tempo, embora Elisa continuasse a ser um grande apoio, dirigindo a casa de forma eficiente. (Um boato sórdido — nunca fundamentado — espalhou até que os irmãos tomavam banho juntos.) Lucien pôs fim a seus brilhantes saraus e se restringiu a uma ou duas reuniões por semana, principalmente com os amigos íntimos, todos homens de letras por profissão ou vocação, com quem ele podia compartilhar suas paixões. Ele era especialmente próximo de Louis-Marcelin de Fontanes, que, exilado na Inglaterra pelo Diretório, voltou para a França após o 18 Brumário. Ele fez seu nome por meio de uma eulogia muito aclamada para George Washington em dezembro de 1799. Lucien ajudou Fontanes, confiando-lhe a direção do *Mercure de France*, um ótimo jornal ao qual ele também apoiava financeiramente.[29] Como senhora da casa de Lucien, Elisa recepcionava estas pequenas reuniões e ficava encantada com a presença de Fontanes — que se tornara seu amante. Outros amigos próximos eram o senador conde Pierre-Louis Roederer, uma das mentes mais brilhantes e um dos homens mais feios de seu tempo — ele foi apelidado como "o espectro da Revolução" —; Adrien Duquesnoy, assessor do ministro e diretor do departamento de estatísticas; e Antoine-Vincent Arnault, um conhecido escritor e dramaturgo que serviu com Napoleão na Itália.[30] Estas amizades ajudaram a tirar Lucien do doloroso torpor em que seu luto o afundara.

O trabalho também ajudava. Lucien mergulhou nele, e seu mandato como ministro foi brilhante e dinâmico. Ele fez avançar um grande número de políticas esclarecidas, desde garantir a remuneração adequada para os funcionários do museu a sugerir a criação de um Musée de l'Ecole Française em Versalhes, que abrigaria as obras de artistas franceses (vivos e mortos) entre as muitas obras de arte que Napoleão saqueara durante a campanha italiana de 1797 e 1798. Ele encomendou edifícios de arquitetos e projetos de artistas para a decoração da coluna nacional em Paris. Ele era muito bom em descobrir e patrocinar jovens talentosos e desconhecidos. Ele examinava e enriquecia coleções de arte, trocando e racionalizando acervos, comprando obras para o país, mas também para sua residência de Paris e para Le Plessis — pinturas, desenhos, esculturas, objetos, móveis preciosos. Ele estava atento a sua conservação, manutenção e limpeza, e era apaixonado pelo estudo relativo a eles. Lucien apoiou o projeto de restabelecer a Académie Française, o augusto corpo de estudiosos encarregado de regular a língua francesa, que foi suprimido em 1793 durante a Revolução. Ele propôs como membros seus amigos Arnault, Fontanes e Roederer, assim como Napoleão e ele próprio; na verdade, a Academia seria reinstituída em 1803, com Arnault como membro. Lucien se preocupava da mesma maneira com a educação. Ele baixou de 12 para 7 a idade em que os alunos carentes em escolas públicas poderiam começar a receber ajuda financeira, demitiu funcionários desnecessários da escola "atrasavam a instrução pública", assegurou que as bibliotecas de todo o país se tornassem mais ricas em acervo, descentralizando o orçamento para o transporte de livros. Ele era tão pragmático quanto visionário.

O choque inicial da perda diminuiu; e, engajado e enérgico como ele era, seu espírito começou a melhorar depois de algumas semanas. A esfera pública não era refúgio para almas tristes. Lucien precisava de seu juízo consigo, especialmente em suas relações com o primeiro cônsul: na verdade, de acordo com Roederer, Lucien e Napoleão não conseguiam dar-se muito bem. Roederer era um conselheiro de confiança de Napoleão, mas sempre escreveu com justiça e equanimidade sobre suas relações com todos os irmãos Bonaparte. Ele descreveu uma reunião de família na casa de Joseph em Morfontaine em 28 de julho de 1800.[31] Lucien veio diretamente de Le Plessis, onde se recolhera por dez dias. Ele ficou apenas duas horas e, quando estava saindo, encontrou Napoleão na estrada, que acabava de chegar. Eles não trocaram uma palavra. Mesmo o sutil Roederer não conseguia entender o que estava acontecendo. Ele passou toda a tarde com o primeiro cônsul, deu um passeio com ele no belo parque de Morfontaine, mas nem uma palavra foi dita sobre o ministro do Interior.

Agosto passou e, em setembro, o ano novo revolucionário foi novamente inaugurado com a Fête de la République, organizada por Lucien. Em seu discurso, o ministro comemorou o consulado republicano, incitando todos a esquecer as dificuldades que lhe haviam dado à luz. A monarquia francesa estava acabada. As monarquias vizinhas tentavam tomar as províncias do país, mas a República francesa era mais forte que todas e, "com passos de gigante, está retomando as fronteiras da antiga Gália". Desde o 18 Brumário, a grandeza da França esteve em seu apogeu: todas as divisões desapareceram, as facções se desintegraram

DIPLOMACIA

e "tudo que é francês pôde ser mostrado".[32] A unidade triunfara sobre o partidarismo. A ordem foi restabelecida dentro das fronteiras do país, a liberdade de culto finalmente tornou-se uma realidade; o novo século iluminado se assomava, no qual prosperaria a liberdade, a paz, as ciências e as artes, as ideias liberais; a França cumpriria seu destino como uma grande República. Foi um discurso fervorosamente otimista, uma visão de esplendor e grandeza, combinado mais tarde naquele dia com o lançamento de um balão de ar quente sobre a capital; espetaculares fogos de artifício completaram a festa, assim como na Fête de la Concorde anterior.

Mas, exatamente quando o balão subia aos céus, a carreira política de Lucien desabava. Por mais que ele fosse exitoso em seu trabalho e por mais popular que fosse sua figura pública, naquele dia festivo de setembro sua reputação já havia sido seriamente danificada. Fanáticos seguidores de Fouché vinham incansavelmente reciclando e apimentando rumores de todos os tipos sobre o alegado desvio de verbas e a falência moral do ministro do Interior, e seus esforços foram recompensados. Apesar de seu bom trabalho, Lucien foi reconhecidamente negligente com a administração de seu ministério — os detalhes burocráticos o entediavam, e ele tendia a delegar a outros a execução cotidiana dos assuntos ministeriais, tanto quanto podia. Ele designara as contas de seu ministério a um velho amigo, sob cuja tutela bastante descuidada foram cometidas graves irregularidades financeiras, particularmente na ausência do ministro. Lucien não teve escolha a não ser demitir o homem assim que percebeu o que tinha acontecido. Mas já era tarde demais, e nada que Lucien fazia para controlar os danos deu certo: a confiança de Napoleão em seu irmão chegou a um nadir, e a reputação do ministro mergulhou em uma baixa deprimente.

Um dia no final de outubro, o primeiro cônsul convocou Lucien a seus aposentos nas Tulherias e o criticou nos termos mais contundentes, o tom furioso e condescendente: o ministro colocara fé demasiada em colaboradores não confiáveis, e sem dúvida ele seria decepcionado novamente. Lucien, sempre ignorando os repetidos conselhos de Joseph de controlar suas reações às provocações de Napoleão, respondeu com veemência às acusações injustas, ainda que em tom jocoso: "Júpiter, você está ficando com raiva, portanto você está errado!"[33]

A piada se perdeu em Napoleão. Ele explodiu de raiva, dizendo ao irmão que ele era um mau-caráter. Lucien respondeu que Napoleão tinha um mau coração. O primeiro cônsul retrucou: "Fale o quanto quiser: você nunca será nada além de um jacobino!" e ameaçou prendê-lo.[34] Lucien jogou sua pasta de ministro na mesa de Napoleão. Foi um dos momentos mais embaraçosos, desconfortáveis e dolorosos de sua vida.

Havia muito que Napoleão queria demitir seu irmão. O pretexto oficial que ele encontrou para finalmente fazê-lo foi a publicação inesperada de um panfleto anônimo e incendiário que defendia a necessidade de que o primeiro cônsul se alçasse à altura ditatorial do poder absoluto. O livreto circulou entre todos os principais administradores e levava o selo do Ministério do Interior. Era intitulado, de forma tão explícita, que era quase uma paródia, *O paralelo entre César, Cromwell e Bonaparte*, ou também, ainda mais insidiosamente, *O paralelo entre Cromwell, Monck e Bonaparte. Fragmento traduzido do inglês* — a implicação óbvia do subtítulo era de que tinha sido produzido pelos arqui-inimigos da França, os ingleses, que tinham boas razões para comparar Napoleão tanto com Oliver Cromwell, o infame parlamentar puritano que liderou o lado antimonarquista na Guerra Civil Inglesa e instigou a decapitação do rei Carlos I em 1649, quanto com o general escocês George Monck, que se voltou contra Cromwell depois de apoiar os antimonarquistas. Estes foram dois exemplos flagrantes de homens ambiciosos que chegaram ao poder por meios militares e terminaram por promover-se à custa de seus partidários. O panfleto então era explosivo não porque suas alegações fossem falsas, mas porque as apresentava perigosamente fora de hora; e os inimigos de Lucien foram rápidos em apontá-lo como o autor.

É possível que Napoleão tenha incentivado Lucien a escrever o *Paralelo* em algum estágio anterior, apenas para desautorizá-lo quando ele apareceu. É possível também que tenha sido obra de Fontanes, amigo e protegido literário de Lucien — o panfleto de fato traz um estilo elegante que poderia ser seu. O fofoqueiro secretário do primeiro cônsul, Bourrienne — confidente de Joséphine —, ofereceu uma colorida versão dos acontecimentos, ainda que não inteiramente confiável. Perguntado por Napoleão o que ele achava do panfleto, Bourrienne respondeu: "Eu acho que é calculado para produzir um efeito desfavorável sobre a mente do público: é inoportuno, pois revela prematuramente seus pontos de vista." Neste momento, "o primeiro cônsul pegou o panfleto e o atirou no chão, como fez com todas as estúpidas publicações do dia depois de lhes passar uma olhada rápida". Os vários prefeitos de Paris também "enviaram uma cópia do mesmo para o primeiro cônsul, reclamando de seu efeito destrutivo. Depois de ler esta correspondência, ele me disse, 'Bourrienne, mande para Fouché; ele deve vir diretamente e depor quanto a esta questão'".

Fouché foi convocado para as Tulherias, onde um impetuoso Napoleão se pôs a questioná-lo:

"Que panfleto é esse? O que é dito sobre ele em Paris?"

Fouché, tão frio e sarcástico quanto Napoleão estava furioso, respondeu: "General, há apenas uma opinião sobre sua perigosa tendência."

"Bem, então por que você permitiu que ele aparecesse?", desesperou-se Napoleão.

"General, eu fui obrigado a mostrar alguma consideração pelo autor!"

"Consideração pelo autor! O que quer dizer com isso? Você deveria mandá-lo para a cadeia."

"Mas, general, seu irmão Lucien é o patrono deste panfleto. Ele foi impresso e publicado por sua ordem; em suma, ele vem do gabinete do ministro do Interior."

"E que importa isso! Seu dever como ministro da Polícia era prender Lucien e enviá-lo à prisão. O tolo não faz nada além de inventar maneiras de me comprometer!"

Após estas palavras, Napoleão deixou a sala, batendo a porta atrás de si. Fouché suprimira um fino sorriso o tempo todo. E agora dizia a Bourrienne: "Enviar o autor para a cadeia! Isto não seria nada fácil! Eu fiquei alarmado com o efeito que este *Paralelo entre César, Cromwell e Bonaparte* era passível de produzir, e assim fui até Lucien para apontar-lhe a imprudência. Ele não respondeu. Em vez disso, ele foi buscar um manuscrito e me mostrou: continha correções e anotações na caligrafia do primeiro cônsul."[35]

Quando Lucien soube como Napoleão expressara seu descontentamento com o panfleto, ele foi às Tulherias para criticar seu irmão por tê-lo abandonado após encomendá-lo pessoalmente. "É sua própria culpa", disse o primeiro cônsul. "Você se permitiu ser pego! Tanto pior para você! Fouché é muito astuto para você! Você é um mero tolo em comparação com ele!" Joseph descreveu o panfleto para Roederer como "um trabalho para o qual o próprio Napoleão deu a ideia, mas as últimas páginas foram escritas por um tolo".

O último parágrafo do *Paralelo* era realmente incendiário e foi o que atiçou o escândalo. Ele dizia assim: "Franceses, estes são os perigos que enfrenta a *patrie*: todos os dias podemos cair sob o domínio das Assembleias, sob o jugo dos S. (...) ou dos Bourbon. (...) A qualquer momento, sua tranquilidade pode desaparecer. (...) Como dormir na beira de um abismo! E ter o sono tranquilo! (...) Tolos!"[36]

É difícil acreditar que Lucien recorreria a estas táticas baratas de pânico; mas sim que ele foi o bode expiatório perfeito para aqueles a quem tais táticas serviam. Com efeito, após acusá-lo de distribuir esse panfleto intolerável pelas costas do primeiro cônsul, Napoleão (ou Fouché) o reeditou. A segunda edição foi idêntica à primeira, exceto por uma alteração leve, mas crucial: a frase "jugo de S. (...)", que claramente se referia a Sieyès, o constitucionalista jacobino que foi posto de lado depois do golpe de Brumário, foi substituída por "jugo dos militares".

Joseph tentou desacreditar Bourrienne e defender Lucien, mas Napoleão tomara uma decisão firme: ele manteve seu secretário — aliado próximo de sua esposa — e expulsou seu irmão mais novo sem mais delongas, fazendo questão de não permitir que ele comemorasse o primeiro aniversário do Brumário enquanto ainda ministro. Joséphine, evidentemente informada sobre a acalorada discussão entre os irmãos, disse a Roederer: "Joseph é um homem excelente, mas muito indiferente às coisas. Lucien é cheio de *esprit*, mas tem um caráter ruim — não há nada a fazer com relação a isso."[37] Ela finalmente podia desfrutar de sua tão esperada vingança contra ele.

EMBAIXADOR EM MADRI

Assim que soube da notícia em Morfontaine, Joseph, ansioso para selar a paz entre seus dois irmãos mais novos, correu primeiro a Paris para se encontrar com Napoleão. Na manhã seguinte, ele foi direto a Le Plessis, onde Lucien se aposentou logo após apresentar sua renúncia. Era cedo e Lucien mal havia saído da cama. Joseph começou dizendo a Lucien que ele deveria ter ouvido seu conselho para controlar a si mesmo diante do primeiro cônsul. Lucien respondeu que Joseph "ouviu apenas um sino", isto é, um lado da história, e que, assim que ouvisse o outro, ele perceberia que também perderia a paciência com Napoleão; e ele começou a contar sua versão de tudo o que tinha acontecido.[38] Joseph ouviu e admitiu que seu "irmão ilustre" podia ser realmente irritante, mas, não querendo escolher lados, também lembrou a Lucien que seu irmão era um grande homem cuja falta de humor era perdoável. Lucien discordava com veemência: ele nunca aceitaria que não podia reagir aos maus-tratos do grande homem. Além disso, até onde lhe competia como corso, Joseph era e permaneceria como o pai de família; nada jamais faria Lucien obedecer a mais ninguém além de Joseph.

Joseph revelou que o primeiro cônsul queria dar a Lucien algum tempo para pensar sobre as coisas e estava adiando a nomeação do sucessor de seu irmão; na verdade, por hora ele não finalizara a demissão. No entanto, ele estabeleceu uma condição para o retorno de Lucien: que ele fosse menos melindroso. Isso pareceu bastante aceitável para Lucien, que em troca pediu que Napoleão prometesse jamais maltratá-lo. Joseph, o factótum diplomático para Napoleão e sempre o mensageiro entre as facções em guerra, levou a resposta de Lucien a Napoleão, cuja demanda posterior foi que Lucien lhe obedecesse sempre e sem objeção: neste caso, ele aceitaria o pedido. A implicação era que Lucien teria que comprar sua paz de espírito à custa da independência política.

Lucien finalmente percebeu até que ponto Napoleão queria que seus ministros se submetessem como escravos a todos os seus caprichos. Ele ainda pensava no governo como um órgão representativo, e assim o mais recente e contundente pedido de Napoleão foi imensamente desagradável para ele, não apenas como um irmão orgulhoso, mas também como um político que não estava interessado em desistir de seus ideais em favor de uma posição fantoche. Ele recusou a oferta de Napoleão.

Letizia, que como matriarca vinha prestando muita atenção a essa rixa, começou a preocupar-se com o agravamento da situação, cujas consequências políticas ainda eram pouco claras e podiam tornar-se graves. Temendo pela segurança e bem-estar de Lucien — ela acreditava que ele estava cercado por inúmeros inimigos —, Letizia recomendou que ele deixasse Paris por um tempo e viajasse em sua companhia para a Itália, uma coisa que ele desejava fazer havia algum tempo. O primeiro cônsul ficou irritado com sua mãe por ter sugerido tal plano. Letizia assegurou-lhe que, se fosse ele no lugar de Lucien, ela o protegeria da mesma forma.

Agora chegava a vez de Talleyrand intervir, o ministro das Relações Exteriores, fazendo o papel de apóstolo mediador. Ele foi ver Lucien e sugeriu confidencialmente que ele exigisse a embaixada da Rússia ou da Espanha. Lucien apreciava Talleyrand como o mestre do silêncio diplomático — "menos traiçoeiro ou menos pérfido que Fouché" — e ele não era tão inexperiente a ponto de não perceber de onde vinha essa proposta.[39] Ele não teve escolha a não ser aceitar. Vinte e quatro horas mais tarde, ele recebeu sua nomeação para a embaixada da Espanha.

Lucien estava plenamente consciente de que isto era um rebaixamento. Ele até listou, com típico humor autodepreciativo, as razões por que seus inimigos rapidamente insinuaram que ele nunca teria sucesso como diplomata: porque ele não era amado pelo primeiro cônsul por seu republicanismo; por sua miopia, que o obrigava a usar óculos; pela rigidez tanto em sua postura quanto no caráter; por sua falta de qualidades conciliatórias e elegância francesas, as mais seguras garantias de sucesso diplomático em cortes galantes como a espanhola. Em suma, Lucien sabia que era o "antípoda daquele mundo"[40] de mentirosos profissionais, mas sua resistência natural e espírito combativo o empurravam a preparar-se para a tarefa; ele leu a bíblia da diplomacia francesa, um tratado de autoria de monsieur Abraham de Wicquefort, que considerou mal e tediosamente escrito e que o fazia dormir.[41]

O recém-nomeado embaixador deixou Paris no primeiro aniversário do 18 Brumário. Não escapou a ele a ironia de sua situação: o homem que colocara o primeiro cônsul no poder era agora brutalmente retirado do palco que havia construído. Em 10 de novembro de 1800, ele parou em Orléans a caminho da Espanha. Bem do lado de fora de sua pousada, ele encontrou um morador de aparência agradável que estava parado no vento forte e rindo com a visão de um chapéu flutuando no rio Loire. Lucien se inspirou a trocar algumas palavras e se aproximou dele, falando sobre o vento. Sem revelar sua identidade, ele mencionou casualmente que aquele era o 18 Brumário e perguntou se alguma festividade acontecia na cidade.

"O que é o 18 Brumário? Há tantos feriados que não dá para lembrar de todos."

"O que você quer dizer? É o feriado de St. Cloud."

"Ah, sim, contra os jacobinos. Bem, quem se importa... Que eles comemorem. Hoje em dia, ninguém força ninguém a comemorar; alguns comemoram os domingos, alguns celebram décadas, e alguns os 18s... Eu não gosto muito de celebrações."

"Você está feliz com o general Bonaparte?"

"O suficiente. Dizem que é um bom homem. Tudo está bem e esperamos que melhore ainda mais. Mas é necessário paz, você vê, para o comércio, para os artesãos, para tudo."

"Bem, verdade! Nós teremos a paz..."

"Sim, se Deus quiser. Esperamos por isso. Saudações, senhor, faça uma boa viagem."[42]

Esta breve conversa foi elucidativa para Lucien: apesar de toda sua defesa da glória republicana, ele tinha que admitir que o 18 Brumário passara despercebido pela vasta maioria do país. E, embora a mudança de regime de Bonaparte tivesse sido útil na medida em que ajudou a evitar outro banho de sangue civil, as pessoas comuns estavam muito mais preocupadas com seus próprios negócios do que com o negócio da política — contanto que pagassem poucos impostos e vivessem de forma segura e confortável. Lucien também sentia que poderia finalmente deixar a política para trás por algum tempo, apesar de uma pontada de arrependimento — fitando o caudaloso Loire, ele pensou em todos os projetos que não seria capaz de terminar, como as obras no Quai d'Orsay ou a ponte do Jardin des Plantes. Mas foi um momento breve. Ele decidiu concentrar-se em sua jornada, apreciar as paisagens que percorria, ler muito e dedicar atenção muito maior e mais carinhosa à pequena Christine-Egypta, agora com 3 anos de idade. (Ele deixara Charlotte, de 7 anos de idade, sob os cuidados de Elisa.)

Lucien viajou incógnito pela primeira vez, escrevendo missivas a Elisa no caminho, expressando-lhe o desejo de voltar a ser um "simples cidadão": "Estou curado, querida irmã, das fraquezas da ambição, radicalmente curado. Tanto melhor para mim, viverei muito mais feliz. Tanto melhor para meus amigos, viverei mais por eles."[43]

Lucien chegou a Madri no início de dezembro de 1800 e foi ao Palácio Escorial antes que a carruagem contendo seu guarda-roupa oficial chegasse à cidade.[44] Treinado por seu antecessor, Charles-Jean-Marie Alquier, Lucien teve que praticar a ridícula reverência que o costume da corte exigia de um embaixador: ela consistia em delicadamente dobrar os joelhos sem inclinar-se para a frente, um movimento que lhe pareceu bastante feminino ("vestir-me com uma saia, é tudo que me falta").[45] Foi tudo muito desagradável para Lucien: lá estava ele, o republicano convicto, tendo que literalmente dobrar-se diante da realeza espanhola e suas famosas formalidades. Ele cogitou ignorar a formalidade, mas não podia arcar com um escândalo diplomático. E assim se apresentou à corte, com botas e sem anunciar sua chegada. Foi um deslize de etiqueta. Mas, praguejando e de má vontade, ele se curvou afeminadamente, exatamente como Alquier lhe havia ensinado, diante do rei e da rainha. Seu esforço foi recompensado com aprovação, embora ele mal conseguisse reprimir sua hilaridade.

O absurdo deste protocolo antiquado coincidia com as pessoas dos monarcas. O rei Carlos IV era devoto, generoso, ingênuo e extremamente ineficaz; passava seus dias caçando e suas noites tocando violino.[46] Sua esposa, Maria Luísa (com quem ele nunca compartilhou uma cama), era uma coquete frívola que, tendo perdido todos os dentes, fazia suas refeições sempre sozinha, cercada apenas por seus servos; mas ela tam-

DIPLOMACIA

bém era a verdadeira governante e dedicava muito mais tempo à tarefa de governar do que Carlos jamais fizera. Ela tinha um relacionamento de longa data e, segundo o boato, íntimo com o primeiro-ministro Manuel Godoy; seus filhos supostamente se pareciam muito com ele, exceto o primogênito, Ferdinando, o príncipe das Astúrias e seus ares hamletianos, que ameaçou enviar sua mãe a um convento e decapitar o amante dela. (Este personagem melodramático viria a ser o próximo rei da Espanha.[47]) O grande pintor Francisco Goya retratou este conjunto de personagens com feroz veracidade. Ele também pintou a jovem Maria Teresa, a condesa de Chinchòn, a infeliz e negligenciada esposa de Godoy, em um retrato extraordinário que capturou sua vulnerabilidade pungente e óbvia fragilidade, casada como era com um gigante de potência e autoconfiança, cuja supremacia na Espanha era inquestionável e cujo apetite por mulheres — que não a sua — não tinha limites.[48]

Godoy era um emergente, arrogante e astuto; exibia descaradamente suas amantes pela corte com sádico prazer, humilhando em público tanto a esposa quanto a rainha. Recebia centenas de mulheres e depois se queixava de que os prazeres que elas ofereciam eram muito fáceis. Em resposta a este capricho chauvinista, Maria Luísa adotava uma estratégia passiva-agressiva: rechaçava Godoy num dia e o procurava de novo no dia seguinte, sacrificando constantemente os interesses do Estado a seus caprichos pessoais, fantasias e excentricidades.

Não é difícil perceber por que o embaixador da França em seus 26 anos de idade foi encarado como uma lufada de ar fresco naquela corte sufocante e corrupta. Ele não só era um francês jovem, elegante, educado, inteligente e divertido, mas tinha uma aura à sua volta como o irmão do herói das campanhas italianas; e a rainha estava fascinada pelo primeiro cônsul. Naquele primeiro dia na corte, Lucien terminou seu discurso de apresentação aos monarcas com uma nota de elogio divertido: "Eu ficaria muito feliz em ser súdito de Vossa Majestade, se eu por acaso não tivesse recebido a honra de ser francês."[49]

A princípio, Godoy recebeu Lucien com frieza: ele temia que o novo embaixador gerasse uma cisão mais profunda entre ele e a rainha. Mas, eventualmente, ele foi cativado pelo enviado francês. Eles tinham muito em comum: ambos vinham de origens humildes e abriram caminho ao topo por meio de suas habilidades pessoais. Lucien tinha muito menos sede de poder que seu colega espanhol, mas partilhava com ele de um forte sentido político e uma relutância em obedecer aos ditames da hierarquia. Eles eram quase contemporâneos, sendo Godoy apenas sete anos mais velho. E ambos tinham uma paixão por música, arte, letras — e mulheres. A amizade logo floresceu entre os dois.

Enquanto isso, Lucien tentava entender seu novo papel oficial. Napoleão enviava mensagens breves e nada informativas, enquanto Talleyrand, o ministro das Relações Exteriores, dava-lhe instruções longas, ilegíveis e confusas. Até a partida de Lucien, Talleyrand o tratara com desdém, mas depois passou a permitir que Lucien escrevesse diretamente para ele. O ministro ainda parabenizou Lucien por ter sido recebido tão calorosamente naquela corte difícil: era o respeito devido a "um grande nome e talentos notáveis".[50] (Era uma expressão anódina, típica de Talleyrand: não estava claro se os talentos em questão eram de Lucien ou de seu irmão.)

Talleyrand escreveu essa carta na manhã de 3 de Nivôse, 24 de dezembro de 1800. Mal sabia ele o que estaria acontecendo naquela véspera de Natal. Napoleão assistiria a uma encenação da *Criação* de Joseph Haydn na Opéra (a segunda apresentação em Paris — a primeira fora recebida com grande entusiasmo). Às 20h15 daquela noite, a carruagem passava com sua comitiva pela rue Saint-Nicaise, perto das Tulherias, quando o cocheiro virou bruscamente para a esquerda a fim de evitar uma carroça e o cavalo — conduzidos por uma jovem — que estavam bloqueando a rua.

Ali mesmo houve uma súbita, imensa, ensurdecedora explosão. Napoleão gritou: "Estão atirando em nós! Pare o coche, César!" (O verdadeiro nome do cocheiro era Germain, mas Napoleão o chamava de César.) O primeiro cônsul saltou; ele saiu ileso. Seu primeiro temor foi por Joséphine — mas o coche dela estava alguns segundos atrás dele, e ela também não foi ferida. No entanto, ela desmaiou ao saltar. As damas em outro coche também ficaram em estado de choque. Caroline estava grávida de oito meses de seu marido, o general Joachim Murat, e conseguiu manter a calma no local, mas seria profundamente afetada pelo incidente; o pulso de Hortense, filha de Joséphine, foi ferido, e o sangue se espalhou por seu vestido. A rua foi reduzida a escombros, casas desmoronaram, os vidros dos coches se partiram; dois ou três corpos jaziam no chão. A contagem total de vítimas por fim ultrapassou cinquenta (incluindo a jovem paga pelos assassinos para segurar o cavalo). A bomba foi forte o suficiente para que a explosão fosse ouvida a quilômetros de distância — até mesmo dentro do próprio teatro, onde a orquestra começava a tocar os primeiros compassos da grande obra de Haydn, o prelúdio, intitulado "A representação do caos".

Na carroça que estava bloqueando a rua havia um barril, fechado com um aro de ferro em cada uma das extremidades; o barril continha explosivos que um homem acendera antes de fugir da cena. A notícia viajou por Paris tão rápido quanto a faísca que acendeu a pólvora. Napoleão correu para a Opéra o mais rápido possível, para mostrar a Paris que estava vivo e bem, que ele era o líder, confiável, indestrutível, acima de qualquer tentativa de assassinato. As exclamações ressoaram quando o primeiro cônsul entrou em sua galeria, composto como sempre, aparentemente calmo e no controle de si mesmo — e, por extensão, da nação. Joséphine, ao contrário, estava em choque, pálida e agitada, às lágrimas e quase irreconhecível. Ela praticamente se escondeu debaixo do xale de caxemira que na verdade salvara sua vida: ela adiou sua partida por alguns segundos cruciais para escolher a cor do xale que usaria naquela noite. Gritos, soluços, a indignação cercou o casal. Foi uma manifestação coletiva de fúria nacional e amor pelo líder. Mas Napoleão não conseguiria manter a calma por muito tempo. Ele saiu depois de um quarto de hora para dar vazão à sua raiva em casa. Ele não ouviu o mundo sendo musicalmente recriado.

Apesar do fato de que Napoleão era "adorado" pelos parisienses, segundo Mme. d'Abrantès, que estava na Opéra naquela noite e ouviu a explosão, uma dúzia de conspirações contra o primeiro cônsul já haviam sido descobertas e desvendadas. Uma delas envolvia uma engenhoca muito parecida com a que explodiu na rue Saint-Nicaise naquela noite e que rapidamente ficou conhecida como *machine infernale*. Ninguém sabia ainda quem estava por trás dela. Mas o alvo da fúria de Napoleão foram os jacobinos, que representavam seus inimigos ideológicos, os revolucionários republicanos. Fouché estava convencido de que os verdadeiros culpados tinham de ser processados, uma vez encontrados e provada sua culpa. Quando a investigação habilmente conduzida por um agente de Fouché alcançou os dois criminosos — monarquistas, como se revelou —, o primeiro cônsul perdeu o interesse, tão intensa era sua vontade de punir os jacobinos, independentemente de seu envolvimento na trama. Ele achou politicamente conveniente encurralar os suspeitos de sua preferência, todos contaminados com o jacobinismo. Ele até libertou cerca de duzentos dos prisioneiros, mas enviou 130 inocentes para o exílio na desolada cidade de Sinnamary, na Guiana Francesa, para onde outros presos políticos tinham sido enviados anteriormente. O Estado de Direito foi instituído sob a tutela agora totalmente autocrática de Napoleão.

As notícias da máquina infernal ecoaram por todo o caminho até a Espanha. A profunda mudança que ela ocasionou no modo de governar de Napoleão alienou Lucien ainda mais do governo francês, centrado como se tornou na pessoa de seu irmão. Quando Napoleão prendeu os homens que queria considerar culpados, Lucien pediu a Joseph que convencesse seu irmão a se comportar justa e legalmente, no interesse de sua própria glória, ou até de sua segurança — pois a opinião pública estava contra este ato cruel e injusto de Napoleão. Joseph passou a mensagem ao primeiro cônsul, cuja resposta a Lucien, através de Joseph, foi: "O querido irmão Lucien é e será sempre um jacobino por toda sua vida, e por isso ele deve estar ciente de que, mesmo que o batalhão de seus amigos que neste momento zarpam para o seu destino não seja culpado de inventar a máquina infernal, é culpado de muitos outros crimes, de modo que a punição é apropriada."[51] Esta foi a justificativa oficial de Napoleão para sua decisão: outras pessoas que o ouviram não ficaram menos escandalizadas que Lucien, mas permaneceram em silêncio diante do primeiro cônsul. Ninguém tinha qualquer autoridade no curso da justiça.

Em certa medida, Napoleão estava ciente de que se comportara de forma abrupta, pois ele ficou aparentemente aliviado quando soube que Joseph não enviara sua resposta sarcástica — se não abertamente agressiva — a seu irmão. Eventualmente, a atenção de Napoleão para com a lei geraria o grande código civil que leva seu nome (Código Napoleônico) e que continua sendo a fundação do sistema judicial francês (e italiano). Mas por hora sua consciência não levou à ação. E, em vez de ajudar Napoleão a ver a luz da razão e da justiça, os apelos passionais de Lucien em nome dos homens injustamente presos apenas prejudicaram o próprio Lucien ainda mais. Fouché chegou a ponto de tentar atribuir a Lucien a culpa por esta conspiração e, na verdade, por todas as conspirações contra Napoleão.[52] Não lhe importava que a máquina infernal tivesse surgido depois da partida de Lucien para a Espanha. Como Fouché supostamente colocou, "O ar está tomado de punhais!"[53] Perigos reais abundavam, acontecendo talvez o mesmo com os perigos imaginários — produtos da paranoia fanática e interesseira da polícia secreta.

REGRAS DE MODA

Lucien buscava purificar o ar de veneno político, tentando até pacificar Joséphine: quando ela pediu, na véspera de sua partida, que ele trouxesse de volta ou enviasse a Paris alguns belos leques espanhóis, ele prometeu fazê-lo. Lucien não estava particularmente interessado nas tendências da moda feminina, mas, logo após sua chegada a Madri, ele se viu envolvido em um escândalo com a costureira particular de Joséphine, que estava entre as modistas mais famosas de Paris: *citoyenne* Minette.[54]

A rainha espanhola havia recentemente enviado ao primeiro cônsul dezoito cavalos andaluzes premiados — animais elegantes e excelentes cavalos de guerra. Em troca, Joséphine mandou a Maria Luisa um presente igualmente elegante: os vestidos mais invejavelmente refinados e atuais de Paris. *Citoyenne* Minette acompanhou as preciosas roupas em sua viagem para a Espanha, armada com uma recomendação do próprio Talleyrand, que, em sua carta de apresentação, chamou-a de embaixadora da "superioridade francesa". Como o novo embaixador, coube a Lucien receber Minette oficialmente em Madri e apresentá-la à corte, onde seria dever dela ficar a serviço de Maria Luísa para quaisquer ajustes necessários aos vestidos. Dado o status que o apoio de Talleyrand conferiu a Minette, Lucien a acolheu com luvas de veludo.

A sacerdotisa da moda se vestia com elegância e tinha aparência agradável — de pele branca, bochechas rosadas e era deliciosamente rechonchuda — mas, ainda assim, suas origens plebeias se mostravam em sua fala. Ela falava ininterruptamente, e em certo ponto deixou escapar um detalhe que chamou a atenção de Lucien: ela declarou ter trazido à Espanha 27 caixas de preciosa mercadoria, ao passo que Elisa, que estava perfeitamente informada da missão, escreveu a Lucien que a carga não continha mais que uma dúzia de caixas. O embaixador imediatamente suspeitou de uma grande operação de contrabando — efetuada debaixo de seu nariz e em seu próprio nome. Ele falara muitas vezes contra o contrabando, do qual seus antecessores tendiam a ser culpados, e ficou ansioso para investigar este caso. Ele escreveu para o secretário de Estado espanhol Pedro Cevallos, primo de Godoy, solicitando que a alfândega inspecionasse os baús. Cevallos, em vez de escrever de volta, fez-lhe uma visita a pé — apesar de ser deficiente — para pedir-lhe confidencialmente que fizesse vista grossa para o trâmite e deixasse passar todo o carregamento. Lucien se manteve firme e mandou os baús extras de volta à alfândega.

No dia seguinte, Lucien foi convidado ao palácio do melhor amigo do rei e seu camareiro, o marquês de Santa Cruz. Ele era um velho decrépito; sua esposa era uma mulher muito mais jovem, Maritana Waldstein, de 37 anos, conhecida como a marquesa de Santa Cruz, e ainda bonita. Lucien foi recebido com amabilidades e etiqueta, mas o encontro foi estranho: enquanto o marquês tagarelava sobre a excelente impressão que Lucien causara no rei, a marquesa permanecia completamente silenciosa. Dotada de olhos vivos, lábios finos e um peito cheio, ela era sem dúvida atraente e parecia bem mais mediterrânea que austríaca, com seus cabelos escuros, longos e encaracolados e sobrancelhas bem-definidas — ela até parecia um pouco com Christine, como muitas

DIPLOMACIA

senhoras francesas notariam alguns meses depois, quando ela foi a Paris. O constrangimento aumentou quando o marquês saiu abruptamente, declarando que não podia atrasar-se para sua visita diária ao rei. Lucien agora se encontrava sozinho com a marquesa muda; consternado com a continuidade do silêncio, ele conseguiu quebrar o gelo, perguntando-lhe em tom jocoso se tivera a infelicidade de ser reprovado por ela.

Ela respondeu honestamente: "Oh, meu Deus! Sim, Bonaparte, é claro que eu o aprovo, mas eu me sinto tão envergonhada!"

A conversa mal havia começado quando a porta se abriu de repente, e lá, sem aviso prévio, apareceu a *citoyenne* Minette — que vinha escutando tudo. Ela irrompeu na sala e começou a chorar: "Senhor, meu pai está morto!" E, então, caindo de joelhos: "Senhor embaixador, estou arruinada, arruinada, arruinada!"

Lucien não foi insensível às suas lágrimas, que, ele descobriu, realçavam sua beleza tanto quanto sua verbosidade a diminuía. Mas ele ficou irritado com ela por emboscá-lo tão descaradamente e pela falta de decoro com que ela recorreu a ele como embaixador. Ele tentou sair; mas, exatamente quando ele estava agarrando seu chapéu, a marquesa suplicou-lhe que ficasse. Ela então afastou Minette dele; Lucien estava perto o bastante para ouvir a marquesa dizendo baixo à talentosa tagarela que tudo ficaria bem. Lucien estava agora furioso com a marquesa por inventar aquela farsa absurda de um encontro acidental — e, tanto mais quando, voltando a Lucien, ela confessou que na verdade fora responsável, junto com a duquesa de Alba, pela situação terrível e possível ruína de Minette.

A duquesa de Alba era a mais rica e mais distinta dama da Espanha. Orgulhosa de seu status elevado, ela, no entanto, sentia uma necessidade constante de superar a rainha — a única mulher no país que se sobrepunha a ela em status. A ferramenta mais acessível à sua disposição para competir com Maria Luísa era a moda, e ela passava boa parte do tempo buscando o que havia de mais novo em roupas, coches e acessórios. Ela fazia questão de usar vestidos da última moda antes que a rainha tivesse chance de encomendá-los e ia à corte enfeitada com eles, em um de seus coches fabulosamente decorados. Compreensivelmente, a rainha ficava irritada com estas provocativas amostras de disputa e de vez em quando destacava um guarda para educadamente fazer a duquesa dar meia-volta e ir para casa. O rei achava graça desses "pequenos atos de importunação feminina", mas, quando chegaram relatos a seus ouvidos de piadas da duquesa e de seus amigos à custa da rainha, todas as risadas cessaram e ele exilou a duquesa em suas terras, onde ela se entediou após poucos meses. A rainha então pedia ao rei que readmitisse a duquesa, que, após um curto lapso de tempo, retomava seu espetáculo habitual.

Desta vez, a duquesa se superou. Ao saber da excepcional qualidade das vestes oferecidas à rainha pela esposa do primeiro cônsul, ela enviou a Paris uma de suas damas de companhia favoritas, que conseguiu, por intermédio do banqueiro Récamier — marido de Juliette — angariar os favores de Minette para ela sem incorrer na suspeita de ninguém, e obter duplicatas dos extraordinários vestidos. Minette, encantada com o entusiasmo e o bolso ilimitado deste novo cliente, até mesmo lançou alguns acessórios que ninguém na Espanha já tinha visto; joias preciosas completavam o pacote. Minette não pensou duas vezes em mandar os bens da duquesa junto com os presentes para a rainha — todos concordavam com a ideia de evitar um imposto alfandegário salgado. Mas, no momento em que Minette chegou, havia um novo embaixador que, intolerante a qualquer deslize da legalidade, colocou-se no caminho de um sucesso total. E assim a marquesa tentou ajudar a duquesa, oferecendo-se para subornar um subalterno na legação francesa. Isto fracassou miseravelmente quando o subalterno percebeu que o novo embaixador era inflexível.

A esta altura, Lucien estava muito tentado a esquecer todo o assunto; mas ele se recusou firmemente a ser cúmplice de contrabando, e assim, com humor e lisonjeiramente, ele transmitiu o pensamento para a marquesa de que ela e a duquesa certamente não iriam à falência se pagassem os impostos. Muito bem, respondeu a marquesa; mas a reputação de Minette seria arruinada. Não restava em Lucien nenhuma simpatia por Minette, cuja ruína, disse ele, seria totalmente merecida. A marquesa implorou a Lucien que lhe permitisse apelar a Godoy em nome da *modiste*. Lucien atendeu o desejo da graciosa dama e, na manhã seguinte, fez

DIPLOMACIA

uma visita a Godoy, que zombou dele maliciosamente: "Você tem um coração de pedra, embaixador! Eu teria cedido às lágrimas de *citoyenne* Minette, que dizem ser muito bonita, coisa que nunca prejudicou uma péssima causa..." A princípio, Lucien não quis ouvir, insistindo em defender a severidade e a justiça; mas ele ficou bastante aliviado quando Godoy exclamou: "Vamos lá, deixe-me cuidar desse negócio!"

E, assim, tudo acabou terminando bem para todos. A rainha seguiu inconsciente do papel desempenhado no caso pela voraz duquesa de Alba; ela ficou encantada com as peças e pediu a Minette que ajudasse com os ajustes dos vestidos. Havia muito o que experimentar, uma vez que as roupas vinham em grupos de três, cada um composto de um vestido de manhã, ou "déshabillé", um vestido "promenade" para a tarde e um vestido de gala para a noite, da última moda de Lyon, junto com uma rica seleção de acessórios — sapatos para cada roupa, lenços, cintos, mantilhas, flores, penas, rendas, fitas de todos os tipos. Eram todos produtos franceses da mais alta qualidade e seguiriam sendo matéria de triunfo diplomático, e não de escândalo diplomático.

MAJAS E LOUCURA

Apesar do final feliz, este estranho episódio tão cedo na carreira espanhola de Lucien cimentou a amizade entre o embaixador e o primeiro-ministro. Godoy convenceu Lucien de que ele tinha que parar de fingir ser incorruptível. Com o caso Minette, Lucien fora testado com sucesso, defendendo o território moral, mas sendo suficientemente pragmático para recuar a tempo e delegar uma decisão; e Godoy viu que poderia envolver Lucien em assuntos políticos de uma natureza muito mais séria. Esta alegre bagunça também reforçou sua intimidade. No início de janeiro de 1801, Godoy escreveu ao embaixador espanhol em Paris que as portas de sua casa estavam sempre abertas para Lucien, que chegava sem aviso prévio a qualquer momento e era recebido calorosamente e sem qualquer preocupação com o protocolo em geral estrito. Lucien confirmou a Napoleão que havia rompido "a barreira de etiqueta" e tinha acesso livre à família real e a seu protegido.

É bastante provável que nessa época tenha sido mostrado ao embaixador o mais eletrizante tesouro artístico que Godoy possuía. Em seus aposentos particulares, provavelmente pendurado atrás de cortinas, o ministro mulherengo escondera o retrato nu de uma de suas amantes mais sensuais, cujos atributos carnudos mais tarde se tornaram conhecidos no mundo como os da *Maja desnuda*. Na época, apenas poucas pessoas punham os olhos nela. Seu nome, de acordo com historiadores de arte, era Pepita Tudo. A cabeça está estranhamente torta e não parece pertencer ao corpo; provavelmente ela foi repintada em algum momento.[55] Godoy talvez tenha tido escrúpulos em exibir uma representação real de sua amante no palácio — por mais escondida que estivesse a imagem, seria melhor que o tema não fosse reconhecível por ninguém além dele. Lucien provavelmente foi um dos poucos felizardos que viu a pintura em sua forma original e soube, junto com Godoy, de quem era o belo corpo.

Lucien fora à Espanha com seus amigos, os escritores Laborde e Arnault e os pintores Sablet e Lethière. Guillaume Guillon Lethière era o terceiro filho ilegítimo que um oficial francês teve com uma companheira negra, enquanto lotado em Guadalupe. Monsieur Guillon finalmente reconheceu seu filho, mas só depois que Guillaume viajou a Paris para estudar arte, aos 16 anos. Desde cedo ele foi um artista apaixonado — e também, como o jovem Lucien, um casanova, cuja beleza ligeiramente exótica e pele mais escura se provaram irresistíveis para as muitas damas francesas que ele retratava com natural habilidade. Ele viajou para Roma e Nápoles nos anos após a Revolução, aperfeiçoando seu estilo — quando voltou à França, foi considerado um dos talentos mais promissores da época. Lucien conhecera Lethière em Paris nos primeiros dias de seu mandato como ministro e o acolheu imediatamente. A amizade se desenvolveu rápido e Lucien o convidou para ir à Espanha, onde Lethière, dotado de um bom par de olhos, escolheu algumas das melhores pinturas para o acervo em rápida expansão de seu empregador. Talvez ele tenha visto a *Maja desnuda* também. Em todo caso, Lucien em breve pediria a Lethière para recriar uma versão daquela pintura extraordinária, em que a Maja não era Pepita Tudo mas a mulher da vida de Lucien.

DIPLOMACIA

Não menos emocionante que a grande arte que Lucien adquiria era a cumplicidade que Godoy lhe oferecia. Lucien estava satisfeito consigo mesmo por ganhar a confiança da corte. Esta confiança era necessária para que Lucien realizasse a missão de que Napoleão o encarregara: o embaixador tinha de convencer a Espanha a entrar em guerra com Portugal, que estava aliado à Inglaterra, arquirrival da França. Napoleão sempre considerou Portugal como uma colônia inglesa e sentia que atacá-lo era o mesmo que agredir a Inglaterra. Ele também queria que Portugal rompesse relações comerciais com a Inglaterra e que se voltasse para a França.

Havia um sério obstáculo familiar para esta tarefa belicista: a filha dos monarcas espanhóis era nada menos que a princesa de Portugal, e este conflito claramente atormentava Carlos IV. "O senhor há de concordar, caro embaixador, que é muito triste ser um rei se o dever político o obriga a entrar em guerra com sua própria prole", ele disse a Lucien. Enamorado de sua pequena Christine-Egypta — apelidada Lili —, Lucien era sensível a este sentimento; e ele se tornou mais cauteloso quanto a forjar planos para executar as ordens do primeiro cônsul.

Ele tinha, na verdade, mais interesse em levar uma vida tranquila em Madri, desfrutando da corte e da vida social, que em jogos de poder político. Logo Lucien alugou uma ala do palácio de Santa Cruz e se mudou para lá, onde ele e sua filha se tornaram uma presença constante na casa. Um ligeiro mal-estar permanecia — o rei e a rainha usavam o familiar "tu" para se dirigir a Lucien, colocando-o em pé de igualdade com o antigo marquês, uma honra que, para o camareiro, parecia bastante indevida —, mas todos se davam muito bem.

Lucien muitas vezes tomava chocolate nos aposentos da marquesa. Ele estava começando a desenvolver alguns sentimentos por ela. A marquesa era graciosa, inteligente, boa mãe e uma amiga sincera de uma família nobre; e ela carinhosamente ajudava Lucien a cuidar de Lili. Lucien ainda estava de luto — sete ou oito meses se haviam passado desde a morte de Christine. Ele teve alguns casos em Paris — com algumas atrizes que ainda lhe escreviam desesperadas cartas de amor —, mas foram insignificantes para ele. A marquesa, porém, era uma mulher madura; acolhedora e atenciosa, ela fora forçada a um casamento sem amor um homem muito mais velho. Sua inteligência e encanto despertavam o jovem francês, mais de dez anos mais novo que ela. Não era a primeira vez que os apetites da marquesa eram estimulados pelos encantos de um enviado estrangeiro. Em 1787 ela iniciou um flerte com o lorde inglês William Beckford, um ousado *dandy*.[56] Apesar da insistência dela, ele não correspondeu a seus avanços com grande entusiasmo; estava muito mais interessado em jovens cantores de coro. Durante o Diretório, a marquesa tivera mais sorte com Félix Guillemardet, o audacioso embaixador francês que precedera Lucien e Alquier. Lucien era uma presa ainda mais suculenta, já que era mais jovem e mais versado em assuntos literários e artísticos, e seu cargo vinha diretamente do homem mais poderoso da França.

A afeição entre os dois crescia continuamente. Lucien escreveu à sua irmã Elisa que a marquesa, uma pintora diletante de algum talento, estava esboçando um retrato dele. Uma carta de Elisa chegou logo depois. Provavelmente informada do *affair* de Lucien por Arnault, que acabara de regressar a Paris, ela brincou com o irmão: "Você, apaixonado... é um grande feito, que foi reservado para a Espanha."[57] Poucos dias depois, ela comunicou sua alegria com o relato da fidelidade dele: "De bom grado eu abraçaria esta marquesa."[58] Aos olhos de sua irmã, o fato de que a marquesa era bem-nascida e relacionada ajudava bastante. Por sua vez, Lucien falava relativamente pouco de sua paixão pela marquesa; mas o caso teve um impacto profundo em sua psique. Houve encontros clandestinos; a adúltera usava uma linguagem secreta e apaixonada em suas cartas a seu amante. Não é difícil ver como ela estava fascinada por ele, e que ele provavelmente também tinha fortes sentimentos por ela. No longo prazo, as diferenças de idade e de classe pesariam no relacionamento, mas Lucien permitiu que seu afeto amadurecesse. Sua necessidade de ter uma companheira monogâmica para toda a vida aumentava; o tempo para flertes frívolos estava terminando.

Contudo, outro caso seria atribuído ao embaixador, causando-lhe um pouco de dificuldade. A fascinante condessa M., apavorada com as ameaças de seu marido ciumento, procurou refúgio na embaixada francesa. Enquanto perseguida por seu Otelo, ela convenientemente desmaiou nos braços de Lucien, que estava saindo de seu coche. A beldade, dotada do "perfume sensual" que o sensível diplomata declarava ser emanado pelas mulheres espanholas, despertou seus instintos protetores.[59] O resultado de seu gesto nobre foi uma mensagem do conde ao jovem embaixador, que respondeu que seu coração estava na verdade "mais bem ocupado, ou ao menos está em outro lugar" (evidentemente com a marquesa).[60] Não era uma situação agradável. Lucien aceitou o desafio para um duelo, mas exigiu um adiamento. Ele teria que permanecer em segredo: os duelos eram ilegais. Isto era um problema principalmente para o embaixador, cujo estatuto diplomático poderia ser comprometido. Lucien enviou seu grande amigo Lethière, com cuja discrição ele podia contar, para dizer ao conde que o Sr. Embaixador não queria matá-lo ou ser morto, já que ele estava a ponto de fechar o tratado para o qual tinha vindo a Madri; por isso ele suplicou que o outro aceitasse que, depois de ter alcançado seu objetivo, sem arautos ou trombetas, ele estaria a serviço do conde.

Previsivelmente, o conde recusou. Ele estava ansioso por se livrar de um rival e não estava interessado em esperar para lutar com ele — o conde sempre duelava quando suas paixões estavam afogueadas; caso contrário, o duelo poderia parecer o pior tipo de assassinato premeditado. Lucien continuou a insistir no adiamento e Lethière voltou ao conde com a mensagem: o embaixador lutaria "quando o tratado estiver concluído, quer seja ratificado quer não".[61] Se o conde ainda se recusasse a esperar, o próprio Lethière se disponibilizaria a duelar no lugar do embaixador. Esta oferta — segundo Lucien — foi iniciativa espontânea de Lethière. Poderia parecer um ato de bravata, não fosse o fato de que o pintor, forte e em boa forma na época, apesar de sua corpulência (que aumentaria com a idade), tinha certeza de que não mataria nem seria morto: seu plano era simplesmente tirar o jovem conde de cena e, em nome da cortesia, sem nenhuma ferida. Ao menos esta foi a garantia que ele educadamente deu ao conde, que, sendo ele mesmo um excelente esgrimista, apenas lhe sorriu com um misto de desdém e espanto. Magro, esbelto e rápido, ele avaliou o homem grande diante dele, rindo da clara vantagem em que se encontrava, e ofereceu outra elegante refutação aristocrática: ele ficaria muito chateado em forçar tão bom pintor a interromper seu trabalho. Era uma questão de etiqueta: certamente, um dos maiores nobres da Espanha não podia colocar sua vida em risco para enfrentar um pintor.

A marquesa de Santa Cruz era parente distante do conde. Ela achou por bem organizar para que Lucien e o conde se encontrassem não como rivais, mas diante de um requintado almoço. Os dois tiveram um começo cortês, embora gelado, mas, à medida que a refeição progredia, eles simpatizaram um com o outro, e no fim o conde de derramava em elogios sobre as belezas de sua senhora e sua paixão por ela. Lucien, tocado pela confissão emocional, convenceu o conde de sua fidelidade à mulher que reinava em seu próprio coração. Naquela noite, no teatro, Lucien viu a condessa M. — no camarote do conde; a reconciliação foi um sucesso. Lucien permaneceu amigo do conde e se entristeceu ao saber de sua morte prematura um ano depois, aparentemente após enlouquecer.

TOUROS ESPANHÓIS E DIAMANTES BRASILEIROS

Lucien estava se tornando espanhol mesmo sem querer, adquirindo até um gosto por touradas. No começo, ele achou os "jogos bárbaros" repugnantes; mas logo ele não perderia nenhum.[62] No entanto, ele também era arrastado para um outro tipo de tourada em que ele mesmo fazia involuntariamente o papel do touro: os governantes da Espanha lhe enviavam mensagens que ele não sabia como decifrar.

De um lado da arena, Godoy bajulava e insinuava a Lucien que um dia ele se tornaria um chefe de Estado, talvez da República Cisalpina no norte da Itália. Lucien foi suficientemente ingênuo ou vaidoso para repetir esta proposição a Napoleão, que entendeu que Godoy estava brincando com a ambição de seu irmão. Do outro lado, a rainha chamou Lucien a uma conferência privada e falou por uma hora sobre sua amada filha Maria Isabella, de 13 anos de idade, que talvez — quem sabe? — fosse uma jovem e perfeita esposa para o primeiro cônsul.

Durante toda esta entrevista, a rainha usou o confidencial "tu", colocando uma pressão suave porém extraordinária sobre o embaixador, que ficou ao mesmo tempo surpreso e honrado com a intimidade e a confiança que ela expressara. Em uma carta de 4 de abril de 1801, ele escreveu com cuidado e ceticismo a Napoleão sobre a "abertura" que Maria Luísa fizera a ele aparentemente sem consultar seu marido (como era a norma) nem Godoy (o que era inédito).[63] Ele acrescentou que entenderia perfeitamente se seu irmão permanecesse em silêncio como resposta. Em vez disso, com devastadora indiscrição, Napoleão foi direto a Joséphine, relatando a carta como se Lucien tentasse forçá-lo a se divorciar de sua esposa para se casar com a princesa adolescente da Espanha. Esta maliciosa distorção resultou em um colapso total do relacionamento já tenso entre Lucien e Joséphine. A partir de então, ela cultivaria a hostilidade contra ele tanto em seu coração quanto em sociedade.

Lucien estava ciente de que a conversa confidencial de Maria Luísa com ele também arriscava comprometer seus laços com o primeiro-ministro, se ele de fato chegasse a descobrir sobre ela. A amizade política de Godoy, que era necessária a Lucien para cumprir sua missão oficial, nunca foi assegurada. Aquele momento de intimidade com a rainha foi, portanto, muito mais assustador que lisonjeiro para Lucien.

Mas sua principal missão na Espanha avançava. A máquina de guerra ganhava impulso, e Godoy mandou reunir as tropas em Badajoz, sua cidade natal, logo ao lado da fronteira portuguesa. Orgulhoso de sua origem humilde, ele mandou rapidamente restaurar e redecorar sua casa de família em tempo para o evento; o rei e a rainha lhe prestaram uma visita cerimonial, declarando seu encantamento; amáveis palavras foram ditas, enquanto os cortesãos riam entre si do servilismo e da grandiloquência da ocasião. Lethière, em cena, pintou Lucien meditando na paisagem de Badajoz. A invasão começou pouco mais de uma semana após, sem entusiasmo, e durou apenas três dias, depois que a cidade portuguesa de Olivença foi conquistada. A breve escaramuça foi apelidada de Guerra das Laranjas, por conta dos ramos de laranja que o exército espanhol enviou a Godoy em seu caminho para Lisboa — o primeiro-ministro então os enviou à rainha.[64]

O acordo resultante, o Tratado de Badajoz assinado em 7 de junho por Lucien e as partes espanhola e portuguesa, cedeu Olivença e algumas cidades mais à Espanha, deu à França uma considerável indenização de 15 milhões de francos por ter mobilizado suas tropas e garantiu que os portos de Portugal dali em diante seriam fechados para a marinha britânica. Isso deveria ter sido suficiente para Napoleão, mas o primeiro cônsul se recusou a ratificar o tratado. Ele tinha a guerra total em sua mente. Lucien tinha prática na mera diplomacia, não numa missão militar, e era diplomacia "*à l'eau de rose*" — diplomacia de água de rosas —, como Napoleão desdenhosamente descrevia; ele estava furioso por Lucien não ter negociado com suficiente dureza.[65]

Por sua vez, Lucien estava satisfeito com o resultado de sua mediação e convencido de que havia cumprido suas obrigações. Talleyrand até lhe escreveu palavras elogiosas. O embaixador estava pronto para partir e se juntar à marquesa, que foi a Paris em meados de junho. Antes de sua partida, e enquanto ele estava em Badajoz, ela lhe escrevera que "todos em Madri dizem que você foi nomeado cônsul da República Cisalpina — já que você certa vez me contou seus pensamentos sobre este assunto, não estou preocupada com este rumor e estou apenas me divertindo em deixar que ele siga seu curso, melhor ainda para esconder nossos planos".[66] De Paris, ela lhe escreveu cartas afetuosas, descrevendo como a família dele a recebera na capital. Elisa disse que ela e outras pessoas a consideraram "bela, muito bela e adorável" — "verdadeiramente encantadora, talentosa e graciosa".[67] Ela acrescentou que deve ter sido doloroso para Lucien separar-se dela e contou como as duas choraram quando a marquesa expôs a Elisa sua crença de que Lucien era infiel — uma "calúnia" que Elisa era rápida em negar, embora ela suplicasse a seu irmão que tranquilizasse sua amante.

Mas Lucien não podia partir ainda. Napoleão manteve seu exército na Espanha, e por isso Portugal estava determinado a exigir algumas pequenas alterações no tratado. Por sua vez, Napoleão exigiu mais concessões de Portugal. Esta situação mantinha Lucien sob intensa pressão, uma vez que o rei espanhol se recusou a considerar quaisquer exigências adicionais sobre os portugueses. Na mente de Lucien, a atitude de Napoleão arriscava começar uma guerra entre a França e a Espanha, aliados formais desde a assinatura em 1796 do Tratado de San Idelfonso, que garantia que um defenderia o outro em caso de ataque por uma terceira parte (nesse caso, a Inglaterra, o inimigo comum). Napoleão tratava Carlos IV como todos os outros monarcas com que lidava — como se ele fosse uma marionete — e sadicamente desfrutava do exercício do poder sobre seu aliado. Depois de inúmeros protestos por parte de Lucien de que ele estava fazendo um inimigo da Espanha, o primeiro cônsul cedeu, assinando o tratado no início de outubro — cinco meses após a negociação inicial. Mas ele ainda se recusou a dar a Lucien licença para retornar a Paris, apesar dos repetidos pedidos do embaixador — que eram recebidos com um insultuoso silêncio, um sinal claro para Lucien de que o primeiro cônsul o queria longe.

Lucien finalmente perdeu a paciência. A marquesa voltou para Madri e Lucien naturalmente ficou satisfeito em vê-la; mas sua presença não teve a atração suficiente para levá-lo a querer ficar. Apesar do comportamento abertamente grosseiro de Napoleão para com Lucien, o rei e a rainha continuaram a recebê-lo calorosamente; em nome do casal real, Godoy até lhe ofereceu a Ordem do Tosão de Ouro — que o embaixador teve de recusar em nome de seu republicanismo. Cansado de jogos políticos e ansioso por voltar para casa, ele não aguardaria a autorização de Napoleão por mais tempo. Lucien renunciou a seu cargo e, exatamente um ano depois de sua partida de Paris em 9 de novembro de 1801, ele deixou Madri.

Como recompensa por sua negociação exitosa daquilo que equivaleu a um tratado de paz entre Espanha e Portugal, ambas as cortes ofereceram a Lucien uma pesada bolsa de diamantes brasileiros brutos. As pedras não eram particularmente atraentes, pois pareciam sal marinho não refinado, e Lucien não estava ciente de seu valor potencial. Ele aceitou os presentes com graciosidade, como era costume dos embaixadores que deixavam seu posto em bons termos com seus anfitriões reais. A rainha se afeiçoara imensamente a Lili, filha de Lucien, e passou a chamá-la de "*jolie pouponne*" (criança bonita).[68] Lili também recebeu de sua majestade alguns luxuosos presentes — juntamente com abraços afetuosos e chorosos. O mesmo se deu com a babá de Lili, madame Leroux, que, em uma completa quebra de etiqueta, recebeu entrada livre para as câmaras da rainha quando ela trouxe a criança para uma visita. A presença de Lucien claramente humanizara a corte, e sua calidez faria falta em Madri. A marquesa estava em desespero, mas Lucien prometeu que em breve eles se veriam em Paris, para onde seu marido, colado ao rei como se fosse a sua sombra pessoal, nunca se permitiria seguir.

Algum tempo depois, quando Lucien mandou avaliar suas sacolas de diamantes em Amsterdã, para sua surpresa ele descobriu que valiam cerca de 2 milhões de francos — uma imensa fortuna, que transformou Lucien em um homem muito rico. "Se o dinheiro fosse a minha paixão, eu já seria um milionário", ele havia escrito a Napoleão em abril daquele ano.[69] Agora ele efetivamente era um milionário, livre para fazer planos para o seu futuro.

❧

Ao retornar, Lucien fez uma visita a Napoleão antes de ir para Le Plessis, a fim de prestar sua homenagem no túmulo de sua esposa e reunir-se à sua filha mais velha Lolotte após a longa separação. Ele voltou a Paris apenas algumas semanas depois — ele temia ver seu irmão novamente. Roederer, o feio e astuto ministro, repreendeu Lucien por evitar o primeiro cônsul — os rumores de que os irmãos estavam brigados se multiplicavam. Lucien disse a Roederer que ele e Napoleão haviam passado três horas juntos após seu retorno da Espanha, e que Napoleão assegurara que lhe mostraria o devido respeito; mas o primeiro cônsul não manteve sua promessa, aproveitando o fato de que Lucien já não tinha um cargo oficial e estava em posição vulnerável. Lucien não tolerava a forma como Napoleão o tratara — insultando, zombando, humilhando e degradando o irmão diante de seus funcionários. Roederer relatou a versão de Lucien para seu encontro com o primeiro cônsul:

"Quando, e onde, poderei vê-lo? Eu não sou mais seu ministro — e não sou e tampouco quero ser um conselheiro de Estado. Eu não tenho mais uniforme. Só posso comparecer a suas audiências como um irmão."

DIPLOMACIA

"Venha todas as noites ao salão; nas manhãs, almoço sozinho, às 11; venha quando você quiser."

"Seu salão — está bem, mas, por favor, basta de piadas ruins —, basta de Cidadão Lucien! O grande Lucien! O grave Lucien! Não quero ser a chacota de assistentes. Também não quero mais funções ou missões. Eu quero viver em Paris como um cidadão de Paris, a menos que você me queira como parte de algo útil que ajudará a consolidar seu poder."

Lucien expressou seus desejos de forma muito clara. Ele queria que Napoleão o tratasse como um irmão, não como um subalterno. Napoleão concordou. Mas no dia seguinte, quando Lucien entrou no salão, Napoleão o recebeu com estas palavras:

"Então, Cidadão Lucien, o que está aprontando?"

"Cidadão Cônsul, não estou aprontando nada além de pequenas coisas das quais não preciso notificar ninguém, ao contrário de você que faz coisas grandiosas e gloriosamente as relata a todos."

Napoleão então perguntou a Lucien na frente de todos: "A mulher que corre atrás de você, Madame de quê?... Madame Santa Cruz, ela ainda está em Paris?" (A marquesa realmente se reunira a Lucien no início de dezembro.)

"Ah, Cidadão Cônsul, poupe uma mulher que não foi feita para brocados. Não tenho necessidade de ser falado de tal forma pelo meu irmão, e menos ainda pelo primeiro cônsul."

"Mas não temos necessidade de sua aprovação."

"Pelo menos eu não tenho que ouvir. Saudações a você."

Lucien pediu licença para se retirar. Até o momento em que recontara esta desagradável reunião a Roederer, Lucien ainda não tinha visto Napoleão novamente. Napoleão enviou Talleyrand para ver Lucien e transmitir que ele convidaria madame Santa Cruz para jantar. Lucien respondeu que jamais voltaria a vê-la se ela aceitasse o convite.

Joséphine mantinha um relacionamento de aparências com Lucien. Alguns dias depois da reunião com Napoleão, ela disse ao cunhado que seu marido nem sempre media as palavras. Ante a queixa de Lucien de que ele não recebera permissão para os aposentos de Napoleão, ela respondeu: "Ele não recebe ninguém, nem mesmo eu."

"Com você é diferente; você dorme com ele."

Respondendo a Roederer, que achava que tudo isso era um pouco drástico demais, Lucien disse: "Não, eu não quero ser humilhado. Ele enviou sua polícia contra mim, eu sou perseguido por eles mais do que nunca, e tenho sido maltratado. Eu não o amo mais. Eu o honro, respeito, admiro como chefe de Estado, mas não o amo mais como um irmão. Ele tentou me desonrar em Madri. Eu não deixei. Ele pensou que me rebaixaria, e eu fiz com que as pessoas conhecessem seu maquiavelismo infernal."[70]

Plenamente consciente do que ele considerava uma vitória sua como diplomata, do poder que ele conseguira exercer na Espanha e da ferocidade com que Napoleão tentara miná-lo, Lucien estava furioso com o irmão por este se recusar a reconhecer suas realizações.

TEMPESTADE EM COPO D'ÁGUA

O orgulho de Lucien por ter negociado uma boa paz — em vez de estimular uma guerra inútil entre Espanha e Portugal — era mais do que justificado. Assim como seu orgulho por outra grande conquista: ele havia negociado a entrega tranquila, da Espanha para a França, dos vastos territórios da Louisiana. Napoleão dissera a Lucien para segurar aquela "bela juba" até que tivesse convencido o rei Carlos IV a abdicar da "bela e próspera colônia" à qual ele estava tão ligado.[71] (Ela constituía quase a metade do que era então conhecido como América do Norte.) Segundo Lucien, o tratado, assinado em 1º de outubro de 1801 em Madri, foi a "mais espinhosa"[72] de suas negociações; de acordo com o sardônico Talleyrand, era "a joia mais brilhante na sua coroa diplomática".[73] Certamente foi uma enorme conquista para a França, alcançada sem nenhum custo e sem uma única arma ou canhão sendo disparado.

Em certa noite, Lucien retornou a Paris de Le Plessis para a estreia de uma peça de teatro da Comédie Française e parou em sua casa para vestir roupas adequadas. Ele ficou surpreso ao encontrar Joseph esperando-o ansiosamente em sua sala de estar. "Finalmente você está aqui! Será um baita espetáculo hoje à noite", anunciou o irmão

DIPLOMACIA

Bonaparte mais velho. "Eu tenho uma notícia para você que não o deixará com ânimo para diversão."

"O que está acontecendo?"

"Você não vai acreditar — mas o general [como os irmãos chamavam o primeiro cônsul entre si] quer vender a Louisiana."

"Mas quem compraria dele?", zombou Lucien.

"Os americanos."

Lucien ficou pasmo. "Por favor! Mesmo que o general realmente tivesse esta fantasia insana de vender a Louisiana, depois de tudo que ele fez para obtê-la — e apesar de incessantemente alardear a necessidade de conservar nossos interesses coloniais como uma questão de dignidade nacional —, ele não conseguiria sem a autorização das Câmaras. Quanto aos americanos, eles não desejariam o trâmite sem tal cláusula."[74]

Lucien ficou indignado não só com o plano inesperado de Napoleão, mas também, e principalmente, pela probabilidade de que ele cogitava agir por conta própria. O republicanismo de Lucien tornava-se mais ardente à medida que o despotismo de seu irmão cada vez mais se afirmava. Napoleão citava George Washington como modelo, mas Lucien se perguntava como o herói americano se defenderia se os burocratas, militares e políticos concordassem em substituir o equipamento presidencial com um coroa real ou imperial.

Desde o início de 1800, o interlocutor político de Napoleão no exterior era Thomas Jefferson. Em abril de 1802, como presidente, Jefferson escreveu ao embaixador americano em Paris que, até então, a França tinha sido "amiga natural" dos Estados Unidos, mas que, se a França assumisse o controle de Nova Orleans, "através do qual o produto de três oitavos de nosso território passará ao mercado, (...) estará assumindo para nós uma atitude provocadora". E continuou: "A Espanha poderia conservá-la com tranquilidade por anos. Suas disposições pacíficas, seu Estado débil, induzi-la-iam a aumentar nossas instalações no lugar. (...) Jamais poderia ser o mesmo nas mãos da França. A impetuosidade de seu temperamento, a energia e a inquietação de seu caráter a colocam em um ponto de eterno atrito conosco. (...) Eles devem estar cegos como nós se não veem isso."[75]

Como mestres de xadrez, ambos os estadistas viam que o resultado de uma Louisiana francesa no longo prazo seria a inimizade mútua e mutuamente prejudicial. Bem consciente disto, Napoleão preparava-se secretamente para vender a colônia ao melhor preço, enquanto Jefferson, inconsciente do plano de Napoleão, preparava-se para controlá-la caso a França não deixasse que os Estados Unidos a tivessem. Lucien não estava a par dos cálculos pragmáticos de nenhum estadista. Sua perspectiva geopolítica da situação não era previdente e sua indignação com a proposta de Napoleão era tudo menos estratégica. Afinal, ele havia negociado com maestria a passagem suave do território das mãos dos espanhóis para a França; ele havia agido segundo o pedido de Napoleão de que ficasse claro para Godoy — confidencialmente — que ceder a Louisiana a qualquer país que não a França seria considerado um motivo para a guerra.

Lucien despertou para todos esses pensamentos um dia depois que Joseph lhe deu a notícia da decisão de Napoleão. Lucien retornou às Tulherias pela manhã e encontrou o primeiro cônsul em seu banho, com águas perfumadas com eau de Cologne. O cumprimento de Napoleão foi atipicamente cálido. Os homens começaram a conversar amigavelmente. Napoleão lamentou que seus dois irmãos não o tivessem encontrado na peça da noite anterior, onde o grande ator Talma, que ele muito apreciava, foi "sublime", e os parisienses, acrescentou ele, pareceram felizes em vê-lo.[76] A bem da verdade, sete anos antes, no Vendémiaire de 1795 como recém-nomeado comandante de artilharia, Napoleão não hesitou em disparar suas armas apontadas contra a multidão que ameaçava a sede do governo do Diretório bem ali, diante das Tulherias — o mesmíssimo palácio onde ele agora desfrutava de seu banho quente; e ele não imaginara que um dia seria tão amado. Aquele episódio, o proverbial "sopro da metralha", abriu uma nova era: ele demonstrara o punho que um implacável chefe militar podia fechar em torno do símbolo supremo do poder francês. Na verdade, Napoleão declarou várias vezes desde aquele dia que "se Luís XVI tivesse aparecido a cavalo, teria ganhado o dia". O rei foi fraco e perdeu a cabeça — uma lição que líder nenhum deveria esquecer.

DIPLOMACIA

Lucien também se mostrou destemido no 18 Brumário. Seu sangue-frio ao administrar um pandemônio foi tal que, aos olhos do grande general, ele já demonstrava que podia tornar-se um adversário ameaçador. Napoleão se ressentiu do fato de que seu irmão mais novo fora publicamente útil para ele naquele dia e, posteriormente, ele se tornava cada vez mais ansioso em mantê-lo sob rédeas curtas e restringir suas ações políticas, assim como ele controlava as de seus outros irmãos.

Sim, ponderava Lucien, as pessoas esquecem as coisas tão facilmente, boas e más, como se "as águas do Sena tivessem as mesmas propriedades do Lete" — uma alusão poética ao rio do esquecimento que atravessa o submundo grego. Napoleão riu em resposta: "Ah! Sempre atraído pela poesia! Eu aprovo e muito. Eu ficaria chateado em vê-lo renegando a poesia inteiramente em prol da política." Lucien respondeu que uma atividade nunca impediu a outra — como provavam o rei Davi, o rei Salomão e, de fato, o próprio Napoleão.

Os dois irmãos começaram a rememorar suas primeiras façanhas literárias em sua juventude na Córsega. A conversa mudou para Paoli, para a independência da Córsega saudada por Rousseau, e para o jacobinismo — ainda um tema de incômoda disputa entre os dois irmãos.

Eram todos temas sérios. Mas Napoleão fazia rodeios. O tema da Louisiana ainda não tinha sido abordado. Lucien estava decepcionado. O valete de Napoleão permanecia em silêncio, toalha na mão, pronto para envolvê-la em torno de seu senhor, que se preparava para sair da banheira. Naquele exato momento, Rustan, o guarda-costas mameluco e alto que Napoleão contratara no Egito, rascou suas unhas na porta do banheiro, como um gato, anunciando a chegada de Joseph. (O sistema, que substituía a batida comum, fora adotado como uma nova etiqueta em todo o palácio.)

"Que entre", declarou o primeiro cônsul. "Eu ficarei no banho por mais quinze minutos." Napoleão amava seus banhos, e esta era uma ocasião perfeita para entregar-se ao prazer. Assim que Joseph se juntou a seus irmãos na sala vaporosa, Lucien lhe indicou discretamente com um gesto que nada de importante tinha sido dito. Joseph parecia um pouco constrangido, sem saber por onde começar. Mas Napoleão foi direto ao assunto. "Como é, meu irmão, você não falou com Lucien?"

"Sobre o quê?"

"Sobre o nosso projeto de Louisiana, como você bem sabe!"

"Você quer dizer o *seu* projeto, meu querido irmão? Você não pode esquecer que, longe de ser meu..."

"Ora, não me venha com sermões... Enfim, eu não preciso falar sobre isso com você... você é teimoso demais. Eu falo muito mais facilmente a Lucien sobre coisas sérias; ele até me contradiz às vezes, mas consegue partilhar meu ponto de vista, quando eu acho que vale a pena tentar mudar o dele."

Em meio a tais brincadeiras fraternas — eles trocavam insultos afetuosos como "cabeça oca" e "cabeça dura" —, Napoleão anunciou sua firme intenção de vender a Louisiana para os americanos sem buscar a aprovação das Câmaras. Diante da indignação sincera de Joseph e do espanto fingido de Lucien, ele exibiu uma fria ironia. Também era inadequado discutir estes graves assuntos de Estado na presença de um valete, por mais confiável que fosse. Joseph e Lucien estavam prontos para pedir licença a Napoleão, que mais uma vez ameaçou sair da banheira, quando, de repente, ele se dirigiu aos irmãos num tom áspero, impiedoso: "E, a propósito, senhores, pensem o que quiserem deste negócio, mas ambos devem tranquilizar suas mentes a respeito, você, Lucien, quanto à venda em si, e você, Joseph, porque eu vou fazê-la sem a aprovação de ninguém — compreendem isto?"

Joseph ficou ofendido. Aproximando-se da banheira, respondeu com dureza: "Bem, tome o cuidado de não apresentar seu projeto no parlamento, querido irmão, porque, se for preciso, eu me colocarei à frente da oposição que inevitavelmente se erguerá contra ele."

A resposta de Napoleão foi uma risada brusca, alta e forçada que parou tão abruptamente quanto começou. Lucien permaneceu em silêncio, sem saber o que fazer. Joseph estava cedendo a um de seus lendários ataques de raiva. Cada vez mais agitado, com o rosto quase escarlate, ele exclamou, quase gaguejando: "Ria, ria, claro, ria à vontade! Isso não me impedirá de fazer o que eu disse que vou fazer, e, por mais que eu não goste de subir à tribuna, dessa vez eles me verão lá." Napoleão, erguendo-se parcialmente da banheira, respondeu num tom solene e enérgico: "Você não terá necessidade de se apresentar como orador da oposição, porque, repito, este debate não acontecerá, pois este projeto, que felizmente não tem sua aprovação, concebido por mim, negociado por mim, será ratificado e executado por mim apenas, você entende? Por mim, e não dou a mínima para sua oposição."

Com isso, Napoleão mergulhou de volta na água docemente perfumada. Joseph não se continha. Dirigindo-se ao irmão mais novo com o já conhecido "tu", ele gritou: "Bem, eu lhe digo, general, que você, eu, todos nós — se você fizer o que diz, todos podemos nos preparar para acompanhar aqueles pobres-diabos inocentes que você deportou de forma tão legal, tão humana e, oh, tão justa para Sinnamary."

Seguiu-se um breve momento de silêncio tenso. Depois Napoleão gritou de volta, erguendo-se novamente da banheira: "Você é um insolente! Eu deveria..." Mas sua ameaça vocal se perdeu no pandemônio que se seguiu quando ele voltou a afundar com força na água, molhando Joseph dos pés à cabeça.

Lucien estava longe o suficiente da banheira para ficar seco. A cena era absurda — Napoleão estava tão pálido quanto Joseph, totalmente encharcado; estava rubro. Lucien reprimiu o riso, mas não resistiu a citar o *Quos ego*, as estrofes na *Eneida* de Virgílio em que Netuno desencadeia a fúria das águas do oceano contra os ventos. Joseph, pingando, respondeu: "Em qualquer caso, o seu deus é insano." Napoleão virou-se para Lucien, ignorando o irmão mais velho, e comentou em voz baixa: "Sempre um poeta de ocasião."

A onda extinguiu a ira de Joseph. O valete, perplexo, fazia tudo que podia para secá-lo. Tendo trabalhado para Joseph antes de passar para Napoleão, ele tinha dificuldade de lidar com aquela situação embaraçosa, onde seu antigo senhor levara um banho espetacular do atual. Foi demais para ele: o valete desmaiou ali mesmo. Joseph tentou segurar o pobre homem, Lucien gritou por ajuda e Rustan, o robusto guarda-costas, entrou rapidamente no salão; ele ouviu do primeiro cônsul ainda na banheira a ordem de auxiliar Joseph, e Napoleão chamou outro valete para ajudá-lo a sair da banheira. Lucien se ofereceu para ajudar o recém-chegado, mas Napoleão recusou. Joseph não estava completamente seco, e Napoleão sugeriu friamente que ele se trocasse em seu *cabinet de toilette*. Joseph, perplexo pelo gesto, respondeu ainda mais friamente: "Obrigado, eu vou me trocar em casa. Você vem, Lucien?"

"Ele também está molhado?"

Napoleão perguntou maliciosamente:

"Não", respondeu Lucien.

"Muito bem, faça-me o favor de me esperar com Bourrienne. Eu preciso falar com você; estarei com você em um instante."

Deste cenário improvável surgiu a compra da Louisiana, um momento crucial na formação da nação americana: um homenzinho bancando deus em sua banheira, encharcando seu irmão mais velho e manipulando o mais novo. Mas Lucien nunca seria tão fácil de manobrar quanto Napoleão esperava que ele fosse.

❧

Lucien foi levado a uma sala onde encontrou o insuportável Bourrienne, o secretário intrometido que era próximo de Joséphine e famoso por seus mexericos maliciosos. Lucien decidiu não se dirigir a ele de modo algum — ele não tinha nenhum desejo de explicar os ruídos da casa de banho que certamente alcançaram os ouvidos sensíveis de Bourrienne, e de tê-lo maldosamente relatando o férvido bate-boca entre os irmãos à esposa de Napoleão. Então Lucien se sentou e escondeu o rosto atrás de um jornal, à espera de ser chamado. Uma boa meia hora depois, Rustan o conduziu ao escritório.

Assim que ele entrou, Napoleão vomitou sua raiva contra Joseph. "Bem, isso eu tenho que dizer, quando algo irrita Joseph, ele é pior do que você quando você acha que está certo."[77] Lucien se preparava para resistir à erupção da ira de seu irmão e de defender os princípios pelos quais Joseph levara um banho. Naquele momento em especial, ele se sentia fortemente aliado a Joseph contra Napoleão.

DIPLOMACIA

Nem sempre foi assim. Depois que seu pai morreu, Joseph e Napoleão, os dois mais velhos da família, fizeram uma espécie de pacto para não pisar nos calos um do outro. O direito de primogenitura era de primordial importância na Córsega, mas Joseph permitira que Napoleão tomasse a dianteira, muitas vezes ficando em casa com a mãe enquanto o irmão mais novo e mais ambicioso avançava em sua carreira militar. O arranjo em geral pacífico era ocasionalmente perturbado pelo carisma e a vaidade naturais do terceiro filho, Lucien. Ele tinha mais facilidade com as palavras e as mulheres do que Joseph ou Napoleão, e seu dom para a eloquência e a sedução era admirado e invejado por seus irmãos mais velhos. Mas, depois que Napoleão alcançou uma posição inquestionável de proeminência, Joseph e Lucien muitas vezes se uniam para tentar conter as tendências impositivas do irmão, e era exatamente isto que estava acontecendo quanto ao grave problema do poder constitucional.

Lucien estava convencido de que era mais desonroso para a França entregar a Louisiana aos americanos por um preço baixo do que deixar que eles a conquistassem através da guerra. Em vez disso, seria melhor que a França aproveitasse a paz para enviar tropas até lá, exatamente como Napoleão tinha feito em Saint-Domingue (hoje Haiti; a parte oriental da ilha, Santo Domingo, é a atual República Dominicana). Ele compartilhou estes pensamentos com Napoleão, que o lembrou de que ele, Lucien, tampouco tinha sido um entusiasta da expedição a Saint-Domingue. Seu objetivo fora tirar do escravo rebelde Toussaint Louverture, o "jacobino negro", as plantações de açúcar com as quais os franceses vinham lucrando vultosamente. Mas a expedição foi um desastre. O exército francês foi dizimado pela febre amarela. O general Leclerc, marido de Pauline e amigo de Lucien, que era o governador da ilha, foi um dos que mais tarde viriam a morrer na epidemia.

Agora, em resposta à observação de Lucien de que Napoleão deveria ter concordado em negociar com Toussaint e sua disposição diplomática — que de fato poderia ter determinado o resultado da missão francesa, mas em vez disso morreria de fome na prisão —, o primeiro cônsul ponderou que esta expedição foi uma de suas aventuras militares menos inspiradas. Ele disse que a marinha francesa era fraca demais para sustentar o impacto avassalador da frota inglesa. Era, portanto, estrategicamente equivocado buscar a conquista territorial fora da Europa (o fracasso do Egito também ensinou algo ao general Bonaparte), e fazia todo o sentido entregar o enorme território da Louisiana aos americanos.

A conversa prosseguiu ao longo destas linhas, mas a estratégia militar não era o forte nem o interesse de Lucien. Para ele, a questão da Louisiana era de princípios: Se Napoleão conseguisse violar as regras democráticas agora, ficaria livre para impor sua vontade ou capricho em qualquer outra coisa.

Depois de algum tempo, o primeiro cônsul se sentou em uma poltrona e convidou Lucien a fazer o mesmo. Lucien, tomando a mão de seu irmão e apertando-a carinhosamente — o aperto não foi correspondido —, disse: "Acredite em mim, meu irmão, é impossível ter mais devoção fraterna que eu." Napoleão respondeu que a devoção se demonstrava com fatos, e, considerando o tempo que foi desperdiçado com Joseph na importante questão da Louisiana, Lucien faria melhor em poupar toda sua conversa. Lucien tentou mais uma vez ser conciliador, dizendo: "Permita-me assegurar-lhe novamente de que minha devoção é profunda o bastante para sacrificar tudo a você, exceto meu dever."

"Exceto, você quer dizer, qualquer coisa que você queira excetuar."

"Não, meu irmão, porque, se eu acreditasse, como Joseph, que esta alienação da Louisiana sem o consentimento das Câmaras poderia ser fatal apenas para mim, eu concordaria em arriscar tudo para lhe provar esta devoção de que você duvida. Mas é inconstitucional em demasia."

Ao ouvir a palavra "inconstitucional", Napoleão explodiu em seu riso forçado; ele fervilhava com intensa raiva. Quando Lucien expressou sua surpresa de que Napoleão podia ser tão zombeteiro em relação a um assunto tão importante, o riso parou abruptamente e o primeiro cônsul disse: "Oh, por favor, deixe-me em paz. E, em qualquer caso, de que forma eu violei sua Constituição? Responda." Lucien repetiu que o projeto de entregar qualquer anexo da República era ainda mais inconstitucional, uma vez que vinha do representante supremo da soberania nacional: "Em uma palavra, a Constituição..." Napoleão agora perdia a paciência por completo, gritando, "Vá para o inferno! Constituição!

DIPLOMACIA

Inconstitucional! República! Soberania nacional! Grandes palavras, grandes frases! Você acha que ainda está em seu clube jacobino em Saint-Maximin? Estamos bem além daquilo. Ah, claro! Muito bonita fachada a sua! Essa é boa, inconstitucional! É bem do seu feitio, do senhor cavaleiro da Constituição, falar comigo dessa maneira! Você não mostrou o mesmo respeito pelas Câmaras no 18 Brumário."

Lucien respondeu: "Você sabe muito bem, meu querido irmão, que ninguém lutou mais do que eu em seu nome quando você entrou no Conselho dos Quinhentos. Eu não fui seu cúmplice de modo algum, mas sim o homem que desfez o mal que você fizera contra si mesmo, e isso por minha própria conta e risco, e com tamanha generosidade — se me permite acrescentar, já que chegamos a isto —, que ninguém na Europa reprovou mais que eu aquele ataque sacrílego à representação nacional." Lucien permaneceu calmo enquanto falava. Ele detectava a ira crescente no olhar de Napoleão, mas insistiu novamente: "Sim, inconstitucional, um ataque à soberania nacional."

"Vá em frente, então vá em frente, é muito bonito para ser breve, o Senhor Orador de Clubes; mas, enquanto isso, podem ter certeza, você e Joseph, de que eu vou fazer exatamente como se me dá; de que eu detesto, sem temê-los, seus amigos jacobinos, dos quais não restará um só na França se, como espero, continuar a depender de mim; e, finalmente, de que eu não dou a mínima a vocês e à sua representação nacional."

"Eu me importo com você, Cidadão Cônsul, mas eu sei bem o que devo pensar de você."

"O que você pensa de mim, Cidadão Lucien, estou muito curioso para saber. Diga-me rápido."

"Eu acho que, Cidadão Cônsul, depois de ter jurado sobre a Constituição de 18 Brumário com minha própria mão, como presidente dos Quinhentos, e vendo como você a despreza — bem, se eu não fosse seu irmão, eu seria seu inimigo."

"Meu inimigo, ah! Neste caso, eu encorajaria isto! Meu inimigo! Isso é um pouco demais."

Napoleão começou a avançar para Lucien, como se fosse acertá-lo; mas a imobilidade de Lucien neutralizou o impulso e não houve golpes.

No entanto, a ira de Napoleão atingiu seu ápice, e ele gritou: "Você, meu inimigo! Eu o esmagaria, vê?!, como esta caixa!"

Ao dizer isto, ele pegou uma caixa de rapé em que Jean-Baptiste Isabey pintara uma miniatura de Joséphine e a atirou violentamente no chão. O tapete amorteceu o impacto e ela não quebrou; mas o retrato se soltou da caixa. Lucien apressou-se em pegá-lo e, com um semblante respeitoso, entregou-o a Napoleão. "É uma pena", disse ele, "foi o retrato de sua mulher o que você quebrou, quando desejava quebrar o original de mim mesmo."

Napoleão começou a pegar as partes da caixa de rapé e, enquanto ele tentava inserir o retrato de volta na caixa, Lucien deixou a sala. Quando ele contou a Joseph sobre a explosão de Napoleão, o irmão mais velho riu, dizendo: "Como você pode ver, não sou o único inclinado à raiva na família." É verdade que as fúrias de Joseph eram mais fugazes e menos profundas que as de seus irmãos.

Este episódio logo se tornou notório em Paris e foi recontado em uma variedade de versões, embelezadas e dramatizadas. Anos mais tarde, Hortense, filha de Joséphine, contou que sua mãe, sendo creole e supersticiosa, ficou preocupada de que o acidente pudesse ser um mau presságio. Imediatamente depois que Napoleão lhe contou sobre o caso, ela foi consultar um tarólogo, que a aconselhou a substituir discretamente o retrato estragado por uma cópia.[78]

3

AMOR
(1802-1803)

Napoleão deve ter sido tímido com as damas. Ele temia suas piadas; e, inexpugnável ao medo, aquele espírito se vingou delas quando se tornou todo-poderoso, cruel e constantemente expressando seu desprezo, do qual ele não falaria se fosse realmente presente. Antes de se tornar grandioso, escreveu a um amigo sobre uma paixão que cativara Lucien: "Mulheres são paus enlameados; não se pode tocá-los sem sujar-se a si mesmo." Com esta imagem deselegante, ele se referia aos erros de conduta aos quais elas induziam: era uma premonição. Se ele odiava as mulheres, era porque temia supremamente o ridículo que elas distribuem. Em um jantar com madame de Staël, que ele poderia ter trazido para seu lado tão facilmente, Napoleão exclamou rudemente que amava apenas as mulheres que cuidavam de seus filhos.

— Stendhal, *Napoleão*

A MARAVILHA

Na primavera de 1802, Lucien fez suas últimas aparições como figura pública, fazendo dois importantes discursos em Paris sobre a liberdade religiosa e a criação da Legião de Honra. Eram causas nobres e ele colocou sua habitual eloquência em ação para apoiá-las. Mas seu coração agora estava em outro lugar. Completamente angustiado pelo regime autoritário que Napoleão estava criando, ele queria estar longe da capital.

A família e os amigos de Lucien confundiam seu ânimo sombrio com uma dignidade calculada, mas ele estava apenas melancólico e necessitando de alguma companhia íntima, diferente de sua família grande e excessivamente invasiva.[1] A marquesa de Santa Cruz, recém-viúva, enviou-lhe uma nota anunciando que estava prestes a partir para Paris e ele se viu ansioso à sua espera: o afeto dela poderia ajudar a levantar seu espírito. A chegada foi adiada, e ele decidiu encontrá-la na fronteira espanhola. Ele não tivera oportunidade de explorar os Pireneus durante sua viagem ao sul dezoito meses antes, e esta seria a oportunidade perfeita para deixar o dissabor parisiense para trás. Alexandre de Laborde, amigo de Lucien, historiador e político que esteve com ele na Espanha, convidou-o a fazer uma parada em seu belo retiro em Méréville, perto de Paris, e Lucien aceitou com alegria.[2]

Ele chegou depois da meia-noite; uma ceia suntuosa ainda estava acontecendo na sala de jantar, onde conversava um animado grupo de uma dúzia de amigos. Lucien tomou seu lugar na pródiga mesa e percebeu que havia um lugar vazio à sua frente. Ele não pôde deixar de se perguntar quem seria a pessoa ausente. Pelos outros convidados, ele soube que era uma mulher e que ela decidiu ir direto para a cama, aparentemente desinteressada em familiarizar-se com o novo hóspede; isto lhe atiçou a vaidade, tanto quanto a curiosidade. Ele ouviu de madame Arnault, outra convidada, que a dama desceria em breve e ele se viu ansioso por conhecê-la. Mas, à medida que o jantar avançava, o local à mesa permaneceu vago. O nome da ausente, ele foi informado, era Alexandrine Jouberthon, *née* de Bleschamp.

Lucien conhecia esse nome: o próprio Napoleão o mencionara a ele como pertencente à mulher mais bonita de uma festa que Talleyrand organizara para o primeiro cônsul, poucos dias antes de Lucien chegar a Paris, de volta da Espanha. Lucien pensou que a mulher ausente realmente devia ser deslumbrante; o primeiro cônsul tinha tino para observar a beleza feminina. Mas isto era tudo que Napoleão era capaz de perceber: a psicologia feminina estava além de seu alcance e ele não era capaz de levar as mulheres a sério como interlocutoras intelectuais. Madame de Staël, escritora renomadamente influente e assertiva,

AMOR 133

admirada e respeitada tanto por Joseph quanto por Lucien — como era na verdade pela maioria de seus luminares contemporâneos, alguns dos quais a cortejavam — era profundamente desprezada por Napoleão, principalmente porque ela combinava poder cerebral e uma feroz independência com aparência abaixo da média. A posição anti-intelectual de Napoleão, apelidada na época (provavelmente pela própria madame de Staël) como "ideofobia", ou medo das ideias, espelhava seu violento antifeminismo.[3]

Elogioso em outras instâncias, Stendhal supôs em seu *Napoleão* que, quando bem jovem, o general teria sido magro, baixo e pobre o suficiente para tornar dolorosa sua iniciação no amor. De qualquer forma, desenvolveu uma intenção descaradamente misógina de seduzir todas as mulheres bonitas. Segundo o relato de Stendhal, a quantidade média de tempo que Napoleão passava com uma mulher que ele convocava a seus aposentos privados não passava de três minutos, durante os quais ele mal tirava os olhos de sua papelada e raramente se dava ao trabalho de colocar sua espada de lado.[4] As mulheres eram um território a ser conquistado, e era um território que lhe interessava menos que as verdadeiras terras de seu reino em constante expansão e batalha. Nisto também ele não podia ser mais diferente de Lucien, que era tão desinteressado em conquistar terras como era em apenas seduzir mulheres. Lucien era — ou pelo menos tinha sido — um homem paquerador, mas ele apreciava a mente das mulheres tanto quanto sua beleza.

Naquela noite em Méréville, seu desejo romântico se alimentara das fofocas sobre a dama ausente; à medida que os outros falavam, ele não pôde evitar observar sonhadoramente aquele lugar vazio à frente. Para o grupo, ele parecia cansado. De fato, à medida que a noite avançava, ele ficou cada vez mais intrigado e decepcionado, até mesmo ressentido — os ausentes estão sempre errados, diz-se em francês. Era manhã cedo quando o grupo se retirou. Laborde acompanhou Lucien até o quarto. O sempre fiel valete de Lucien, Pedro, que viera com ele da Espanha, ofereceu algumas informações enquanto seu mestre se preparava para dormir, dizendo que a dama que esteve ausente da mesa também era o comentário entre os servos: "*Monsiou*, eles dizem que ela é *una bella Señora!*"

O sono de Lucien foi irregular e marcado por um sonho particularmente intenso em que viu uma mulher bela e desconhecida por quem ele era fortemente atraído. Junto dela apareceu a marquesa, parecendo velha e triste; havia também um busto de mármore que se parecia com ele, sem realmente representá-lo. Um floreio dramático de fogo, água, flores e diversos ruídos completaram o quadro. Ele acordou brevemente e, quando voltou a dormir, a mulher desconhecida apareceu novamente. A marquesa estava ausente agora. No momento em que ele despertou totalmente, o sol já ia alto; ele sentiu uma forte necessidade de ar fresco e partiu em uma caminhada pelo parque de Méréville, no meio do qual o castelo estava instalado.

O parque era um retiro suntuoso, uma paisagem cuidadosamente estudada e, ao mesmo tempo, exuberantemente silvestre. Fora projetado pelo paisagista Hubert Robert cerca de duas décadas antes, sob encomenda do proprietário do imóvel, o pai de Alexandre, Jean-Joseph de Laborde, que foi guilhotinado durante o Terror. Chateaubriand o visitou em 1804 e o descreveu em seu *Mémoires d'Outre-Tombe* como "um oásis criado pelo sorriso de uma Musa, mas uma daquelas Musas a quem os poetas gauleses chamam de Fadas cultivadas".[5] E, naqueles dias de primavera de 1802, Méréville era uma maravilha de frescor. Seu projeto botânico era requintado e Lucien apreciava particularmente o riacho que o atravessava, que ele pensou em copiar em suas próprias terras de Le Plessis.

À medida que continuava sua caminhada, de repente viu uma mulher passeando sozinha entre as árvores. Embora nunca a tivesse visto antes, achou que a reconhecia — de seu próprio sonho. Ela causou imediatamente uma forte impressão e ele a considerou a mulher mais sedutora em que já tinha posto os olhos. Alta e esbelta em seus 20 e poucos anos, movia-se graciosamente. Seu olhar era ao mesmo tempo suave e luminoso; havia nobreza e grandeza nela, realçadas por sua pele alva. Ele notou seus braços e mãos adoráveis e seus pés bem-torneados. Era simplesmente magnífica.

Lucien jamais havia experimentado tal sentimento de devoção instantânea; a princípio, ele ficou sem palavras diante daquela estranha. Mas ele não precisou ficar sozinho e calado por muito tempo. Logo apareceu seu anfitrião, Laborde, com o restante do grupo. Naquela época de convenções, talvez tivesse parecido estranho ser visto sozinho com ela, mesmo quando todos sabiam que eles não poderiam ter planejado um encontro impróprio. E assim todos foram formalmente apresentados. Para Lucien, a apresentação era desnecessária; a sensação de que ele a vira antes, em seu sonho, manteve-se poderosa em sua mente. Ela lhe disse que ele tinha uma notável semelhança com Napoleão, a quem ela havia conhecido. Muitos anos mais tarde, ela confessou em seus *Souvenirs* que sentira considerável impaciência, ansiedade até, com a perspectiva da chegada do famoso Lucien, como se ela soubesse que o encontro seria portentoso.[6]

O som de um sino invadiu subitamente as saudações. À pergunta de Lucien sobre sua natureza, Laborde, um pouco envergonhado, respondeu:

"Não é nada, quero dizer... Acredito que seja a missa."

"Que encantador. Vocês celebram a missa em Méréville? Ah! Isso é bastante incomum."

As missas foram proibidas nos tempos revolucionários e continuaram assim por um período depois. Até o casamento havia perdido seu valor sacramental original; as uniões eram seladas em simples cerimônias civis e facilmente desfeitas por divórcio. Mas, em reação a esta proibição extrema do ritual tradicional e à liberalidade que a acompanhara, uma nova onda de religiosidade estava prestes a varrer o país. Cerca de apenas um ano antes, em 1801, a Concordata foi assinada entre o papa Pio VII e Napoleão — com a ativa mediação de Lucien como ministro do Interior —, restaurando a Igreja Católica como a Igreja oficial na França, e a missa deixou de ser um crime. Mas ainda era recente. E, embora a devota mãe de Laborde conseguisse, como se soube, realizar missas secretas durante a Revolução, em Méréville a igreja estava em condições precárias e ainda não havia padre, então simples sinos caseiros eram usados para anunciar a missa.

Todos se entusiasmaram com a ideia de participar do ritual proibido havia tanto tempo — Lucien mais do que ninguém. A última vez em que o fizera foi pouco antes de abandonar sua formação para padre, uma boa década antes. A missa aconteceu na capela simples, que consistia em uma sala e uma mesa que servia de altar, com um crucifixo e duas tochas acesas. Lucien conseguiu ficar de pé ao lado de Alexandrine e ela não pareceu nem um pouco desagradada. A missa foi simples e solene; o padre, venerável. Lucien sentiu-se devoto novamente. Ocorreu-lhe pela primeira vez que o túmulo de sua falecida esposa Christine na verdade deveria estar em uma igreja e não em um jardim; e ele agora antevia a construção de uma igreja em sua propriedade em Le Plessis. Em sua mente, ele finalmente enterraria Christine; talvez estivesse pondo um fim a seu luto.

No almoço, Lucien e Alexandrine sentaram-se lado a lado. Por fim, eles puderam conversar. Ele rapidamente percebeu que os encantos de Alexandrine não eram apenas físicos. Ela compartilhava das simpatias firmemente republicanas e antimonárquicas de Lucien; era um bom começo. Eles entabularam uma conversa envolvente sobre Chateaubriand, a quem ela estimava; ela havia lido sua obra romântica *Atala*. Lucien lhe recomendou o recém-publicado *O gênio do cristianismo*, um livro que já estava contribuindo para a renovação da tradição católica na França; ele se prontificou ansiosamente a arranjar uma cópia para ela e a apresentá-la ao augusto autor, um amigo. Ela recusou, sob o pretexto de que não se sentia capaz de levar uma vida muito social naqueles tempos. Lucien alegrou-se secretamente com a revelação, convencido de que ela faria uma exceção para ele.

Em seguida, a conversa casualmente se voltou para o tema do primeiro cônsul, por quem Alexandrine professou grande admiração. Lucien não se absteve de lhe dizer que ela chamara a atenção de Napoleão e que este até fez comentários sobre ela com o irmão. Ela corou, dizendo que tivera a "honra" de ver Napoleão em algumas ocasiões públicas, mas que não tivera o "prazer" de falar com ele. Esta expressão de educado entusiasmo irritou Lucien — ele estava agora tão irritado com ela quanto consigo mesmo, e começou a falar sobre o clima com a senhora do outro lado, madame Arnault —, que era uma velha amiga de Alexandrine.

Nada impressionada com a reação brusca de Lucien, Alexandrine perguntou à amiga se ela não concordava que o busto de Napoleão que repousava acima da lareira em sua casa poderia ser facilmente con-

AMOR

fundido com um busto do próprio Lucien. Madame Arnault de fato concordava. Alexandrine agora acrescentava que o objeto mais precioso que ela tinha em sua casa era aquele mesmo busto. Lucien ficou satisfeito e notou um sorriso um pouco travesso no rosto de madame Arnault.

Logo Lucien conheceu a filha de 3 anos de Alexandrine, Anna, que ela trouxera consigo para Méréville. Ela rapidamente encantou Lucien, que a considerou a mais graciosa das crianças. Os convidados admirados a cobriram de elogios, mas Lucien não disse nada. Quando a criança trouxe à mãe um ramo de flores que colhera no jardim, Lucien criou coragem para pedir uma da mão da dama; ela lhe deu um cravo. A pequena Anna o encarou, caiu na gargalhada e jogou os braços em torno do pescoço de sua mãe.

JOGOS DE ESPELHO

Uma caminhada pós-refeição estava planejada, mas começou a chover, então o grupo ficou dentro de casa e jogou trique-traque (uma versão francesa do gamão). Lucien foi derrotado por ninguém menos que Alexandrine. Ele se sentia distraído demais para jogar a revanche. A chuva havia passado e o grupo decidiu tentar a caminhada. A excursão incluiu uma brincadeira que consistia em perseguir cotovias com espelhos. Lucien e Alexandrine se sentaram perto de um arbusto, longe o suficiente dos outros para desfrutar de um pouco de privacidade. Seus espelhos não foram muito efetivos com as cotovias, mas Lucien tentou refletir no espelho a figura de sua companheira de caça, e lhe pareceu, embora ele fingisse não notar, que ela estava fazendo o mesmo, discretamente virando seu espelho para ele.

O momento transbordava de possibilidade e romance. Mas Alexandrine ainda era a esposa do pai de Anna: como tal, ela manteve uma distância cautelosa de Lucien. Ele fez questão de permanecer tão cavalheiro e respeitoso quanto era requerido, na esperança de ganhar sua confiança. Neste ponto, ela confirmou o que Laborde já havia dito a Lucien: que esperava ansiosamente a primeira oportunidade de navegar para Saint-Domingue, onde seu marido, Hippolyte Jouberthon, estava trabalhando. Na verdade, ela estava feliz por ter conhecido Lucien porque queria pedir-lhe que escrevesse uma carta de recomendação em seu favor para sua irmã Pauline, a esposa do general Leclerc, governador da ilha ocupada, a fim de obter um passaporte que permitiria que ela se juntasse ao marido.

Lucien não recebeu bem esta declaração, é claro, mas prometeu escrever a carta — perguntando-se ao mesmo tempo se conseguiria entregá-la. Naquele dia, tornou-se óbvio para Lucien que ele não podia mais contemplar o encontro com a marquesa de Santa Cruz na fronteira espanhola, e decidiu cancelar sua viagem para o sul. Escreveu um bilhete a ela: "Não posso vê-la porque, além de ter grandes preocupações, estou um pouco doente." Minimizou o sentimento de culpa dizendo a si mesmo que estava apenas cometendo uma mentira inofensiva, já que se sentia efetivamente doente — do coração. Confiando a entrega do bilhete a um servo, Lucien retornou a Paris junto com os outros convidados de Méréville.

✇

De volta à capital, sua familiaridade com Alexandrine se aprofundou. Ele soube que ela tivera uma infância negligenciada, presa entre pais em pé de guerra, e uma juventude oprimida. Aos 20 anos, seu casamento foi arranjado com um honesto homem mais velho, e ela enriqueceu graças a ele, mas, se chegava a amá-lo minimamente, era principalmente por gratidão, apesar de seus infortúnios e da ruína financeira posterior. Perseguido por seus credores, ele foi forçado a migrar para Saint-Domingue, para tentar pagar suas sufocantes dívidas. Era uma história comovente. Lucien timidamente ofereceu sua ajuda; a situação de Alexandrine em Paris estava longe de ser brilhante, com suas finanças em perigo.

Enquanto isso, a marquesa chegou à cidade. Agora livre e ainda apaixonada por Lucien, estava decidida a se casar com ele. Lucien enfrentou um dos piores momentos de sua vida quando se sentou com ela para lhe dizer a verdade; não podia fingir que as coisas eram como antes e não tinha coragem de mentir para ela. Seu amor por ela foi real, mas com Alexandrine ele se sentia renovado. Tinha certeza de que não havia como voltar atrás. Tentou se justificar com o pensamento de que, uma vez que não tinha sido o primeiro amante da marquesa, tampouco seria o último. Ela ficou surpresa e magoada com o final de seu caso; mas Lucien não podia culpar a si mesmo, e ele sentiu que ela também não o culpava.

A marquesa foi tão bem-recebida em Paris — e pela família de Lucien — nesta visita como tinha sido antes. Sua posição social era certamente mais firme que a de Alexandrine, e logo as pessoas começaram a considerá-la uma vítima da última. A corte de Lucien para Alexandrine não foi segredo nos círculos de Paris, e seus inimigos logo se tornaram inimigos dela, ainda que Lucien não tivesse certeza de que seu amor era totalmente correspondido.

Elisa, sempre partidária declarada da marquesa, reagiu rapidamente. Chamava Alexandrine de "a tal amante" de Lucien. Por mais prestativa e carinhosa que Elisa vinha sendo desde a morte de Christine, também tirava vantagem da riqueza que seu irmão adquiriu em seu retorno da Espanha, gastando o dinheiro sem restrições e abusando de sua intimidade. O aparecimento de Alexandrine em cena desencadeou uma acentuada competitividade em Elisa. Ela percebeu imediatamente que seu território estava sendo invadido — que Alexandrine era uma personagem poderosa que, ao unir-se com Lucien, dividiria o cerrado clã Bonaparte. Apesar de irmão e irmã continuarem a coabitar — tanto em Paris quanto no campo —, uma fenda se abriu.

Elisa conseguiu superar sua resistência o bastante para pedir um encontro com Alexandrine. Lucien hesitou, mas achou prudente não recusar. Era uma questão de encontrar a ocasião certa. Para incentivá-lo, Elisa prometeu obter a carta de recomendação que permitiria que Alexandrine viajasse para Saint-Domingue para ver seu marido — e graças à qual Elisa efetivamente se livraria do problema. Silenciosamente, Lucien entrou em desespero. Ele via sua amada todos os dias, às vezes até duas vezes por dia, mas nunca a sós, pois a pequena Anna estava invariavelmente presente. Ainda assim, isso era melhor do que não vê-la em absoluto. Lucien então saiu com um plano politicamente engenhoso: convidou Elisa para Le Plessis, pedindo a ela que convidasse Alexandrine, juntamente com outras damas. Ele não poderia convidar Alexandrine pessoalmente de forma honrosa. Elisa ficou feliz com o plano. Alexandrine aceitou o convite, mas com a condição de que pudesse levar sua filha. Lucien admitiu que, embora Anna fosse adorável, sentiu um pouco de ciúmes dela.

Os convidados começaram a chegar a Le Plessis. Elisa zombou de Lucien pelo cuidado que ele teve com a preparação do quarto de Alexandrine. Esfregando as mãos, ela disse cinicamente: "Oh! Como estou feliz em vê-lo verdadeiramente apaixonado!" Nesse meio-tempo, chegou o marido de Elisa, Felix Baciocchi, equipado com o violino do qual nunca se separava. (Elisa, no entanto, ainda mantinha seu caso com Fontanes, que mais tarde viria a escrever cartas desagradáveis sobre a "amante coquete e cobiçosa" de Lucien.[7]) Alexandrine foi a última convidada a aparecer, com a pequena Anna, mais a criada e Laborde.

Era um grupo animado. Joseph, que também estava lá, ficou impressionado com Alexandrine de forma muito favorável, para alívio de Lucien. Outro convidado foi Chateaubriand, a quem Alexandrine, assombrada pelo escritor e ansiosa por causar boa impressão, dirigiu elogios estudados. O próprio Lucien foi quem deu a ela uma cópia de *O gênio do cristianismo* após seu retorno de Méréville, como havia prometido; mas o ar sedutor e um tanto exaltado que ela assumiu ao falar com o grande luminar — sobre Santo Agostinho e muito mais — atiçou-lhe os nervos em certa medida. Fontanes, que era um amigo próximo de Chateaubriand, mais tarde informou ao anfitrião que seu colega ficara encantado com ela.

Letizia — madame Mère — enviou uma nota anunciando que estava prestes a chegar a Le Plessis, onde queria assistir a uma das produções teatrais da família. Desde seus dias como jacobino, Lucien continuou encantado com o teatro e levando muito a sério as produções que eram encenadas em sua mansão. Ele era um ator talentoso e tinha boas relações

AMOR

com os atores profissionais mais célebres da época. Sua dedicação a essas representações era intensa, especialmente porque competiam com as que Napoleão montava em sua residência em Malmaison. As montagens de Napoleão eram eventos monumentais; os figurinos vinham direto da Comédie Française. Os participantes, no entanto, admitiam que não se divertiam tanto como em Le Plessis. Napoleão ficou furioso em certa ocasião quando Lucien e Elisa apareceram no palco para encenar *Alzire* de Voltaire praticamente nus, diante de uma plateia que incluía o primeiro cônsul e toda a corte de Malmaison.

A fim de desviar a atenção do cortejo que fazia a Alexandrine, Lucien achou melhor mostrar-se com outras mulheres, explorando sua reputação como o mulherengo que já não era. Contratou uma bela atriz, a quem deu um traje luxuoso para desempenhar os papéis de Semíramis e Clitemnestra, duas famosas rainhas fatais. Alexandrine não parecia sentir o menor ciúme da atriz. Lucien notou sua tranquilidade: ocorreu-lhe que ela estava segura de si, e dele.

No meio do drama teatral, dramáticas notícias continuavam chegando de Saint-Domingue: a epidemia de febre amarela tornou-se um inimigo implacável, matando soldados e civis aos milhares. A ocupação da ilha pelas tropas de Napoleão foi bem-sucedida; mas, neste ponto, qualquer notícia de lá era uma notícia de morte. Alexandrine estava preocupada com o marido, de quem não recebia notícias havia três meses. A probabilidade de que ela se tornasse viúva aumentava. Lucien lutava contra sua esperança, consciente do quanto era moralmente dúbia, mas ele não podia deixar de imaginar o que estava acontecendo na mente dela. As pessoas ao seu redor começavam a considerar seu casamento uma possibilidade real. Ainda assim, ele não se atrevia a presumir nada e permanecia atento aos potenciais pretendentes daquela jovem extraordinariamente bela, que realmente era capaz de ser "coquete" — e não apenas com Chateaubriand. Ela encantou Dezerval, por exemplo, um amigo de Lucien, considerado bonito, mas não um homem de muita cultura. Naquele ponto, Lucien já havia entendido que a perspicaz Alexandrine tinha uma propensão para tipos intelectualmente impressionantes.

O cortejo progrediu no território de Lucien, entre sua sociedade seleta e agradável. Os sentimentos de Lucien por ela eram inequívocos. Os dela continuavam necessariamente mais difíceis de divisar: ela não declarava seu amor, e Lucien foi mantido em suspense por mais algum tempo, prudente o bastante para não ousar convencer-se daquilo que era, na verdade, inevitável.

PAIXÕES NUAS E PASSAGENS SECRETAS

Uma carta sinistra, selada em preto, chegou de Saint-Domingue para Alexandrine. Ela se recolheu ao quarto para abri-la. Algum tempo depois, chamou por madame Arnault, que logo voltou para anunciar a morte do Sr. Jouberthon. A carta foi escrita por seu banqueiro em Saint-Domingue. A jovem viúva imediatamente viajou a Paris com sua filha. Lucien se juntou a ela no dia seguinte; a maioria dos outros convidados também deixou Le Plessis.

Lucien escreveu a Alexandrine como viúva, seguindo o protocolo, como qualquer cavalheiro faria. Ela concordou em vê-lo em casa alguns dias depois. Aos olhos dele, sua beleza só era realçada pelo vestido negro e pelo rosto banhado em lágrimas. Ela deixou claro que estava de luto pelo pai de sua filha, mais que pelo marido. Sua viuvez legitimava os sentimentos manifestos de Lucien por ela; ele prometeu ser um pai para Anna. O resto ficou por dizer, porque era óbvio demais.

Finalmente chegou a hora de apresentar seu pedido de casamento. Embora Alexandrine não se surpreendesse com a intenção de Lucien, ainda era muito cedo e ela a princípio reagiu com medo e angústia. Ele tentou tranquilizá-la, determinado a seguir em frente apesar das circunstâncias, sabendo muito bem que seu irmão controlador não tornaria as coisas fáceis, dada a sua tendência a casar seus irmãos em nome da vantagem política. A resistência de Alexandrine, por sua vez, não durou muito e ela levou pouco tempo para se declarar. No entanto, ela avançou com cuidado, mantendo suas reservas e evitando a sociedade ainda mais do que vinha fazendo desde a morte de seu marido. Ela estava claramente satisfeita em cumprir estas convenções da viuvez e deve ter encontrado consolo em evitar atividades que a distraíam do trabalho do luto.

Eles ainda não eram amantes. Mas, para Lucien, aqueles dias de intimidade platônica eram imbuídos de doçura, com a promessa de posse plena e profunda felicidade. Sua natureza romântica e sensual veio à tona. Seus anos como mulherengo estavam definitivamente encerrados. Elisa permanecia cética; ela não podia acreditar que Lucien um dia seria constante em seu amor por uma mulher. As relações com Lucien ficaram cada vez mais tensas, até que ambos concordaram que ela deveria se mudar; ele ajudaria Elisa e seu marido a encontrar uma casa adequada e até lhes daria o que fosse necessário para equipá-la. Madame Mère reprovou a excessiva generosidade de Lucien para com uma irmã ingrata. E, de fato, apesar da vontade de Lucien de ajudar Elisa, ela se voltou contra ele e Alexandrine, revelando o que achava que sabia deles a Napoleão e Joséphine. Elisa nunca gostara desta última, mas agora uma nova aliança se forjaria entre as duas mulheres.

Foi o início de uma longa rixa. Um boato de que Lucien e Alexandrine estavam casados chegou a Napoleão. O casal, agora estabelecido como tal, recebeu cartas anônimas, ameaçadoras e brutais; canções difamatórias circulavam, atribuídas a Elisa, mas de origem desconhecida. Lucien sentiu a necessidade de se defender contra a reação previsivelmente furiosa do primeiro cônsul a esta notícia, e lhe escreveu uma longa carta em que negava ter casado ou querer casar-se, ou que sua "bela e boa amiga" gostaria de desposá-lo sem a aprovação de Napoleão — como se o próprio Lucien fosse louco o suficiente para querer algo assim.[8] No entanto, ele escreveu, se estivesse casado, nada poderia obrigá-lo a repudiar sua mulher. Como ele não se metia na vida amorosa de outras pessoas, tinha o direito de esperar que ninguém se metesse na sua. Ele era capaz de escolher uma mulher acima de outras porque tinha conhecido muitas, mas, pela mesma razão, não era suscetível à verdadeira paixão. De fato, se ele fosse atingido por esta "doença", o primeiro cônsul seria o primeiro a saber. Ele estava magoado por Napoleão considerá-lo suficientemente covarde para enganá-lo; mas a fúria do primeiro cônsul era valiosa para Lucien, pois lhe provava a amizade de Napoleão.

Lucien também anunciou a Alexandrine que não deixaria que ninguém ditasse como ele deveria viver sua vida. Apesar das pressões contínuas e da atmosfera desagradável, ela encarou a situação; e Lucien não perdeu a calma, nem sua refinada ironia. Ele até conseguiu criar um trocadilho visual para sua situação. Sofisticado amante da arte como era, ele decidiu celebrar sua paixão por Alexandrine artisticamente. O homem perfeito para o trabalho era seu bom amigo, o talentoso Lethière, que o seguira para a Espanha e, provavelmente, viu com ele a *Maja desnuda* de Goya na alcova secreta de Godoy. Uma vez que Lucien conheceu Alexandrine, a ousada imagem de Goya tornou-se fácil inspiração para outra similar.

Lethière produziu uma tela de tamanho erotismo que a *Maja desnuda*, embora semelhante em muitos aspectos, pareceria pudica em comparação.[9] Ela retratava uma mulher sensual e curvilínea — Alexandrine — languidamente deitada em um divã, com sua nudez leitosa e os pelos púbicos mal disfarçados por uma gaze fina. Um homem belo e moreno — Lucien — contempla a beldade adormecida com gravidade mas também com cobiça, com o queixo apoiado na mão direita, enquanto a mão esquerda repousa sobre um documento parcialmente desenrolado. Os nomes dos dois amantes estão inscritos em grego sob o divã — Alexandra e Lukiano —, suas iniciais estampadas juntas dentro dos louros gravados no extremo da parede direita, enquanto uma coroa de louros murchos jaz a seus pés.

Lethière colocou um meio-busto em perfil de um sátiro observando a mulher nua; suas feições lembram as de Napoleão. O busto era semelhante ao que aparecera em um sonho de Lucien em Méréville. Lethière também retratou a si mesmo em uma prateleira na parte superior central do quadro. No pequeno retrato oval à direita do divã, bem entre a cabeça de Alexandrine e a pelve de Lucien e junto ao tridente de Netuno, pode-se reconhecer outra representação do primeiro cônsul de perfil, uma aparente referência à "tempestade em uma banheira", quando, diante de Napoleão agindo como o furioso deus do mar, Lucien citou habilmente os versos de Virgílio. Isso havia acontecido apenas alguns meses antes, então a memória do choque definitivo entre os irmãos ainda estava fresca.

AMOR

A imagem não pode ter sido pintada após o outono de 1802, quando Alexandrine, quer ela soubesse quer não, estava grávida do primeiro filho do casal, Charles, nascido no final de maio de 1803. Retrospectivamente, a decisão de Lucien de se casar com Alexandrine parece selada pelo destino retratado na imagem. Talvez ele tenha tomado a decisão logo neste início do relacionamento — mas não há nenhuma maneira de saber ao certo. O mistério envolve a imagem, que o casal necessariamente teria que esconder.

Desde que retornara da Espanha, Lucien viveu em grande estilo — ainda mais extravagante do que quando era ministro do Interior —, rodeado por sua extraordinária coleção de arte em um imponente *hôtel particulier*, conhecido na época como Hôtel de Brienne. O edifício, típico da grandeza e da elegância do Ancien Régime, ficava na Place du Corps Législatif. (Hoje o edifício abriga o Ministério da Defesa.) Lucien o alugou até julho de 1802. Depois, de súbito, ele o comprou por 300 mil francos, e houve rumores de que gastou a assombrosa soma de 1 milhão de francos em reformas — uma quantia que, mesmo para os padrões de hoje, era extravagante. De qualquer forma, Lucien tinha a intenção de fazer desta sua residência principal, oficial, que competiria em luxo com a própria casa de Napoleão em Malmaison. Mas havia também um objetivo oculto para a compra e a reforma. Ele levou Alexandrine a se mudar, muito discretamente, para um prédio vizinho. Em seguida, contratou um trabalhador confiável e o encarregou da mais secreta das missões: construir uma passagem subterrânea para conectar seu palácio com o apartamento dela, a fim de poderem encontrar-se livremente, sem serem notados, incomodados ou ameaçados. Isto foi feito com notável rapidez, em menos de um mês. Lucien carinhosamente apelidou a passagem de *"souterrain conjugal"*.[10] E a pintura provocante e sensual de Lethière talvez tenha sido exposta na residência clandestina de Alexandrine, em uma alcova pertinentemente mobiliada.

A porta para a passagem ficava junto da célebre galeria de pinturas de Lucien, em que eram expostas as obras de arte que ele começou a comprar na Espanha e que continuou a adquirir constantemente com tal zelo e paixão que estava ficando sem espaço para a sua exibição.

Um dia, Joseph, que foi visitá-lo, viu o irmão emergir de uma parede falsa. Lucien, um pouco constrangido, disse que tinha um "gabinete", ou pequeno escritório, construído ali. Felizmente, Joseph não foi inspecionar. Lucien ansiava por permanecer o mais discreto possível, e assim ele fez questão de evitar a curiosidade da família sobre Alexandrine. Quando sua irmã Pauline — que se tornara uma mulher de famosa beleza — retornou de Saint-Domingue após a morte do general Leclerc, ela perguntava com insistência:

"Como ela é? Loira? Morena? Branca? Pequena? Grande?"

"Nada mal, nada mal", ele respondia vagamente.

Sua mãe, porém, sabia muito mais. Ela estava do lado de Lucien, e era a única pessoa, além dos dois amantes, que tinha uma chave para a passagem secreta. Ela sabia tanto, na verdade, que o alertou para "certas coisinhas" que poderiam impedi-lo de viver seu grande caso de amor.

Apesar de sua discrição, a amante de Lucien não era nenhum segredo em Paris. Napoleão não hesitou em colocar seu melhor homem no caso: Fouché, o notoriamente diabólico ministro da Polícia. Ele já havia conseguido expulsar Lucien da vista pública por malevolamente sugerir a Napoleão que Lucien era muito crítico à ambição do irmão de se tornar o líder único e máximo da França. (Até 1804, Napoleão formalmente liderou o país — embora praticamente não compartilhasse o poder — com dois outros cônsules, Jean-Jacques-Régis de Cambacérès e Charles-François Lebrun.) Lucien agora parecia um perigo potencial para o primeiro cônsul, que encarregou Fouché de interferir na vida privada de seu irmão, uma tarefa que o ministro alegou não ser digna de suas habilidades. Mesmo assim, ele se pôs a executá-la e, em uma medida preventiva, enviou um comunicado oficial a todos os prefeitos da França, afirmando que o casamento de Lucien não podia ser legalmente celebrado.

Lucien e Alexandrine queriam estabelecer-se como um casal legítimo, portanto a situação era problemática. Agora que uma cerimônia secreta civil não seria viável, eles se decidiram por uma bênção religiosa, bastante satisfatória como solução temporária, especialmente para Alexandrine, que levava seu catolicismo com seriedade. A bênção nupcial secreta foi celebrada pelo abade Perrier, em Le Plessis, em 25 de maio de 1803 — no

AMOR

dia seguinte após Alexandrine dar à luz Charles, batizado em memória do pai de Lucien.[11] (Napoleão se casara com Joséphine em circunstâncias semelhantes, graças a uma dispensa papal.) Alexandrine finalmente abandonou suas roupas pretas de luto em troca de vestes brancas. Ela não tomou o nome de Lucien, mas renunciou a seu nome de casada: madame Jouberthon era agora madame Alexandrine de Bleschamp. E foi assim que Lucien a apresentou às suas duas jovens filhas, Charlotte e Christine-Egypta. Ele lhes disse que deveriam amá-la, já que ela era sua melhor amiga.[12] Alexandrine ficou exultante de adotá-las como suas. E, assim, ela e Lucien, vivendo juntos como marido e mulher, eram agora pais de três meninas — e de seu primeiro bebê menino.

"O MELHOR PARTIDO DA EUROPA"

Um período de tranquila vida doméstica estava começando para eles, com foco nas crianças e em um pequeno grupo de amigos, incluindo os Arnault, Dezerval, o abade Perrier, os médicos Paroisse e Corvisart (que era o médico pessoal de Napoleão), seu amigo Briot e Lethière. Lucien decidiu que deveria ajudar a aprofundar a educação de Alexandrine — que fora brutalmente interrompida pela Revolução —, especialmente em história e literatura. Ela era sofisticada, mas havia lacunas em seu conhecimento, e ele pensou que seria uma boa ideia preenchê-las tanto quanto possível. Aos 24 anos, ela se considerava velha demais para estudar, mas ele insistiu, convencido de que uma mulher deveria ser tão educada quanto um homem e que a paridade da educação formava casamentos mais felizes. Assim eles passavam seus dias debruçados sobre livros e suas noites com seus filhos e amigos.[13]

Saíam às vezes, indo ao teatro, uma paixão mútua, tão frequentemente quanto podiam, mas com a maior discrição possível. Viviam sob um cerco, oprimidos pelo ar asfixiante da política de Paris. Simplesmente estar juntos já era como uma lua de mel, mas Alexandrine achava que era hora de sair da cidade por algumas semanas, tomar uma folga em um campo onde pudessem ser inteiramente anônimos.[14] Lucien concordou que havia chegado a hora de tomar uma lufada de ar fresco, longe da capital. Também ansiava por um idílio de calma com sua nova esposa, e por escapar da atenção dos espiões da polícia que os cercavam.

Alexandrine sugeriu um lugar perto do rio Thibouville, na Normandia. Dez anos antes, quando adolescente, passara uma temporada com o pai naquela área bucólica e não descoberta; lembrava-se de uma paisagem pacífica, ar puro, aves canoras, campos floridos, água cristalina e peixes abundantes, camponeses calorosos e belas mulheres que ofereciam cestas de lagostim aos visitantes. Seu belo pai (um ex-oficial da Marinha) se divertira com os elogios que aquelas mulheres derramavam sobre ele e a jovem Alexandrine, e ela sonhava em retornar. Lucien não pôde deixar de achar graça dessa vívida lembrança. Mas o lugar parecia encantador; e ele nunca tinha ido à Normandia.

Decidiram partir no dia seguinte, uma segunda-feira, com a força do preceito de Alexandrine de que a única maneira de garantir o sucesso de um projeto útil ou agradável que apresenta dificuldades era executá-lo o mais rápido possível. As preparações foram feitas. Lucien visitou sua mãe para anunciar a partida, sem dar mais detalhes ou mencionar o destino. Ela avisou que ele não deveria deixar sua esposa sozinha em Paris, e ele lhe assegurou que eles viajariam juntos. O novo bebê estava em boas mãos, com a ama de leite.

ॐ

Naquele momento, um coche do correio foi ouvido no pátio e Joseph entrou na sala, anunciando que ele e Lucien estavam convocados para almoçar com o cônsul em Malmaison na quarta-feira seguinte, 1º de junho. A convocação não levava em consideração as programações de ambos. Lucien agora teria de cancelar suas férias com Alexandrine; e Joseph, um caçador inveterado, teve de abrir mão de uma expedição de caça. Letizia lhes disse que ficassem atentos, com um olhar particularmente sugestivo: "Talvez o cônsul venha tentando aprovar uma nova lei no Senado e deseja que vocês não estejam presentes por lá", disse ela.[15]

Lucien tomou posse como senador em julho de 1802 — foi uma forma de Napoleão dar ao irmão um título honorário sem tê-lo envolvido

AMOR 149

em política. Lucien não participava muito dos trabalhos da alta câmara, mas havia planejado anunciar ao cidadão Laplace, o chanceler, sua licença de algumas semanas — prolongando artificialmente a dispensa por doença que se seguiu a um surto anterior de gripe indiana. Isso seria desnecessário agora, infelizmente. E descobriu-se que o primeiro cônsul não tinha nenhuma lei nova para passar no Senado naquele dia. Em vez disso, queria os irmãos presentes em sua casa para um fim muito preciso: uma conversa. Seria uma conversa longa, importante. Lucien a registrou, palavra por palavra, completa com as réplicas engenhosas, o tom bem-humorado e a tensão subjacente que nenhuma quantidade de brincadeiras, piadas ou caçoadas poderia esconder, simplesmente porque Lucien ocultou o fato crucial de seu casamento secreto durante todo o encontro.

Lucien e Joseph viajaram juntos para Malmaison. Após uma breve conversa com Napoleão, foram conduzidos à sala de jantar. Rustan entrou solenemente, seguido pelo *valet de chambre*, portando uma bandeja com o café do primeiro cônsul.[16] Napoleão explicou aos irmãos que seu almoço só poderia ser aquele café e que por isso não se sentaria à mesa com eles; quanto a Joséphine, ela havia passado a noite inteira sofrendo de dor de dente, e portanto também não se juntaria a eles. Os irmãos foram deixados sozinhos e almoçaram um excelente patê de trufas com vinho ruim; eles engoliram o patê avidamente. Uma vez que Lucien estava abstêmio, apenas Joseph provou do vinho e mandou trocar uma garrafa ruim por outra igualmente pobre. Apesar do delicioso — embora escasso — patê, os irmãos reclamaram de sua detenção forçada.

Provavelmente, Napoleão estava entreouvindo atrás da porta enquanto os dois comiam: eles ouviram algum barulho do outro lado por alguns minutos antes que ele aparecesse. Ao entrar na sala, ele zombou dos dois por demorarem tanto para comer. Joseph respondeu que "o Primeiro Cônsul não se lembra com frequência de que ninguém fica velho à mesa".[17] Napoleão respondeu: "Bah! Bah! Conversa de glutão! Só presta para o código de reis constitucionais, a quem eu me permito chamar de vocês-sabem-o-quê." Joseph e Lucien completaram a frase juntos: "Sim, porcos no esterco."

"Exatamente", respondeu Napoleão.

"Então, estou errado?"

"Realmente acho que não", disse Joseph, e Lucien acrescentou: "Cabe aos ingleses decidir esta questão, uma vez que nós franceses ainda não provamos devidamente um rei constitucional."

Napoleão disse: "Não importa se isto é uma coisa boa ou ruim, eu digo que, se depender de mim, vocês nunca provarão um. É uma ideia oca, tolice, estupidez. Mas agora me sigam."

Napoleão conduziu Lucien e Joseph a seu escritório, onde os três irmãos se sentaram. Napoleão anunciou imediatamente por que havia convocado a reunião: foi em nome de "um projeto familiar de alguma importância", que havia alguns dias que o preocupava e que dizia respeito a Lucien. Mas demorou um pouco mais para que Napoleão chegasse ao tema principal. Ele começou por referir-se ofensivamente a Alexandrine pelo nome de seu primeiro marido — ele nunca desistiria de fazer isto, a fim de provocar o irmão. "Temo que os olhos de sua dama lhe custarão muito caro, cidadão Lucien. Como você a chama? *Mame Jo... Mame... Jou... Mame Joubert* — um diabo de nome barroco que nunca dá para lembrar." Lucien não mordeu a isca, dizendo: "Se eu soubesse de quem você está falando, eu o ajudaria a recordar." Napoleão continuou: "Posso acreditar facilmente que você não sabe. Mas, no entanto, eu sei. Uma mulher bonita, realmente! Não discordo. Creio que falei dela a você há algum tempo, elogiando-a até. Oh, bem! Eu não nego, ela é uma pessoa atraente. Joseph a conhece?"

Joseph fingiu não saber de quem Napoleão estava falando. "Não seja tão reticente", disse o primeiro cônsul. "Você sabe muito bem de quem eu estou falando, e Lucien ainda mais do que você. Bem! Que ele ame aquela dama, é bastante justo, e natural. Que ele a idolatre, se acha que ela é digna disto; mas não a ponto de cegar-se, ou de ser tão infantil a ponto de deixar o melhor partido da Europa escorregar por entre os dedos." Joseph perguntou quem seria esta. Napoleão respondeu: "É um partido em quem todos os príncipes solteiros estão de olho; um partido segundo o qual eles ajustam a mira, assim como o caçador faz com uma bela presa, de seus rifles diplomáticos."

Lucien brincou: "Bem, pobres príncipes, por que alguém perseguiria a presa deles? Especialmente eu, já que nem sequer estou apto a me casar."

"E por que isso?," perguntou Napoleão.

"Não estou disponível para casamento", declarou Lucien, "porque não tenho nem desejo nem interesse em me casar, e me parece bastante necessário não fazer nada a respeito, muito menos tomar uma esposa."

Napoleão exclamou: "Lá vamos nós com nosso retórico! Quanto sofisma! Mas eu não vou desanimar. Você tem espírito demais para não ouvir a voz da razão e coração demais para não ser tocado pelo que quero fazer por você. Veja bem, eu também me tornei um caçador, pelo seu bem. Não quero perder este belo tiro, que, no final do dia, obterá para mim nada mais do que ver você unido às fileiras das famílias reinantes. Não acha isto soberbo?... Ah! Realmente, você se acredita muito acima de tudo, não é?"

Lucien respondeu: "Certamente acredito que estou, como irmão do conquistador de Marengo."

"Pois bem!", disse Napoleão. "[M]as não nos exaltemos tanto; e, se desejar, pergunte a nosso irmão mais velho, Joseph, não é verdade que esta é uma ocasião para não perder?"

Joseph retrucou: "Como os tempos mudaram! Republicanos como você e eu, Cidadão Cônsul, propondo, pressionando pela aliança de um republicano como Lucien com famílias reinantes! Oh, o que os jacobinos diriam!"

Napoleão respondeu: "Seus *coquins* (bandidos)! Eles verão que ainda há mais por vir, espero. O reinado deles acabou. É hora de reorganizar a sociedade."

Lucien disse: "Graças a você, meu irmão, a sociedade está sendo reorganizada, e eu não vejo por que alianças dinásticas de cidadãos franceses deveriam ser capazes de consolidar a nossa República, que, como qualquer outra república, não se importa com quaisquer que sejam os povos escravizados que apreciam as monarquias."

Napoleão chamou a isto "frases vazias, nem verdadeiras nem adequadas a este caso", e continuou: "Eu só preciso lhes dizer da escolha que fiz, e você e Joseph concordarão comigo de que o que está acontecendo conosco é deveras extraordinário."

Joseph tentou colocar um fim a essa farsa: "Eu provavelmente concordarei com você, uma vez que você acha que é tão excelente; mas por que tantos rodeios?"

"Você não sabe que o primeiro cônsul se diverte em nos manter em suspense?", comentou Lucien.

Ambos incitaram Napoleão a ir direto ao ponto. Mas Napoleão continuou tomando seu tempo, brincando de gato e rato com os irmãos. Deu um tapinha no ombro de Lucien após ameaçar puxar-lhe a orelha, assegurando mais uma vez que ele era livre para casar com quem quisesse, e que muitos lordes poderosos de alta posição gostariam de estar em seu lugar. Lucien respondeu que ele se considerava em posição ainda mais alta que qualquer um desses lordes e que aquilo que parecia bom para estes não seria suficiente para ele.

Finalmente, depois de mais uma rodada de irritantes provocações, o primeiro cônsul revelou quem era o grande partido: a rainha da Etrúria. O rei da Etrúria havia morrido poucos dias antes, em 27 de maio, e Napoleão não perdeu tempo tentando organizar a nova aliança dinástica. A Etrúria, a antiga região da Itália, abrangia a Toscana e seus arredores. Em 1800, o próprio Lucien nomeara a região como um reino, quando conheceu em Paris a princesa Maria Luísa de Bourbon, filha do rei da Espanha, casada com o duque de Parma e regente da Etrúria. Madame Georgette Ducrest a descreveu em suas memórias como "atarracada, desengonçada e feia, com maneiras bruscas, plebeias e desagradáveis".[18] Assim que Maria Luísa ficou viúva, ela assumiu o reinado. Napoleão estava ansioso por multiplicar suas conexões com as famílias reais da Europa, e ali estava uma rainha disponível: uma ocasião para não perder, de fato.

Lucien conhecia tais intrigas de casamento por seu tempo na Espanha, quando ele transmitiu a proposta da rainha para a união da infanta Isabela com Napoleão. Uma vez que o acordo exigiria que o primeiro cônsul se divorciasse de Joséphine, tinha sido uma nulidade, servindo apenas para fortalecer a animosidade de Joséphine para com Lucien. Agora Napoleão virava a mesa e tentava forçar o irmão a se casar com outra princesa espanhola, que controlava uma parte considerável da Itália central. A lembrança do episódio da infanta modificou o humor

AMOR   153

de Napoleão. Ele passou a marchar sombriamente em seu gabinete, os braços cruzados sobre o peito. Agora ele falava de novo: a rainha da Etrúria não estava interessada nele. Lucien era o candidato desta vez.

"Está ouvindo, Cidadão?", indagou. "Lucien está disponível. Eu encarreguei Talleyrand de negociar o caso, e ele consultou a rainha sobre o assunto."

Lucien foi pego de surpresa. "Deixe-me dizer sem meias palavras que eu deveria ter sido consultado em primeiro lugar. Isto teria poupado a você todo o resto da negociação, uma vez que eu teria respondido sem hesitação aquilo que venho repetindo uma vez atrás da outra, que eu me casarei apenas com uma mulher escolhida por mim mesmo."

Napoleão respondeu: "Nós poderíamos ter proposto a alguma de sua escolha, *monsieur*. Além disso, não é desta maneira que se trata assuntos de tamanha importância. Tenho estudado o costume adotado em casos semelhantes. A resposta da rainha foi a mais lisonjeira possível. Ela disse, e estas são as próprias palavras dela, que o senador Lucien é um dos mais distintos cavalheiros que conhece, por quem ela tem inclusive os mais fortes sentimentos..."

"Mas que loucura é essa!", exclamou Lucien. "Os mais fortes sentimentos!"

"Por que não?", indagou Joseph. "Ela conhece você."

Lucien respondeu: "É muita honestidade de sua parte, meu querido irmão, como costumavam dizer na corte; mas..."

Napoleão interrompeu: "Deixe-me terminar! Se vocês se dignarem a me permitir, compreenderão, *messieurs*, que estes fortes sentimentos da rainha pelo senador Lucien são simplesmente sentimentos de gratidão. Foi ele quem assinou o tratado que criou um reino para o marido dela e, portanto, para seu filho. Como resultado, seu coração e sua mão devem estar, e mais do que nunca, à disposição do primeiro cônsul. Está claro?"

Lucien respondeu: "Muito claro, Cidadão Cônsul, tão claro que agora eu vejo melhor ainda o que antes só suspeitava: que a gratidão da rainha deve ser, sem dúvida, mais forte pelo fundador direto e supremo do reino do que por seu representante."

Napoleão disse a Lucien que ele era "realmente o sofista mais opinativo da França e da Espanha". Joseph interveio, tentando diminuir a tensão: "Lucien, acho que você deve tratar este assunto com seriedade. Deve avaliar friamente as vantagens e desvantagens e, depois de cuidadosa deliberação, decidir aceitar ou não. Por exemplo, eu acredito, e o cônsul concordará comigo, que o fato de que a rainha tem um filho que já é o rei da Etrúria não é uma circunstância muito feliz para as crianças que poderiam nascer dela e de Lucien."

"Não importa!", respondeu Lucien. "Eu posso lhe dizer que nenhum filho meu jamais nascerá daquela mulher."

"Por que você diz isso?", perguntou Joseph. "É porque ela não é bonita? E por que isso importa?"

Napoleão piscou para Joseph, fingindo que Lucien não percebeu. "Sem dúvida! Por que isso importaria? Há muitas outras vantagens. Admito que o pequeno rei é o de que menos gosto nesta união; mas tantos eventos podem ocorrer, e, de qualquer maneira, não se pode ter tudo neste mundo."

Lucien disse: "Oh, meus irmãos, como admiro vocês! É sério isso? Vocês me conhecem assim tão pouco a ponto de realmente acreditar que eu me casaria com uma mulher feia?"

Joseph respondeu: "Uma mulher feia, não; mas uma rainha."

"Isso é ainda pior", retrucou Lucien.

Napoleão tentou novamente, desta vez com uma expressão terna no rosto e uma voz melíflua. "E, Lucien, acredite em mim: não é necessário que nossas esposas sejam belas. Com nossas amantes, é outra história. Uma amante feia é uma coisa monstruosa. Ela essencialmente falharia em seu principal, ou melhor, seu único dever."

Joseph acrescentou: "E nos faria parecer mais culpados ainda aos olhos dos sábios, pois sua aparência não seria uma desculpa."

Napoleão disse: "Isso é muito verdadeiro. Você concorda, Lucien?"

Lucien respondeu sem pestanejar. "Completamente, e é exatamente por isso que uma mulher deve ser bonita, acredito eu, para que ela possa sempre permanecer como a amante do marido."

Napoleão respondeu: "Ninguém poderia oferecer um raciocínio mais moralmente são. Se bem me lembro, você nem sempre falou desta maneira."

AMOR

"Eu nunca mudei de ideia", disse Lucien, "e agora menos que nunca."

Napoleão entoou uma fanfarra: "Ta, ta, ta! Ta, ta, ta!... Desde quando você é tão exemplar? Houve um tempo em que você não queria nem aparentar ser exemplar."

Lucien respondeu: "Certamente, se você acreditasse em tudo que nossos inimigos comuns vociferavam contra mim em determinado momento, eu não seria nada mais que um libertino mentiroso. No entanto, a verdade é que eu não sou mais libertino que quaisquer outros, e talvez seja até menos que alguns."

Napoleão indagou alegremente: "Para quem dirige isto? Para Joseph ou para mim?"

Lucien respondeu em tom igualmente alegre: "Nem um nem outro. Por favor, note que eu disse 'alguns', no plural."

Joseph comentou: "Entendi. Para ambos."

Lucien riu. "Talvez; mas de qualquer forma eu me abstenho de culpar meus veneráveis irmãos mais velhos."

Napoleão voltou-se para Joseph. "Qualquer um que nos visse ou escutasse certamente o consideraria o mais sábio dos irmãos, embora ele seja o mais novo."

Os três irmãos corsos começaram a divagar sobre a beleza feminina, e em particular sobre as graças da atriz mademoiselle Georges, muito apreciadas por ambos Napoleão e Lucien, que talvez tenham sido seus amantes. Após algumas observações picantes, o primeiro cônsul voltou à principal questão em trato: "A propósito, Cidadão Lucien, que instruções devo dar a Talleyrand sobre a rainha Maria Luísa?"

"Faça-me o favor, Cidadão Cônsul, de não dar seguimento a este assunto."

"O quê? Você quer me obrigar a dançar essa pantomima? Depois de ter acolhido os avanços dela e respondido da maneira que respondi... Você está louco!"

"Eu de fato estaria, se eu..."

"Você resolveu testar minha paciência?... Conto com você, Joseph, para torná-lo mais razoável. Ora, vamos!... A rainha não tem nada de anormal em si, eu a conheço bem, e acabei achando-a muito agradável. Ela é uma dama muito apropriada..."

"Ha, ha, ha! 'Uma dama muito apropriada!' Ha, ha, ha!"

"Não entendo o que há de tão risível em apontar tais qualidades em uma mulher para desposar."

Lucien teve dificuldade em conter seu riso. Joseph também caiu na gargalhada, mas logo tentou recuperar a compostura, temendo a ira do cônsul por Lucien (não tanto por si mesmo), e opinou que a rainha não era totalmente deformada.

Napoleão dispensou os irmãos bruscamente: "Quanto a Lucien, eu lhe dou três dias para pensar e me dizer se quer tirar proveito de minha intervenção ou recusá-la; mas, neste caso, eu espero que ele não se arrependa." Com estas palavras, ele fechou a porta de seu gabinete. Os dois irmãos foram deixados sozinhos na antecâmara.

ENTRE IRMÃOS

No caminho de volta a Paris no coche de Joseph — Malmaison ficava a cerca de uma hora de viagem —, Lucien esperava ouvir um sermão sobre o assunto que Napoleão levantara. O plano para o casamento supostamente soberbo o irritou em vários graus. A oferta de Napoleão era inaceitável, não só porque positivamente agredia seus pontos de vista liberais, mas também porque, para Lucien, não havia posição mais degradante que marido de uma rainha reinante, uma vez que, normalmente, um homem deveria ser o protetor de sua esposa. Seria humilhante ser o primeiro cortesão da própria esposa: o rei-a-espera, o aventureiro que se casou com uma rainha não era o papel que Lucien tinha em mente para si mesmo. Especialmente se a rainha era uma Bourbon, a nêmese dinástica para o republicano convicto que Lucien continuava sendo. Então ele continuou tentando convencer Joseph, com estes amplos princípios, de que sua recusa não podia ser contrariada. Lucien tinha certeza de que Napoleão o enxotaria de cena para sempre, tirando-o do caminho através do plano de casamento forçado. Joseph ouviu e concordou, ainda que ele não se opusesse à ideia de que Lucien se casasse com uma rainha: era desejável que um Bonaparte usasse o casamento para a elevação social. Lucien talvez pudesse considerar a sobrinha de Talleyrand, por exemplo, ou talvez a filha de Lafayette — o amigo de Washington certamente não rejeitaria a oferta de Lucien como um genro, se a recebesse.

Enquanto Joseph seguia listando todas as opções de casamento, Lucien decidiu que era hora de dizer a seu irmão mais velho a verdade e explicar sua situação mais concretamente. Alexandrine — Mme. Jouberthon, como ele prudentemente se referia a ela — não era apenas um obstáculo. Joseph ficou ao mesmo tempo surpreso e aliviado, até que Lucien acrescentou que ela tornava impossíveis os planos de casamento, pois "eu não sou mais livre. Nós nos casamos em segredo, mas tão legitimamente quanto possível, perante a Igreja". À decepção inicial de Joseph e à dolorosa negação da significância de um casamento moral e religioso, Lucien só pôde exclamar: "Ah! meu irmão! meu irmão!", após o que Joseph, sensível como era à situação de seu irmão, não só admitiu que Lucien estava certo como também que sua mãe já lhe havia contado tudo. Ela sabia, assim como Joseph, que Lucien e Alexandrine estavam agora esperando a certidão de óbito de M. Jouberthon: parecia ser este o único impedimento para a cerimônia civil, o que, dado o plano de Napoleão, tornava-se urgentemente necessário.

Uma vez que os irmãos chegaram ao Hôtel de Brienne, Joseph não estava pronto para seguir para casa: em primeiro lugar, e sem demora, queria ser apresentado à mulher de Lucien — em termos formais, como seu cunhado. Eles já se haviam encontrado uma vez, em Le Plessis, mas as coisas haviam mudado desde então e, mais importante, ele ainda não conhecia o filho recém-nascido. Quando viu o pequeno Charles, Joseph o abraçou com ternura e impulsivamente decidiu que sua filha mais velha, Zénaïde, ainda um bebê, deveria eventualmente ser prometida a ele.

☙

Lucien estava ciente da estatura de Napoleão como grande estadista. Mas tal estatura certamente não o colocava acima da crítica, e foi não só como um republicano, mas também como um marido que Lucien censurou o irmão profundamente por sua recusa obstinada e insensível em aceitar Alexandrine na família. Napoleão não estava sozinho nesta opinião. Depois de se convidar de volta ao Hôtel de Brienne com sua esposa Julie Clary, Joseph disse a Lucien o que já estava claro para ele — que, fora sua mãe, Julie era a única mulher da família que não desaprovava Alexandrine. Joséphine, que sabia exatamente como influenciar Napoleão e dirigir suas emoções, objetava especialmente. Mais velha e menos atraente que Alexandrine, ela se ressentia da independência obstinada de Lucien, que ela julgava uma ameaça a seu marido. Na verdade, ela fez questão de contar a Lucien um pesadelo recorrente de Napoleão em que Lucien o perseguia à frente de uma turba furiosa e aterrorizante do populacho revolucionário, ou *sans-culottes*, para expulsá-lo violentamente do régio palácio das Tulherias. Ou era uma forma de Joséphine manipular os irmãos de Napoleão ou o primeiro cônsul realmente tinha tal sonho, mas o fato é que ele nunca esqueceu um momento semelhante que testemunhara quando muito jovem: a turba tomando o mesmo palácio em 1789, quando o rei Luís XVI foi detido. E tudo isso, como Lucien disse a Joseph, sem que ele jamais tivesse ofendido Napoleão, reagindo sempre ponderadamente às "agressões e perfídias nauseabundas" de Joséphine.

Uma vez que Joseph deixou o Hôtel de Brienne, Lucien decidiu guardar todos esses pensamentos incômodos para si e não contar a Alexandrine a proposta de casamento real de Napoleão, já que ela poderia sentir que ele estava fazendo um sacrifício por ela. As tensões estavam tão altas entre os Bonaparte naquele momento que, apesar de Alexandrine ser forte o suficiente para suportá-las, ele não tinha nenhuma vontade de tornar a posição dela ainda mais desconfortável e insegura do que já era. Além disso, o doloroso *tête-à-tête* em Malmaison tratava dele, de sua liberdade e sua relação com o primeiro cônsul; não era sobre ela, e não era sobre amor. Tratava-se de questões de honra pessoal, princípios e escolha política; e mais uma vez despertara o velho padrão tão conhecido na história da família Bonaparte, em que a vontade de Lucien se voltava firmemente contra a de Napoleão.

Em qualquer caso, Lucien tomou sua decisão sobre Alexandrine no dia em que a conheceu, e não estava disposto a mudá-la. E assim,

AMOR

quatro dias após a reunião em Malmaison, Lucien partiu a contragosto para levar sua resposta a Napoleão; um atraso mais longo poderia parecer hesitação de sua parte. O primeiro cônsul estava voltando para as Tulherias, e os canhões estrondeavam por toda Paris para anunciar sua chegada às 9 da manhã.

Lucien se apresentou no palácio antes do meio-dia, chegando ao gabinete do cônsul para vê-lo bebendo uma grande e forte limonada, prescrita para ele por seu médico pessoal, Corvisart, para moderar seus humores acres. Lucien encontrou Napoleão em excelente humor, alegremente provocando Corvisart, àquela altura um favorito, com a impotência da medicina. O médico pediu licença após divertidamente declarar sua total concordância com o julgamento do cônsul. Sem perder um minuto, Napoleão se dirigiu ao irmão. "Então, Lucien, você já pensou sobre o seu assunto importante?"[19] Lucien respondeu que estava ali com o propósito de falar sobre isso, como haviam combinado, uma vez que Napoleão não quis aceitar o que ele dissera pela primeira vez. No entanto, ele não estava mais inclinado agora a se casar com nenhuma mulher que lhe sugerissem, embora estivesse mesmo assim muito grato pela boa intenção de Napoleão.

A reação inicial de Napoleão foi cínica: ele fingiu surpresa, como se a recusa de Lucien fosse totalmente inesperada. Mas logo o semblante do cônsul se crispou em um olhar de fúria intensa. Lucien permaneceu quieto a princípio, ciente de que uma explosão logo viria; depois ele lembrou o irmão de que ele deveria ter esperado essa resposta, dado tudo o que fora dito entre eles em presença de Joseph. Nesse ponto, a fisionomia de Napoleão mudou radicalmente: as linhas de seu rosto severo e geralmente calmo se contraíram em uma careta ameaçadora, e ele explodiu: "Mas você realmente gosta muito daquela mulher, não é?"

Lucien não dignou esta pergunta retórica com uma resposta. Napoleão agora vomitava injúrias horríveis e grosseiros insultos contra a mulher que tanto odiava. Lucien não pôde mais manter a calma; seu autocontrole desapareceu. Em um tom que era tão provocador quanto o de Napoleão, ele explodiu, dando vazão à sua exasperação e indignação com a desonestidade e a injustiça de seu irmão poderoso.

"Aquela mulher? Você sabe muito bem que ela é o oposto do que você está dizendo, sim, você sabe melhor que ninguém!"

Napoleão gaguejou e corou, visivelmente constrangido. "Eu? Eu? Eu? Eu não a conheço, aquela mulher. Eu nunca nem sequer falei com ela, e..."

Isto não era inteiramente verdadeiro: Napoleão nunca tinha realmente falado com Alexandrine, mas ele a vira e cobiçara o suficiente para convidá-la a uma festa, à qual ela deliberadamente não compareceu. Agora, ele optava por fingir que a mulher de quem um dia falara com Lucien, cuja grande beleza ele tanto admirara, era uma entidade inteiramente desconhecida, uma mulher leviana e indigna até da mais mísera consideração. Lucien não precisava ouvir mais nada; saiu do gabinete do primeiro cônsul num rompante.

❧

Por algumas semanas depois disso, os dois irmãos não se comunicaram em absoluto. Um dia, em julho, Joseph contou a Lucien do plano de Napoleão para instituir senados regionais, nomeando senadores para representar o governo em todos os territórios franceses. Estava disposto a nomear Lucien como senador de Trier, uma cidade alemã próxima à confluência dos rios Reno e Mosela, ocupada pelos franceses desde 1794. A princípio Lucien ficou surpreso pelo que parecia um favor inesperado, mas ele logo percebeu que Napoleão encontrara uma nova maneira de removê-lo da capital e de tentar arrastá-lo para longe de Alexandrine. Ele disse a Joseph que estava muito lisonjeado por ser um dos escolhidos de Napoleão, considerando quão frio o primeiro cônsul tinha sido com ele e o quanto o manteve longe dos assuntos políticos — tanto que Lucien ficou completamente desgostoso da política. A oferta era atraente para ele: assim como Napoleão queria que ele saísse da cidade, Lucien também queria escapar, e se Napoleão estava falando sério sobre a oferta, então sim, o senado de Trier seria sua primeira escolha: ele adorava aquela parte do mundo (que tinha conhecido quando foi enviado para o norte com Christine).

Joseph transmitiu a resposta de Lucien a Napoleão — mas apenas sua última parte, entusiasmada. Napoleão convocou Lucien para vê-lo.

AMOR

O irmão agradeceu a oportunidade oferecida com sinceridade e até certa medida de afeto. No entanto, ele não conseguiu esconder seu espanto com a oferta. Napoleão perguntou: "Você não disse a Joseph que preferia o senado em Trier a todos os outros?", "Eu devo admitir que estou muito surpreso." Napoleão começou a explicar ao irmão seu cínico plano para tirar proveito das ambições dos senadores e prefeitos eleitos, em um golpe para substituir títulos aristocráticos hereditários. Lucien sorriu: os tais senados soavam como sinecuras onde o talento não desempenharia nenhum papel, ele disse a Napoleão, que concordou com o julgamento. Mas este se apressou em acrescentar: "Há exceções — como você; eu escolherei alguns de meus velhos camaradas, sua esplêndida obsolescência garantirá que a chama sagrada da esperança continue ardendo nos corações de seus colegas."[20]

Esta última frase foi pronunciada com um tom irônico que lembrou Lucien de um ator da época conhecido como Fleury (seu verdadeiro nome era Abraham Joseph Bénard), que fez fama interpretando patrícios vigaristas. Lucien ficou enojado, mas guardou seus pensamentos para si, sorriu e conseguiu pedir licença ao primeiro cônsul sem uma briga. Ele foi direto para casa, para contar as boas novas a Alexandrine. Ela ficou tão chocada quanto Lucien com a súbita mudança na disposição de Napoleão, e exultou com a perspectiva de viver fora de Paris, longe de seus espiões e de suas intrigas. Ela começou a sonhar com a viagem que nunca tinham conseguido fazer — o Reno seria seu Thibouville. Mas Lucien teria que sair antes dela para estabelecer sua residência em um castelo que encontrou perto de Bonn. Esta primeira separação desde seu encontro, embora de apenas algumas semanas, seria dolorosa.

Tendo feito todos os preparativos necessários para sua viagem, Lucien foi dizer um perfunctório adeus a seu irmão e sua cunhada Joséphine, que estava satisfeita com a perspectiva da partida de Lucien. De volta ao Hôtel de Brienne, ele deu chorosos *adieux* à esposa, às filhas e ao filho, e à mãe, Letizia, o único membro da família autorizado a usar a passagem secreta que ligava o palácio com o apartamento de Alexandrine. Letizia, que estava ansiosa para que o filho declarasse seu casamento publicamente, estava chateada por Lucien viajar sem Alexandrine; ele a tranquilizou, prometendo que logo estaria em contato com boas notícias. Nesse meio-tempo, ele a fez prometer visitar sua esposa e bebê regularmente, com o pretexto de ver as meninas e usando o *souterrain conjugal* para o qual ela tinha a chave. Tudo agora estava preparado. Mas, exatamente quando estava prestes a sair, ele recebeu uma visita repentina de seu amigo Briot.

Pierre-Joseph Briot, um republicano que Lucien conhecera em seus primeiros dias no Conselho dos Quinhentos, fazia de tudo para ajudar Lucien, porque lhe devia sua vida. Na época da *"machine infernale"* — o fracassado ataque terrorista ao primeiro cônsul —, Briot, um antigo jacobino, correu o risco de ser incluído no grupo de homens enviados por Napoleão para morrer de fome no calor desolado de Sinnamary. Lucien, embaixador na Espanha na época, tentara salvar da deportação tantos amigos quanto possível. Embora ele não conseguisse convencer Napoleão da inocência dos homens, ele conseguiu garantir que Briot se tornasse chefe de polícia de seu distrito natal de Doubs, no leste. (Por volta de 1802, ele representava o governo francês na ilha italiana de Elba.)

Naquele dia, Briot estava alegre: finalmente havia conseguido obter a certidão de óbito do marido de Alexandrine. O documento em falta era o principal obstáculo para o casamento civil de Lucien e Alexandrine — o único casamento que teria algum valor legal. Lucien quis organizar uma cerimônia apressada antes de partir para a Alemanha, mas Briot o dissuadiu, prometendo assegurar que, no retorno de Lucien, todos os detalhes logísticos já estariam resolvidos para o casal contrair matrimônio em Le Plessis. Quando ele contou a Lucien sobre a ordem de Napoleão de que todos os prefeitos da França fossem proibidos de oficiar o casamento, Lucien ficou furioso. Sua primeira e impulsiva reação foi dizer que testaria a proibição e a intenção de Napoleão de tratá-lo com tal audácia. Mas Briot insistiu que a cerimônia devia e podia esperar, e partiu para Le Plessis a fim de organizar as coisas.[21]

Lucien partiu imediatamente para Bonn, viajando na companhia de velhos amigos — o pintor Lethière, seu médico Paroisse e alguns outros.[22] A viagem foi rápida e o clima de julho era agradável. O antigo castelo dava vista para o Reno. Ficava em uma vila pitoresca próxima a

Bonn e era rodeado por um belo parque que Alexandrine apreciaria. O prédio era de arquitetura simples e nobre. Lucien e Lethière percorreram todos os seus cantos. Estava extremamente degradado e exigiria uma extensa reforma, custando, segundo um arquiteto lhe disse, pelo menos meio milhão de francos. Era uma empreitada cara demais, e Lucien decidiu abandoná-la. Em vez disso ele separou algumas peças antigas do mobiliário da mansão em ruínas e alguns quadros que Lethière achou no sótão. Ele então recebeu diversas autoridades locais e se reuniu com algumas das atraentes damas da cidade, prometendo a si mesmo que as apresentaria à sua esposa — ele já imaginava uma vida social que pudesse substituir o brilho dos salões parisienses em certo grau.

☙

Enquanto se ocupava das instalações de sua nova residência, Lucien recebeu uma carta de Briot, que, em um posfácio, escreveu que sua mãe lhe pedia que retornasse tão logo fosse possível.[23] Não acrescentara nenhuma explicação.

Lucien ficou angustiado com essa mensagem enigmática. Correu de volta a Paris imediatamente, com sua comitiva. Foi um prazer saudar sua esposa e filhos depois de tantas semanas. Alexandrine lhe informou que Letizia enviara o fiel servo corso da família, Saveria, para tranquilizá-la, mas que ela e sua mãe só poderiam se ver na segurança de seu coche, onde ela usaria o cumprimento de mão de costume. Tampouco fornecera qualquer explicação para isso.

Letizia ficou visivelmente aliviada ao ver Lucien. Sentaram-se no palácio e ela lhe contou o que estava acontecendo. Por mais destemida que ela achasse que era, Letizia sofreu um grande susto no túnel secreto que estava usando para ver Alexandrine e o pequeno Charles. Nunca gostara do lugar: era escuro e úmido, e muitas vezes ela se assustava com sua própria sombra na passagem estreita. Um dia, enquanto caminhava cuidadosamente atrás de Saveria, que segurava uma vela, viu pelo canto do olho não as trêmulas sombras de costume, mas a silhueta de um homem, usando um chapéu redondo e uma capa escura como as paredes, contra a qual ele se inclinou, claramente, para não ser visto. Foi aterrorizante. Saveria já havia passado pela sombria figura, e Letizia se viu sozinha diante dela. Parou e decidiu enfrentá-lo, acreditando que, em um espaço tão estreito, seria capaz de escapar para a saída, especialmente se ele fosse um ladrão. O homem estava mais assustado que ela. Tentou desesperadamente esconder o rosto por trás da capa e fugiu, como uma lebre, quase apagando a vela de Saveria. Só então Saveria avistou o intruso. Ela estava convencida de que era um fantasma, a quem apelidou de Babbo Taddeo di Bastia, o nome de seu padrinho, que havia morrido poucos dias antes. Letizia viu o "fantasma" fugir pelo pátio que dava vista para o apartamento de Alexandrine e foi direto para casa. Não contou a ninguém sobre o incidente, mas decidiu não usar o túnel de novo, e proibiu Alexandrine de fazer o mesmo.

Lucien sabia que sua mãe era uma mulher corajosa e levou a sério o que ela disse. Esta notícia o abalou profundamente: significava que o espião de Fouché sabia de tudo e que o túnel não era mais segredo. Chamou, então, Paroisse para fechá-lo e, removendo as travas de segurança em ambos os lados, selar as portas. Quando Paroisse, juntamente com o proprietário da passagem, aventurou-se no túnel para fazer o trabalho, tropeçou em um objeto que estava na terra. Na escuridão, não vira o que era. Ele o pegou casualmente, esforçando-se para não atrair a atenção do proprietário, e viu que era uma espora de prata. Ele a pôs no bolso e a levou imediatamente para Lucien. Eles a examinaram: evidentemente havia caído da bota do homem misterioso. Trazia iniciais que, a princípio, eles não conseguiram decifrar. Eventualmente, as letras surgiram: "L. M."

Lucien contou toda a história a Alexandrine, que ficou alarmada. Se o "fantasma" tivesse topado com ela em vez de Letizia — eles concluíram juntos —, talvez a ferisse ou raptasse. O plano talvez fosse levá-la em um cavalo deixado na vizinhança. Era uma situação perigosa e pedia medidas urgentes. Briot fez algumas perguntas discretas sobre o homem que Letizia tinha visto na passagem, que ela descreveu como alto e atlético. Havia um servo no Hôtel de Brienne de quem Briot suspeitava como espião, um homem baixo e gordo apelidado de La Jeunesse. Briot manteve um olho nele e concluiu que ele não poderia ter roubado nenhuma das chaves para a passagem. Mas logo descobriu que o homem misterioso era Jean Le Marois, um dos assessores de maior confiança de Napoleão. Aquele trabalho de inteligência tinha sido ordenado diretamente do alto.

Temendo que esta sucessão de eventos pudesse atrasar o processo de seu tão aguardado casamento, Lucien partiu com Alexandrine para Le Plessis, onde Briot conseguiu organizar a cerimônia clandestina. Letizia ficou em Paris. O casal ficou no campo por tempo suficiente para sair das vistas da fofoqueira corte do cônsul e de sua fanática polícia. O casamento civil foi celebrado em 26 de outubro de 1803. As únicas testemunhas foram o inspetor das florestas locais, dois camponeses e um médico. Algum tempo depois, Lucien escreveu uma carta a Napoleão anunciando o ato, mantendo sua promessa anterior de notificar o irmão de qualquer casamento que ele empreendesse.

Meu mui querido irmão,
Eu falharia em meu dever se não me apressasse em informá-lo, como faço com nossa mãe e nosso irmão Joseph, de meu casamento no município com a viúva Sra. Jouberthon de Vambertie, filha do Sr. de Bleschamp, comissário da marinha em St. Malo.

Considerando que esta união, forjada ao longo de um ano ao pé do altar, de acordo com os ritos da religião católica, não podia ser legalizada devido a circunstâncias que me ofereço, meu querido irmão, para lhe explicar se assim o desejar, ela teve de permanecer em segredo. Atrevo-me e tenho razão para esperar que este laço sagrado e indissolúvel forneça uma desculpa completamente legítima para minha não aceitação das propostas de casamento que você teve a bondade de efetuar em meu nome. O fato de que me era impossível fazê-lo não me impediu de sentir profundamente a gratidão que lhe devo por elas, meu querido irmão; devo assegurá-lo de que minha esposa, repleta como eu da admiração que lhe é devida, está extremamente ansiosa por ter a alegria de expressar a você e à minha cunhada os sentimentos de uma irmã que é tão inteiramente devotada hoje como sempre será.
Seu irmão Lucien [24]

166 NAPOLEÃO E O REBELDE

Lucien fechou esta carta dentro de outra dirigida a Duroc, o comandante de campo de quem ele mais gostava entre os colaboradores próximos de Napoleão. Em seguida, pulou para o coche com sua esposa e partiu direto para seu palácio parisiense, onde as meninas estavam ansiosas por receber Alexandrine como sua nova mãe, e os servos por recebê-la como a dona da casa. Não houve mais conversas sobre mudar-se para a Alemanha pelo senado, embora Lucien mantivesse seu título — e seus rendimentos.

INSONE EM PARIS

Lucien e Alexandrine estavam profundamente adormecidos quando, por volta das 3 horas de certa madrugada de novembro, foram bruscamente despertos por uma forte batida na porta. Era Pedro, seu fiel *valet de chambre*, anunciando o general Murat, que chegara muito afobado de Malmaison, em nome de Napoleão, claro, e que precisava falar com *Monsiou* imediatamente.[25]

Alexandrine, assustada com a visita, ficou apreensiva, porém confiante, porque o visitante era o amigável Murat. Lucien levantou-se, totalmente desperto, e foi encontrá-lo na antecâmara, em mangas de camisa. Murat usava uniforme completo.

"Bem, aqui está você", disse Lucien ao visitante.

"O que diabos você quer de mim a uma hora dessas?"

Murat sorriu estranhamente, da forma que fazia quando estava prestes a dizer algo desagradável. E, ao pegar a mão de Lucien, mais afetuosamente que o habitual — como se estivesse prestes a expressar condolências de algum tipo —, começou: "Não estou trazendo nenhuma notícia, em verdade. Em vez disso, trago uma resposta ao que você escreveu ao general. É uma missão... Como hei de dizer? Por Deus, é bastante desagradável que ele me tenha mandado para transmitir isso, uma vez que em minha opinião não vale a pena..."

"Hum, tem certeza?", indagou Lucien.

"Veremos. Mas, por favor, primeiro sente-se, precisamos sentar."

Murat se recompôs. Ele agora teria que falar no lugar de Napoleão.

"Primeiro de tudo, como está minha cunhada? Ha-ha, pirralho ingrato que você é! Não sou digno de seus segredos, sou? Feio, muito feio de sua parte — eu compartilho todos os meus segredos com você! Mas, bem, eu o perdoo. Enfim, nem sequer foi um segredo bem guardado — você não acreditou que eu não sabia, não? E eu certamente não seria um desses que não lhe dariam os parabéns! Eu quero que minha cunhada saiba disso, certo?" Lucien respondeu: "Tudo bem, de qualquer maneira ela já tem certeza disso, já que a menção de seu nome não a perturbou minimamente que seja, mesmo a esta hora da noite. Mas vamos ao que interessa: Qual é o fardo pesado que você traz?"

Murat disse: "Sim, bem, eu tenho que lhe dizer, não tenho? Hum. O general — perdão, o primeiro cônsul, é pelo hábito, sabe? Pois bem, ele diz que, em matéria de parabéns, ele não envia nenhum... Você entende?"

"Na verdade, não — não se você não falar mais claramente. Por favor, fale logo, sem medo!"

"Bem. Meu querido Lucien. Ele quer dizer — ele quer que eu lhe diga que ele não reconhece seu casamento."

"Bem, meu querido Joachim! Como você acha que eu deveria responder a *isso*?"

"Você é certamente sagaz o bastante para não precisar que eu dite sua resposta! Já é suficientemente perturbador dar-lhe a notícia desse jeito. Por que diabos ele quer me meter nisso, o que deu nele para me pedir que faça isso? Ouça, eu estou apenas fazendo um trabalho, isso é tudo, o que mais posso dizer..."

"Sim, tudo bem — certo. Mas isso não é um pouco complicado? Como ele disse a você para me dizer? Você tem que contar tudo. Por favor."

"Você deve estar brincando. Quanto a mim, asseguro-lhe muito a sério que isto é realmente desagradável. O que você me pergunta eu já lhe contei. E, já que você quer que eu repita, ele gostaria que você soubesse que ele não reconhece o seu casamento."

"Isto está tão claro como foi na primeira vez e a isso, meu caro Joachim, eu respondo não menos claramente que eu viverei sem o reconhecimento dele, tanto quanto eu faria sem sua permissão."

Mais uma vez, Murat sorriu desagradavelmente. "Ai! Para mim, será bastante difícil repetir isso. Aquele diabo de homem, vê? Eu não tenho medo dele, mas ele se impõe terrivelmente. Eu nem sequer ousei recusar esta missão, se você soubesse o quanto me custa..."

"Console-se, meu bom Joachim, porque prefiro que ele tenha escolhido você e não outros a quem eu não teria recebido tão bem. Seria injusto de minha parte, uma vez que, no fim das contas, para vocês, militares, seu primeiro e único dever é obedecer."

"Pois é, maldito seja! É verdade. E não é a profissão mais bonita. No campo de batalha, isto pode funcionar. *À la guerre comme à la guerre*, é assim. Mas em família... Porque no fim das contas, Lucien, você é meu irmão, tanto quanto ele é... sempre meu bom irmão, você. Oh! É muito doloroso para pensar."

"Ora, vamos! Não me venha com lágrimas, meu caro Joachim, dê cá um abraço e diga-me em detalhes como tudo aconteceu. Ele estava furioso?"

"Eu vou lhe dizer. Mas vamos começar do começo, para evitar confusão. Serei sincero, fique avisado, e depois me diga o que devo responder a ele."

Murat passou a mão sobre a testa algumas vezes e contou o que tinha acontecido. "Imagine só", ele começou,

o concerto estava em seu clímax em Malmaison. O primeiro cônsul, que até aquele momento parecia não gostar muito da música, talvez tirasse um pequeno cochilo. (É simples: ele nunca dorme quando os outros dormem, então o sono cobra suas dívidas sempre que deseja...) Enfim, ele despertou para o *allegro* do concerto de trompa e harpa — e ele tinha um bom motivo para isso, pois é uma peça fabulosa — quando Duroc, que estava de pé na porta, recebeu uma carta de Rustan, abriu-a e passou para as mãos do cônsul, que estava sentado ao lado da esposa. Eu estava sentado atrás deles. Eu podia ver que a carta que ele abrira e devolvera a Duroc continha outra que o cônsul abriu. Ele mal havia lido a primeira linha e, para minha grande surpresa e do público em geral, mas principalmente de sua esposa, levantou-se e gritou com uma voz estrondosa de comando, como se para ser ouvido por todas as suas legiões: *Parem a música! Parem!*

O silêncio dos músicos precedera o fim de seu grito antimusical e todos ficaram estupefatos, como você pode facilmente imaginar.

AMOR 169

Entre nous, meu caro, o general parecia um louco. Começou a marchar ao redor do salão, girando os braços, coisa que nunca faz, como um telégrafo, repetindo, em voz mais baixa: *Traição! Traição! É uma verdadeira traição!* A cena tornava-se trágica, de tão cômica que era: madame Bonaparte, com o rosto pálido apesar do rouge e do pó (você sabe como ela se maquia com branco e até mesmo com azul), ficou dolorosamente rígida. Aproximou-se do marido e disse: *Meu Deus, Bonaparte! O que está acontecendo?* Eu, como todos os outros, estava congelado. Toda a família, ou seja, nossas esposas (Madame Mère se retirara), mal se atrevia a se mexer ou erguer os olhos. Uma dúzia de outras damas com seus maridos estavam igualmente horrorizadas. Você não tem ideia do que foi. Os músicos deveriam ter sido pintados, com seus instrumentos mudos, a boca e os olhos arregalados, alguns com óculos, outros sem, alguns olhando para o chão, apertando os lábios para não rir, dependendo de como eles interpretavam a situação. Consegue imaginar isso? É impossível. E ainda não é o melhor — ou o pior de tudo —, como você verá.

Ainda estávamos especulando em silêncio que assunto extraordinário poderia ter causado tudo aquilo, e as damas perguntavam sem parar "Oh meu Deus! O que está acontecendo?", quando o cônsul, amassando violentamente a carta que tinha nas mãos, e com uma voz embargada por sua fúria, mas alta o bastante para ser ouvida por todos, falou: "*O que aconteceu? O que está acontecendo? Bem... Saibam que Lucien se casou com sua... sua amante!*"

Lucien depois ouviu de outra pessoa que estava presente naquela noite que Murat teve a delicadeza de poupá-lo da palavra que Napoleão realmente usara para designar Alexandrine — não "amante", mas "*coquine*", ou "vadia". Murat perambulou nervosamente pela sala, resmungando que teria dado qualquer coisa para que aquilo não tivesse acontecido. "Realmente, o general comportou-se muito mal. E o pior é que eu não sei como isso terminará entre vocês dois."

"Não se preocupe comigo", disse Lucien. "Se ele quiser me perseguir, ainda sou capaz de resistir a ele." Lucien contou-lhe brevemente sobre as formas com que Napoleão tentara aterrorizar Alexandrine, as asquerosas cartas anônimas, os espiões, a espora de prata e suas iniciais.

Murat conhecia bem o "fantasma" e ficou chocado com as histórias. Contou a Lucien como Joséphine reagiu à notícia do casamento: a bela viúva não era a mulher que ela tinha em mente para ele, e sua aversão a Alexandrine só podia ser explicada desta maneira. Mas, dada a extrema e súbita explosão pública de Napoleão, ela temeu que alguma tragédia tivesse acontecido. Quando percebeu que era apenas uma resposta à carta de Lucien, pareceu prestes a exclamar: "Quê? É só isso? Essa é a razão para o susto que você nos deu?" Depois disso, Napoleão e sua comitiva deixaram o teatro. De volta ao seu gabinete com Murat, o primeiro cônsul sentou-se à mesa; começou a escrever uma carta, rasgou a página, exclamou: "Não! Nada de carta!" E, dirigindo-se a Murat, disse: "Prefiro enviar você. Mas diga a ele em meu nome..."

"Mas a quem?"

"O que quer dizer, a quem? Ao Cidadão Lucien, meu querido irmão, e seu amigo; é por isso que escolhi você. Então, vá dizer a ele que..."

"Mas é muito tarde."

"Ótimo, você vai acordá-lo, e vai dizer a ele tudo o que eu lhe disse."

E essa foi a mensagem que Lucien ouviu às 3 da madrugada. "Ele disse algo mais além do que você já transmitiu?", perguntou Lucien. "Oh, muito mais, acusando-o de traição, mentira, ingratidão, sei lá. Especialmente insistindo que eu lhe dissesse que seu casamento era inválido, que ele provaria a você, que ele tinha boas razões para ter certeza disso. Eu nunca o vi tão alterado. Saí sem dizer mais nada, eu não sabia o que responder." "Isso foi errado", replicou Lucien. "Você poderia ter perguntado por que meu casamento é inválido." Murat disse: "Você é engraçado, Lucien. Você acha que alguém pode contradizê-lo de alguma forma? Se eu perguntasse isso, ele teria entendido perfeitamente bem que não acredito em uma só palavra do que ele estava dizendo. E você está, sem dúvida, ainda mais convencido do que eu. Mas eu deixo meu aviso, ele está aferrado a esta história de que este casamento não tem valor, de tal maneira que você terá problemas em apartá-lo dela."

Lucien de repente percebeu que Napoleão só podia estar tão confiante porque não sabia que Lucien conseguira a certidão de óbito de M. Jouberthon, apesar dos obstáculos que o primeiro cônsul colocara

AMOR

contra sua obtenção. Murat concordava que poderia ser mesmo o caso. Napoleão estava errado — todo mundo sabia que o general estava errado, ele disse, mas ninguém ousava dizer isso a ele. Nem o próprio Murat.

"Realmente", respondeu Lucien. "Pois bem, meu querido covarde, tenho pena de você. Então diga a ele que sinceramente lamento..."

"Excelente, sim, vá em frente."

"... lamento que um casamento que julgo necessário para minha felicidade não seja do agrado dele."

"Muito bom, muito bom, obrigado, obrigado."

"... do agrado dele. Mas..."

"Sem mas! Por favor, Lucien, sem mas!"

"Bem, deixe-me terminar. Mas que minha esposa e eu..."

"Ui."

Murat fez uma careta. Lucien continuou: "Ouça: Minha esposa e eu, contudo, expressamos nosso sentimento da mais terna e devotada fraternidade. Está contente agora?"

"Nada mal, nada mal. Terna e devotada, isso está bom. Mas, se ele me perguntar o que você diz sobre a nulidade de seu casamento, o que respondo?"

"A isto, meu caro, você lhe dirá que não acredito que haja qualquer causa de invalidez no meu casamento, uma vez que eu tive amplo tempo para pensar a respeito, dado o afinco de seus policiais."

"Mas, Lucien, eu não posso dizer isso", respondeu Murat.

"Como queira; mas você não pode não dizer a coisa principal, que se por acaso ele for buscar e encontrar uma causa para invalidar meu casamento, então eu correria para me casar novamente, garantindo que nada faltasse na cerimônia."

"Ai, ai!" exclamou Murat. "Você está comprometendo meu status como embaixador; sério, você sabe que eu não posso dizer isso."

"Mas você sabe que eu não posso responder de outra forma. Vamos lá, escolha seu lado. *Ambassadeur ne porte pas peine*." (Embaixadores não têm culpa.)

Murat, derrotado, deu de ombros. "Sim, isso é verdade. Mas você tem pena de mim, não é? Você está certo. Espero que minha cunhada não guarde rancor contra mim. Meus respeitos a ela, e que ela saiba que não é minha culpa. Adeus então."

Após duas horas de conversa intensa, Lucien voltou para a cama. Alexandrine o esperava lá, bastante calma sobre a situação. Eles passaram a maior parte do resto da noite falando sobre sua posição no mundo como um casal, agora que a desaprovação de Napoleão era conhecida tão publicamente.

TEATRO DE FANTOCHES

Mais tarde naquela manhã, Letizia correu para ver Lucien e Alexandrine, a quem apoiava de forma incondicional.[26] Ela estava profundamente descontente com a oposição pública de Napoleão a um casamento no qual ela não encontrava nenhuma razão para reprovar, e incentivou Lucien a ignorar seu irmão, pedindo que Lucien não dramatizasse a situação. Ela tinha certeza de que, cedo ou tarde, o primeiro cônsul cairia em si e perceberia que ele não tinha mais direito de influenciar a escolha conjugal de Lucien do que Lucien tinha de influenciar a sua. (A própria Letizia desaprovava Joséphine, principalmente por causa de sua idade — ela era seis anos mais velha que Napoleão —, mas não havia feito nada para impedir o casamento.) Além disso, Alexandrine era muito bem-nascida, educada, e não merecia a antipatia de Napoleão. Com bastante prudência e paciência, eventualmente Letizia superaria aqueles que pensavam que tirariam vantagem de uma ruptura entre os dois irmãos: ela era a mãe, e resolveria tudo. Para Alexandrine, ainda uma admiradora do grande homem e triste por inspirar tanto ódio em seu cunhado, Letizia tinha palavras simples: "Console-se. Uma vez que ele conheça você, vai adorá-la."

Pouco antes do meio-dia, outra visita foi anunciada: o advogado Jean-Jacques-Régis de Cambacérès, segundo cônsul do governo. Letizia não tinha vontade de ver o homem, que em todo caso certamente falaria com mais liberdade sem a presença de Madame Mère, então ela desapareceu rapidamente, levando Alexandrine consigo. A grande mademoiselle Georges se apresentaria naquela noite no Théâtre des Français, e Lucien e Alexandrine finalmente apareceriam por lá. Era para ser um grande evento — sua primeira aparição pública como um casal —, e Letizia, que concordava com Lucien que seria melhor ela não comparecer, estava ansiosa para ver o vestido de sua nova nora.

Sendo assim, Lucien recebeu seu visitante a sós. Eles se sentaram no mesmo sofá onde Lucien conversara com Murat apenas algumas horas antes. Tinha sido uma longa noite. E se prolongaria ao dia, como Lucien percebeu quando Cambacérès começou a falar. "Eu vim encarregado pelo primeiro cônsul", ele declamou, com uma inclinação majestosamente estudada de sua cabeça, "com uma missão suficientemente importante para que ele julgasse necessário confiá-la a mim." Ele estava vestido tão formalmente quanto falava: o primeiro cônsul insistia em um rígido código de vestuário para recepções, que consistia em meias de seda branca, sapatos e fivelas. (Lucien tinha estabelecido um código contrastante — calças e botas — que combinava melhor com seu estilo.)

Cambacérès foi o autor do Código Civil, que mais tarde se tornaria o Código Napoleônico. Lucien admirava seu talento legislativo sem esquecer que este revolucionário moderado havia, no entanto, votado pela morte do rei Luís XVI. (O irmão de Cambacérès, o arcebispo de Rouen, passou o resto de sua vida rezando missas e coletando dízimos para expiar o pecado de seu irmão.) Lucien sabia que a língua impressionantemente treinada do magistrado podia apanhá-lo em alguma armadilha imprevista. Mas ele não podia deixar de julgá-lo um personagem cômico, irritante: Cambacérès era vaidoso e arrogante, um homossexual extravagante acostumado a fazer caminhadas nas galerias do Palais Royal, de chapéu e vestido da cabeça aos pés em seu grandioso uniforme de segundo cônsul, escoltado por dois humildes aristocratas que o flanqueavam de cada lado como cortesãs, acompanhando solenemente o passo de Cambacérès, cuja famosa inclinação *gourmet* eles compartilhavam.

Quando Cambacérès completou sua sentença, ele concluiu com uma mesura de cabeça, ao que Lucien respondeu educadamente. Cambacérès o saudou novamente, aparentemente envergonhado, e continuou com alguma dificuldade, evitando o olhar de Lucien: "Este é um casamento que, se assim posso dizer, não tem a aprovação do primeiro cônsul." Lucien informou ao grande magistrado que ele havia recebido aquela mesma mensagem de seu cunhado no meio da noite. "Eu sei, mas o primeiro cônsul pensa que, como jurista e considerando minha devoção por ele em particular e por todos os membros de sua família, eu poderia indicar-lhe os meios... não, quero dizer as causas da nulidade de um ato que, por razões de alta política, é desejável que o senhor considere nulo e sem efeito." Lucien riu com desdém e descreveu a missão do segundo cônsul como "vergonhosa", perguntando como ele próprio responderia a tais palavras. Cambacérès vacilou por um momento, mas seu pedantismo o salvou: Ele falou de "boa vontade", disse que, em lugar de Lucien, faria qualquer coisa para não entristecer o grande homem que era Napoleão, sobre cujos ombros pesava o destino da França. Lucien, nada impressionado, disse-lhe para transmitir a Napoleão o "sincero desagrado que sinto por não conseguir ser feliz sem torná-lo infeliz".

Não havia nada mais a dizer, ou ouvir. Lucien estava prestes a tocar um sino para encurtar o inútil encontro quando Cambacérès gentil e educadamente bloqueou seu braço, prometendo a possibilidade de um acordo e solicitando um momento de paciência. Em seguida, Cambacérès se levantou e tirou do bolso uma carteira de cetim verde, com um forro rosa. Enquanto ele mexia nela, em busca do documento que resolveria todas as disputas, Lucien o examinava, perguntando-se o que podia motivar as ações daquele homem: como aquele pomposo personagem suportava submeter-se a tamanho constrangimento e correr o risco de alienar para sempre um jovem — Lucien — de tanta promessa e talento político? Lucien ainda acreditava que voltaria a ser útil ao país, não menos que o refinado regicida que tinha à frente.

Finalmente, Cambacérès lembrou que o papel que estava procurando estava em outra carteira; depois de pedir desculpas por fazer Lucien esperar, ele pediu permissão formal para falar. Ele começou um discurso solenemente patriótico, legalisticamente barroco, ainda sem olhar nos olhos de Lucien — como se estivesse discutindo um caso em tribunal. "Não há nenhum motivo para que qualquer um de nós resista à vontade de um grande homem cujo gênio não tem igual, e cujo poder, eu prevejo, só crescerá a cada dia", disse ele. Lucien respondeu que mesmo assim estava determinado a lutar contra caprichos tirânicos, especialmente

AMOR

quando eram impingidos sobre suas afeições legítimas. O advogado tentou argumentar que alguma subordinação familiar era devida — se Lucien não aceitasse, sua situação se tornaria perigosa, ou pelo menos desconfortável. Foi uma reprimenda diplomática que soou como uma ameaça pouco velada. Lucien ficou irritado. À declaração do magistrado de que Napoleão se sentira "insolentemente enganado" por seu irmão, Lucien respondeu que, quando a proposta de se casar com a rainha da Etrúria surgiu, ele fizera uso de declarações equívocas a respeito de seu estado civil, a fim de proteger-se até que os obstáculos que Napoleão pôs em marcha contra suas núpcias legais fossem derrubados — afinal, sua polícia agira de forma fraudulenta por esconder o atestado de óbito de M. Jouberthon. Para si mesmo, Lucien não sentia necessidade de justificar suas pequenas mentiras: ele se defendera legitimamente de um irmão que fazia uso de seu poder superior contra ele e Alexandrine simplesmente porque não obtivera os favores da mulher adorável que Lucien tivera a coragem de conquistar. Disto, Lucien estava seguro. A inveja era um motivo suficientemente forte para aquela bagunça. Havia uma longa história com esta tônica entre os dois Bonaparte.

Cambacérès pareceu surpreso com a confiança de Lucien de que havia vencido a batalha de inteligência contra o irmão. Mas Lucien não se importava mais. A conversa já tinha ido longe demais. Ele se ergueu, em outro gesto para dispensar o visitante, corajosamente declarando que se sentia plenamente justificado em seu comportamento contra o "adversário injusto e desnaturado que não teme exercer a tirania sobre um irmão que não lhe deve nada e a quem ele deve muito". Lucien simplesmente protegera o amor de sua vida da perseguição. Cortesmente, Cambacérès respondeu: "Tudo isso é lamentável, de fato, meu querido senador, e tenho certeza de que o primeiro cônsul não tem nada a ver com isso; um grande homem tem outras coisas em sua mente do que aborrecimentos com mulheres." Lucien respondeu: "De fato, isto fica evidente pela mensagem encantadora que você trouxe hoje em nome dele. Que pretensão absurda! Ousar acreditar que conseguirá obrigar-me a abandonar minha mulher!... Uma mulher que ninguém impôs a mim, que não trouxe consigo nem dote, nem comando do exército."

Cambacérès ainda não dava nenhum sinal de se render, ou de sair. Agitando o pedaço de papel que estava procurando, ele disse que não partiria até que ele houvesse apresentado "este pequeno projeto" a Lucien. "Devo confessar que tive de trabalhar duro para encontrar um meio legal e honroso..." Lucien compreendeu imediatamente: era um plano para descasá-lo — e, ele exclamou, encontrar uma maneira de fazê-lo sem precisar da morte dele ou da mulher foi uma façanha tão grande quanto achar a quadratura do círculo. Ainda assim, sua curiosidade estava aguçada. Cambacérès finalmente entoou sua proposta: era a adoção de uma lei estabelecendo que todos os casamentos contraídos por um membro da família consular sem prévia aprovação de Napoleão seriam considerados nulos e sem efeito. A primeira reação de Lucien foi afirmar que ele não reconhecia nenhuma "família consular"; e ele perguntou a seu culto visitante com que base o chefe da República deveria ser considerado chefe da família — especialmente quando Joseph sempre foi quem desempenhou aquele papel. Tais questões estavam estabelecidas pelos antigos reis da França, argumentou Cambacérès; Lucien contra-argumentou que não estavam na Idade Média.

Estava claro agora para Lucien que sua resistência era uma questão de princípio político tanto quanto de autopreservação e preservação da privacidade; ou melhor, que sua autopreservação se tornara uma questão de princípio político. Mas a conversa continuou, cada vez mais aquecida, com o experiente advogado e o jovem senador tentando bater o outro em inteligência, o mais velho usando um tom consistentemente cortês, o mais novo com impertinente confiança, sem vontade de esconder seu desprezo pelo homem e por sua mensagem. Cambacérès argumentou que Napoleão tinha o direito de impedir que entrassem em sua família pessoas do sexo masculino ou feminino de quem ele não gostava. Lucien rebateu: "Não acredito que você quer que eu acredite, Cidadão Cônsul, que a política, isto é, os interesses da República, têm alguma coisa a ver com meu casamento, ou meu casamento com a República; em uma palavra, eu juro que acredito que você não acredita em uma palavra do que diz." Cambacérès pareceu constrangido por um instante, mas não cedeu. Começou a falar

AMOR   177

sobre o sacramento religioso do matrimônio sendo preservado mesmo quando o contrato civil fosse dissolvido. À declaração de que o novo projeto de lei podia ser aplicado retroativamente neste caso, Lucien riu do magistrado, dizendo que ele "se tornava sublime" em sua defesa de uma lei que ele talvez quisesse consagrar como a primeira do Código Civil que estava elaborando com o primeiro cônsul. Ele então sugeriu que os dois deveriam aplicar o mesmo projeto de lei para as famílias presidenciais americanas, de modo que nenhum irmão de Washington ou Jefferson tivesse autorização de se casar sem a sua aprovação. Com este comentário espirituoso, o legislador corou. Depois — como se esquecido de que havia votado para matar o rei —, proclamou que a América era um tipo de República diferente da França, que, plantada como estava no coração da velha Europa, não suportaria estar isolada demais dos governos monárquicos que a cercavam.

Lucien conseguiu preservar seu senso de ironia diante daquele homem absurdamente sério. Mas parecia que aquela conversa dolorosa não acabaria nunca. Sob seu exterior educado, Cambacérès se revelou uma cobra constritora, determinada, mas, em última análise, ineficaz, cuja missão era sufocar Lucien dentro dos rolos de argumentos que não se baseavam em nada além do próprio poder. E, apesar de seu tom legalista, Cambacérès estava praticando a forma mais barata de política, com sua formação jurídica apenas assegurando que nenhum argumento derrotasse o seu por muito tempo. O homem era brilhante, à sua maneira. Mas, apesar de sentir um pouco de respeito por ele antes deste encontro, Lucien agora achava Cambacérès vil, realmente uma cobra rastejando junto às raízes do poder, e não um verdadeiro estadista — para quem a política deveria ser a arte de governar, e não de satisfazer às paixões daqueles que governam.

Finalmente Lucien se livrou, apoderando-se do sino e tocando o mais alto que podia. Pedindo licença, ele disse ao visitante que não gostaria de adiar ainda mais a entrega de sua resposta ao primeiro cônsul. Lucien optou por não contar à esposa a conversa, que ele achava que poderia angustiá-la ainda mais do que a ele. Mas ele informou sua mãe, que concordou que o caso deveria permanecer sem menções.

Externamente, o dia prosseguiu como se nada tivesse acontecido. Amigos vieram prestar seus cumprimentos aos recém-casados. Eles decidiram tentar viver uma vida tão normal quanto possível e ir ao teatro naquela noite, como planejado. Lucien estava determinado a não deixar que seu irmão dirigisse sua vida de nenhuma maneira; e estava convencido de que Napoleão nunca se tornaria poderoso o bastante para persegui-lo mais do que já havia perseguido.

As notícias sobre o cisma entre os irmãos se espalharam muito rapidamente na fofoqueira Paris.[27] Lucien e sua bela esposa tornaram-se imediatamente o assunto da cidade. A popularidade de Napoleão estava em seu apogeu, mas ninguém conseguia entender o que o levou a opor-se tão violentamente ao casamento de seu irmão com a adorável Alexandrine. A reputação do primeiro cônsul sofreu um pouco com este escândalo estranho e demasiadamente público, sobre um assunto familiar privado.

Protagonizar uma entrada espetacular no teatro era uma maneira excelente para que Lucien e Alexandrine começassem sua nova vida como um casal legítimo, e Lucien estava tão ansioso quanto sua mãe, se não mais, para que Alexandrine estivesse mais bela que nunca naquela noite. Toda a elite de Paris compareceria. Muitos sabiam que Lucien e Alexandrine estariam presentes, incluindo Jacques-Louis David, que na época queria pintar Alexandrine. Ele se sentou na orquestra, juntamente com seus alunos favoritos e toda a escola de pintura de Paris, todos esperando a chegada do irmão rebelde e sua esposa. No camarote de Lucien instalaram-se alguns amigos íntimos e membros da família, bem como o general Casabianca, a quem Letizia enviara em seu lugar a fim de ouvir dele um relato pormenorizado do efeito produzido pela primeira aparição pública do casal.

E não foi uma entrada discreta. Quando a porta do camarote foi aberta, um viva ressoou, alto o bastante para que todos no teatro erguessem os olhos. Alexandrine estava arrebatadora, de fato. Ela optou pela simplicidade: um modelito "*à la grecque*", um estilo clássico que estivera no auge da moda em tempos pré-revolucionários, livre de diamantes e das joias que cintilavam em outros pescoços e orelhas no teatro, mas que não era popular em 1803, especialmente nas Tulherias. O gosto pela moda luxuosa de outra irmã Bonaparte, Pauline, dava o novo tom da moda parisiense. Quando ela se casou com o abastado príncipe romano Camillo Borghese em 1803 (após a morte de seu marido, o general Leclerc), Pauline trouxera a Paris os presentes de casamento que recebera dele. Lucien e Alexandrine não foram convidados para a celebração, mas o resto da família foi. A jovem irmã de Pauline, Caroline Murat, ficou tão impressionada com as joias que se recusou a usar as suas próprias. Joséphine, sentindo a necessidade de fazer frente à magnificência de Pauline — e pressionada a isso por Napoleão, que gostava de sedas e cetins —, tornou-se a nova sacerdotisa da moda. Começou na corte consular o advento de um glamour de luxo e joias. Até Alexandrine desistiu do simples e elegante estilo "grego" que ela favorecera até então, para grande desgosto de Lucien. Mas ele conseguiu persuadi-la a voltar para ele, completamente convencido de que uma beleza natural não tinha necessidade de artifício ou decoração supérflua. Assim, com seu traje discreto naquela noite no teatro, Alexandrine fazia uma declaração ousada e polêmica.

A saída do casal não foi menos notada. Eles decidiram deixar o teatro no meio de uma cena, a fim de não atrair a atenção, mas muitos na plateia os seguiram para fora, praticamente impedindo sua passagem quando eles tentavam abrir seu caminho para o coche. A atenção sobre eles tampouco diminuiu nas semanas seguintes. A cada vez que iam ao teatro, Lucien e Alexandrine descobriam que todos os olhos estavam sobre eles e que causavam uma impressão tão poderosa quanto naquela primeira noite.

A curiosidade popular pelo jovem, atraente e aparentemente legítimo casal que Napoleão tanto detestava era extrema. Em certo domingo, Lucien e Alexandrine saíram para um passeio com suas três filhas (o menino ficou em casa com uma babá) no Prés-Saint-Gervais, um parque suburbano aberto ao público em geral e normalmente frequentado por famílias da classe trabalhadora. A visão da beleza impressionante de Alexandrine na companhia de suas filhas encantadoras e de um homem tão parecido com o primeiro cônsul despertou a curiosidade dos transeuntes, que se reuniram em torno da atraente família. O casal ouviu alguém dizer: "Você realmente acredita que o irmão do nosso primeiro cônsul deixaria uma mulher como essa? Eu duvido." "Você está certo, *commère* [intrometido], onde ele encontrará uma melhor?" Comentários similares se seguiram; embora todos fossem bem-intencionados, Lucien e Alexandrine tiveram de pôr fim a um passeio que já não era mais anônimo.

Lucien alegou que o passeio foi realizado inocentemente. Mas o evento produziu um relatório policial detalhado que Napoleão achou completamente irritante: disse à mãe que "avisasse a Lucien que ele não tinha sido autorizado a causar maior impressão pública do que o próprio [Napoleão]". Napoleão disse algo semelhante quando Lucien, como ministro do Interior, realizava suas lotadas audiências públicas às quartas-feiras, independentemente do fato de que as multidões não eram um efeito da popularidade, mas da necessidade que o povo tinha dos serviços do ministério. (Joséphine também costumava reclamar daquelas aglomerações com Lucien.) Mas o episódio Prés-Saint-Gervais era muito mais preocupante para Napoleão, ainda mais do que a atenção que o casal atraiu no teatro, pois daquela vez Lucien era apenas um cidadão privado que causava comoção apenas por dar um passeio com sua família. Embora Letizia dissesse a Napoleão que se recusava a ser a portadora oficial de sua mensagem odiosa, ela de fato a transmitiu a Lucien, dizendo-lhe também que havia respondido que ele era livre para ser visto em público com a mulher que escolheu, uma vez que ela era tão perfeitamente adequada para ele, e muito mais a seu gosto do que a mulher que o primeiro cônsul havia designado para ele. Aparentemente, até Joséphine reprimiu uma risada por trás das costas de Napoleão quando ouviu as palavras de Letizia.

Fazia mais de quatro anos desde o 18 Brumário. Os relatórios da polícia e as mensagens ameaçadoras de Napoleão eram sinais de que nenhuma melhora era provável em sua atitude para com Lucien e Alexandrine. Decidindo que era hora de uma mudança de cenário, eles partiram para a Itália, deixando os filhos para trás.

4

EXÍLIO

(1804-1807)

*Napoleão era um grande descobridor de homens, mas ele queria que
o talento destes homens pertencesse apenas a ele, e sempre desejava ser
o espírito que movia as massas. Um mosquito que voasse de um breve
amor a outro sem sua permissão era um mosquito rebelde.*

— Alexandre Dumas, *Le Chevalier de Sainte-Hermine*

FESTAS ITALIANAS

No início de dezembro de 1803, Lucien e Alexandrine partiram para
a Itália, deixando as crianças em Paris com as babás.[1] Decidiram fazer
incógnitos sua viagem ao sul, exatamente como Lucien fizera quando
foi para a Espanha como o novo embaixador três anos antes: viajou
como general Boyer, usando o nome de sua primeira esposa. Arnault,
o doutor Paroisse e os pintores Lethière e Châtillon eram membros da
comitiva. Mas a incógnita se mostrou difícil de preservar uma vez que
eles chegaram à Itália, e sua passagem por Turim, Milão, Bolonha e
Florença despertou alguma curiosidade. Um mensageiro os precedeu
a Roma e alertou o tio Fesch de sua chegada. O tio de Lucien fora nomeado cardeal alguns meses antes e foi o embaixador francês na corte
do papa Pio VII, um pontífice gentil e humano — e presa impotente
da vontade e do capricho de Napoleão. O secretário do embaixador era

ninguém menos que Chateaubriand, que algumas semanas antes havia feito uma piada à custa de Fesch, causando alvoroço. Ele brincara que devia ser uma visão realmente curiosa para os romanos ver um homem que chegara à cidade havia apenas alguns anos como almoxarife do exército agora vestido nos mantos vermelhos de cardeal — o saqueador se transformara em um dos pilares sagrados da Igreja. A piada vazou imediatamente. Napoleão quase mandou chamar de volta o impertinente escritor, furioso com ele como ficava com todos os homens de letras desobedientes. Foi necessária a intervenção de Talleyrand e de Fontanes para salvar o pescoço de Chateaubriand. Quando os recém-casados chegaram a Roma, esperavam que o escritor os informasse da situação na cidade.

Fesch acolheu Lucien e Alexandrine com grande amabilidade, convidando-os a ficar com ele em seu palácio, embora eles recusassem o convite. A irmã de Lucien, Pauline, a princesa Borghese, também vivia na Cidade Eterna e lhes ofereceu uma recepção igualmente calorosa e alegre. Ela havia começado a organizar festas glamorosas em seu palácio; e sua famosa beleza em breve seria imortalizada por Antonio Canova em uma escultura de Vênus, resplandecente em sua nudez marmórea. Mas Lucien e Alexandrine não ficaram muito tempo em Roma: o papa estava indisposto e incapaz de recebê-los imediatamente, e, uma vez que eles estavam planejando fazer uma viagem a Nápoles, decidiram partir. O papa transmitiu seu pesar pela demora em recebê-los, mas esperava vê-los em seu retorno.

A rainha de Nápoles, Caroline, era irmã de Maria Antonieta. O embaixador francês em Nápoles, Alquier, que fora antecessor de Lucien na Espanha, disse-lhe que Caroline detestava os franceses, e Lucien evitou apresentar-se na corte. A cidade cosmopolita oferecia atrações muito mais fortes de qualquer modo. O casal foi a uma ópera no impressionante teatro San Carlo — como no teatro de Paris, todos os monóculos se voltaram para o seu camarote. Ao longo dos dias seguintes, toda a comunidade de residentes franceses em Nápoles queria visitar Lucien, mas ele decidiu não receber ninguém — nem mesmo Chateaubriand, que estava na cidade. Em vez disso, o casal e sua comitiva saíram para

EXÍLIO

passear. Fizeram um passeio arqueológico em Pompeia e Herculano, foram ao monte Posillipo — que era subdesenvolvido então — e para a caverna do Cão perto de Pozzuoli, uma antiga parada obrigatória no Grande Tour. Subiram ao monte Vesúvio, cuja cratera emanava uma fita de fumaça. Foi uma expedição cansativa, embora eles fossem transportados confortavelmente em uma liteira sustentada por duas equipes alternadas de quatro carregadores. Visitaram um eremita que vivia no vulcão e era um velho conhecido da Lethière, que os acompanhava. O eremita ofereceu aos viajantes uma refeição frugal, parcialmente composta de suas próprias provisões. Estava orgulhoso do vinho que guardava para ocasiões especiais. Abstêmio como sempre, Lucien não engoliu uma só gota. Alexandrine geralmente bebia apenas água, mas, curiosa quanto àquela garrafa especial, provou, para ligeira irritação de Lucien. Ao que parece, era excelente. A descida depois do almoço, a pé, foi particularmente difícil para a cansada e embriagada Alexandrine.

Eles ficaram em Nápoles por mais alguns dias, desfrutando da beleza local e aguardando em vão pela erupção do Vesúvio; depois, fizeram o caminho de volta a Roma, onde o papa os acolheu calorosamente. A etiqueta da Igreja encantou Lucien, com seus *monsignori*, as vestes de renda e a elaborada e ancestral coreografia de tudo. Logo depois, a sogra de Pauline, a princesa viúva Borghese duquesa Salviati de Florença, organizou um grande jantar, com a presença do cardeal Consalvi, de prelados romanos e vários personagens elegantes e vazios. Foi uma imersão total na vida da sociedade romana. O casal foi ao teatro, visitou o Panteão e a catedral de São Pedro, deslizando sem pausas da Roma pagã à cristã e de volta. Foi uma estada curta, embora eles desejassem voltar em breve e talvez instalar-se em definitivo, especialmente se Napoleão continuasse a tratá-los tão desagradavelmente.

Pauline encorajou o plano. Lucien conseguiu se dar bem com seu marido, Camillo Borghese, um nobre arrogante que era indiferente à excepcional coleção de obras-primas que seu pai acumulara e estimara. Lucien e Alexandrine foram plenamente cativados por Dermide, de 6 anos, filho que Pauline teve com seu primeiro marido, o general Leclerc. Camillo não era tão carinhoso com seu enteado como Lucien era com sua enteada (Lucien concedeu a Anna uma grande pensão que ela receberia quando adulta ou quando se casasse), mas Pauline e Alexandrine tinham em comum a perda de seus primeiros maridos pela febre amarela, os pais de seus primeiros filhos. Lucien até pensou em Dermide como futuro esposo de sua filha Christine-Egypta. Seu afeto por Pauline não o impediu, contudo, de reprová-la — sem surtir efeito — por ter fechado ao público as partes mais bonitas do parque Villa Borghese. Ela se tornara bastante impopular entre os cidadãos romanos; a princesa viúva era muito mais apreciada.

A próxima parada do casal foi Veneza. Não foi uma chegada espetacular. Seu primeiro vislumbre de uma gôndola os deprimiu; pareceu para eles um carro funerário. Descobriram que a uniformidade sombria do exterior das gôndolas era devido às leis suntuárias, rigidamente aplicadas desde que Napoleão devolvera a República veneziana aos duros austríacos. Não houve muito progresso no período em que permaneceram na cidade. A proverbial *joie de vivre* havia desaparecido. Eles estavam entediados, embora tivessem vergonha de admiti-lo, e o frio úmido do janeiro de Veneza os castigava. O mar estava agitado, por isso só puderam dar uma volta a pé nos primeiros três dias, e caminhar pela cidade úmida, golpeados pelos ventos do norte, pareceu uma penitência.

Já haviam se passado quase três meses desde que deixaram a França. Era hora de voltar e ver os filhos. Tomaram um caminho diferente desta vez, cruzando os Alpes no monte Cenísio. Era fevereiro de 1804, congelante e nevado, mas um tipo diferente de frio esperava por eles em casa.

ADEUS, PARIS

Assim que o casal atravessou a fronteira francesa, as intrigas que haviam deixado para trás se abateram sobre eles. Em Auxerre, encontraram-se com o general Lacour, um parente de Alexandrine que servira sob o general Moreau e que lhes informou que, para seu choque, Moreau seria julgado por ter conspirado para restaurar a monarquia na França. Lucien mal teve tempo de recobrar sua vida familiar em Paris e já era acusado de ser cúmplice nesta suposta conspiração. Os espiões de Fouché,

EXÍLIO

vorazes como sempre, trabalhavam duro, não perdendo a oportunidade de desacreditar Lucien. Sua indignação, compartilhada pelo ultrajado Joseph e sua mãe, encontrou apoio inesperado em Napoleão, que observou secamente que "Lucien não ganharia nada" em participar de tal trama; claramente, ele só considerava seu irmão fiel porque ele estava desprovido de qualquer poder.[2] Mas a esta altura o primeiro cônsul estava ainda mais irritado com o casamento não autorizado do que antes da partida do casal para a Itália. Jurou que nunca reconheceria como cunhada uma mulher que entrou na família sem seu consentimento.

O rancor dirigido a Alexandrine aumentava constantemente. Napoleão declarou que as visitas de Lucien seriam doravante indesejáveis. A corte em torno de Napoleão e Joséphine, especialmente aqueles oficiais que estavam começando suas carreiras políticas, cautelosamente evitava agora Lucien e Alexandrine, e a família se dividiu em duas — aqueles que frequentariam e os que não frequentariam o casal no Hôtel de Brienne. Hortense, a filha de 20 anos de Joséphine, visitou-os quando o primeiro cônsul se ausentou da cidade. Mostrou-se a mais calorosa e amável, enquanto o marido, Luís Bonaparte, à idade de 25, retraiu-se em raiva reprimida. Antes de decidir casar-se com ela segundo a vontade de Napoleão, Luís pressionara seu irmão mais velho Lucien por conselhos. Lucien lhe dissera que, se ele aceitasse o casamento, abandonaria sua felicidade, sua liberdade e sua autoridade como chefe de sua própria família. Luís jurou que não se casaria, mas no final cedeu, e as palavras de Lucien devem ter voltado para assombrá-lo.[3]

Unidos pela força da ordem executiva, Luís e Hortense pareciam ainda mais incompatíveis quando em companhia dos apaixonados Lucien e Alexandrine. Era um contraste gritante. Descontente, mas não surpreso com a clara desarmonia no casamento do irmão mais novo, Lucien fingiu para si mesmo, e para eles, que tudo estava bem. Acompanhou Hortense à sua carruagem e se abraçaram afetuosamente. "Nós nos veremos com frequência agora, como esperei e desejei por um longo tempo", disse Hortense a seu cunhado.[4] Quando Napoleão — que era tanto seu padrasto quanto seu cunhado — retornou e soube da visita, repreendeu-a de forma tão veemente por demonstrar afeto a Lucien e Alexandrine que ela prometeu não pôr os pés na feliz residência novamente. Luís não se atreveu a intervir, mas voltou a ver o casal sozinho, lamentando a subjugação em que o primeiro cônsul o encerrara. Lucien se absteve de lembrar ao irmão que ele havia previsto que o casamento seria malfadado. Quanto a Hortense, ele não voltaria a vê-la por vinte anos.

Além de Letizia, as únicas mulheres do clã que ficaram ostensivamente ao lado dos rebeldes foram a esposa de Joseph, Julie Clary — que abertamente advertiu Joséphine de que a rixa não era apenas dolorosa, mas também perigosa —, e a irmã de Julie, Désirée, que foi amante de Napoleão por um breve tempo e agora estava casada com o general Bernadotte. O próprio Bernadotte se mostrava um verdadeiro amigo de Lucien, e Désirée enviava seu pequeno filho Oscar para brincar com as filhas de Lucien. Elisa, que criara as meninas depois da morte de Christine, agora figurava agressivamente do outro lado e estava de maus bofes com a mãe. Joséphine alegava ser obediente ao marido, embora tenha dado como um "presente" para Lolotte (Charlotte) e Lili (Christine-Egypta) um servo negro do Darfur, de 9 anos de idade, a quem eles apelidaram Otelo. Ele fascinou a família com os contos de seu país, do qual ele ainda se lembrava, mesmo tendo sido levado de sua terra natal com pouca idade. Ele não ficou muito tempo com eles, porque logo eles deixariam a França para sempre.

Enquanto isso, Napoleão se tornava cada vez mais nervoso com conspirações à sua volta, ameaçando seu poder. Ficou obcecado com elas, chegando ao ponto da paranoia. Um príncipe Bourbon, o duque d'Enghien, estava hospedado em Ettenheim, perto de Estrasburgo, e Napoleão se convenceu, em parte graças a relatórios distorcidos, de que o duque estava ali apenas esperando que a conspiração, na qual Moreau era suspeito, se desenrolasse.

Na madrugada de 14 de março de 1804, um pelotão de dragões despertou o duque e o prendeu em nome da república. Ele foi levado a Estrasburgo e de lá ao Château de Vincennes, nos arredores de Paris, onde foi submetido à corte marcial. Neste ponto Napoleão descobriu que as acusações eram infundadas. Joséphine suplicou-lhe que mudasse de ideia e mostrasse alguma misericórdia. Em vez disso, ele fez com que as acusações contra o príncipe fossem trocadas por outras mais precisas: o duque d'Enghien tomara de armas contra a França, em aliança com a Inglaterra, Áustria e Rússia, como ele mesmo confessou em seu julgamento. Embora alguns juízes inicialmente recomendassem prisão, a sentença de morte foi pronunciada por unanimidade, após uma deliberação de duas horas. O príncipe solicitou uma audiência com Bonaparte, que foi negada. Ele foi levado imediatamente para o local da execução, o fosso do castelo de Vincennes. Ele tirou de seu colete uma carta contendo um cacho de seu cabelo e um anel de ouro e a entregou a um tenente. O comandante encarregado da execução exigiu que ele se ajoelhasse. "Para quê?", perguntou o príncipe. "Para receber a morte", foi-lhe dito. Ele respondeu: "Um Bourbon só se ajoelha diante de Deus."[5] Os soldados dispararam ao sinal, depois jogaram o corpo do duque na sepultura recém-cavada. Eram três da madrugada do dia 21 de março.

☙

Houve imediatos protestos por toda a Europa pela execução — em particular pelo eleitor de Baden, uma vez que o duque estivera em seu território, e pelo tsar da Rússia, que exigiu um período de luto na corte. Paris estava chocada, mas por outro lado houve uma estupefata aceitação do evento, misturada ao medo do despotismo cada vez mais sanguinário que ela parecia sinalizar. Joséphine ficou profundamente abalada, e o desfile de funcionários, cônsules, ministros e generais que visitaram Malmaison para felicitar Napoleão no dia seguinte só fez aumentar seu desânimo, por mais ambíguos que fossem seus próprios sentimentos. Luís e Hortense estavam presentes, mas nada diziam. Cínico como sempre, Fouché aparentemente observou que este ato fora "pior que um crime: foi uma burrada". A execução também chocou profundamente Lucien. Assim que soube da notícia, ele entrou no quarto de sua esposa e disse: "Alexandrine, vamos embora daqui! O tigre sentiu o gosto de sangue!"[6]

Napoleão não lamentou o que tinha feito, mas para ele foi um momento preocupante. Ele estava consolidando sua posição, mas havia custos. Um deles foi a decisão de Lucien de partir para sempre e se estabelecer em Roma — uma decisão em que o casal vinha ponderando havia algum tempo. As palavras e ações de Napoleão para com eles só encorajavam a decisão, tornando-a até mesmo inevitável; e o assassinato do duque d'Enghien acrescentava ainda mais urgência. Madame Rémusat, que desaprovou enfaticamente a conduta do primeiro cônsul no caso, relatou a reação dele à irrevogável ruptura com seu talentoso irmão, que havia ocorrido pouco tempo antes da prisão do duque:

> Nesta ocasião, por acaso, vi o primeiro cônsul dar lugar a uma daquelas raras explosões de emoção às quais aludi. Foi em Saint Cloud, tarde da noite. Madame Bonaparte aguardava ansiosamente o resultado da conferência final entre os dois irmãos; M. de Rémusat e eu éramos as únicas pessoas com ela. Ela não gostava de Lucien, mas detestava qualquer escândalo familiar. Era perto da meia-noite quando Bonaparte entrou no quarto; ele estava profundamente deprimido e, atirando-se em uma poltrona, exclamou com voz perturbada: "Está tudo acabado! Eu rompi com Lucien, e o expulsei de minha presença."
>
> Quando madame Bonaparte começou a protestar, ele disse a ela: "Você é uma boa mulher para implorar por ele." Ele então se levantou da cadeira, tomou a esposa em seus braços e colocou a cabeça dela suavemente em seu ombro, e, com a mão ainda descansando nos belos cabelos brilhantes que contrastavam com o triste semblante a seu lado, ele nos disse que, mesmo recorrendo igualmente em vão a ameaças e persuasões, Lucien resistira a todas as suas súplicas. "É difícil", acrescentou ele, "encontrar na própria família interesses opostos tão obstinados e de tal magnitude. Devo então me isolar de cada um? Devo confiar apenas em mim mesmo? Bem! Eu serei suficiente para mim, e você, Joséphine — você será meu consolo sempre."
>
> Eu guardo uma recordação prazerosa desta pequena cena. Havia lágrimas nos olhos de Bonaparte enquanto ele falava. Eu me sentia inclinada a agradecer a ele quando ele revelava sentimentos como os de outros homens.

EXÍLIO

Como indica o relato em primeira mão de Mme. Rémusat (se é totalmente confiável ou não), o primeiro cônsul ficou profundamente afetado pelo comportamento obstinado e independente de Lucien.[7] Ele o achava emocionalmente perturbador e politicamente inaceitável, tanto mais porque sabia que Lucien podia ser de grande ajuda para ele — justamente por seu espírito singular e ardente e por sua privilegiada inteligência. Mas não havia como voltar atrás e nenhuma possibilidade de reconciliação: Napoleão certamente não aceitaria Alexandrine, a mulher que levou seu irmão mais estimado a perder-se para a causa de expandir seu reinado e assegurar a continuidade dinástica dentro dele. Tudo fora discutido e dito, e ninguém vencera a luta.

Letizia tentou pleitear uma trégua e encorajou Lucien a buscar o mesmo. Contra todo o protocolo conhecido, Napoleão sempre quis que sua esposa, e não sua mãe, chefiasse reuniões e decisões de família, mas Joséphine mantinha devida deferência à sogra. Foi, talvez, com este espírito deferente que Joséphine apelou às emoções humanas mais comuns que seu marido era capaz de evidenciar, convencendo-o a escrever a carta de recomendação ao papa que Lucien vinha requisitando desde a ruptura final. Isto faria com que a ruptura e a iminente partida de Lucien de Paris fossem menos desagradáveis para todos. Napoleão escreveu a carta durante a trégua de curta duração que Letizia engendrou. Foi assinada em 13 de março de 1804, um dia antes da prisão do duque d'Enghien, e dizia: "Santíssimo Padre, o senador Lucien, meu irmão, gostaria de permanecer em Roma para estudar antiguidades e sua história. Eu imploro a Vossa Santidade que o receba com a bondade que é Sua, e acredite em meu desejo de ser agradável ao Senhor."

A carta era seca e breve, mas melhor que nada. Napoleão disse sombriamente a Letizia que Lucien deveria fazer uso da carta e que, se ele ficasse na França, ele, Napoleão, não poderia responder por seus atos, ou mesmo pelos de Lucien: a briga poderia acabar de forma trágica. E ninguém queria isso.

Lucien e Alexandrina estavam tão determinados a partir para Roma como Napoleão estava determinado a não reconhecer seu casamento e iniciar uma reconciliação. O assassinato do duque precipitou os preparativos do casal para a partida, que estava marcada para o dia antes da Páscoa de 1804.[8] Os servos trabalharam exaustivamente para empacotar a substancial casa de Paris. Ater-se à logística da viagem proporcionava uma espécie de distração do clima negro que reinou sobre os últimos dias do casal em Paris. O sempre fiel doutor Paroisse estava muito doente para viajar, aumentando a tristeza da partida; Lucien não estava contente por viajar sem ele.

Os preparativos já estavam concluídos na noite de véspera da partida. Baús e caixas cheias de pertences da família ocupavam quatro grandes carruagens, que estavam a postos no pátio escuro. Os cavalos de carga eram esperados ao amanhecer. Joseph tentara dissuadir Lucien do plano, mas em vão. Naquela noite, os irmãos passearam de um lado a outro da amada galeria de pinturas de Lucien. A embalagem das obras de arte — uma empreitada em si — começaria no dia seguinte à partida da família. As áreas vazias do palácio ressoavam com inúmeros momentos que estavam prestes a perder-se no passado. Alexandrine estava sentada junto a uma lareira em um canto. Tecidos de todos os tipos se espalhavam pelos móveis e sofás que haviam acomodado os convidados das grandes festas de Lucien em tempos passados, mais leves, quando ele era ministro. Os tecidos eram presentes de sua mãe, esposa e irmãs para Pauline, que estava esperando por eles em Roma. Mademoiselle Sophie, camareira de Alexandrine, melancólica pela partida, que ela não acreditava que seria de curto prazo, ocupava-se de embalar os objetos da moda, supervisionada por sua triste senhora.

Quando Joseph deixou o palácio, Lucien e Alexandrine saíram da galeria e fizeram o caminho para o quarto, planejando descansar algumas horas antes da partida. De repente, um estranho apareceu diante deles. Lucien sentiu a mão de Alexandrine tremer brevemente, e por uma fração de segundo ele se viu na esperança de que Napoleão tivesse vindo para pedir que ficassem. Mas o homem se revelou o general Bernadotte, que exclamou: "Como assim, você me força a invadir a

EXÍLIO

casa? Acha que pode escapar sem dizer adeus e sem que eu venha para tentá-lo a não partir? Resista, você deve resistir, aquele que deixa o jogo perde. Afinal, de que tem medo?"

"Para mim, nada; mas é muito pior!"

"Ah, as pequenas artimanhas de Fouché! Como se tivessem importância! Eu não partiria se fosse você, meu querido Lucien."

"Nem eu, se eu fosse o general Bernadotte, pois neste caso eu não me estaria arriscando a uma guerra fraternal e a tudo que poderia seguir-se a ela."

"Bem! Se você tem esse medo, vá, mas lembre-se, eu repito: aquele que deixa seu lugar, perde."

"Não, meu caro: para mim, não há mais nada a ganhar aqui, os riscos são muito altos. E..."

Alexandrine estava exausta: ela escolheu esse momento para se retirar, oferecendo um adeus caloroso e emocionado ao general, que disse ao vê-la afastando-se: "Pelo menos não se pode dizer que o primeiro cônsul não encontrou um belo pretexto para romper com você." Lucien assentiu pensativo. Muitas vezes ele considerou que a beleza de sua esposa tivera um papel em seus problemas — que, se ela fosse menos estonteante, Joséphine talvez tivesse simpatizado mais com ela e fizesse maior esforço para convencer Napoleão a não deixá-los partir. Neste caso, ele e Alexandrine se tornariam aliados de Joséphine no processo de divórcio que o primeiro cônsul começara a considerar secretamente naquele exato momento — a incapacidade de Joséphine de engravidar era um problema cada vez mais sério para ele. Inversamente, o próprio divórcio de Lucien teria fornecido um álibi jurídico perfeito para Napoleão.

Mas tudo isso era inútil agora. Lucien não chegou a ir para a cama: ele e Bernadotte conversaram até o amanhecer, quando ouviram os cavalos chegando ao pátio. Abraçaram-se em despedida. Era a última vez que veriam um ao outro.

Finalmente, chegava o momento de deixar Paris. Toda a família embarcou, Lucien e Alexandrine tão sombrios quanto as meninas estavam animadas (seu irmão mais novo era muito jovem para entender o que estava acontecendo). O comboio de carruagens saiu do pátio do palácio,

NAPOLEÃO E O REBELDE

fez seu caminho através da cidade, que apenas começava a despertar para sua manhã de primavera, e atravessou os portões de Paris, rumo ao sul.

"DOLCE FAR NIENTE"

Esta segunda viagem para a Itália, como a primeira, foi realizada sob pseudônimo.[9] O comboio fez o seu caminho pela França o mais rápido possível, e a primeira parada na Itália foi Parma — a cidade que um futuro amigo da família e grande escritor, Stendhal (cujo verdadeiro nome era Henri Beyle), usaria como cenário para seu romance *A Cartuxa de Parma*. Não foi uma viagem confortável para Alexandrine, cuja nova gravidez fazia com que ela se sentisse tão nauseada e exausta que eles tiveram de fazer uma parada em um hotel local. O doutor De France, que substituíra Paroisse e viajava com a família, aconselhou-a a tomar um banho de imersão para acalmar os nervos, mas não havia banheira no hotel. Investigações foram feitas na cidade, sem sucesso. A única banheira parecia estar em posse de uma tal marquesa, que se recusou a vender ou emprestar; ela tampouco considerou oferecer uma mão caridosa, uma vez que os viajantes eram estranhos para ela. Se abandonassem o anonimato, ela provavelmente teria se comportado de forma diferente. Mas isso estava fora de questão. Finalmente o proprietário do hotel sugeriu o uso de uma bacia nova em folha que ele possuía, grande o suficiente para que ela submergisse, e Alexandrine aceitou de bom grado. O banho ajudou imensamente, e ela se recuperou o suficiente no dia seguinte para continuar a viagem.

Antes de deixar Paris, Lucien encontrara o príncipe romano Vincenzo Giustiniani, descendente de uma orgulhosa dinastia que alegava vir diretamente dos imperadores bizantinos. Apesar de suas origens nobres, o príncipe estava em sérias dificuldades financeiras e, quando soube que Lucien estava deixando a França, ofereceu-se para trocar suas propriedades com as dele em Le Plessis. O principal palácio de Giustiniani ficava em Bassano Romano, apenas 50 quilômetros ao norte de Roma: perto o bastante da cidade, mas longe o suficiente do calor que certamente a atingiria no verão que se aproximava. Um clima fresco e saudável

EXÍLIO

era necessário para a esposa grávida de Lucien, e para as crianças. O magnífico palácio, decorado com afrescos de Albano e Domenichino e rodeado por um lindo parque, satisfez o gosto exigente de Lucien, e a família se estabeleceu ali.

Era uma parte do mundo bucólica, pitoresca. O parque estava bastante abandonado, já que havia anos que os proprietários ausentes não cuidavam dele. Mas Bassano era repleto de castanheiras; bosques se alternavam com prados ocupados por ovelhas que forneciam leite, manteiga e queijos deliciosos. Na floresta cresciam abundantes e perfumados morangos silvestres, que as meninas adoravam colher — havia uma espécie excepcionalmente doce, branca, que nunca tinham visto ou experimentado antes. Na vila, a família conheceu Dom Joseph, um jovem padre francês que fora deportado para lá durante o Terror e que avisou que os bosques estavam cheios de cobras-verdes, geralmente inofensivas, mas era bom não arriscar. Assim, a colheita de morangos — e flores silvestres — das crianças chegou ao fim. Mas havia muita coisa para entretê-las, incluindo as feiras da aldeia, onde deixavam que as meninas dançassem com os camponeses de roupas coloridas. Dom Joseph adotou alegremente os compatriotas antes mesmo de saber quem eram, e logo se tornou seu generoso faz-tudo.

Era um lugar paradisíaco para as crianças, que muitas vezes exclamavam: "Ah! Nós nos divertimos muito mais aqui do que em Paris!" Não houve mais aulas — exceto aulas de música ministradas por uma governanta, recomendada por seu amigo Roederer, que viera de Paris com a família e que, embora parecesse ingenuamente encantadora e honrada, eventualmente, revelou-se uma pérfida hipócrita que eles tiveram que despedir dois anos mais tarde.

Lucien e Alexandrine estavam confortáveis no ambiente luxuriante. Quando não estava com as crianças, Alexandrine começou a escrever — e terminou — as *Souvenirs* de sua adolescência, retraçando sua jovem vida até a idade de 25. Lucien fez uma tentativa de escrever sua autobiografia: embora tivesse apenas 29 anos, ele já havia vivido tanto e tão intensamente que estava ansioso para guardar seus pensamentos e memórias em papel. Ele rapidamente percebeu, no entanto, que precisava de mais tempo e perspectiva, e assim não deu prosseguimento ao projeto — ainda não. Em vez disso, pela primeira vez em sua vida, ele tentou abandonar-se ao *dolce far niente*, ou seja, aquela agradável ociosidade, ou contemplação ao estilo italiano (a frase significa literalmente "o doce fazer nada"). Havia tempo para ler, desenhar, fazer longas caminhadas, tocar flauta — que Lucien tocava mal, mas da qual desfrutava. Letizia veio para ficar com eles com um séquito de amigos e auxiliares, incluindo a fiel Saveria, enquanto esperava ficar pronto um apartamento que Fesch negociou para ela em Roma. A agradabilíssima vida de lazer que todos levavam em Bassano não poderia fazer contraste mais gritante com a vida anterior de Lucien — e especialmente com a de Napoleão.

☙

Em 18 de maio de 1804, em Paris, Napoleão proclamou-se imperador. Monarcas europeus ficaram pasmos; antimonarquistas franceses estavam em choque. O novo imperador imediatamente negou direitos de sucessão a Lucien. Jérôme foi excluído também; como Lucien, o mais jovem dos irmãos Bonaparte se casara sem o consentimento de Napoleão, no final de 1803. A noiva era uma americana atraente e bem-nascida da Filadélfia, Elizabeth Patterson, a quem Jérôme conhecera em Maryland. Napoleão recusou o pedido de Jérôme de reconhecer o casamento. Mas, ao contrário de Lucien, Jérôme viria a ceder à pressão política e emocional. Napoleão proibiu que o navio de Elizabeth atracasse em costas europeias, e Jérôme se divorciou dela quando ela estava grávida de seu filho (que nasceu em Londres em 1805, antes de Elizabeth voltar para Baltimore com o bebê). Finalmente, em 1807, ele se casou com a princesa alemã que Napoleão escolhera para ele, Catharina von Württemberg, e tornou-se príncipe da Westfália.

Letizia estava em Roma no momento da proclamação de Napoleão como imperador. Ela disse que se recusou a participar da grande cerimônia em Paris, que ocorreria em dezembro. (Sob ordens estritas de Napoleão, contudo, David a incluiu na gigantesca tela que pintou do evento em 1806.) A negação da sucessão foi um agudo tapa na cara de Lucien,

EXÍLIO

e um "equívoco completo", como Lucien disse à mãe em Roma certo dia, quando se encontrou com ela, "uma vez que o Império, tal como é, não é patrimônio de nosso pai".[10] "Isso é verdade", respondeu Letizia, "mas não deixa de ser uma atroz injustiça — logo com você, de todas as pessoas, que impediu que os jacobinos o banissem. Ah, Jérôme ingrato! Pobre criança! Ah, o terrível Napoleão... O Senhor Imperador e Madame Imperatriz nunca me verão novamente!"[11] "Calma, mãe. Pelo contrário, você deveria ir a Paris se ele mandar chamá-la, e dar-lhe bons conselhos." "Conselhos, claro — não está vendo, Lucien, pelo que ele se atreveu a fazer, que o tirano está se revelando ao mundo? Não, eu não irei, a menos que seja para dizer-lhe que ele é um tirano." Ela começou a chorar, sem querer, e ficou muito abalada. Lucien chamou Saveria, que quis alertar o médico, embora isto acabasse se revelando desnecessário. Ele pediu a Saveria que não contasse a ninguém, especialmente a Fesch, sobre o efeito extremo que a notícia teve em sua mãe.

Fesch, de fato, não tomou a negação da sucessão como um caso particularmente dramático: ele disse a Lucien, tomando sua mão em um caloroso aperto, que isto lançava uma sombra sobre a ascensão do primeiro cônsul a imperador e que ele esperava que tudo se ajeitasse. Lucien agradeceu as amáveis palavras, acrescentando, "mas eu não espero por nada, porque não quero nada — e, querido tio, você deveria fazer o mesmo". Letizia, recuperada de sua reação inicial, mas ainda indignada, compartilhou livremente com o irmão seus pensamentos sobre o ato de Napoleão: era traição, injustiça, ingratidão, maldade de sua parte.

Quanto a Alexandrine, ela estava devastada pela culpa: ela sentia que era a causa daquela "exhérédation", como Letizia chamou. Lucien rapidamente tirou esta ideia da mente da esposa, lembrando-lhe que ela sabia melhor do que ninguém que ambos preferiam em larga medida sua vida digna como cidadãos privados a uma em que eles seriam os cortesãos de Napoleão e Joséphine. Além disso, o papa, uma boa alma, estava do seu lado.

O cardeal Consalvi, o hábil secretário de Estado de Pio VII, ficou surpreso e triste com a notícia da negação de sucessão. Depois de ver o papa, o cardeal foi visitar Lucien no Palazzo Lancellotti em Roma, que a família, deixando Bassano para estar mais perto de Letizia, alugou por algumas semanas enquanto decidia onde se instalar. Consalvi informou que sua santidade ficou abalado com o acontecido e que queria ver Lucien o mais breve possível. O cardeal acrescentou que, certamente, a nação francesa recordaria Lucien — ele tinha amigos, e assim por diante; mas isso era claramente uma conversa de consolo.

Neste ponto, Lucien estava aprendendo os costumes barrocos da Igreja Católica. Os prelados na antessala do papa transmitiram suas condolências de forma envergonhada quando Lucien chegou. Mas Pio VII o cumprimentou calorosamente, literalmente de braços abertos, quando Lucien se ajoelhou a seus pés. O papa disse que acreditava que tal marca de ingratidão por parte de Napoleão macularia sua glória e que diminuía a admiração do papa por suas grandes ações. A porta estava parcialmente aberta, e os prelados testemunharam as boas-vindas e as palavras, para satisfação do ego admitidamente ferido de Lucien. Todo o corpo diplomático provavelmente foi informado do que aconteceu, já que, no dia seguinte, Lucien recebeu um grande número de visitas.

Tudo em Roma agradava a imaginação fértil de Lucien e estimulava sua paixão por antiguidades. A Cidade Eterna, capital da cultura clássica e do mundo cristão, continha suficientes tesouros artísticos para alegrar Lucien por muitas vidas. Mas toda a arte no mundo não poderia compensar o crescente desconforto provocado pelo calor do verão, que se tornava opressivo. Lucien e Alexandrine, que sofria ainda mais agudamente por sua gravidez avançada, queriam voltar para Bassano, mas Letizia se opôs à ideia de tê-los vivendo tão longe da cidade. Assim, em vez disso, eles alugaram a Villa Taverna (agora Parisi-Borghese) na montanhosa Frascati, apenas 20 quilômetros ao sul de Roma. O imóvel também pertencia a Camillo Borghese, que a usava com Pauline como residência de verão, e se localizava convenientemente perto da Villa Mondragone, propriedade de Estado do príncipe Aldobrandini. Ele era parente de Camillo e cuidava do filho de Pauline, Dermide, uma vez que Camillo não queria que o menino acompanhasse os pais em sua viagem aos spas medicinais de Lucca. Pauline precisava passar algum tempo por lá, porque ela ainda estava sofrendo de surtos da febre amarela

EXÍLIO

que contraíra em Saint-Domingue. Letizia, que queria relaxar no spa, seguiu-os, deixando que Lucien, Alexandrine e as crianças ficassem perto de seu primo Dermide.

A Villa Taverna era um lugar bastante agradável, espaçoso e instalado dentro de um parque elegante. Mas toda a área estava repleta de malária — não a versão mais perniciosa da doença, mas debilitante e recorrente. Muitos dos funcionários domésticos franceses a temiam, o suficiente para que decidissem partir. Lucien pegou a febre, embora Alexandrine e as três meninas tivessem sido poupadas. O pequeno Charles, no entanto, com apenas um ano de idade e ainda amamentando, adoeceu. A casca de cinchona peruana — da qual o quinino é derivado — era o remédio usual, como tinha sido desde meados do século XVII. Lucien tomou com algum sucesso, muito embora viria a sofrer recaídas durante mais de dois anos. A ama de leite de Charles tomou cinchona a fim de evitar que o bebê ficasse doente, mas a precaução falhou. As febres da criança eram altas e, dada a idade tenra, sua vida estava em perigo. Um médico prussiano chamado Kolrauch, que era veemente contra o uso de cinchona, decidiu tentar amônio preparado de uma maneira nova. Charles foi curado, embora continuasse um tanto enfermiço pelo resto de sua infância. Contudo, ele tinha boa constituição e, com o tempo, recuperou-se por completo.

Aldobrandini muitas vezes vinha ver Dermide, que era cuidado por sua governanta.[12] De repente, a criança também caiu doente com malária. Infelizmente, o menino de 6 anos não teve tanta sorte quanto Charles. Já enfraquecido pela febre amarela, ele morreu em meados de agosto. Camillo e Pauline ainda estavam em Lucca, onde a notícia chegou rapidamente. Camillo e um amigo de Pauline, que os acompanhara ao spa, decidiram — com aprovação de Letizia — que Pauline não estava forte o bastante para ser informada da tragédia. Eventualmente, o tutor de Dermide chegou de Frascati e contou a ela que Dermide caíra doente. Foi apenas duas semanas depois da morte que ela finalmente adivinhou o que tinha acontecido.

Pauline ficou devastada e culpou Camillo, dizendo ao marido que, se não fosse por ele, ela não teria se separado de Dermide, "e ele ainda estaria vivo". Ela queria abandonar Roma e a Itália completamente, e voltar a viver na França. Quando Camillo disse a ela que o imperador pediu que ela ficasse na Itália, ela respondeu, soando muito como Lucien: "Que importam os desejos dele? Não é a Paris que quero ir, é a Montgobert, onde o general está enterrado e onde meu filho se juntará a ele. Meu irmão é Deus? Será que ele tem o direito de decidir o meu destino? Dou tanta importância às armadilhas de sua corte como dou à sua coroa."[13]

De sua parte, Lucien ainda estava preocupado por seu filho. Ele sentia falta do doutor Paroisse e estava impaciente por sua chegada. Como Bernadotte informou ao amigo em uma longa e afetuosa carta, o médico ainda estava doente, mas decidiu juntar-se a Lucien, convencido de que vê-lo novamente ajudaria a restaurar sua saúde. Bernadotte escreveu que ele estava abalado pela "pusilanimidade de Napoleão" e, repreendendo Lucien por abandonar seu dever como republicano, desejou que ele pudesse voltar à França e ajudá-lo a salvar o país do imperador autodeclarado.[14] Fechou sua carta com um adeus amigável, pedindo a Lucien que cuidasse de sua própria saúde no clima repleto de febre que agora habitava. Ele também pediu a Lucien que desse um caloroso abraço em Alexandrine e que lhe dissesse para não se angustiar: "Ela é muito bonita e muito boa para provocar o ódio de alguém e, principalmente, é inteligente demais para não perceber que ela é apenas um pretexto para o seu exílio, que Napoleão — se tivesse esta audácia — agradeceria a ela por lhe dar." Lucien ficou comovido pela generosa preocupação de seu amigo, que era ainda mais aguda uma vez que suas decepções políticas se tornaram tão amargas. (Eventualmente, Bernadotte se exilou e acabou se tornando o rei da Suécia; ele contribuiu em grande parte para a derrocada posterior de Napoleão na Rússia.) Mesmo Fontanes, amante de Elisa e inabalável defensor de Napoleão, escreveu uma epigrama que reconhecia a posição passada de Lucien no país que ele foi forçado a abandonar: "Napoleão sem dúvida salvou o país / Mas Lucien salvou Napoleão!"[15]

EXÍLIO

Outra epidemia — a febre amarela de Livorno — atingiu a Itália. Havia a possibilidade de que as áreas contaminadas, que incluíam a Toscana, fossem isoladas dos Estados Papais para conter sua propagação, assim Lucien se mudou com a família para Milão. Lá, em 1º de dezembro de 1804, Alexandrine deu à luz uma menina que nomearam Letizia; eles pediram que *mère* Letizia fosse a madrinha. Ela havia parado em Milão em seu caminho de Roma a Paris, para onde o imperador a convidara a retornar — e ela levou Alexandrine às lágrimas ao comunicar sua decepção por ser uma menina, provocativamente afirmando que Hortense faria um segundo menino. Lucien fez o melhor possível para consolar a esposa e respondeu à mãe que, como Joseph, ele preferia meninas a meninos. Mme. Mère respondeu: "Você está certo sobre isso, se quer levar uma vida privada."[16]

Ainda na esperança de reconciliar os irmãos e alcançar algum tipo de "reaproximação", e preocupada com as possíveis consequências da conversão de Napoleão em um tirano, o certo para Letizia era voltar a Paris.[17] Ela disse a Lucien que retornaria a Roma se ele decidisse ficar lá e, neste meio-tempo, comprou dele o Hôtel de Brienne, de modo que ele tivesse dinheiro suficiente para viver. Pauline e Camillo, que também voltaram a Paris, foram morar com ela.

Na primavera, Lucien soube que Napoleão estava planejando viajar para Milão para ser coroado rei da Itália. Lucien saiu da cidade, mas não sem escrever ao irmão que, como pedira a Joseph que informasse à Sua Majestade, ele passara na cidade apenas alguns meses para escapar das epidemias. Ele explicou que, quando estava prestes a voltar para Frascati com sua família, ele e uma das crianças foram acometidos novamente de febre, e assim decidiram passar o verão no litoral nordeste, em Pesaro, para onde estavam indo. E acrescentou: "Apresso-me em comunicar a Vossa Majestade da minha partida para aquela cidade, para onde levarei os mesmos sentimentos de inalterável devoção, acima e contra os dissabores que me perseguem. Qualquer sinal de benevolência de sua parte, Senhor, seria precioso para mim, pois, embora os eventos me tenham excluído da família política dos príncipes franceses, eu não me creio merecedor de seu ódio, e lhe imploro que me poupe de suas manifestações."[18]

"PARIS VALIA UMA MISSA"[19]

Durante algum tempo no início da primavera de 1805, Lucien pensou que talvez estivesse em posição de negociar com o imperador. Joseph deu alguns sinais encorajadores, e Letizia também escreveu, incitando Lucien a buscar uma reconciliação e satisfazer seu desejo de ver seus filhos reunidos. Acreditando que algo poderia mudar, Lucien até se preparou para voltar a Milão. Em seguida, recebeu outra carta de Joseph, informando que Napoleão ficaria maravilhado por vê-lo em Milão e que faria qualquer coisa que fosse conciliável com sua "firme resolução de não reconhecer sua esposa como cunhada", a quem ele não desejava receber. Era agora evidente que nenhum acordo seria possível, embora Joseph aconselhasse Lucien a cumprir o desejo de Napoleão e ir a Milão — sozinho — para vê-lo.

Desanimado, Lucien escreveu um bilhete bastante amigável a Talleyrand para informá-lo de sua reação ao que ficara sabendo e afirmar que adiaria sua partida a Milão. Talleyrand respondeu encorajando Lucien a fazer o "sacrifício" que a nação, sua família e seu berço mereciam. No dia seguinte, Lucien recebeu uma carta de seu tio Fesch contendo uma mensagem semelhante à que Joseph entregou: o imperador queria fazer tudo que podia "por Lucien", mas nada "por um Lucien casado". As intenções de Napoleão não podiam estar mais claras.

E, assim, ficando em Pesaro com sua família, determinado a não ir para Milão, Lucien escreveu uma carta decisiva a Napoleão, agradecendo em primeiro lugar por sua "benevolência" para com ele e em seguida transmitindo a decepção que sentiu ao ler a carta de Joseph sobre a "firme resolução" do imperador a respeito de seu casamento. Ele ficou muito ofendido por ela, pois significava que ele teria de desistir para sempre da carreira pública que esperara que Sua Majestade lhe concederia. Escreveu: "Um título que eu fosse incapaz de partilhar com a mãe de meus filhos seria um presente fatal que envenenaria meus dias." O tom de Lucien foi educado e respeitoso em toda a missiva, suas palavras tão dignas quanto poderiam ser em uma carta de ruptura: "Respeito o véu que escuda as ações do imperador e, uma vez que razões de Estado por um lado e minha honra por outro se unem para me excluir de qualquer função pública, alienarei qualquer esperança final que haja em meu coração, e abraçarei inteiramente a vida privada que o destino reservou a mim." Havia um último pedido: "Mas, para que esta vida privada seja feliz, eu preciso acreditar que todos os meus filhos, que educamos sob a admiração de Vossa Majestade, encontrarão em você um tio e um protetor, uma vez que sejam adultos; espero que eles possam viver mais perto de Vossa Majestade do que eu e a mãe deles."

A firmeza de Lucien só aumentou a já crescente pressão vinda do alto: o imperador ordenou, e era um escândalo que alguém o desobedecesse. O simples fato de que ele agora usava uma coroa lhe conferia uma autoridade inquestionável que dava munição aos inimigos de Lucien, mas que também levou a mudanças de alianças entre aqueles que alegavam sua amizade e os que lhe eram ligados por laços familiares. Uma sequência de cartas se seguiu à de Lucien. Pouco depois de enviar sua missiva a Napoleão, ele recebeu outra de seu tio Fesch. Por mais colorida que fosse com a intimidade que assenta em alegações de afeto avuncular, foi direta e sincera. Fesch não se absteve de citar o que Napoleão lhe havia dito — que Lucien só poderia viver na Europa se chamado ao trono após a anulação de seu "casamento ilegal". Fora isso, Napoleão jurou que Lucien haveria de "suportar por toda a vida as marcas de minha maldição", no intuito de proteger o trono contra aqueles que quisessem desestabilizar suas fundações. Fesch pressionou o sobrinho a dar ouvidos a Napoleão e recuperar sua "posição natural" dentro do rebanho da família, pelo interesse de todos.

Isso não era tudo. Selada juntamente com mais uma carta de Fesch, chegou uma longa carta de Talleyrand. O hábil diplomata nunca havia proclamado sua amizade por Lucien, mas tampouco tivera interesse em atuar expressamente contra seus interesses. Agora ele desenvolvia na íntegra os temas anunciados em seu apelo anterior. Ele lembrou Lucien do desejo do imperador de ter todos os familiares reunidos à sua volta, em nome da dignidade de todos — sua, deles e do Estado. O destino da Europa estava ligado ao da França, e o destino da França ao da família imperial. O homem que destruiu a anarquia e triunfou acima de duas coalizões não tinha dificuldade de atribuir um lugar e uma função até aqueles indivíduos que não concordavam com ele, mostrando-lhes "a necessidade de não desviar do caminho que estava traçando para eles". Mesmo aqueles que conspiraram contra ele agora recebiam a oportunidade de servi-lo.

Mas, em meio a toda esta "glória e felicidade", a própria família do imperador parecia encontrar-se em um estado inadequado, continuou Talleyrand. Enquanto um irmão a quem foi negada a herança imperial — Jérôme — finalmente aceitava a "devida submissão ao soberano e chefe da família", o outro insistia em "preferir uma mulher acima de sua honra, do interesse de seu país, de tudo que ele deve ao imperador, seu nome, seus próprios filhos". Se "Monsieur Lucien" ao menos percebesse que, comportando-se dessa maneira, privava suas primeiras duas filhas do reconhecimento e dos privilégios que lhes eram de direito em virtude de seu nome, confinando-as a uma existência miserável; e que impossibilitava que os filhos que tinha com "madame Jouberthon" — como Napoleão e portanto Talleyrand insistiam em chamar Alexandrine — um dia vivessem na França ou em suas dependências. Por seu nascimento e sangue, essas crianças seriam percebidas por qualquer sucessor ao trono como um "objeto de desafio", até mesmo como "inimigos da pátria", e isso por si só já as condenaria a uma vida das mais infelizes.

Quanto a madame Jouberthon, uma vez que a paixão que ela partilhava com Lucien se desgastasse, como acontecia com todas as paixões do tipo, ela se perguntaria por que havia "separado Monsieur Lucien do destino glorioso que o aguardava". Ele se arrependeria de suas ações, e ela se encontraria na dolorosa posição de ser condenada a viver longe do lar e da família com o homem cujos infortúnios ela havia criado. Lucien percebeu que não poderia mais viver na França; um dia ele já não seria capaz de viver na Europa. "Tudo isso por um amor que em breve deixará de existir, por uma mulher a quem ele não deve nada, mas por quem ele sacrifica sua própria felicidade, a da família que ele abandona, e a de seus filhos, cuja mera presença, lembrando-o de que destruiu suas vidas, tornar-se-á um fardo, uma vez que eles sejam adultos." O imperador nunca reconheceria este casamento com uma

EXÍLIO

mulher que entrara na família sem sua permissão ou vontade, e contra o interesse da família.

E assim — o ponto final se aproximava — só havia uma solução, que tanto M. Lucien quanto Mme. Jouberthon aceitariam se realmente se amavam: rasgar o contrato de casamento que fora elaborado contra os costumes e leis estabelecidas. Desta forma, Lucien poderia voltar a Paris — com ela, se assim o desejasse, e se continuasse com ela dentro dos limites da decência que sua posição exigia. Ele poderia reconhecer seus dois filhos como seus "filhos naturais". As outras duas — aquelas que ele teve com Christine — receberiam sua devida herança. Madame Jouberthon seria aliviada do fardo de ter interrompido o destino de um homem. Afinal, uma monarquia dava origem a deveres que eram ainda mais obrigatórios para aqueles mais próximos ao trono. Henrique IV, por exemplo, se convertera ao catolicismo, aceitando que Paris valia uma missa. Aquilo que ligava M. Lucien ao "primeiro monarca do mundo" o obrigava a comprometer-se em primeiro lugar com o que devia ao soberano, o chefe da família, o Estado.

Um tom sinistro permeava toda a carta, na qual a ameaça e a chantagem se revezavam com um moralismo paternalista e visões proféticas. O subtexto era claro: se Lucien não mudasse de ideia, ele mostraria sua inadequação à vocação real. Não só isso, mas o tempo era contado, escreveu o diplomata, e, se Lucien persistisse em sua decisão apesar da séria advertência do imperador, "será preciso considerá-lo um homem perigoso que, tendo recebido, por virtude de nascimento, eventuais direitos à coroa, tornar-se-ia um ponto focal para todos aqueles que desejam semear problemas; e, assim, inevitavelmente, ele se converteria em um inimigo do Estado e do imperador".

Lucien estava cavando sua própria sepultura, insinuava Talleyrand, mas, na verdade, o imperador seria quem empunharia a pá para enterrar seu irmão. O longo despacho se encerrava com uma tentativa de simpatia e bajulação persuasiva: "Só uma coisa está faltando para que o imperador seja feliz. Um de seus irmãos ainda não reconhece seus deveres para com ele. E vive longe de sua terra natal, sem o lustro e a posição que o imperador teria gostado de lhe dar. Que ele venha retomar o lugar que lhe estava destinado e apreciar as honras que o aguardam ao lado do imperador! Que ele cumpra a esperança que seus talentos e caráter levaram toda a França a nutrir por ele!" O próprio Talleyrand exultaria se sua súplica convencesse Lucien a fazer a coisa certa.

A carta de Fesch, que acompanhava a de Talleyrand, aparentemente havia sido composta na presença de Napoleão, que repreendera o cardeal por ter escrito tão sinceramente a seu sobrinho na primeira instância. O imperador chegou a afirmar que dirigira a mão de Fesch nesta nova missiva. O tio expressava seu carinho profundo por Lucien no mesmo fôlego com que suplicava que ele fizesse alguns "sacrifícios", ecoando os argumentos de Talleyrand de modo emocional — sem a finesse política do diplomata. Ele disse ao sobrinho que Napoleão não queria romper com ele e que Lucien devia seu retorno ao imperador. Ele também lhe pediu pressa: agora era a hora de agir da maneira certa, pois, muito em breve, seria tarde demais.

❧

Lucien ficou muito mais atordoado que enfurecido por estas ameaçadoras missivas que espelhavam uma à outra em seu apelo por lealdade familiar e dever patriótico, em sua mistura manipuladora de pressão emocional e política. Ele achava humilhante que pudesse ser convencido a ser tão covarde a ponto de rastejar sob a asa do poder imperial e abandonar os princípios republicanos em que acreditava, e muito menos "sacrificar" a mulher que amava e com quem se casara, e que era sua esposa legítima — embora seu próprio tio, nada menos que um cardeal, fora convencido pelo imperador de que este não era o caso. Ele não acreditava que Joseph ou sua mãe aprovassem estes acontecimentos, mas se sentia isolado e ferido.

Cada vez mais convencido de que estava tomando a única decisão que lhe era disponível, ele escreveu uma resposta detalhada a Talleyrand, na qual refutava, com paciência e cortesia, diplomaticamente em verdade, cada ponto dos argumentos do outro. "Ninguém na Terra tem mais admiração por Sua Majestade do que eu", começou, contestando

EXÍLIO

em seguida a tentativa de colocá-lo — um político estabelecido, um homem de importância, um viúvo e pai — no mesmo nível de Jérôme, muito mais jovem e ainda menor de idade quando se casou no exterior. À acusação de que escolhia uma mulher em vez de sua honra, ele respondeu que sua honra e sua esposa eram a mesma coisa. Ele defendeu a legitimidade de seu casamento, afirmou que preferia largamente sua esposa e filhos àquela "fantasia de patriotismo cujos contornos vagos, incertos, às vezes manchados de sangue e lama, desaparecem no interior das nuvens da imaginação". Uma vez que ele não tinha qualquer dever para com o primeiro cônsul, também não os negligenciara; mas ele reconhecia seu dever perante o imperador, que ele cumpriu ao retirar suas duas primeiras filhas de quaisquer direitos de sucessão. No entanto, viver como um indivíduo comum não era nem de longe uma condenação: neste caso, Lucien escreveu, ele comunicaria às suas filhas "uma parte de minha alma; nascidas de mim, elas viverão perto de mim; criadas por mim, elas não sentirão inveja alguma e abençoarão seu destino; posso ver que o destino do mais alto soberano do mundo, com seu gênio e fortuna, poderia ser invejado, mas sou velho o bastante para saber que o destino de uma dama comum é muitas vezes preferível à sina da esposa de César ou Carlos Magno". Quanto a seus outros filhos, eles viveriam pelos direitos que Lucien sozinho transmitiria a eles. Se Napoleão estava preparado para se comportar como Nero, estendendo o braço por cima dos Alpes apenas para derramar sangue inocente, "se nosso triste país tivesse de obedecer a tal monstro, de que importaria o assassinato de meus filhos?".

Os outros pontos foram rapidamente despachados. Os gracejos sobre a durabilidade da paixão não mereceram uma resposta. Ele não consultava sua esposa para tomar suas decisões. Não tinha medo de ser expulso da Europa. Comportar-se como um covarde e um mau pai e marido, desertando seus filhos e desonrando sua esposa, certamente não o qualificaria a se sentar em um trono. O exemplo de Henrique IV estava bem, "mas, o senhor acredita que uma missa vale uma esposa e dois filhos?". Finalmente, a ameaça de perseguição vinha claramente de Talleyrand e não de Sua Majestade, a quem ele planejava escrever. "Estou pronto para fazer todos os sacrifícios que ele acredita úteis à França, exceto o sacrifício que ele exige; ele é aquele que decidirá meus títulos e o lugar onde devo me retirar; quando ele me mandar partir, obedecerei sem um murmúrio. Se ele ordenar que eu deixe a Europa, eu o farei, mas só posso deixar minha esposa e filhos acabando com minha vida."

Em seguida, Lucien escreveu uma breve nota ao imperador alertando-o de sua resposta a Talleyrand, cuja carta sugeria perseguição se ele não cumprisse o que lhe era ordenado. "Desde minha partida de Paris, nunca fui colocado ante condições tais como as que me foram hoje transmitidas. Peço a Vossa Majestade que desculpe qualquer inconveniente causado por minha resposta ao ministro, e que aceite o tributo de meus sentimentos devotos e fraternos."

Fesch informou a Lucien que sua nota não teve nenhum efeito sobre o imperador.

Lucien não se conteve: ele escreveu novamente a Napoleão, num acesso de fúria de irmão, e não sem um resquício de ternura, ao qual apelou. Se ao menos Napoleão tivesse filhos, ele escreveu, entre uma série de sinceros pontos de exclamação e reticências, ele então compreenderia. "Acredite em mim, senhor, que resistir ao senhor torna minha sina uma das mais difíceis entre os homens vivos; se fosse apenas uma questão da minha felicidade, eu a sacrificaria ao senhor; mas, senhor, a honra e o estado civil de meus filhos! A morte parece menos terrível que este sacrifício!" Se não havia nada mais pelo que ele pudesse esperar, então ele pedia para ser expulso da Europa; ele estava pronto para ir à América.

A resposta veio de Fesch novamente: o cardeal citou o contínuo refrão de Napoleão, que se tornava ainda mais duro agora: o casamento de Lucien era um "*égarement*", uma distração, uma confusão errática; as paixões mudavam, a fria razão não; e assim por diante. O imperador disse: "Não está em meu poder tirar dele o nome que ele carregava antes que eu o tornasse conhecido para o mundo; mas uma criança nascida muito depois que o nome se tornou minha propriedade exclusiva nunca poderá portá-lo em um país que está sob meu comando. Que ele me esqueça como eu o esquecerei, que ele cesse de me escrever, que ele espere pelo momento em que a faca de algum assassino haverá colocado um

EXÍLIO

fim à minha vida." O próprio Fesch não queria mais nenhum papel no caso. Tentou agir como intermediário pelo próprio bem de Lucien. Agora pretendia visitá-lo em Pesaro, e o convidou a se juntar a ele em Rimini, para que pudessem falar. Também queria que Lucien soubesse que sua esposa não deveria surpreender-se se alguém preferisse ver Lucien feliz sem ela a infeliz com ela, ou até mesmo feliz com ela, já que tal felicidade causava a infelicidade de toda a família.

Lucien estava agora convencido de que Alexandrine era apenas um pretexto para que Napoleão exilasse a ele e a seu filho. Não havia absolutamente nada a ser feito. Em 26 de maio de 1805, o imperador foi ungido rei da Itália durante uma missa na catedral de Milão, onde também lhe foi concedida a Coroa de Ferro da Lombardia (a mesma que foi colocada na cabeça do imperador Carlos Magno). O primogênito de Lucien e Alexandrine, Charles, tinha acabado de fazer 2 anos.

TODOS OS CAMINHOS LEVAM A ROMA

Os irmãos eram iguais em obstinação — Lucien se recusando a ceder sua honra perante o poder de seu irmão, e Napoleão irritado com esta afronta. Nenhum dos dois vacilava em sua respectiva posição; e nenhum desistia de tentar convencer o outro a mudar de ideia. Napoleão, estabelecendo condições extremas de suas alturas imperiais, sem concessão às típicas manobras ou acordos diplomáticos, só perpetuava e acentuava a recusa de Lucien. A repetição foi a marca da ruptura. Eles eram irmãos, apesar de tudo: os dois levaram um longo tempo para aceitar que sua separação era definitiva, que a inimizade prevaleceria acima do vínculo fraternal.

Lucien estava certo em suspeitar que a condição do divórcio para seu retorno à proteção do poder era um pretexto que Napoleão estava usando; era uma maneira de o imperador testá-lo. O casamento era o obstáculo declarado, mas era irracional vê-lo desta forma. Se Napoleão realmente quisesse seu irmão de volta, ele teria suavizado sua posição e aceitado Alexandrine. O que era realmente intolerável para o homem que liderava o mundo e determinava o curso da Europa eram os brios de Lucien para desobedecer-lhe e considerar sua felicidade privada mais importante que os assuntos de Estado. Pois havia o fato crucial do republicanismo de Lucien: todos, exceto ele, agora rastejavam diante de Napoleão porque ele era imperador e rei, restaurando a cultura monárquica na política, criando uma corte e jogando o jogo do *ancien régime*. Isto não apenas tornava Lucien ainda menos disposto a obedecer; aos seus olhos, isto denegria a autoridade de Napoleão. Quanto mais Napoleão e aqueles à sua volta insistiam em uma relação objetiva entre sua glória imperial e seu direito de exigir o divórcio, mais o fato de que Lucien continuava casado e buscando uma vida privada se tornava uma decisão política crucial — tanto mais para alguém cuja história pública quando jovem tinha sido tão notável.

Lucien sempre enfrentou seus irmãos mais velhos quando se tratava de questões de princípio. Ele não sentia necessidade de fazer segredo de suas opiniões, agora menos que nunca. Em uma carta a Joseph, em quem ele sempre confiou, Lucien escreveu que se recusava a expor a si mesmo e à sua família a "lama dourada" do novo governo da França.[20] O país já não era uma república nem sequer voltara a ser uma monarquia; tornara-se um império despótico, na medida em que Napoleão arrogara para si o poder de adotar qualquer herdeiro que quisesse (em virtude de uma lei aprovada pelo Senado em maio de 1804).

Mas a franqueza já não era inócua; e era inapropriado que o irmão mais novo de um imperador e rei lhe desobedecesse. A maioria dos parentes de Lucien acreditava que cabia a ele ceder; já que ele não cedeu, era cada vez mais culpado pela ruptura.

❧

Tudo isso colocava pressão sobre os laços de família de Lucien. Quando sua mãe se juntou ao coro de apelos e avisos, ele entrou brevemente em pânico. Havia muito que Letizia acreditava que uma reconciliação era possível, mas a inflexibilidade de Lucien agora a decepcionava. Ela começou a culpar Alexandrine, acusando-a em uma carta a Lucien de ser uma mãe ruim para suas enteadas. Lucien escreveu de volta, perguntando-lhe: "Como é possível, minha querida mãe, que você tenha

EXÍLIO

esquecido todo o cuidado e afeto materno que minha esposa dedica a Lolotte e Lili? Como pode imaginar que minha esposa é uma mãe ruim e eu, um pai cego?" Letizia também suspeitava que sua nora tirava o dinheiro de seu filho e investia por si mesma em Paris. Lucien ficou furioso por sua própria mãe acreditar nestes rumores: "[A] ausência abre espaço para a calúnia", escreveu ele, "e logo seu afeto, ou pelo menos sua estima por nós, que tanto valorizamos, nos será tirada!" Lucien disse a Letizia em que pé as coisas de fato estavam: ele e Alexandrine decidiram tomar a educação de seus filhos em suas próprias mãos, sem confiá-la a tutores estrangeiros. Alexandrine os ensinava a ler e escrever, uma certa Mlle. Adèle ensinava dança, um certo M. Edouard ensinava desenho. Professores de piano também foram contratados. Lucien muitas vezes participava das aulas, e tudo seguia tão esplendidamente quanto poderia ser. Alexandrine cuidava de suas enteadas com extraordinário carinho, e elas, por sua vez, tratavam-na como se ela fosse sua mãe. Quanto a Alexandrine tirando dinheiro de Lucien: "Quem é o vilão desprezível que conseguiu fazê-la acreditar nessas coisas?"[21] Ele simplesmente permitiu que Alexandrine vendesse seus diamantes para pagar uma dívida de 80 mil francos, incorrida por seu primeiro marido.

Agora que partes da Itália, incluindo Gênova e Lucca, tornavam-se feudos de Napoleão, Lucien se sentia cercado por sua família e precisando defender mais e mais a retidão moral de sua escolha. Em agosto de 1805, ele escreveu a Elisa, a quem Napoleão nomeara princesa de Lucca, em resposta a uma carta que ela enviou a Lucien em que afirmava que, em sua nova posição, uma pessoa tinha de viver somente para a glória e renunciar aos afetos. A resposta soou como um manifesto pela vida virtuosa e privada que ele se viu levando:

Esta horrível máxima é talvez admissível na posição de uma Agripina [mãe de Nero] ou uma Catarina [de Médici, rainha da França] e, se for verdade, é o suficiente para envenenar os grandes tronos da terra e provocar piedade por aqueles a quem o destino colocou no alto; mas você, minha irmã, felizmente está em posição diferente: uma princesa de Lucca pode viver para si e seus afetos — isto é, aliás, toda a sua vida; impotente na busca da guerra, da paz e da glória, você não precisa desta terrível razão de Estado que rompe laços naturais, subjuga os afetos mais puros e conduz os maus príncipes, de uma juventude preocupante e árdua, a uma velhice cheia de terrores e remorsos; em uma palavra, uma vez que tem a felicidade de não precisar ser temida, garanta que seja querida.[22]

No início de outubro de 1805, foi a vez de Elisa dar conselhos de natureza moral ao irmão. Enquanto uma nova guerra irrompia no continente e o imperador estava à frente do exército; enquanto todos os irmãos — incluindo Jérôme, que foi a Paris — e seu próprio marido estavam fazendo todo o possível para ser úteis à França, cumprindo brilhantemente os papéis que Napoleão lhes dera; como era possível que apenas Lucien "permanecesse inativo no momento mais crítico da história da família? Seus dons hão de permanecer sem uso, e realmente não há nenhuma maneira de conciliar seus afetos com aquilo que deve à França como irmão da família reinante, e como francês?". Será que ele não via que, servindo ao país agora, ele ganharia não só glória, mas também os favores e bênçãos de sua família? "O sacrifício que você faria seria grandioso neste momento (...). Você poderia trazer de volta a felicidade à sua família. (...) Eu não falo de minha própria satisfação, que seria maior que a de qualquer um — eu o amo desde que o conheço —, passei a seu lado os mais doces anos de minha vida, e se houve nuvens desde nossa separação, acredite em mim, meu coração esqueceu tudo."[23]

A ternura e a pressão continuavam a se misturar nas tentativas desajeitadas de Elisa em recuperar um relacionamento que vinha se deteriorando por anos. Ela permanecia insensível ao fato de que a única maneira de fazê-lo teria sido aceitando Alexandrine sinceramente. E isso era algo que ela se sentia incapaz de fazer.

☙

No final do verão de 1805, Lucien e Alexandrine ainda estavam incertos sobre onde deveriam estabelecer-se. Em algum momento, Lucien considerou até a compra do palácio apostólico em Pesaro. O cardeal

EXÍLIO

Consalvi educadamente escreveu de Roma que a residência do bispo não estava à venda, mas que Lucien seria sempre bem-vindo a voltar à Santa Sé, onde o papa o esperava de braços abertos.[24] Em setembro, Joseph escreveu a Lucien, lembrando-o de que ele era um inimigo aos olhos de Napoleão, que o avisava a deixar a Itália porque o país estava prestes a ser o teatro de uma guerra inevitável. O melhor recurso, escreveu Joseph — no tom de amigo e confidente que ele sempre continuou sendo —, era que Lucien finalmente voltasse para a França e fizesse o que lhe era ordenado.[25] Ele também anunciou que o Dr. Paroisse finalmente estava saudável o bastante para viajar à Itália e visitar Lucien, que deveria atentar para o que o velho amigo tinha a dizer.

Longe de mudar de ideia ou deixar a Itália, Lucien estava prestes a mudar com sua família para Roma: eles tinham um forte desejo de se estabelecer, e assim fizeram no Palazzo Lancellotti, onde Fesch vivera. No momento em que o doutor Paroisse os alcançou — confiado com a missão de convencê-lo a mudar sua postura —, eles já se estabeleciam na Cidade Eterna. Os dois amigos ficaram encantados por finalmente voltar a se encontrar; e, claro, Paroisse fracassou em sua missão.[26]

Napoleão agora estava ocupado com suas campanhas e aliviou a pressão sobre o rebelde. Depois de perder a Batalha de Trafalgar, em outubro de 1805, o imperador desistiu da tentativa de derrotar a Inglaterra e decidiu concentrar-se exclusivamente no resto da Europa. O sucesso aconteceu em terra com mais facilidade que no mar: os franceses venceram a momentosa Batalha de Austerlitz contra os austríacos e os russos em 2 de dezembro. Como resultado, em 26 de dezembro, Napoleão pôde assinar o Tratado de Pressburgo com a Áustria, que marcou o fim do Sacro Império Romano e foi extremamente vantajoso para o imperador: posses da Áustria na Itália, a Baviera e partes da Alemanha foram cedidas à França. Foi uma grande conquista, e Napoleão achou que era hora de se tornar um monumento vivo, contratando o escultor Canova para terminar o retrato em mármore que o grande artista começara alguns anos antes.

Lucien e Alexandrine eram amigos de Canova — eles já se haviam tornado um casal bem relacionado e influente no meio romano. Um dia, eles foram visitar o estúdio de Canova, onde ele dava os últimos retoques à estátua de três metros de altura de Napoleão — somente a cabeça foi tirada da vida real. Ele estava explicando ao casal, bem como a outros visitantes, o que pretendia fazer com a peça colossal quando um cavalheiro entrou. Canova o recebeu muito educadamente; o homem respondeu com um forte sotaque britânico. Isto foi ainda mais surpreendente porque viajantes ingleses eram raros em Roma na época.

Claramente bem-educado, o homem amava as artes e imediatamente encontrou um terreno comum com Lucien. Alexandrine observou que ele era atipicamente comunicativo para um inglês. Embora suas perguntas a Canova revelassem uma impressionante erudição, a princípio ele não sabia quem eram os convidados do artista. O casal ficou surpreso ao ouvi-lo perguntando ao escultor, em seu italiano com pesado sotaque: "Mas, meu caro Canova, diga-me, *al fin del conto*, por que colocou esta bola na mão de seu herói desnudo?" (Napoleão foi representado segurando uma esfera na mão direita.) O artista respondeu sem titubear: "Meu *carissimo* senhor, é estranho que me pergunte isto. *Perbacco* [pelo amor de Baco], esta esfera representa o mundo, as nações que estão subjugadas a Napoleão." "Ah! ah! Eu entendo", respondeu o inglês, "vejamos então". Tirou os óculos do bolso e começou a examinar com atenção não a estátua, mas o globo. Finalmente, ele olhou para Canova e os visitantes e declarou: "Oh, bem! Surpreendentemente, eu examino sua bola, meu caro Canova, mas não posso ver a Inglaterra!" Canova respondeu: "É verdade, meu senhor, ela ainda não está lá: mas, como pode ver, há muito espaço para que o globo seja preenchido!"

A resposta ferina de Canova foi equivalente à do visitante inglês, mas, mesmo assim ele sentiu necessidade de se desculpar diante dos convidados por responder de maneira cortante àquele respeitável cavalheiro, que finalmente se apresentou como um bispo anglicano chamado lorde Bristol. Canova elogiou o patriotismo de lorde Bristol, e Lucien perguntou ao escultor como ele aceitou empregar seu grande talento para imortalizar o conquistador de seu próprio país. Alexandrine acrescentou: "Apesar de sua genialidade, se eu fosse esposa ou mãe de seu herói, não ficaria moralmente satisfeita com sua expressão geral: ele parece

EXÍLIO

mais um Átila ou um Totila, aquele tipo de herói brutal, do que um homem magnânimo que governa de forma justa, como César ou Carlos Magno." Canova respondeu: "Sua observação é correta. Isso já me foi colocado, e aceito sem tentar me justificar, contando com isso para a posteridade, e também com a senhora, madame, que claramente me entende melhor que ninguém!" Com um sorriso cúmplice à esposa de Lucien, ele disse que sua justificativa estava em sua assinatura, no pé da escultura, que dizia: "Canova de Veneza." Era uma declaração sutil, uma vez que a antiga República de Veneza havia caído perante Napoleão.[27]

Canova era devotado à sua cidade e teria sacrificado tudo por ela, se isto tivesse alguma utilidade. Era um sentimento que Lucien podia entender facilmente. Afinal, ele estava sacrificando sua carreira política por suas convicções. Mas ele tinha os meios para fazê-lo, vivendo ainda tão agradavelmente quanto desejava. Ele podia facilmente sustentar sua família. Não precisava sacrificar o conforto material ou desistir de uma vida grandiosa. No início de 1806, ele adquiriu o Palazzo Nuñez, ou Bocca d'Oro, do século XVII, localizado na Via Bocca di Leone, não muito longe das Escadarias da Praça da Espanha (hoje o Palazzo Torlonia). Não especialmente elegante, mas confortável, agradável e espaçoso, era o lugar perfeito para que ele e sua família se estabelecessem. O palácio era rico em água abundante e fresca, que corria por todo o caminho desde a cidade umbriana de Trevi — a mesma fonte que alimenta a famosa Fonte de Trevi. Lucien empreendeu uma extensa reforma e decidiu construir uma fonte "naumaquia" no estilo clássico — na verdade, uma piscina interna — em que pudesse ensinar a esposa e os filhos a nadar. Desde sua infância corsa, ele guardou seu amor pela natação, e este foi um projeto alegre, para ele e para a família.

Em sua nova casa, Lucien também pôde dedicar-se novamente às suas paixões artísticas: finalmente ele pôde recriar sua galeria de arte, agora enriquecida com a prestigiosa coleção de esculturas clássicas que ele comprara da família Giustiniani (proprietários do palácio de Bassano onde tinham vivido). Sua coleção de pinturas era extraordinária. Havia duas grandes pinturas de Bronzino (ambas estão hoje em Nova York — o *Retrato de um jovem*, no Metropolitan Museum, e *Ludovico Capponi*,

214 NAPOLEÃO E O REBELDE

na Frick Collection), a grande *Dama do leque* de Velázquez (na Wallace Collection, Londres), o celebrado *As três idades do homem* de Ticiano, o impressionante *Retrato de Giovanni della Volta com sua esposa e filhos* de Lorenzo Lotto, o sensual *Sileno ébrio levado por sátiros* do estúdio de Rubens (todos na Galeria Nacional de Londres), e o comovente retrato da esposa de Rubens, Hélène Fourment (no Rijksmuseum, em Amsterdã), para citar algumas das obras mais notáveis.[28]

QUESTÕES DE PRIVACIDADE

Lucien queria apenas desfrutar de sua vida confortável e privada, cercado — e de certa forma protegido — por beleza artística e paz doméstica. Em 15 de fevereiro de 1806, Joseph entrou em Nápoles como rei. Em junho, Luís se tornou rei da Holanda. Lucien não quis nenhum papel na expansão da família imperial que se seguiu ao Tratado de Pressburgo, e nenhum confronto. Ele estava cansado de se defender e ansiava por um *status quo* amigável. Mas sua família continuava a perceber sua independência material e, de fato, espiritual como provocação, e isto o colocou em desacordo até com a única irmã que originalmente o encorajara a mudar-se para Roma, Pauline. Ela estava em Paris, ainda se recuperando da perda de seu filho, bem como de sua saúde fraca. Mas, no início de março, ela encontrou tempo e energia para escrever uma carta não muito sutil a Lucien, na qual explicava que era crucial que ele compreendesse como era importante uma reunificação, tanto para a família Bonaparte quanto para seus próprios filhos.

Claramente, ela escrevia em nome de todo o clã Bonaparte, sobre o qual a questão da sucessão começava a pesar consideravelmente: a incapacidade de Napoleão em produzir um herdeiro próprio com Joséphine causava a ele, e à família, intensa angústia dinástica. Uma vez que seu casamento com outra família real europeia poderia provocar inimizades e invejas, parecia mais adequado planejar a formação de uma aliança interna. O imperador então adotou o filho de Joséphine, Eugène de Beauharnais, e lhe daria o reino da Itália; ele já havia adotado a filha, Hortense de Beauharnais, agora casada com Louis. Pauline explicou a

EXÍLIO

Lucien que, se ele estivesse presente, poderia ter evitado a preocupante ascensão daqueles "outros", a família Beauharnais, na medida em que Napoleão poderia se casar com Charlotte (Lolotte), a filha mais velha de Lucien com Christine — que tinha então apenas 10 anos de idade. Pauline mal esboçara a possibilidade semi-incestuosa e já passava para a súplica emocional. Ela informou a Lucien quanta dor ele estava causando: sua mãe estava "ainda doente", "abalada" pela ascensão dos Beauharnais à custa dos Bonaparte, "e ela morrerá de dor se você consentir em viver separado de toda a família". Pauline entendia que Alexandrine tinha importância, mas da mesma forma tinha "uma mãe terna, uma família inteira tornada infeliz por você, e o bem de suas filhas". Qualquer esforço de sua parte para voltar para a família seria "reconhecido pelo Imperador; ele é justo, é bom, ele abrirá os braços para você, e ele garantirá um destino para sua esposa e seus dois filhos. Quanto à posição que é sua, o Imperador está pronto para devolvê-la a você". Lucien era "inteligente demais" para não ver que os Bonaparte não podiam mais comportar-se como "simples indivíduos". Se Lucien não retornasse ao rebanho, "seremos obrigados a considerá-lo como a principal causa de nossos tormentos e, portanto, forçados a abandonar todas as relações com você". Ela não queria isso. "Seria muito duro para o meu coração", escreveu Pauline, "mas inevitável, se você não fizer nada por nós. Eu espero que você sinta a importância de tudo isso? Será a única maneira de provar para nós que você nos ama e que deseja a nossa felicidade."[29]

A tentativa de Pauline não teve mais sucesso com Lucien do que o tom de chantagem de Talleyrand ou as palavras carregadas de culpa de Fesch e Elisa. Na verdade, a resposta foi positivamente furiosa:

Eu mal consigo suprimir, minha querida Paulette, a indignação que sua carta de 6 de março me causa, para falar com frieza da proposição que você se atreve a fazer. Então você acredita que eu deveria abandonar minha esposa e filhos, despi-los de sua honra e estatuto civil, que tenho de fazer este sacrifício para voltar a vocês e assumir minha posição na ordem política; que, se eu não fizer isto, sou a principal causa de seus tormentos, e que vocês interromperão todas as relações comigo. Quais são os seus tormentos?

E ele listou as várias posições de seus irmãos: "Duquesa de Guastalla! Carolina de Clèves! Elisa de Lucca! Joseph, cuja amizade comigo é conhecida, é rei de Nápoles. Vocês teriam de ser muito irracionais para não estar satisfeitos: o que o imperador faz pela família de sua esposa é devido à amizade por sua esposa e não por meu amor pela minha esposa." Ele suplicou à irmã "cultivar a benevolência do imperador", "pensar no que ele faz por você, e não constantemente no que faz pelos outros; não pense que há outra família na família de seu Imperador, e, finalmente, a fim de pôr fim a seus tormentos, pare de odiar os filhos do bom Louis e não persiga os de Lucien com suas propostas revoltantes e ridículas. (...) Este conselho é de mais valor do que aquele que você me dá; quanto às suas relações comigo, esta resposta é a última".

Lucien não se rebaixou a mencionar o plano envolvendo sua Lolotte. Mas o comentário sobre Pauline como duquesa de Guastalla foi um pouco sarcástico. Napoleão tinha acabado de dar o título a ela. Guastalla, no entanto, era uma simples vila perto de Parma, na região italiana de Emilia — uma pequena parte do assim chamado Ducado de Parma, Piacenza e Guastalla, que pertencera aos Bourbon até 1796, quando Napoleão começou a virar a área de cabeça para baixo. Pauline se ressentia do tamanho modesto das propriedades que recebera, especialmente quando comparado com as posses bem mais substanciais que foram concedidas a seus irmãos. A fim de acalmá-la, Napoleão inventou a solução de que ela seria capaz de revendê-lo ao reino da Itália, que era efetivamente um anexo francês e incluía não só Emilia e Veneto, mas também o Piemonte, a Lombardia e a Toscana. (Napoleão declarou a Toscana um departamento francês — ainda que estivesse sob domínio Bourbon como compensação àquela dinastia pela perda do mesmo Ducado de Parma, Piacenza e Guastalla.) A própria Roma tornou-se a "segunda cidade" do império francês. Napoleão podia jogar qualquer carta que desejasse. Pauline ficou mais que feliz em aceitar o convite: vendeu o ducado pela soma assombrosa de 6 milhões de francos — uma quantia que, uma vez investida, daria uma considerável renda anual. Ela pôde manter seu título — sobre o qual não tinha reclamação — juntamente com as terras feudais que vinham com ele. Em suma,

EXÍLIO

emergiu do arranjo em muito boa forma. Já os moradores de Guastalla se sentiram barateados por uma transação em que não tiveram papel algum, sendo simplesmente repassados como uma ninharia, *bijou de toilette*, como Lucien colocou.[30]

As frequentes acusações de ganância espalhadas pelos agentes de Napoleão contra Lucien convenientemente omitiam o fato de que, se ele se divorciasse de Alexandrine, também seria banhado em ouro por seu irmão, o imperador. Em vez disso, ele logo se viu em dificuldades. Letizia comprou dele o Hôtel de Brienne, ricamente restaurado. Em julho de 1806, o pagamento da segunda parcela que lhe era devida — 600 mil francos — foi adiado por vários meses: Napoleão se recusou a liberar os fundos de sua mãe justamente para que ela fosse impossibilitada de dá-los a Lucien, que nesse meio-tempo decidiu comprar a Villa Rufinella em Frascati e passou a pagar juros pesados (1% ao mês) sobre o dinheiro que confiantemente tomara emprestado.[31] Letizia pediu desculpas pelo atraso, sobre o qual pouco podia fazer. Ela ficou muito triste com a resistência de Lucien a seus irmãos, que o amavam, ela escreveu, e que se importavam com seu bem-estar; mesmo assim, ela pedia ao filho que fosse extremamente prudente quando falasse sobre o imperador. O pagamento em atraso foi feito apenas em setembro.

❧

Nesse meio-tempo, entretanto, Lucien não deixaria que esses problemas de dinheiro — e o controle de seu irmão sobre ele — arruinassem seu verão. A vida era plena o bastante de qualquer maneira. Em 14 de junho, Alexandrine deu à luz seu segundo menino, dois meses prematuro. Eles o chamaram Joseph Lucien. Lucien decidiu que o novo nascimento era uma oportunidade de escrever a Napoleão com notícias da família; o imperador não respondeu, mas Lucien não foi afetado pelo silêncio. Havia o bebê prematuro em que pensar. E a casa de campo era uma grande fonte de prazer. A bela residência do século XVI, redesenhada no século XVIII pelo arquiteto Luigi Vanvitelli, estava supostamente construída no local onde outrora existira a mansão de Cícero: o célebre intelectual romano fez dali o cenário de seus diálogos filosóficos, as *Tusculanae Disputationes*. Lucien adorou a ideia de modelar-se no exemplo do cidadão privado romano levando uma vida de ócio culto e refinado em seu retiro no campo, que incluía o que ele chamava de "arqueologia em ação"[32] — escavações físicas, ao contrário do mero estudo de antiguidades e clássicos a que ele se dedicara por toda a vida com grande entusiasmo e aguda erudição. Das experiências dos antigos proprietários — a família Borghese, e os jesuítas antes dela —, Lucien soube então que a área era rica em tesouros romanos e do início do cristianismo. Logo ele estava desenterrando algumas esculturas notáveis. Uma delas era uma viril estátua de um Apolo ou, argumentou Canova quando chegou para vê-la, um Alexandre, o Grande.

Foi uma época feliz, pacífica, cheia de alegrias íntimas, com crianças, arte e antiguidade — longe da violência, do barulho e da agitação das guerras e preocupações contemporâneas. Mesmo o assustador terremoto que ocorreu na região no final de agosto tornou-se uma oportunidade de aventura: ninguém ficou ferido, mas algumas partes do palácio desabaram, e parecia mais seguro para toda a família sair da mansão e abrigar-se em cabanas rústicas construídas em suas terras. As crianças e as babás ficaram animadas de acampar, como pareceu a elas; e Alexandrine, encantada com aquelas condições incomuns, sugeriu que todos ficassem nas cabanas até o final do verão. Certamente haveria algumas reverberações, então a decisão acabou sendo sábia. Além disso, as cabanas estavam mais próximas do sítio arqueológico do que a própria casa, de modo que eles podiam facilmente manter um olhar atento nas escavações em curso. Surgiu um número impressionante de objetos, embora poucos fossem tão valiosos quanto as esculturas que eles encontraram em primeiro lugar. Havia muitos túmulos anônimos e moedas modestas, o que parecia indicar que o terreno tinha servido para o enterro de escravos. Também emergiram lâmpadas funerárias decoradas com temas eróticos e a sepultura de uma mãe e seus filhos, que exibia o nome de Coruncano, um personagem citado em uma das próprias alocuções de Cícero. Isto levou a semanas de apaixonada pesquisa, especulação e discussões com os arqueólogos e um novo amigo da

EXÍLIO

família, o erudito abade Fea. Outro túmulo foi encontrado logo depois, que acabou revelando-se da família Rufini — e esta foi considerada a origem do nome da quinta.

A excitação destas infinitas descobertas tomou conta de tudo e continuou depois que a família se mudou de volta para a própria mansão. Um fluxo de romanos que estavam passando o fim do verão em suas propriedades campestres, longe do calor sazonal da cidade, veio em visita, ansiosos por ver os sítios arqueológicos, e Lucien tinha o prazer de receber pessoalmente aqueles que eram artistas, acadêmicos e diletantes. Toda esta atividade era uma distração. Lucien estava tão encantado com sua nova ocupação que mal olhava para a correspondência que chegava de Paris, embora abrisse uma exceção para sua mãe, que escreveu que Fesch estava prestes a voltar à Cidade Eterna depois de ter passado um período em Paris com ela.

Quando chegou a hora para a família retornar a Roma, Lucien levou consigo as mais belas estátuas que foram encontradas, colocando-as cuidadosamente entre a coleção de esculturas de Giustiniani no Palazzo Nuñez. O início do outono trouxe um fim para a atmosfera despreocupada que a família sorvera ao longo daquele adorável e prolífico verão de 1806. Quase imediatamente após seu regresso à cidade, a pressão recomeçou, desta vez sob a forma de uma nova carta de Fesch. Seu conteúdo não era nada de novo: ele pedia o divórcio em troca de um arranjo prático, confortável para os filhos, e assim por diante. Letizia contribuiu com palavras semelhantes. Joseph fizera o mesmo algumas semanas antes, mais uma vez implorando que Lucien mudasse de ideia, e relatou a habitual resposta negativa de Lucien a Napoleão. Mas foi com seu tio que Lucien se ofendeu — desta vez, ele bateu com força, sem rodeios:

> *Esqueceu-se de toda a honra, toda a religião? Eu gostaria que você ao menos tivesse suficiente bom senso para não pensar que sou como Jérôme [...] e que me poupasse do insulto de seus conselhos covardes. Em poucas palavras, não me escreva novamente até que a religião e a honra que está pisoteando tenham dissipado sua cegueira. Ao menos esconda seus sentimentos baixos sob seus mantos púrpura, e siga em silêncio seu próprio caminho ao longo da estrada da ambição.[33]*

Lucien imediatamente escreveu a Joseph, copiando para ele as respostas à mãe e ao cardeal, e dizendo esperar que eles finalmente o deixassem em paz.[34] Uma semana depois, em meados de outubro, Letizia escreveu: "Mui amado filho, finalmente recebi a resposta que estava esperando tão ansiosamente, mas quão diferente daquela que eu teria ficado encantada em receber. A vontade de Deus é de que eu esteja destinada a viver na tristeza e na infelicidade."[35] Ela também censurou o filho por ter tratado seu meio-irmão Fesch tão duramente.

Lucien não queria ouvir mais nada. Ele estava ávido por evitar novos conflitos e o melhor curso de ação seria distrair-se com outros assuntos. Meses se passaram sem grandes acontecimentos. Enquanto o Grande Exército de Napoleão corria por toda a Europa, distribuindo a morte e colhendo conquistas, Lucien e Alexandrine prosseguiam sua vida tranquila no Palazzo Nuñez. Sempre fiel à sua paixão pelo teatro, Lucien montou um pequeno teatro em casa, onde as produções da família podiam ser encenadas exatamente como tinham sido em Le Plessis. Em abril de 1807, ele escreveu a Elisa sobre a *Mitrídates*, de Racine, que a família e os amigos encenaram — em francês — diante de uma plateia seleta de duzentos convidados, com muito sucesso. Em seguida eles encenariam *Zaïre*, depois *Alzire*, *Pigmaleão*, as *Folies Amoureuses*, *Cinna*, e fechando com *Athalie* e o *Misantropo*. Foi uma temporada completa. Lucien explicou a Elisa que ele assim se dedicava ao "mundo ideal", mais do que nunca enojado com o "mundo político". Decididamente, não havia nada a preferir em lugar de uma vida privada: ele não desejava para a irmã "nenhum principado maior do que aquele que você possui". Lucien terminou com notícias sobre seus filhos; o casal estava esperando o sétimo. Foi uma carta afetuosa, desprovida da defensividade e da raiva que haviam permeado a correspondência no ano anterior.[36]

Depois vieram algumas boas notícias de Paris, por fim: No término da primavera de 1807, Lethière, o velho amigo de Lucien, foi nomeado diretor da Académie de France em Roma (a adorável Villa Medici, no monte Pincio, com vista para a Piazza del Popolo).[37] Tirando vantagem da partida do pintor a Roma em julho, Letizia enviou a Lucien alguns objetos pessoais que encontrara no Hôtel de Brienne. Ela lembrou a

EXÍLIO

ele que não confiasse ao correio nenhuma notícia confidencial, e é provável que tenha mandado algumas mensagens confidenciais ao filho por Lethière.[38]

A promoção do pintor ao prestigioso cargo foi em parte ação do próprio Lucien; e não foi fácil obtê-la para o inflamado artista mestiço. A sorte de Lethière virou um dia, quando ele estava sentado no Café Militaire, em Paris, e um guarda começou a tirar sarro de seu bigode e da cor de sua pele. Enfurecido, Lethière desafiou o guarda ali mesmo (como fizera com o conde espanhol em nome de Lucien) — e o matou. Como resultado, seu estúdio foi fechado e ele perdeu todos os meios de subsistência. Ele buscou Lucien, seu antigo patrono, que, embora em desgraça, ainda era capaz de exercer alguma influência. Após a morte súbita de um homem que tinha sido o diretor da Villa Medici, Lucien imediatamente começou o *lobby* em nome do pintor e escreveu à nova rainha de Nápoles, a esposa de Joseph, Julie Clary, sua fiel amiga, para ajudá-lo a nomear Lethière ao posto.[39]

No verão de 1807, nascimento e morte se sucederam rapidamente na casa de Lucien e Alexandrine. No final de julho, Alexandrine deu à luz outra filha, Giovanna (nome da mãe do papa Pio VII). Mas o bebê Joseph Lucien, pouco mais de um ano de idade, morreu em 15 de agosto na Villa Rufinella em Frascati — perto de onde Dermide tinha visto seus últimos dias três anos antes.

A presença de seu velho amigo Lethière foi um grande consolo para a família. Seu filho era afilhado de Lucien — em cuja homenagem foi batizado. O pintor foi ver seu amigo e patrono em Rufinella assim que pôde, em 20 de setembro. Os dois ficaram emocionados por se reunir depois de anos de separação. O melhor aluno de Lethière na Académie era ninguém menos que o jovem Jean-Auguste-Dominique Ingres, que buscou o patrocínio de Lucien e o retratou em meio a antiguidades romanas, com um sorriso encantador e um livro na mão. O retrato o representava levando a vida contemplativa que ele desejava a partir de agora. Mas não era em nada a vida que seu irmão queria para ele.

5

IMPÉRIO
(1808-1815)

"Mas diga-me, como ele é, hein?", indagou o príncipe Andrei novamente.
"Ele é um homem de casaca cinza, muito ávido por que eu o chame de 'Vossa Majestade', mas que, para seu desgosto, não recebe nenhum título de mim! Este é o tipo de homem que ele é, e nada mais", respondeu Dolgorukov, dirigindo um olhar a Bilibin com um sorriso.

— Tolstoi, *Guerra e Paz*

A REUNIÃO EM MÂNTUA

Joseph, rei de Nápoles, era a única pessoa na família em quem Lucien ainda confiava. Até Letizia se mostrou decepcionantemente receptiva aos hábeis caluniadores que trabalhavam para Napoleão. No final de 1807, Joseph partiu para Veneza para encontrar Napoleão. Em seu caminho, ele parou para ver Lucien em Velletri, não muito longe da Villa Rufinella, e depois lhe escreveu de Veneza, em 4 de dezembro.

A carta bastante apressada e afetuosa soava como uma tentativa de última hora de abrandar o irmão rebelde e fazê-lo entender, até simpatizar com o ponto de vista de Napoleão. Afinal, o imperador amava Lucien, escreveu Joseph, na medida em que amava a família acima de tudo. Seu único defeito era ser "Imperador e poderoso", caso contrário ele teria feito tudo que Lucien queria; a questão era apenas que, como imperador, ele não podia se dar ao luxo de estar errado. Lucien descobriria que Napoleão se tornou uma pessoa "mais simples, melhor", como se florescesse dentro do "estranho grau de poder que ele adquiriu". O imperador até disse a Joseph algumas vezes que não tinha por que censurar Lucien, que prejudicara apenas a si mesmo ao se casar sem a aprovação de Napoleão; e ele estava magoado por Lucien não ter ido vê-lo. As condições para uma reunião pareciam então propícias, segundo Joseph. "[O] resto depende talvez de uma mudança de ideia, uma circunstância que não posso prever nem adivinhar, mas posso dizer-lhe que o imperador vê o futuro, que quer estabelecer sua dinastia antes de tudo, que ele ama sua família, que nada mais tem qualquer peso em seus afetos, mas que ele quer continuar líder, e não aprovar algo que ele não desejou." Joseph achava Napoleão fundamentalmente o mesmo irmão que ele conhecia desde a infância, e discretamente incentivou Lucien a procurar uma reaproximação.[1]

Porque era Joseph quem escrevia, e porque seu tom era inofensivo e suas palavras honestas e humanas, Lucien foi persuadido a aceitar a abertura, que ele entendia como sua última chance de fazer as pazes com Napoleão, seu irmão, imperador e rei da Itália. Ele deixou Roma imediatamente, em 7 de dezembro, escolhendo viajar incógnito, como de costume. Ele chegou a Módena três dias depois. Joseph deixou Veneza alguns dias antes com o imperador, que estava em seu caminho para Mântua, e chegou ao hotel de Lucien quando este estava prestes a ir ao teatro. Lucien e Joseph jantaram juntos e discutiram a reunião iminente; e se encontraram novamente no dia seguinte para o almoço, após o qual seus caminhos se separaram, Joseph tomando o caminho de volta para Nápoles e Lucien seguindo para Mântua, onde o encontro com Napoleão ocorreria. Antes de sair de Módena, Joseph escreveu ao imperador que Lucien estava ansioso para ver Sua Majestade, dada a boa vontade que Napoleão tinha agora para com ele e sua filha mais velha, mas que ele deveria estar ciente de que Lucien "jurara por sua honra não repudiar sua mulher e filhos".[2] Joseph tentara dissuadir Lucien de sua resolução, sem sucesso. Ele lamentava não poder comunicar mais nada à Sua Majestade, mas suplicava ao imperador que agisse segundo a bondade de seu coração e o brilho de sua mente.

IMPÉRIO

Napoleão estava ansioso para a reunião, nutrindo grandes esperanças de um resultado positivo, independentemente da advertência de Joseph: ele enviou carta a Letizia dizendo que "Lucien escreveu para propor uma reunião que também desejo fortemente. Escreva-lhe em meu nome que sua carta encontrou eco em meu coração. Reservo para ele o trono da Toscana. Ele reinará em Florença e trará de volta à vida o século dos Médici. Como eles, Lucien ama e protege as artes. E, como eles, Lucien dará seu nome à época de seu reinado."[3]

Lucien chegou a Mântua na manhã de 13 de dezembro. Ele foi conduzido ao quarto de hóspedes no Palazzo Guerrieri — o Palácio da Justiça de hoje — onde passaria a noite, já que o imperador era aguardado ali somente bem mais tarde. Já estava escuro quando Lucien foi convocado para vê-lo. Teve, então, que esperar para ser chamado à presença do irmão; exausto pela longa viagem, ele estava quase dormindo quando ouviu uma voz sussurrando bruscamente "Senhor, seu irmão Lucien!",[4] enquanto uma porta se abria para uma sala grande e fortemente iluminada.

Lucien viu uma figura sentada, estudando um mapa da Europa que cobria inteiramente uma mesa redonda. O homem, a face esquerda apoiada na mão esquerda, estava absorto em colocar pinos coloridos no mapa. Ele não reagiu ao anúncio. Lucien ficou lá por algum tempo em completo silêncio, incapaz de absorver a chocante realidade de que aquele homem era seu irmão, o imperador.

"Senhor, sou eu, Lucien", disse ele finalmente.

Napoleão ergueu os olhos. Ele despachou com um gesto de mão o guarda-costas bigodudo que conduzira Lucien à sala, ergueu-se de sua cadeira e caminhou na direção do irmão. Ele se tornara bastante corpulento desde que Lucien o vira pela última vez, dois anos e meio antes, em 1804. O imperador tomou sua mão, com uma expressão terna, quase amigável, em seu rosto. Lucien fez menção de abraçá-lo, mas em vez disso Napoleão continuou segurando sua mão, com o braço esticado, e disse: "Então, é você... Como você está? Como está sua família? Quando você saiu de Roma? Fez boa viagem? E quanto ao papa? Ele gosta de você, o papa?" A enxurrada de perguntas revelava constrangimento, e Lucien não sabia bem o que responder. Ele simplesmente disse que ele estava bem e satisfeito em ver que este também era o caso com Sua Majestade.

"Sim, estou bem", Napoleão respondeu, "mas" — afagando a barriga — "estou engordando, e temo que ganharei mais peso". Pegou um pouco de rapé, olhando para Lucien. "Mas você! Você tem muito boa aparência, sabe? Você era magro demais. Agora eu o acho quase bonito."

"Vossa Majestade gosta de me lisonjear."

"Não, é verdade. Mas vamos nos sentar e conversar."

Eles se sentaram perto da grande mesa. Napoleão moveu os pinos coloridos. Quando Lucien abriu a boca para dizer alguma coisa, qualquer coisa, Napoleão perguntou-lhe, direto: "Então, o que você tem a me dizer?"

"Senhor, espero para ouvir o que Vossa Majestade quer me dizer por si mesmo. O senhor foi bom o bastante para expressar o desejo de me ver; segundo o que minha mãe escreve, assim como Joseph, não posso esconder que ouso contar com o retorno do favor de Vossa Majestade."

"E você pode contar mais ainda com o fato de que isto depende inteiramente de você."

"Neste caso, todos os meus desejos serão realizados, pois meu maior desejo, minha vontade absoluta, é agradar Vossa Majestade em tudo que pode ser conciliado com minha honra."

"Isso está muito bem, mas com que exatamente você concilia sua honra nestes dias?"

"Bem, senhor, nos dias de hoje, como de costume, na realização dos deveres ditados pela natureza e pela religião."

"E a política! Senhor, e quanto à política! Não significa nada para você?"

"Senhor, a política, a arte de bem governar, que é a virtude especial dos reis, e de Vossa Majestade, eu não posso participar nela, sou apenas um indivíduo obscuro, que se tornou, que teve de se tornar absolutamente alheio ao estadismo."

"Dependia apenas de você ser rei como seus irmãos."

"Senhor! A honra de minha esposa, o status civil dos meus filhos!"

IMPÉRIO

"Você sempre diz sua esposa, você sabe muito bem que ela não é sua esposa, que ela nunca foi e nunca será, porque eu não a reconheço, nunca o fiz e nunca o farei."

"Ah! Senhor!"

"Não, eu nunca mudarei com ela, o céu pode cair sobre nossas cabeças, eu nunca mudarei. Eu posso perdoar você por seus defeitos, você é meu irmão, mas ela!... Ela só terá minhas maldições, e as de nossa família."

Quando indagou sobre a família, Napoleão se referira somente às filhas de Lucien com Christine, e Lucien estava ficando irritado. Fingindo rir, disse: "Senhor, cuidado com as maldições, há um provérbio italiano, *la processione torna dove esce*, a procissão retorna para onde veio, e eu não desejaria isso neste caso."

Napoleão parecia insensível às superstições italianas. Ele apenas repetiu o que já havia dito — acrescentando que tinha ouvido muitas coisas sobre Alexandrine, e depois mitigando esta afirmação: "Eu sei que me dizem estas coisas para me agradar. Eu sei que o mundo está cheio de calúnias, mas, mesmo assim, o céu pode cair, ela nunca será minha cunhada... em todo caso, a lei é clara. Agora é uma lei fundamental francesa, como a lei sálica, que qualquer casamento contraído pela família imperial sem o consentimento do imperador é nulo. Você entende isso?"

"Senhor, o meu casamento precede esta lei."

"Sim, mas ela foi feita por sua causa."

Lucien sorriu debilmente diante disso.

"De que está rindo? Eu não acho engraçado. Eu sei tudo que você, sua esposa e meus inimigos, que são seus únicos amigos, dizem sobre isso... Nenhum bom francês está do seu lado; a nação já proferiu sua sentença a seu respeito... Por acaso alguém reclamou em seu nome sobre o *sénatus-consulte* [uma lei aprovada em Senado] que excluiu você e Jérôme? Não, porque todos condenavam seus casamentos ridículos. Não tenha ilusões quanto à opinião do povo, você só pode recuperar sua reputação aceitando minha política, que foi o que Jérôme fez."

Lucien começou a enfurecer-se: Napoleão era o único que tinha ilusões sobre a opinião do povo, disse ele. "Os cortesãos que aprovam sua atitude em relação a mim — minha recompensa pela ajuda que lhe dei de bom grado — estão apenas fazendo seu trabalho. Meus servos também me dizem que eu tenho razão!" O golpe começou a inflamar a ira de Napoleão, mas Lucien continuou com crescente veemência, de pé — como se fizesse um discurso —, e lembrou o irmão de que a nação o via, a Lucien, como o "salvador daquele que podia salvá-la" no 18 Brumário, comparável não a Jérôme, mas a Napoleão.

Napoleão recuperou a compostura, ironicamente descrevendo a reação de Lucien a todo o assunto como semelhante às paixões inflamadas que corriam nos clubes jacobinos. Ainda que Lucien tivesse sido "útil" para ele naquele dia, disse o imperador, não estava tão claro que ele o "salvara". Não só isso, mas Lucien teve de ser persuadido por Napoleão e Joseph, após uma longa discussão que durou metade da noite, a prometer que não diria uma palavra ao Conselho sobre o plano de Napoleão de "unificar" o poder ao concentrá-lo em suas próprias mãos. Lucien sabia que era verdade, e ele ainda lamentava ter feito aquela promessa; mesmo no momento ele sentira fortemente que, se Napoleão ganhasse poder absoluto, seria um homem perigoso — capaz de se tornar um Gêngis Khan ou Tamerlão. Napoleão argumentou que a oposição de Lucien à sua "ascensão pessoal" no 18 Brumário cancelou qualquer dívida que ele tinha para com este "mau cidadão, irmão desnaturado, cego a seus próprios interesses". Ele escolheu convenientemente ignorar que Lucien não apenas o auxiliara, mas, uma vez fora da Orangerie e diante dos homens armados, na verdade salvou seu pescoço político e talvez até mesmo sua vida.

"A EUROPA É PEQUENA DEMAIS PARA NÓS DOIS"

Eles continuaram a conversar, em tons mais calmos agora, sobre o que tinha acontecido todos aqueles anos antes. Era quase meia-noite quando Napoleão terminou aquela discussão de "história antiga". Ele não tinha convocado Lucien para tal "palestra". Lucien estava ansioso por sair.

IMPÉRIO 229

Passou por sua cabeça — como passara antes, a caminho de Mântua —
que Napoleão era perfeitamente capaz de não deixá-lo voltar para casa e
de mantê-lo em cativeiro. Ele sabia que tinha que controlar sua raiva a
todo custo e evitar novas provocações. Ele ainda confiava em seu irmão
de alguma forma — Napoleão não era exatamente um tirano, apesar de
seus atos tirânicos —, mas ele nunca estivera na presença de seu irmão
como imperador. As relações de poder mudaram radicalmente, e foi
um momento terrível quando Napoleão disse: "Escute-me, Lucien, pese
todas as minhas palavras. E que não briguemos. Eu sou poderoso demais
para desejar expor-me a sentir raiva." Mas ele rapidamente acrescentou,
como se para tranquilizar Lucien: "Você veio aqui com confiança. A
hospitalidade corsa não pode ser traída pelo imperador da França. (...)
Que aquela virtude de nossos ancestrais e país garanta a boa-fé de minhas palavras e sua segurança total." Isso foi mais tranquilizador. Ainda
assim, Lucien permaneceu circunspecto enquanto Napoleão marchava
de um lado para outro da sala, com uma expressão ao mesmo tempo
sonhadora e agitada em seu rosto, até que o imperador tomou sua mão,
apertou-a com força, e disse:

"Nós estamos sozinhos aqui, não estamos? Estamos sozinhos? (...)
Ninguém nos ouve. (...) Quanto a seu casamento: eu estou errado. Sim,
eu fui longe demais; conhecendo sua teimosia, seu orgulho — pois
tudo isso, você vê, é apenas uma questão de orgulho, que você chama
de virtude, assim como nós soberanos chamamos de política tudo que
tem a ver com nossas paixões —, eu não deveria ter interferido com
sua esposa. Já senti isso mais de uma vez. Repito, tenho certeza de que
meus confidentes não fazem justiça a ela (...) muitas pessoas ousaram
dizer-me coisas boas sobre ela, e *maman* me diz que a ama, porque ela
o faz feliz e é uma boa mãe."

"Ah, senhor, isto é tão verdadeiro."

"Bom, muito bom!"

O cônsul Lebrun, disse Napoleão, foi um daqueles que falaram
bem de Alexandrine. (Joséphine ficou até convencida de que Lebrun se
apaixonara por ela.) Em certa ocasião, Lebrun dissera que tinha razões
para acreditar que a alma da jovem dama se equiparava à sua beleza.

Foram palavras agradáveis e inesperadas para Lucien. Mas Napoleão continuou: "Estou longe de desprezar sua esposa, mas não gosto dela, na verdade eu a detesto porque é a paixão que ela inspira em você que me priva do irmão com cujos talentos eu mais contava. O que é certo, porém, meu caro Lucien, é que a beleza dela desaparecerá, você se desiludirá com o amor e se voltará contra minha política, e serei obrigado a persegui-lo quer goste disso ou não. Porque, se você não está comigo — ouça bem —, a Europa é pequena demais para nós dois."

"Senhor, Vossa Majestade está brincando comigo!"

"Não, literalmente: ou amigo, ou inimigo."

"Senhor, Vossa Majestade não tem amigo mais devotado do que eu."

"Eu não verei desta forma enquanto você não aceitar minha política. Para você, isto é mais fácil de fazer agora do que jamais foi. A minha política familiar mudou (...), o que significa que seus filhos, a quem tive de manter fora de meu plano dinástico, poderiam ser muito úteis para ela: mas eles terão de ser dinasticamente legitimados. Você sabe muito bem que, uma vez que eles nasceram de um casamento que eu não reconheço, não podem herdar direitos à minha coroa. Então, o que você faria em meu lugar?"

"Senhor, se Vossa Majestade quer que meus filhos sejam incluídos em sua herança, parece-me que seria necessário um *sénatus-consulte* pelo qual você simplesmente declararia que os filhos de seu irmão Lucien, embora nascidos de um casamento que Vossa Majestade não consentiu, tornam-se aptos a suceder..."

Napoleão mal ouviu tudo que Lucien tinha a dizer, interrompendo-o para responder: "Eu sei que posso fazer isso, mas eu não deveria; e quanto à opinião? Você triunfaria acima de mim, certo; eu entendo que isto pode satisfazê-lo; mas não posso ceder a você sem uma necessária compensação. O que a família diria? O que minha corte diria, e a França, e toda a Europa? Tal retração de minha parte me prejudicaria mais que uma batalha perdida."

"Mas, Senhor, estou pronto a compensá-lo de qualquer maneira que queira pelo bem de meus filhos. Eu e minha esposa deveríamos pedir seu perdão por casar sem sua permissão?"

IMPÉRIO

O imperador seguia prendendo o rapé entre os dedos, sem cheirá-lo. Pareceu hesitar, e Lucien tentou novamente.

"Senhor, renda-se a meu apelo, o senhor não terá um servo mais fiel do que eu; hei de empregar toda a minha vida para provar-lhe minha gratidão."

"Deus do céu, você me pressiona muito, e eu sou fraco! Mas não serei tão fraco a ponto de passar tal resolução para seus filhos: não posso fazer isso da mesma maneira que não posso reconhecer sua esposa! Ainda que os céus caiam sobre mim, repito, ela nunca será minha cunhada!"

O inesperado retorno ao velho refrão — depois do que parecera um progresso — fez com que Lucien se sentisse ao mesmo tempo surpreso, magoado e furioso. Tentou controlar seus nervos, dizendo: "Bem, então, o que quer de mim?"

"O que eu quero? Um simples divórcio."

"Mas você sempre disse que eu não era casado! Se não somos casados a seus olhos, como podemos nos divorciar? Um divórcio requer um casamento desfeito."

"Precisamente. Eu lhe disse, minha política familiar mudou. Veja bem, ao lhe pedir o divórcio, estou disposto a reconhecer seu casamento, mas não sua esposa. E o divórcio não prejudicará seus filhos, como seria com a anulação do casamento, separação, e assim por diante."

"Na minha visão, Senhor, separação, divórcio, anulação, qualquer coisa que tenha a ver com a separação de minha esposa, é desonroso para mim e para meus filhos, e eu lhe garanto que jamais farei qualquer coisa do tipo."

"Como é possível que, apesar de sua inteligência, você não entenda a diferença entre o que eu proponho hoje e meu pedido antigo: seu casamento anulado faria de seus filhos bastardos, tanto em termos civis quanto dinásticos, e o mesmo se daria com sua separação, uma vez que ela se seguiu ao meu não consentimento a seu casamento, assim anulando-o."

"Anulado a seus olhos, Senhor. Tudo isso pode ser o caso na medida em que a questão é a herança de sua coroa. Mas, acredite, o estado civil de meus filhos é reconhecido em toda a Europa. Você é livre para fazer o que quiser com um trono que conquistou com sua espada, mas não com o patrimônio de nosso pai Carlo Bonaparte, que ninguém pensaria em negar aos meus filhos. Todos eles são legítimos diante de Deus e da religião — quando o papa deu a uma de nossas filhas o nome de sua mãe, ele não a via como ilegítima, mesmo estando perfeitamente consciente de sua oposição a este casamento."

Napoleão começou a explicar novamente a Lucien que ele queria um divórcio a fim de legitimar as crianças dinasticamente — uma vez que ordenar um divórcio implicaria seu reconhecimento ao matrimônio. Lucien nem precisaria se separar de sua esposa; ela seria "honrada" como convinha se aceitasse de bom grado esta "oferta" para sua política e para o futuro da França. "Se ela recusar, será acusada, junto com você, de ter sacrificado o verdadeiro interesse de seus filhos por uma questão de amor-próprio. Seus filhos permanecerão como indivíduos baixos por sua culpa e terão todo o direito de amaldiçoá-los e à sua memória. Pense nisso."

"Senhor, eu espero que meus filhos sempre sejam dignos de mim e da mãe deles. A história lhes ensinará a nossa, e, se eles forem capazes dos sentimentos com que o senhor me ameaça, eu os renego já por serem de meu sangue."

"Ora, ora, você é incorrigível, sempre tomando tudo tão tragicamente. Eu não quero nenhuma tragédia, ouviu? Basta pensar sobre isso."

"Eu já pensei: nunca me desviarei do que acredito ser o caminho honroso. Se isso é o que se chama incorrigível, então, sim, é o que sou."

"Não é minha culpa, você não quer ceder, você prefere uma mulher..."

"Minha esposa, senhor!"

Lucien estava tentando sair havia algum tempo. De vez em quando Napoleão parecia querer terminar a conversa — mas em seguida começava a falar novamente. Desta vez foi sobre seus parentes, e Joséphine. Se ele deu, disse Napoleão, a República Cisalpina ao filho dela, Eugène, foi apenas porque precisava de alguém de confiança por lá. Na verdade, ele preferiria dá-la a Lucien. Ele não estava muito feliz com a filha de Joséphine, Hortense, menos ainda com seu marido, seu irmão Louis;

e sua própria mãe, Letizia, aparentemente tinha inveja de Elisa como princesa de Lucca. Ninguém jamais estava satisfeito. Pauline era a única razoável, ao menos em termos de ambição, porque era "a rainha dos penduricalhos"; e sua beleza aumentava com a idade. Joséphine estava ficando velha e, uma vez que não podia mais ter filhos, estava triste e tediosa, vivendo com medo do divórcio, ou pior. Ela gritava a cada vez que tinha uma indigestão, acreditando que alguém tentava envená-la para que Napoleão estivesse livre para se casar com outra pessoa; isto era "detestável".

Mas, na verdade, um divórcio seria necessário em breve. Se Napoleão tivesse se divorciado antes, teria filhos mais velhos agora — "você deve saber, eu não sou impotente como todos vocês costumavam dizer". "Eu, Senhor", respondeu Lucien, "nunca disse isto, pela boa razão de que acredito que o oposto é verdadeiro." Napoleão revelou ao irmão que tinha alguns filhos agora, dois dos quais ele tinha certeza de que eram seus, um de uma jovem amiga de Hortense que ele conhecera com sua amiga madame Campan, outro de uma linda polaca casada com um velho — "oh, eu sei que ele é impotente" —, e esta era um anjo, de quem se podia realmente dizer que sua alma se equiparava à sua beleza. Diante do sorriso de Lucien, ele respondeu: "Você ri ao ver-me apaixonado; sim, estou apaixonado, mas isto é sempre subserviente à minha política, segundo a qual eu devo me casar com uma princesa, muito embora eu preferiria coroar minha amante. É assim que eu gostaria que você se comportasse com sua esposa."

"Senhor", Lucien respondeu, "eu concordaria se a minha mulher fosse apenas minha amante."

Napoleão não reagiu, refletindo sobre suas próprias escolhas no que dizia respeito a uma nova esposa. Ele sempre se arrependeria de não ter "arrebatado" a princesa Augusta, filha de seu melhor amigo, o rei da Baviera — que estupidez "dá-la" a Eugène, que era incapaz de apreciá-la e lhe era infiel, mesmo sendo ela a mais bonita e a melhor das mulheres. Ele então perguntou a Lucien quantos anos tinha sua filha mais velha, Charlotte. "Quase 14", respondeu Lucien. "Se você tivesse aceitado minha política", disse Napoleão, "eu já a teria prometido ao príncipe das Astúrias ou a algum outro grande príncipe, talvez até a um grande imperador."

Em seguida, voltou para a questão do divórcio. O ponto principal era que o divórcio de Napoleão e Joséphine não seria muito percebido se o divórcio de Lucien e Alexandrine ocorresse ao mesmo tempo, ou um pouco mais cedo, uma vez que o de Lucien atrairia toda a atenção. "Sim, realmente você deveria fazer isso", Napoleão declarou e, em resposta ao olhar silencioso e atônito de Lucien, ele acrescentou: "Por que não?" Por um segundo o imperador pareceu envergonhado: ele estava tão acostumado a todo mundo cumprindo seus desejos com um comando que, por um momento, esqueceu que estava falando com o obstinado Lucien. Mas ele repetiu: "Sim, você deveria fazer isso por mim... Mas, meu querido presidente", como se Lucien ainda presidisse o Conselho dos Quinhentos, "isto seria um favor por outro, e desta vez eu não seria ingrato."

෨

Lucien, resolvido como sempre a nunca separar sua posição política e privada daquela de sua esposa, sentiu-se gratificantemente superior ao irmão naquele momento, e afundou em uma espécie de devaneio. Mal ouvindo as palavras de Napoleão, observava o homem que não se teria tornado primeiro cônsul sem suas próprias ações no 18 Brumário — ele gostava de lembrar-se disto — e que, apesar de seu poder, agora estupendo, continuava a cultivar sua irritação contra uma mulher cujo único defeito era ser esposa de Lucien, e isto à custa do amor natural, fraterno, e até da gratidão. Não havia mais dúvida na mente de Lucien de que Alexandrine era apenas um pretexto muito conveniente para mantê-lo longe do poder: Napoleão tinha a intenção de provar a si mesmo uma vez atrás da outra que só suas decisões importavam no mundo. Agora, quando a atenção de Lucien voltou a Napoleão, o irmão falava sobre seus planos dinásticos, reiterando que o divórcio de Lucien minimizaria os danos públicos de seu próprio e cada vez mais necessário divórcio de Joséphine, que, aos 44, passara da idade fértil.

IMPÉRIO   235

Mas Lucien estava convencido de que Napoleão tinha sobrinhos suficientes para garantir uma sucessão adequada. Abordando tão delicadamente quanto possível a questão da contrastante juventude e fertilidade de Alexandrine, ele disse ao irmão que não havia paridade nesta necessidade de se divorciar por causa de filhos. Surpreendentemente, Napoleão não ficou ofendido com este lembrete desagradável: "Sua esposa... bem, sua esposa!... Eu não o informei disto?... Ela se tornará duquesa de Parma, e seu filho mais velho herdará o título sem necessidade de reivindicar seu principado francês, o primeiro título que eu lhe darei enquanto aguardamos algum melhor, isto é, uma soberania independente." Lucien sorriu com a palavra "independente", porque ele sabia de quão pouca independência seus irmãos usufruíam no império de Napoleão. "Bem, sim, independente", disse o imperador, "porque você saberia como governar, enquanto que os outros..." Seguiu-se uma torrente de reclamações sobre os "outros", especialmente Louis, rei da Holanda.

Então, com um brilho diabólico no olhar e batendo a mão sobre o mapa da Europa, Napoleão disse com crescente ardor: "Quanto a você, escolha. Veja bem, eu não estou blefando: tudo isto é meu, ou logo será; eu já posso fazer o que quero com tudo. Gostaria de ter Nápoles?... Vou tirá-la de Joseph, ele não se importa muito com isso de qualquer forma, ele prefere Morfontaine... Itália, a mais bela joia de minha coroa imperial. Eugène é apenas o vice-rei, e longe de desprezá-la, ele espera que eu lhe conceda a Itália, ou que a herde se viver mais que eu. É melhor que ele não conte com isso, eu viverei até os 90, preciso disso para consolidar meu império por completo... Em todo caso, Eugène já não me será útil na Itália, uma vez que sua mãe seja deposta... Espanha? Você não a vê caindo em minhas mãos, graças aos tropeços de seus queridos Bourbon e da inépcia de seu amigo, o Príncipe da Paz?... Você não desfrutaria por completo de reinar onde outrora foi apenas embaixador?... Mas, então, o que quer?... Diga: Tudo o que você poderia querer um dia é seu, se você se divorciar de sua esposa antes que eu me divorcie da minha."

"Oh! Senhor, pelo preço do meu divórcio, eu não ficaria tentado nem mesmo pelo seu belo reino da França e..."

Em seguida, o tom do imperador mudou da veemência à secura completa. Tomando um ar novo, imperioso, ele interrompeu, dizendo: "Você por acaso acredita que está em terreno mais sólido em sua vida privada, da qual, aliás, eu poderia facilmente privá-lo, do que estou em meus tronos? Você acredita que seu amigo, o papa, é poderoso o suficiente para protegê-lo contra mim, se eu quiser realmente atormentá-lo?"

O orgulho de Napoleão fora atingido, tanto mais desde que soube que Lucien se beneficiava da amizade do papa e que de fato tinha razão para acreditar que estava em terra firme em seu exílio italiano. Mas, fechando a porta para a vida política de Lucien, o imperador era perfeitamente capaz de atormentá-lo, como ele dizia, em sua vida privada. Lembrando o benevolente aviso de Napoleão de que ele era poderoso demais para querer ser enfurecido, Lucien preferiu não dizer nada, exceto que esperava que o papa nunca precisasse protegê-lo. Tomou cuidado para que seu tom fosse humilde e moderado, sem ser abjeto: era a única maneira de demonstrar ao imperador quão inabaláveis eram os princípios pelos quais ele vivia. Lucien propôs incessantemente o *sénatus-consulte* que reconheceria seus filhos; uma e outra vez Napoleão repetia "tudo para Lucien divorciado, nada para Lucien sem divórcio".

Percebendo que a conversa não levaria a lugar algum, irritado, mas desejoso de que a reunião não se deteriorasse antes do fim, Lucien fez um gesto para sair — bastante discreto, já que a etiqueta exigia que fosse o soberano quem o dispensasse. Em vez disso, Napoleão tomou sua mão de novo e disse, em um tom estranhamente confidencial: "Se eu me divorciar, você não estaria sozinho ao fazer isso comigo; porque Joseph aguarda meu divórcio para declarar o dele." Julie Clary só era "boa para fazer meninas" em vez dos meninos que eram necessários — meninas só tinham utilidade para alianças políticas, e aquelas filhas, Zénaïde e Charlotte, ainda eram pequenas demais até para isso. "Mas você não disse que sua mais velha tem 14? Bem, essa é a idade; não está disposto a mandá-la para *maman*, por exemplo?" Lucien respondeu que ficaria feliz de fazer qualquer coisa pelo imperador que não conflitasse com seus próprios princípios. "Bom, muito bom", respondeu Napoleão bastante bruscamente, "neste caso, vou dizer a *maman* que

IMPÉRIO

lhe peça para enviá-la." Embora Letizia e Elisa estivessem pensando em casar Charlotte — Lolotte — com Napoleão, o plano do imperador era casá-la com um príncipe. Depois, referindo-se aos velhos tempos quando costumava puxar as orelhas das crianças, ele acrescentou: "Não tema por sua filha mimada. Diga a ela que seremos bons amigos, não vou puxar suas orelhas."

Napoleão continuava falando. Parecia obcecado com a necessidade de sobrinhos: eles seriam uma defesa entre os filhos de Louis e Hortense e aqueles que ele mesmo esperava ter, "porque, uma vez que a imperatriz Joséphine seja removida, sua avó e seu filho Eugène, que eu nunca deveria ter tornado tão poderoso, sempre serão inimigos de meus filhos legítimos e até mesmo adotados. Não, só há um caminho para que eu neutralize o poder dos filhos de Louis, e ele só amou o primeiro, que morreu na Holanda". Napoleão podia muito bem legitimar ou adotar os filhos naturais que ele mencionara antes, ponderou ele. Afinal, Luís XIV legitimara seus filhos bastardos. (Lucien absteve-se de recordar a Napoleão que as disposições do Rei Sol tinham sido anuladas depois de sua morte.)

O imperador então despreocupadamente voltou ao tema do divórcio de Joseph: ele tinha certeza de que ocorreria. Lucien disse que só acreditaria vendo. Napoleão, agora bem-humorado, disse jovialmente: "Ah sim, ele vai! Joseph fará isso, e você também; os três vamos fazê-lo juntos, e vamos casar novamente no mesmo dia." Lucien se tornara bastante sério, e Napoleão acrescentou: "Você deveria ficar comigo nestes três dias; mandarei preparar uma cama para você perto de meu quarto." Lucien, mais desconfiado do encanto de seu irmão do que de suas ameaças, recusou a oferta educadamente, sob o pretexto de que precisaria do tempo livre para meditar sobre tudo que Napoleão lhe dissera. A oferta foi reiterada. Lucien recorreu à desculpa de que um de seus filhos estava doente, e precisava voltar. "Você discutirá as coisas com sua esposa; bem, adeus a nossos planos de uma aproximação", replicou Napoleão.

"Senhor, eu ouso dizer que está enganado; os projetos de Vossa Majestade não têm melhor aliado que minha mulher, e, se os filhos dela

238   NAPOLEÃO E O REBELDE

se beneficiassem deles, então ela ficaria mais que feliz em mudar de posição. É uma grande fonte de sofrimento para ela ser objeto do ódio pessoal de Vossa Majestade. Eu às vezes me preocupo que ela entre em colapso pelo nervosismo quanto a isso."

"Verdade?! Sinto muito por isso. Tome cuidado para que ela não morra antes que você consiga seu divórcio, porque assim eu já não poderei legitimar seus filhos."

Isto foi dito como piada, mas Lucien não achou engraçado. Finalmente Napoleão o dispensou: "Bem, vá então, já que quer — e mantenha sua palavra." Os irmãos já tinham visto o suficiente um do outro. Napoleão estendeu a mão e apresentou sua bochecha, que Lucien beijou de forma mais respeitosa que fraterna antes de sair correndo da sala. Ao ouvir o imperador chamando Méneval, seu secretário particular, ele acelerou o passo, ansioso por voltar à sua carruagem. Ela estava esperando desde a meia-noite, que já havia passado fazia muito tempo.

O CIDADÃO DE FLORENÇA

Poucos dias depois, Napoleão relatou a Joseph seu encontro com Lucien. Seus "pensamentos e linguagem são tão diferentes dos meus", escreveu ele, "que tive dificuldade de entender o que ele queria". O que Napoleão entendeu foi que Lucien consideraria o envio de sua filha mais velha a Paris, para ficar com a avó:

> Se ele ainda o deseja, eu gostaria de ser informado imediatamente; a jovem terá que estar em Paris em janeiro, e ser escoltada em seu caminho para Madame ou por Lucien ou por uma governanta. Lucien me pareceu dividido entre vários sentimentos, e não forte o suficiente para decidir qual prevalecia. Eu esgotei todos os meios em meu poder para induzir Lucien, jovem como ele é, a dedicar seus talentos a meu serviço e ao do país. Se ele quer enviar sua filha, ela terá que partir sem demora, e ele terá de me enviar uma declaração em que a coloca inteiramente à minha disposição; pois não há um momento a perder, os eventos são urgentes e meu destino

IMPÉRIO 239

deve ser realizado. Se ele mudou de ideia, eu também preciso ser informado imediatamente; pois encontrarei uma alternativa.

Diga a Lucien que fiquei tocado por sua dor e por alguns dos sentimentos que expressou por mim; e que lamento ainda mais que ele não deseje ser razoável, nem garantir sua paz de espírito, bem como a minha.[5]

Joseph decidiu não perturbar a paz de espírito de Letizia; ela escreveu a Lucien no final de dezembro de 1807 que Joseph havia encontrado o imperador com as "melhores disposições" em relação a ele, o que aumentava a esperança e a felicidade da mãe.[6] Ela não sabia toda a verdade. Com Lucien, Joseph podia ser muito mais sincero. No primeiro dia de 1808, escreveu ao irmão uma carta carinhosa em que explicava a importância de enviar Lolotte a Paris com o objetivo de casá-la vantajosamente: Lucien errou em não dar a Napoleão uma resposta imediata e direta em relação a este acordo, que garantisse "o bem-estar da família e, especialmente, de sua filha".[7] Napoleão era perfeitamente capaz de substituí-la por outra pessoa, escreveu Joseph, e, se isso acontecesse, todos sofreriam — não só Lolotte mas também os outros filhos, sua esposa, e ele próprio. Tudo dependia de Lucien; e, se ele se recusasse a fazer isso, então "eu não o conheço mais — como, com a mente que possui, você pode acreditar que alguém é capaz de enganar um homem como o imperador, como pode não sentir que não enviar sua filha é o mesmo que levá-lo a comprá-la". Joseph se importava profundamente com o bem-estar de Lucien e de sua família. Mas ele também tinha a intenção de manter um bom relacionamento com o imperador, e tomava seus deveres para com Napoleão a sério. Ele terminou sua carta dizendo a Lucien que ficaria feliz em abraçar as crianças, a quem ele amava, mas que havia aprendido a não sacrificar o futuro por um momento de satisfação.

Lucien decidiu não enviar Lolotte imediatamente a Paris — ela ainda não completara 14, e ele não tinha pressa nenhuma de se separar dela. Ele também detestava totalmente o marido que Napoleão propusera para ela — o príncipe das Astúrias, o filho alijado do rei e da rainha da Espanha, a quem ele conheceu em Madri.

240 NAPOLEÃO E O REBELDE

Enquanto isso, um acontecimento dramático ocorreu: as tropas francesas ocuparam Roma em 2 de fevereiro. Lucien não teve escrúpulos em ficar ao lado do papa, que, poucas semanas depois, deu-lhe o feudo de Canino, uma pequena cidade a norte de Roma, em troca de um apoio financeiro muito necessário ao papado. Dado que Napoleão buscava romper com o papa, o imperador não apreciou esta aliança e decidiu pressionar Lucien para que ele deixasse os Estados Papais. Ele escreveu a Joseph em 11 de março:

Meu irmão, Lucien está se comportando mal em Roma, até mesmo insultando os oficiais romanos que estão do meu lado, e ele se mostra mais romano que o papa. Quero que você lhe escreva para que ele deixe Roma e se retire para Florença ou Pisa. Eu não quero que ele fique em Roma, e, se ele se recusar a sair, eu só aguardo sua resposta para mandar retirá-lo. Seu comportamento tem sido escandaloso; ele diz que é meu inimigo e da França. Se ele persistir nesses sentimentos, o único refúgio para ele é a América. Eu pensava que ele era brilhante, mas vejo que é apenas um tolo. Como ele pôde ficar em Roma quando as tropas francesas chegaram? Ele não deveria ter-se retirado para o campo? Pior, ele se posiciona contra mim. Não há palavras para isso. Eu não tolerarei que um francês, e um de meus irmãos, seja o primeiro a conspirar e agir contra mim, juntamente com a escória do clero.[8]

No final de março, Letizia escreveu a Lucien confirmando que ele deveria deixar Roma imediatamente, para não encorajar o boato de que seu ódio pelo imperador se convertera em antipatriotismo. O tom da carta foi seco; Letizia disse ao filho que ele deveria mudar-se para a Toscana a fim de não piorar ainda mais sua situação, e assinou "sua afligida mãe". A pressão começava novamente — não surpreende, pois não há dúvida de que Lucien se comportava de forma provocadora. Ele também sabia que não tinha outra escolha senão deixar Roma.

Em 17 de abril de 1808, ele e sua família chegaram a Florença, ficando a primeira noite no hotel Aquila Nera, onde ele se registrou com o nome de general Boyer, seu pseudônimo habitual. Ele foi reconhecido

IMPÉRIO

de qualquer maneira e tratado com deferência. No dia seguinte, a família se mudou para um alojamento temporário no elegante Palazzo Ximenès, emprestado a eles por um primo corso dos Bonaparte, o general Pascal-Antoine Fiorella, enquanto procuravam por uma mansão no campo. Entre outros, houve ofertas de uma mansão por Tassoni, o ministro residente do reino da Itália, que imediatamente começou a escrever relatórios confidenciais sobre Lucien para o benefício da corte francesa.

Florence acolheu Lucien e sua família calorosamente. Quando eles apareceram no teatro, o público lhes ofereceu espontaneamente uma ovação de pé e os acompanhou à sua carruagem no final da peça, assim como acontecera em Paris alguns anos antes. Havia um forte boato de que Lucien seria o próximo rei da Etrúria. Como escreveu a duquesa d'Albany, que tinha sido amante do poeta Vittorio Alfieri e depois do pintor François Gérard, de Florença: "Estamos um pouco tristes por não sermos mais uma capital, e, se pudéssemos ter Lucien como soberano, todos ficaríamos feliz. No entanto, Lucien não quer ser nada além de um cidadão, e um cidadão da maior proeminência: como rei, ele apenas assumiria o papel de segundo violino. Ele se ocupa das artes, compra um monte de pinturas e faz um monte de obras de caridade. Ele tem uma bela esposa, um pouco passada em anos, e um exército de filhos." Em outra perceptiva carta, ela escreveu: "Dizem que Lucien tem um monte de inteligência e caráter. Há o desejo de que ele seja o rei deste país, mas dizem que ele não quer um trono. Sua esposa ainda é muito bonita; embora digam que ela ainda é jovem, ela é corpulenta, não uma grande qualidade neste país, onde se aprecia que as mulheres sejam magras e esbeltas. Eles vivem de forma muito reclusa. Eu admiraria sua determinação de continuar a ser um cidadão comum se não acreditasse que, considerando o quanto ele é rico, ele seria mais feliz como soberano."[9]

Embora Lucien conseguisse manter ao menos a aparência de uma vida feliz, ele se sentia cada vez mais nervoso com sua posição precária e temia que Napoleão viesse a agir contra ele de forma brutal. Em uma carta que escreveu a ele em maio, Letizia suplicou-lhe que "pare de reclamar sobre quem quer que seja e perceba que sua desagradável posição pode impedi-lo de ver as coisas como elas são e torná-lo injusto para com seus irmãos, que são todos sinceramente ligados a você".[10] A ligação logo seria comprovada por suas ações: Jérôme e Louis — que estava adquirindo a propriedade de Frascati — prontificaram-se a ajudá-lo a sanar seus presentes problemas financeiros, contribuindo com 200 mil francos. Joseph tomou conta deste empréstimo familiar, que envolveu transações pan-europeias, com o auxílio de Roederer, seu ministro das Finanças, e alguns outros amigos de confiança. Mesmo assim, Lucien sentia que tinha bons motivos para se preocupar, e se preparava para a eventualidade de uma fuga rápida para a América.

Em meio a tudo isso, em abril, Napoleão nomeara Joseph rei da Espanha. Assim que recebeu a aceitação de Joseph para a poderosa posição, o imperador ordenou que eles se encontrassem em Bayonne, que ficava na rota terrestre de Nápoles a Madri. Ele também pediu a Joseph que parasse no caminho para ver Lucien e avaliar se ele havia pensado sobre as coisas e mudado de ideia. E assim, em 27 de maio de 1808, poucos dias depois que deixou Nápoles, Joseph encontrou-se com Lucien na Bolonha.[11] Ele trazia mais ofertas de Napoleão, todas dependendo do divórcio de Lucien e Alexandrine, claro: o trono de Portugal poderia ser de Lucien, ou mesmo o trono de Nápoles, ou, finalmente, o título de vice-rei da Espanha. Como sempre, Lucien não mostrou nenhum interesse, acrescentando que era improvável que a última oferta tivesse qualquer substância, uma vez que Napoleão era contra a divisão de reinos entre irmãos. Ele também advertiu Joseph de que a Espanha seria um lugar espinhoso para governar — como ele mesmo testemunhara em primeira mão no ano que passou negociando um difícil tratado de paz. Eles discutiram longamente assuntos de governo e hereditariedade, concordando em eventualmente casar a filha de Lucien, Lolotte, com o filho de Joseph, a fim de contrabalançar as regras que prevaleciam na Espanha, segundo as quais a hereditariedade era passada através das filhas: o casamento impediria que uma filha de Joseph governasse uma população não francesa. Para Lucien, o plano era aceitável, sob a condição de que ele pudesse se mudar para a América imediatamente.

IMPÉRIO

A perspectiva de trocar a Europa pela América se tornava mais real a cada dia. Lucien escrevera à mãe no final de abril sobre o plano hipotético. Letizia ficou desesperada só de imaginá-lo mudando-se para o outro lado do oceano; em junho, ela escreveu uma carta angustiada a Joseph, na esperança de que ele prometesse jamais colocar tal plano em ação: "Você é um irmão assim como eu sou uma mãe, só imploro que não me deixe neste estado de incerteza, ou eu não teria muito tempo de vida."[12]

❧

Não havia nada certo na vida de Lucien, mas, por mais temporário que fosse o arranjo, ele se estabeleceu com o maior conforto possível em Florença, instalando a maior parte de suas trezentas ou quatrocentas pinturas e centenas de esculturas antigas, objetos de arte e alguns móveis preciosos do *palazzo* romano na mansão alugada.[13] Ele ainda tinha mais de quarenta obras-primas em Roma, onde a coleção era conhecida como galerie Bonaparte, uma maravilha extraordinária que não se podia perder, de acordo com a maioria dos visitantes. Ele encomendou retratos de si mesmo e de sua família com os melhores artistas que vivem em Florença, incluindo Gérard, e com seu amigo Fabre, que alguns anos antes pintara Lucien, Alexandrine, as crianças, Letizia e Elisa. O artista florentino Giovanni Antonio Santarelli retratou toda a família em encantadores perfis.

As boas maneiras e a generosidade de Lucien o tornaram popular entre os florentinos. Os estados italianos sob controle napoleônico estavam devastados pela guerra e acolheram de bom grado um ilustrado e pacífico patrono do comércio e das artes como Lucien, que se opunha às pesadas tributações impostas pelos gestores locais. Suas ações privadas refletiam suas virtudes: por exemplo, ele tentou comprar e restaurar a casa de Michelangelo. Forneceu dotes para as duas filhas de um pobre camponês que conheceu durante um passeio no campo. Mas, apesar de tais manifestações de otimismo e grandeza, e apesar de seu evidente potencial como um hábil príncipe-cidadão, Lucien não pretendia entrar

244 NAPOLEÃO E O REBELDE

novamente no burburinho da vida pública. Em sua mente, só restava um possível curso de ação: zarpar para a América. Ele fez planos de vender uma parte de sua coleção para Joseph ou para Napoleão por 2 milhões, ou pelo menos 1,5 milhão de francos — uma soma justa, que teria permitido que ele partisse em breve e vivesse bem no exterior.[14] Joseph não podia pagar, mas, nesse meio-tempo, os 200 mil francos que ele ajudou a fornecer a Lucien foram uma ajuda temporária.

Elisa também ajudou. Ela se reconciliara totalmente com Lucien e lhe escrevia cartas afetuosas. A princesa de Lucca estava com ciúmes do favor concedido por Napoleão à sua irmã mais nova, Caroline, que de repente se tornou rainha de Nápoles quando seu marido, Joachim Murat, foi chamado para substituir Joseph no trono. Naquilo que percebia como sua posição rebaixada, Elisa não pôde resistir à tentação de visitar — anonimamente — seu irmão rebelde com quem ela agora sentia um vínculo renovado. Ansiosa por suavizar os atritos recentes com Lucien, ela fez avanços afetuosos com Alexandrine, que estava grávida de novo, e até pagou por algumas das dispendiosas encomendas de arte de Lucien.[15]

❦

Em outubro de 1808, os assuntos familiares estavam longe da mente de Napoleão: ele estava ocupado em negociar uma trégua europeia em Erfurt, na Alemanha, com o tsar Alexander e os príncipes alemães (uma paz que logo seria seguida de mais guerras). Durante sua ausência da Itália, Lucien e sua família puderam desfrutar de um pouco de descanso da pressão imperial. Madame Mère, que via o imperador como pai de toda a família e ainda desejava que Lucien finalmente obedecesse à sua vontade, aconselhou o filho no final de setembro a esquecer de uma vez por todas a América — depois que ele pediu a ela que solicitasse passaportes para ele e sua família junto ao imperador.[16] "Se sua estada em Florença se tornar muito insuportável", escreveu ela, "então alugue ou compre uma pequena casa de campo".[17] Pisa seria um bom lugar, ela achava.

IMPÉRIO 245

Mas não havia necessidade de uma casa em Pisa. Letizia não sabia que Lucien já havia adquirido, discretamente, uma propriedade de considerável tamanho em Canino, onde o papa lhe dera seu feudo; e não era uma simples casa de campo. Ainda assim, a intervenção de Letizia parece ter anulado a proibição imperial de que Lucien deixasse a Toscana — era sempre ela que exercia a maior autoridade moral e emocional sobre Napoleão. Em meados de novembro, Lucien e sua família se mudaram para a propriedade em Canino, ao norte de Roma, bem perto da fronteira da Toscana, mas de volta aos Estados Papais. Lucien escreveu à mãe que estava vivendo em grande tranquilidade na pequena aldeia de Canino, onde se ocupava com suas terras, transformando um convento de velhos templários chamado Musignano em uma fazenda, construindo celeiros e restaurando a propriedade principal, enquanto a família ficava nas casas da aldeia.[18] Nas noites de chuva, ele trabalhava em um poema épico sobre Carlos Magno. A coleção continuava; pintores e escultores o visitavam. Alexandrine daria à luz o quarto filho dentro de dois meses (contando com as crianças que cada um tinha antes de se conhecer, seriam agora oito filhos).

O menino Paul nasceu a termo em fevereiro de 1809. A primavera foi tão pacífica e sem incidentes quanto foram o outono e o inverno. A família ficou recolhida em sua nova propriedade até junho, quando foram passar o verão na cidade termal de Bagni di Lucca, instalando-se perto de Elisa, que tinha ali sua residência de verão e os acolheu calorosamente. Neste momento ela já era grã-duquesa da Toscana, uma suficiente compensação pela coroa de Caroline e motivo suficiente para que ela recuperasse sua altivez. Ela insistiu em exercer algum controle sobre a vida de seu irmão, proibindo, sem nenhuma razão clara ou explícita, sua amiga madame d'Abrantès de ter qualquer contato com ele.

Ainda assim, a tagarela Mme. d'Abrantès foi visitar a mansão de Tusculum na ausência de seus habitantes. Ela estava intrigada pela situação em que Lucien se colocara, permanecendo voluntariamente como um "simples cidadão sob o domínio despótico de seu irmão", e procurando consolo como um republicano desiludido em Tusculum —

246 NAPOLEÃO E O REBELDE

a mesma terra onde Cícero discursara livremente, criticando a tirania exercida por seu antigo aliado, o futuro imperador Otaviano.[19] Em Roma, Mme. d'Abrantès frequentara alguns amigos de Lucien; ela notou como ele era apreciado lá, e descobriu quão ativo ele era como patrono das artes. Ela foi informada de que ele cultivava seu jardim para o prazer e bem-estar dos hóspedes e visitantes, mais que para o próprio. Ela nunca gostou muito dele em Paris, mas agora começava a ver suas virtudes e a lamentar que não pudesse visitá-lo. O homem era infame e controverso; mas, pelo que ela viu e ouviu, sua vida privada era muito mais virtuosa do que sugeriam os rumores públicos ou os que o conheciam apenas superficialmente.

LOLOTTE EM PARIS

Quando Napoleão disse a Lucien que a Europa seria pequena demais para os dois, ele não falava da boca para fora: o imperador queria governar todo o continente, e os dissidentes, mesmo apenas em potencial, não poderiam ser permitidos em lugar algum. Sua sede de dominação nunca parecia se apaziguar. Na Espanha, Joseph bancava o rei fantoche enquanto os inomináveis horrores da guerra, fantasmagoricamente retratados por Goya, devastavam o país: crueldades foram perpetradas pelo exército francês contra uma população civil que reagiu com igual violência.[20] Enquanto isso, Napoleão batalhava na Áustria. Ele ocupou Viena em maio de 1809; após um revés em Essling, ele cruzou o Danúbio em 4 de julho e derrotou os austríacos em Wagram dois dias depois. Frenéticas negociações diplomáticas se seguiram, e em outubro, com o Tratado de Schönbrunn, a Áustria cedeu a Ístria e a Caríntia para a França e Salzburgo para a Baviera. Uma cláusula secreta do tratado era que Napoleão se casasse com uma jovem princesa austríaca, Maria Luísa, filha do Sacro Imperador Romano Francisco II. No planejamento desta nova aliança, Napoleão desconsiderou quão desafortunado foi o casamento anterior de um monarca francês (Luís XVI) com uma princesa de Viena — e o fato notável de que Maria Luísa era sobrinha-neta da infeliz Maria Antonieta.

IMPÉRIO

Napoleão se divorciou de Joséphine em 15 de dezembro de 1809. O divórcio foi uma experiência dolorosa — especialmente para Joséphine, que logo depois partiu para Malmaison, mas também para Napoleão, que sabia que tinha de "casar com um útero". Mas este era o ponto: ele se divorciara em nome da hereditariedade e tornaria a se casar pela mesma razão. Não era paixão, mas uma aliança estabelecida pelo bem nacional. O fato de que Napoleão não pôde convencer Lucien a fazer o mesmo — submeter-se ao calvário ao qual o próprio imperador se submetia, sacrificar o casamento por amor contraído em sua passional juventude por um propósito maior — continuava a ser intolerável para ele.

Sempre foi crucial para a estratégia de Napoleão, e especialmente para sua vaidade, desconsiderar a elegibilidade imperial dos muitos filhos que Alexandrine tinha com Lucien: sua impressionante fertilidade era uma realidade enlouquecedora que Napoleão não queria enfrentar, pois não podia suportar de nenhuma maneira que Lucien lhe fosse superior naquele aspecto — ou em qualquer outro. Ao recordar o encontro de Mântua ao seu ministro Roederer mais de um ano depois do ocorrido, o imperador ergueu a voz em um acesso de raiva extrema: "Minha família inteira tem de ser francesa. Quando Lucien, em Mântua no inverno passado, atreveu-se a falar comigo como se eu fosse um estrangeiro, eu lhe disse: 'Vá, pobre-diabo, saia da minha presença; nenhuma relação mais entre nós!' Eu conquistei a Espanha; eu a conquistei para que ela fosse francesa!"[21] A fúria inesperada com que ele proferiu estas palavras parecia a expressão de uma frustração profunda e pessoal, mais que política.

A notícia do "sacrifício" de Joséphine foi acompanhada por rumores de que Louis e Hortense se divorciariam. Em 25 de dezembro — dez dias depois que o Senado declarou nulo o casamento de Napoleão e antes que a identidade da nova noiva do imperador fosse anunciada — Elisa escreveu a Lucien sobre esta separação como provável, e não certa. A profecia de Lucien de que os casamentos impostos por Napoleão desmoronariam parecia tornar-se realidade; era uma desforra, mas dificilmente se tratava de um consolo para ele. E, em face da esmagadora pressão da família, ele mesmo começou a ceder em certa medida, fazendo planos para enviar sua filha Lolotte a Paris, dois anos após o pedido do imperador. Na mesma carta, Elisa fez alusão a seu desejo, partilhado por Madame Mère, de que Lolotte se casasse com Napoleão (nem Elisa nem Letizia sabiam ainda quem Napoleão tinha escolhido como noiva), para evitar qualquer risco de dispersão de poder para fora da família, como acontecera com o clã Beauharnais.[22]

No dia de Ano-Novo de 1810, Lucien anunciou a Joseph que Napoleão solicitou a presença de Lolotte em Paris: ela deveria ser enviada a Letizia.[23] O momento parecia certo para ele. Agora que Napoleão finalmente agia segundo sua legítima necessidade de ter herdeiros, a teimosia de Lucien a respeito de seu próprio casamento talvez adquirisse menos importância para ele; talvez pudessem esperar a possibilidade de algum acordo. Mas Lucien tinha tanta noção quanto Letizia da extensão da fúria de Napoleão. Em 3 de fevereiro, o imperador convocou Andrea Campi, intendente de Lucien, que estava servindo como mensageiro entre Paris e Canino, e explodiu:

> Quando eu o nomeei ministro, [Lucien] desviou fundos e aceitou subornos dos quais recentemente adquiri provas. [Se algum agente insidioso fabricou estas provas dez anos antes, não sabemos.] Eu deveria mandar prender Mme. Jouberthon. O primeiro filho deles é um bastardo. (...) Você diz que ele é meu amigo! Ele estava em Austerlitz ou em Eylau? Quando eu estava no campo de batalha, ele estava dormindo com sua esposa! Eu amei a imperatriz: é por causa dele que tive de me divorciar dela, porque eu tinha que pensar no futuro. Se ele não deixar sua mulher, que parta para a América. (...) Se ficar, mandarei prendê-lo com sua esposa e filhos, e ele morrerá na prisão. Eu afirmo ter direito de vida e morte sobre minha família. Eles dirão que isto é despotismo, mas a Europa aplaudirá. Quem são os amigos dele? Os Faubourg Saint-Germain, os partidários dos Bourbon! Que vergonha! E ele se diz meu irmão![24]

Ao final de fevereiro de 1810, todos os planos em relação a Lolotte foram finalizados: Lucien e sua família estavam prontos para despachar a jovem de 15 anos para a França. Campi a acompanharia. Depois de

IMPÉRIO

se encontrar com ele, Alexandrine escreveu uma exaltada carta a Napoleão, em reação à proposta que ela recebeu do ducado de Parma, em troca de seu divórcio:

> *Ah! Senhor, qual deve ser, ou talvez não deva ser, minha resposta a Sua Majestade? Poderei dizer a ele a verdade sem desagradá-lo e ofendê-lo? (...) Só a calúnia poderia danar-me aos olhos de Vossa Majestade. (...) Se eu tivesse um dia a força de acreditar, como Vossa Majestade faz, que os deveres e virtudes da vida privada, mesmo no coração de uma mulher, devem estar subjugados aos deveres e virtudes da política da nação, eu não desejaria participar daqueles deveres e virtudes. (...) E, se eu me decidisse a sacrificar a felicidade e a honra de ser a amada companheira de um homem como seu irmão Lucien, só Deus no céu poderia compensar-me por isso; aqui embaixo, tal compensação não está nem mesmo no poder do todo-poderoso imperador a quem tenho a honra de dirigir-me neste momento.*
>
> *Não, Senhor, o ducado de Parma, qualquer outra soberania (...) não poderia ser nenhum tipo de compensação para mim...*
>
> *Senhor, eu me atiro a seus pés. É tão impossível para mim separar-me secretamente de Lucien como é para ele deixar-me publicamente. Nós pertencemos um ao outro na vida e na morte. Só me resta implorar-lhe, pela primeira vez, o único favor que Lucien já solicitou de Vossa Majestade. Senhor, permita-nos viver em paz em algum canto de seu Império.*

Alexandrine assinou "sua mui humilde e mui obediente serva e súdita" — mas mesmo assim escreveu Alexandrine Bonaparte.[25] Esse nome em si sinalizava tudo, menos submissão à vontade do imperador. E o tom de sua súplica foi altivo demais para comover Napoleão, como a carta de Christine conseguira fazer tantos anos antes.

ॐ

Qualquer esperança que restasse de uma solução positiva para a longa batalha entre o imperador e seu irmão obstinado e a indesejada cunhada, portanto, repousava sobre os ombros frágeis de Lolotte. Sua chegada a

Paris em 8 de março de 1810 não pareceu mudar a situação. Dois dias depois, Letizia escreveu uma carta de palavras duras a Alexandrine, sobre a infelicidade que seu casamento havia trazido para a família, exortando-a a aceitar o divórcio. "O Imperador quer seu divórcio: cabe a você convencer Lucien a efetivá-lo, se ele se recusa a lhe pedir isto. (...) Não hesite entre uma vida repleta de amargura e tristeza, que deve esperar se continuar a ser teimosa, e a perspectiva de um futuro feliz."[26] Ela assegurou Alexandrine de que seus filhos seriam reconhecidos pelo imperador e que se tornariam reis e rainhas, e que a dissolução de seu casamento não colocaria um fim à amizade e ao afeto que Letizia sentia por ela. Inútil dizer que a carta não persuadiu Alexandrine nem Lucien a mudar de opinião.

Lolotte estava afortunadamente ignorante da batalha que grassava em suas costas, e inconsciente de que estava sendo usada como um peão na mesma. A partir do momento em que partiu para a capital francesa, ela escreveu cartas quase diárias aos pais, informando-lhes como, em sua chegada, seus aposentos lhe foram mostrados e como, depois de conversar com sua tia Pauline (Letizia estava no teatro) e descansar um pouco, ela acordou às lágrimas com o pensamento de estar tão longe de sua família.[27]

Ela nunca havia deixado sua casa antes, e continuaria inconsolável, embora desse o máximo para se controlar, como seu pai lhe pedira para fazer. O imperador a recebeu alguns dias depois de sua chegada, abraçando-a calmamente. Aos poucos, ela se acomodou. Um professor de dança foi contratado para ela, bem como um professor de piano e outro de canto. Logo ela se viu ocupada demais com suas aulas para escrever cartas para casa com a frequência que gostaria — e como Lucien e Alexandrine queriam que ela fizesse. Eles haviam lhe pedido que escrevesse sobre todas as suas experiências e pensamentos, contanto que confiasse suas cartas a um amigo e as enviasse com as devidas precauções. Mas ela estava infeliz, perdendo o apetite e mal saindo de casa. Só a religião a mantinha à tona, embora ela visitasse seu tio Jérôme, que deu a ela dois xales de caxemira, e o imperador uma vez mais. No final de março, Paris celebrou o casamento iminente de

IMPÉRIO

Napoleão e Maria Luísa. Lolotte não participou. Ela mal viu alguns fogos de artifício sobre a cidade.

Porém, logo ela começou a viver um pouco. Ela escreveu aos pais que começou a ganhar um pouco de peso novamente, embora continuasse a chorar sempre que pensava em Canino. Apesar de sua extrema imaturidade e extraordinária ingenuidade, tão evidente em suas cartas, Paris teve algum efeito sobre ela, que adquiriu certa sofisticação. Ela mostrou ser uma aguda observadora de seu entorno e da família, e receptora atenta de qualquer fofoca que lhe chegasse aos jovens ouvidos, descrevendo com verve e franqueza as novas roupas, passeios, atividades, gostos, desgostos e pessoas. Ela ouvia o suficiente para ser uma informante útil de sua família em Canino, escrevendo, por exemplo, que o cardeal Consalvi, braço direito do papa, não voltaria a Paris porque se recusou a comparecer ao casamento do imperador divorciado. Houve também a notícia de que Pauline estava doente e que queria viajar para a estância de águas, mas que estava desesperada porque o imperador queria que ela desse uma festa antes de sua partida que lhe custaria 120 mil francos, e ela não tinha esse dinheiro. Enquanto isso, a nova imperatriz disse a Pauline que estava grávida; realmente, ela estava vomitando o tempo todo e ganhava peso visivelmente numa velocidade alarmante. Quando as tias de Lolotte vieram em visita a Letizia, falaram mal do imperador e suplicaram a Madame Mère que não o visitasse mais de uma vez por mês. Letizia seguiu o conselho. Lolotte poderia ter relatado isso ao imperador quando o viu, escreveu ela, se tivesse seguido o exemplo de suas tias e fosse uma menina má — mas essa não era sua natureza. Enquanto isso, todos em Paris falavam sobre seu potencial casamento, alguns apostando no príncipe das Astúrias, outros em um arquiduque, outros no grão-duque de Luxemburgo.

Quando Lolotte almoçou com o cardeal Fesch, Jérôme e sua esposa Catarina — rei e rainha da Westfália — ela informou que a última era "feia além da imaginação". Em outra ocasião, houve um almoço na casa de Letizia com Pauline (que era muito carinhosa com Lolotte), o rei e a rainha da Westfália, e Fesch, onde Pauline e Jérôme a aconselharam a não se casar com um homem velho. Havia mais: depois do almoço,

Pauline disse-lhe confidencialmente que Caroline Murat, rainha de Nápoles, havia sugerido ao imperador que Lolotte se casasse com o grão-duque de Würzburg, e que ela, Pauline, persuadira o imperador a não seguir a ideia: o homem era feio e adoentado, tinha dentes ruins e era um admirador, para não dizer companheiro, da própria rainha de Nápoles.

Foi a primeira vez que conversações sobre o casamento de Lolotte foram tão concretas. De toda a família, Elisa (que cuidara de Lolotte quando ela era uma criança) era a que menos se encontrava com ela; Elisa estava grávida e tinha medo de abortar. Quanto a Jérôme, escreveu Lolotte, ele estava aborrecido por já estar casado, porque parecia querer casar-se com ela, Lolotte, apesar de ter declarado pouco antes, em outra refeição em família, que ela não era bonita; ao que Pauline respondeu que achava que Lolotte tinha boa aparência porque se parecia com ela. Lolotte continuou comendo em silêncio enquanto eles falavam. Naquela mesma noite, no teatro, ela entreouviu Jérôme dizendo discretamente a Letizia que seria bom casá-la com o príncipe das Astúrias. Lolotte prometeu a seu pai que ela recusaria tal partido se chegasse a ser proposto a sério; e não importa o que acontecesse, ela nunca responderia a nenhuma proposta sem consultá-lo. Letizia lhe disse o que o imperador havia decidido: se Lucien viesse a Paris (e, portanto, divorciado, embora Lolotte não soubesse disso), então Napoleão a casaria bem. Caso contrário, o imperador a adotaria — diante disso, ela escreveu em parênteses, "pense só, querido pai, que tormento seria, para mim, ser adotada por um homem mau que me privaria de meu pai" — e a casaria o mais desvantajosamente possível.

Lolotte tinha comentários afiados para toda a família: a rainha de Nápoles, Caroline, comportava-se estranhamente e estava constantemente em companhia de um jovem embaixador, um tal de Meternik (este era Metternich, o futuro ministro austríaco, que, segundo boatos, também teve uma ligação com Pauline). Todo mundo percebia. Mais tarde, em meados de maio, Lolotte escreveu a Alexandrine o que pensava da aparência dos familiares que a rodeavam. O pintor Jean-Baptiste Wicar começara um retrato dela, representando uma menina alta e esbelta, de traços finos, vestida com o traje colorido de uma camponesa de Canino. Se fosse minimamente parecido com ela, o retrato faria nítido contraste com as mulheres que Lolotte descrevia: Pauline — que cantava mal, em francês e italiano — era bastante atraente, mas não encantadora, e ela, Lolotte, não gostava de sua aparência. A rainha de Nápoles era uma suposta beldade, mas na verdade era atarracada e muito gorda. A grã-duquesa Elisa não era bonita, e, quanto à mulher de Jérôme, Catarina, a rainha de Westfália, e Julie Clary, a rainha da Espanha (ela era casada com Joseph), ambas eram "extremamente feias, e em nada, mas em absolutamente nada, bonitas". Catarina ainda não tinha filhos, e a filha de Elisa, Napoleona, não tinha graciosidade em seus gestos ou fala — "Eu acho que, quando ela crescer, perderá muito mais porque os olhos são extremamente pequenos, o nariz é bonito, mas não continuará assim." Quanto a Zénaïde, filha de Joseph, ela parecia uma menina rechonchuda e agradável, e Charlotte, sua irmã, parecia feia; nenhuma delas usava espartilhos ainda, embora a mais velha tivesse 18 anos. Que diferença, ela escreveu, entre estes primos e seus próprios irmãos, Lili (Christine-Egypta), Anna, Charles, Letizia, Jeanne e Paul (cujos dentes começavam a nascer nesta época).

Lolotte queria desesperadamente voltar para casa. Ela escreveu uma carta lacrimosa atrás da outra, implorando ao pai para organizar seu retorno. Suas cartas brutalmente sinceras certamente enfatizavam o contraste entre a atmosfera afetuosa da família de Lucien e a natureza hipócrita e ambiciosa da corte imperial. Caroline Murat reclamou da má educação que Lolotte recebera nas mãos da detestável Alexandrine; e ela tinha certa razão de protestar, já que Lolotte tinha o hábito de expressar todos os seus sentimentos.[28] Seu francês, além disso, era menos que perfeito.

Todas estas cartas confidenciais foram expedidas para a Itália através do amigo da família, como planejado; e a precaução usada por eles para passar despercebidos era um envelope duplamente selado. Como se veria, isto não era um desafio para a polícia secreta de Napoleão. As cartas foram devidamente interceptadas, e todos os comentários ácidos de Lolotte foram lidos ao imperador. No começo, ele deve ter pensado que eram divertidos — ele conhecia suas irmãs e não era de se abster de críticas à família. Mas, quando ele próprio começou a ser alvo das críticas dela, Napoleão perdeu a paciência. (As cartas contendo as observações mais ofensivas sobre ele provavelmente não sobreviveram.) Em 22 de maio, Napoleão escreveu uma carta furiosa a Letizia, dizendo que ele nunca quis que Lolotte viesse a Paris e que ela, sua mãe, era a culpada por este desastre. Quando recebeu a menina de braços abertos, ele não sabia que ela já estava arruinada por Letizia e corrompida pela moral de Lucien — que ela era tão mal-humorada, mal-educada e sem coração. Lucien a queria de volta? Podia levá-la imediatamente. Ele já não considerava a família de Lucien como parte de sua própria família, e não queria ter nada mais a ver com nenhum deles.[29]

As palavras de uma adolescente imatura, mas autoconfiante, feriram a vaidade do todo-poderoso imperador; elas eram tão imperdoáveis quanto as ações passionais e determinadas de seu pai.

O SONHO AMERICANO

Nesse meio-tempo, alarmado com a angústia de sua filha mais velha, Lucien vinha fazendo tudo que podia para recuperá-la. Ele enviou cartas preocupadas a ela e cartas cada vez mais nervosas a Napoleão: ele estava tão decepcionado quanto irritado, tendo enviado Lolotte a Paris, como escreveu ao imperador, na crença de que sua presença seria o suficiente para uma reconciliação sem necessidade do divórcio de Lucien. Se as coisas corressem bem, ele também enviaria sua segunda filha, Lili. Mas o plano não funcionou, então o imperador deveria ordenar que Letizia enviasse a menina de volta para sua família. Dado o renovado ultimato do imperador — "divórcio ou América" — Lucien começou a organizar a partida da família para o Novo Mundo, que ele planejava para maio, e informou Napoleão que já havia escrito ao ministro da Polícia a fim de obter passaportes; ele esperava encontrar um navio americano com destino à Filadélfia. Lolotte tinha de ser devolvida imediatamente — se ela fosse mantida em Paris e incapacitada de acompanhar a família em sua viagem, Lucien escreveu ao imperador,

IMPÉRIO

"um escândalo seria inevitável e, apesar da proibição, eu irei buscá-la até mesmo dentro das Tulherias".[30]

Pela primeira vez, os irmãos estavam de perfeito acordo: Napoleão não tinha a menor intenção de manter Lolotte em Paris; ele não podia mais tolerar aquela criatura insolente. Madame Mère não entendia por que a menina tinha de ir — nenhuma razão foi explicitada na carta que Napoleão enviou a ela de Dunquerque, pedindo-lhe que mandasse Lolotte embora —, mas quando, na volta a Paris, o imperador mostrou cartas da menina para toda a família, Letizia aceitou, posteriormente adoecendo de desespero. Seu plano falhara, assim como fracassara o plano de trocar o ducado de Parma pelo divórcio de Alexandrine; e agora qualquer reconciliação entre seus filhos era impensável. Mas, para Lolotte, o sol brilhava. Ela disse à amiga de seus pais, madame de Laborde, em Paris antes de sua partida: "Bem, mesmo assim, eu fui uma princesa por três meses!"[31]

Lolotte chegou a Canino nos primeiros dias de junho. Depois de uma espera estressante e um longo atraso, os passaportes franceses chegaram quase ao mesmo tempo, em 1º de junho. Com um toque de sarcasmo burocrático, os documentos de Alexandrine foram emitidos com o nome de "Madame Jouberthon, viúva". Lucien confiou a Campi a gestão de suas propriedades e se preparou com a família para a travessia decisiva do Atlântico. Era um caso complicado com uma família tão grande; a logística era temível e a política, espinhosa, uma vez que guerras grassavam e os mares estavam repletos de frotas britânicas.

O grupo tampouco se limitava apenas ao casal e aos filhos: entre os que também realizariam a travessia, estavam o padre Maurizio, um amigo de longa data da família, capelão, padre polímata e astrônomo, que atuara como tutor e professor de música para as crianças; André Boyer, irmão de Christine e, portanto, cunhado de Lucien; o pintor Châtillon, que fielmente acompanhava Lucien em todos os seus exílios, o autor *vaudeville* Joseph Servières, que se casara com a filha natural de Lethière (também uma retratista); o médico da família Henri De France; e numerosos criados e camareiras, incluindo a lavadeira. Foi um empreendimento caro, que exigiu que Lucien tomasse algum dinheiro emprestado, que empenhasse suas propriedades e diamantes, e que vendesse alguns de seus quadros, bem como alguns cavalos e carruagens. Estavam em meados de junho agora. Lucien pediu ajuda a seu cunhado Murat. O rei de Nápoles conseguiu disponibilizar um navio americano chamado *Hercules*, um belo três-mastros que era mantido em Nápoles. Murat mandou armá-lo e o enviou ao porto de Civitavecchia.

Finalmente, o momento da partida havia chegado. Já não era sem tempo. As vistas imperiais de Napoleão já estavam causando mais drama familiar em outro lugar. Em 1º de julho de 1810, Napoleão forçou Luís a abdicar do trono da Holanda, anexando o país a seu império crescente. Nenhuma coroa estava a salvo, nenhum país europeu ficaria intocado pelo belicismo de Napoleão.

A família de Lucien fez suas despedidas em Tusculum, onde tinham passado o início do verão, e subiu a bordo do *Hercules* alguns dias depois. O navio deixou Civitavecchia em 5 de agosto. O primeiro dia de navegação foi muito agradável, mas, no segundo, uma violenta tempestade de verão sacudiu o navio e seus aterrorizados passageiros, com as crianças sofrendo de enjoos. O navio parou em frente ao porto de Cagliari, na Sardenha. O capitão pediu permissão para atracar e desembarcar, mas a permissão foi negada, e o navio foi mantido fora da costa. Lucien soube que a Marinha Real Britânica podia tomar o *Hercules*. Ele escreveu despachos a qualquer um que pudesse ajudar, mas não havia nada a ser feito. Alguns dias confusos se seguiram. O embaixador inglês em Constantinopla, Sir Robert Adair, chegou em outro navio, o *Pomona*; ele teve um encontro com Lucien e até lhe ofereceu uma grande festa a bordo do *Pomona*, mas, ainda assim, nenhum passaporte válido para a Filadélfia parecia iminente. Ao que parece, o inglês temia provocar uma confusão diplomática, enquanto os sardos continuavam a negar ao *Hercules* permissão para atracar porque os vizinhos corsos também tinham cautela com Lucien. Após alguns dias de negociações, o capitão do *Hercules* e todos os seus passageiros foram transferidos ao *Pomona* e levados como prisioneiros pelos ingleses. Em 24 de agosto, Lucien e sua família foram transportados para Malta, governada pelos britânicos, onde foram abrigados no Forte Ricasoli, uma fortaleza militar e um

IMPÉRIO

lugar bastante desconfortável, embora Alexandrine confessasse apreciar a "atmosfera ardente desta ilha verdadeiramente africana"; ela estava até "encantada de estar lá".[32]

Vista da deprimente prisão que era o forte, a atmosfera ardente da ilha rapidamente perdeu seu encanto. Lucien enviou uma carta a Letizia por meio da rainha Caroline, informando-a do que acontecia. A seu amigo corso Antoine-Jean Piétri, ele escreveu: "O exílio e a morte são preferíveis à desonra, e o imperador, que já não respeita mais nada, queria me forçar à desonra. (...) Penso que a abdicação de Luís, o meu banimento, o banimento do papa e a guerra espanhola abriram os olhos de todos."[33] Pouco depois, o governo inglês permitiu que a família fosse transferida para a residência muito mais adequada de Sant'Antonio, casa de veraneio dos líderes de Malta. Era um lugar bonito, que Lucien e Alexandrine tornaram ainda mais agradável através da compra de um substancial número de móveis — tentando gerar a impressão de normalidade para as crianças. Lá eles ficaram até dezembro — sob a guarda de cerca de cinquenta homens. Enquanto isso, à sugestão de Cambacérès, no final de setembro Napoleão escreveu ao presidente do Senado para remover o nome de Lucien da lista de senadores (até ali Lucien retivera o título nominalmente), humilhando seu irmão e, ao mesmo tempo, retirando-lhe o salário anual de 80 mil francos que vinha com seu mandato.[34] Napoleão usou uma razão diplomaticamente neutra para justificar este ato: Lucien, estando "ausente do território francês durante cinco anos e sem autorização", havia "assim revogado seus direitos senatoriais". Embora Lucien estivesse prestes a deixar de receber seu salário, ele só soube que tinha sido riscado da lista de senadores em 1814.

Ao longo desses meses difíceis, Lucien e Alexandrine ansiavam por sua libertação e autorização para ir à América. Mas sua produção artística continuava. Lucien trabalhou em seu longo poema "Charlemagne" e começou a escrever um curto, "L'Amérique", que incluía duas dúzias de estrofes celebrando a independência americana do "tirano do mar", alcançada pelo grande George Washington, que "governa sem orgulho, liberta seu país, / com sabedoria leva o cetro e com sabedoria o deita".[35]

Ao homenagear o rebelde vitorioso contra a opressão inglesa, ele também mirava em seu irmão tirânico e insensato — tentando matar dois coelhos com uma só cajadada poética. Contudo, a libertação continuou a ser apenas fantasia. A resposta ao pedido de Lucien por passaportes para a Filadélfia finalmente chegou de Londres em novembro: Sua Majestade George III não podia autorizar a viagem para a América nem prolongar a residência em Malta, mas organizou o asilo político na Inglaterra, "em um lugar tranquilo e saudável", onde, foi prometido, Lucien poderia residir com sua família e seus companheiros de viagem. Um navio de guerra estava sendo preparado para sua viagem.

Os prisioneiros partiram a bordo de uma fragata inglesa que fora capturada dos franceses na costa da Argélia e que, ironicamente, ainda levava o orgulhoso nome original, *Président*. Em meados de dezembro, Châtillon executou um desenho representando toda a família reunida em torno de Lucien jogando gamão com o capitão do navio. Foi uma dura viagem de três semanas sobre mares agitados, e o navio chegou ao porto de Plymouth em 17 de dezembro.

Uma visão extraordinária aguardava a família: multidões os receberam com exultação, acolhendo-os na Inglaterra. Os maus-tratos de Lucien nas mãos do arqui-inimigo Napoleão eram notórios, e os britânicos percebiam o recém-chegado Bonaparte como um herói e um aliado por ter enfrentado o irmão. Um panfleto satírico a cores foi publicado uma semana após a chegada da família, intitulado "Assassino Universal da Felicidade Doméstica, ou o Tirano Fraterno". Ele representava o casal e seus sete filhos diante de um mensageiro napoleônico de aparência servil, que proclamava "Votre Serviteur, Mr. Lucien!! Seu irmão imperial está determinado a torná-lo grandioso e feliz —aqui estão as condições", e os presenteava com um documento em que estava escrito: "Lucien, chute sua esposa e filhos porta afora, eu o casarei com uma princesa e farei de você rei de Roma, aceite imediatamente ou sofra a vingança de seu irmão, Napoleão." A resposta de Lucien: "Ele parece determinado a me tornar um Vilão! Mas eu estou determinado a que haja um homem honesto na família, e partirei para aquele país, onde o caráter é respeitado." Alexandrine: "Oh, meu querido Lucien! Aí está o

IMPÉRIO

fim de nossa paz e felicidade doméstica." Christine: "Irmã, aquele é um amigo de meu tio?" Lolotte: "Então vamos para a Inglaterra, Pai, porque é o único lugar onde a Honra e a Virtude encontram partidários."[36]

Lucien foi separado de sua família por alguns dias para lidar a sós com as autoridades. (O momento da separação, que causou muito nervosismo, foi capturado em um esboço melodramático pelo artista Jean-Baptiste-François Bosio.) Mas todos logo se reuniram e, a partir de Plymouth, o colorido desfile prosseguiu ao País de Gales, onde eles alugariam a propriedade rural de lorde Powis, perto de Ludlow. Sua estada se mostrou bastante agradável, até que, em junho de 1811, Lucien e seu senhorio brigaram por questões de arrendamento. Logo depois, Lucien pôde comprar um castelo não muito longe dali que pertencera a um emigrado francês: Thorngrove, perto de Worcester. O castelo tornou-se efetivamente a nova casa da família, seu novo exílio do exílio.

❦

Eles se adaptaram à nova situação da melhor forma possível; e a Inglaterra se mostrou de fato um refúgio de paz. Efetivamente, eles eram prisioneiros sob custódia de autoridades, mas eram tratados com respeito, cortesia, cordialidade e gentileza. Em Thorngrove, Lucien pôde recriar a casa que havia deixado para trás, incluindo parte de sua coleção de arte — pinturas, desenhos, gravuras, esculturas, joias, antiguidades. Letizia enviava dinheiro (sem o conhecimento de Napoleão, é claro) para ajudar nas despesas, agora que Lucien estava privado de seu salário de senador. A vida era confortável e adequadamente luxuosa.

Durante um ano inteiro, porém, nenhuma notícia chegou da Itália, como Lucien escreveu para Campi em dezembro de 1811; ele sofria com o isolamento forçado e, principalmente, pela ausência de comunicação com sua mãe.[37] A família tornou-se muito querida em Worcestershire, mas a impossibilidade de deixar a Inglaterra pesava sobre Lucien e Alexandrine. Qualquer restrição à liberdade de movimento é uma imposição que pode transformar a morada mais luxuosa em uma gaiola claustrofóbica, por mais douradas que sejam suas barras.

Lucien tornava-se impaciente. Recusando-se a admitir a derrota e ainda esperando realizar sua vontade, escreveu uma carta ao príncipe de Gales solicitando permissão para ir à América; a carta foi devolvida ao remetente algumas semanas mais tarde, fechada, uma insinuação de que Lucien jamais deveria repetir a audácia de escrever diretamente ao príncipe. Para Lucien, foi um golpe pessoal: ultrajado, ele escreveu ao custódio uma carta indignada, mas digna: "Acostumado a escrever diretamente a Sua Santidade o papa reinante e a diversos soberanos da Europa (sem contar os príncipes de minha família), eu acreditaria haver algo sagrado associado ao nome que tenho a honra de portar, que me permitiria estar isento das regras oficiais. Devidamente instruído, eu me conformarei ao costume geral."[38] Lucien recusara o poder; mas, suportando como fazia as consequências daquilo que, afinal, era seu caminho livremente escolhido, mesmo assim ele não se abstinha de se referir a seu nome como motivo suficiente para obter o respeito como igual das famílias reais, dado que todos os seus irmãos usavam coroas. Talvez, como Chateaubriand colocaria, Napoleão "martelara estas coroas na cabeça de novos reis, e lá foram eles como um bando de recrutas que trocaram quepes por ordem do comandante" — mas não se brincava com os membros da família Bonaparte, incluindo Lucien, nem mesmo na Inglaterra.[39]

Com a perspectiva de uma residência de longo prazo em Thorngrove, não havia alternativa a não ser passar o tempo da forma mais agradável e produtiva possível. As crianças floresciam, excepcionalmente bem tuteladas por professores ingleses, e desfrutando de suas vidas na verde Worcestershire. Lucien voltou a trabalhar em seu "Charlemagne"; Châtillon o ilustrou, e o padre Maurizio traduziu os primeiro cantos ao italiano. Samuel Butler, um classicista e bibliófilo que na época era diretor da Shrewsbury School, traduziu para o inglês, comprometendo-se a fazer longas negociações para garantir sua publicação. Quando madame de Staël estava viajando pela Inglaterra, escreveu a Lucien sobre sua composição: "Li um canto do seu poema, que achei encantador, embora você tenha deixado alguns toques descuidados nele e, para Paris, é preciso ser exato — aqui, o encanto do conceito geral e de suas imagens deliciará —, há também versos de imensa beleza — de onde vem seu talento?"[40]

Butler apresentou Lucien e Alexandrine a lorde Byron, que ficou "eletrificado" por "Charlemagne": "M. Lucien", escreveu ele a Butler, "ocupará o mesmo espaço nos anais da poesia que seu irmão imperial garantiu nos da história — com uma diferença; com a posteridade, o veredicto haverá de ser a seu favor."[41] A admiração de Byron pelo artista e pelo homem era notável — "Nunca conheci um ser mais caloroso de coração, mais amável e inofensivo, e no entanto independente de espírito" —, ainda que sua generosa previsão quanto ao lugar de Lucien na história da poesia tenha errado o alvo. Em 1814, apareceu na revista literária *The Champion* uma resenha crítica do poema: "O irmão de Buonaparte [*sic*] pode ter permissão de tomar seu posto entre poetas, como o próprio Buonaparte fez entre reis. Mas o historiador de Carlos Magno não nos parece apresentar a mesma frente formidável aos possuidores estabelecidos dos sítios das musas que o imitador de Carlos Magno apresentou aos ocupantes hereditários dos tronos." A resenha continuava:

> "Nosso poeta não é o mesmo monstro de gênio que seu irmão foi no poder. Na carreira da fama, ele não arrisca o sucesso de sua reputação pela extravagância ilimitada de suas pretensões. (...) 'Charlemagne' é o trabalho de um homem muito inteligente, e não de um grande poeta. Ele mostra mais talento que gênio, mais engenho que invenção. (...) Mas ao todo falta caráter: ele não carrega o selo da mesma mente governante: nenhum novo mundo de imaginação se abre às vistas: não sentimos a presença de um poder jamais sentido antes, e que nunca poderemos esquecer."[42]

Butler também se tornou amigo íntimo da família, descrevendo em certa ocasião uma cena familiar que evocava a tranquila felicidade doméstica, apesar da limitada liberdade de movimento de que Lucien e sua família desfrutavam. Mostrando a Butler suas medalhas com grande afabilidade, ele se apoiou sobre um joelho diante de um armário e, apoiando uma gaveta grande e pesada no outro, selecionou as melhores e mais raras para inspeção. Quando a gaveta foi devolvida a seu lugar, Butler observou que estava cheia de pequenos pedaços de papel. Lucien explicou: *"C'est pour les enfans."*[43] Intrigado, Butler não entendeu como aquilo podia diverti-los, mas ele percebeu que cada pedaço era uma ameixa açucarada em sua embalagem. Lucien parecia alegrar seus filhos sem mimá-los.

Alexandrine deu à luz outro filho, Louis-Lucien, em 4 de janeiro de 1813, três dias antes do feriado do padroeiro de Lucien, em cuja ocasião ela escreveu um pequeno poema dedicado ao marido. Châtillon o ilustrou com um belo desenho representando as Musas dirigindo-se a Thorngrove. E, em muitos aspectos, Musas de fato habitavam o lugar. Mais ao fim de sua estada, em 1814, Lucien também começou a desenvolver uma paixão pela astronomia, depois de conhecer John Herschel — o astrônomo, matemático, químico e pioneiro da fotografia, cujo célebre pai, William Herschel, descobriu Urano. Em Londres, comprou três telescópios feitos pelo próprio Herschel pai, e começou a estudar os céus, assistido pelo padre Maurizio.[44]

Mas só as Musas não são o suficiente para alimentar uma família grande. Ao longo dos quatro anos que passaram na Inglaterra, a situação financeira de Lucien se deteriorou, e logo ficou claro que a única solução era vender mais peças de sua amada coleção de arte. Já em 1812, ele publicou um catálogo, ilustrado com gravuras de suas pinturas e esculturas. Em 6 de fevereiro de 1815, todo o acervo foi leiloado em Londres, e desde então continua espalhado pelos melhores museus e coleções particulares em todo o mundo.

A QUEDA

Enquanto Lucien escrevia seu poema imperial e começava a observar as estrelas, Napoleão mantinha os olhos fixos em sua última, e fatal, obsessão terrena: a Rússia. O grande estrategista programou-se para uma guerra de três anos: a Polônia seria conquistada em 1812, Moscou em 1813 e Petersburgo em 1814. A primeira parte do programa foi alcançada

IMPÉRIO

como Napoleão desejara, mas, uma vez que o exército francês chegou ao segundo objetivo, o auto de fé absolutamente inesperado de Moscou abalou os ambiciosos planos do imperador.

A campanha russa foi um longo, sangrento e horrendo fiasco. Foi uma tragédia de proporções épicas que só a pena de Tolstoi pôde capturar em sua profunda complexidade.[45] Contudo, uma das muitas causas desse desastre foi a propensão de Napoleão de se cercar de homens medíocres que não ousavam contrariá-lo: ele eliminava os que eram dotados das qualidades que lhe faltavam, mas das quais necessitava profundamente. A ausência de um juízo independente se provaria fatal para ele.

É difícil saber quão precisamente Lucien pôde monitorar a queda do irmão. Em seu confortável exílio inglês, deve ter ouvido alguns ecos abafados ou seletamente amplificados das vitórias e derrotas de Napoleão. Em setembro de 1812, a inimiga de longa data do imperador, madame de Staël, foi a Estocolmo por nove meses. Jean-Baptiste Bernadotte, velho amigo de Lucien, que lamentara seu exílio, foi nomeado rei da Suécia pelo parlamento sueco dois anos antes. Assim, quando a falante escritora visitou Lucien em 1814, deve ter relatado muitos detalhes íntimos e fornecido uma ideia do papel crucial que Bernadotte desempenhara nos problemas de Napoleão. A demissão por Napoleão, no meio da Batalha de Wagram em 1809, deste homem distinto cuja brilhante inteligência militar lhe havia rendido o título de marechal da França contribui em larga medida para a espetacular e dolorosa erosão da Grande Armée.

❧

Em maio de 1814, Napoleão foi forçado a abdicar. Ele concordou em deixar Paris e exilar-se na ilha de Elba. Agora que seu irmão perdia seu temível poder, os britânicos finalmente autorizaram Lucien a deixar a Inglaterra e voltar para a Itália. No entanto, ele se preocupava com a queda de Napoleão: ela significava o início da dissolução da família que ele nunca quis renegar, e sua alegria ao ser libertado foi obscurecida pelo fato de que sua libertação fora causada pela queda do irmão.

Ele sempre nutrira esperanças de se reconciliar com Napoleão, e não de que Napoleão fosse derrotado. Apesar da longa rixa, apesar de suas intensas divergências políticas com o governo imperial que crescera de seus próprios ideais republicanos pós-revolucionários e apesar de todas as dificuldades que o primeiro cônsul e imperador impôs a ele, Lucien não se deleitou com o infortúnio do irmão.

Seu pedido de passar pela França em seu caminho de volta à Itália foi negado pelo novo governo. Châtillon apresentou cartas a Talleyrand, que permaneceu indiferente e não fez nada para ajudar. Lucien teve, portanto, que fazer um desvio pela Alemanha e Suíça. Viajava sem a família, que ficara na Inglaterra: preferiu garantir primeiro que o papa o recebesse. A viagem durou cerca de um mês, e, na mesma noite de sua chegada a Roma — 27 de maio de 1814 —, foi recebido com grande entusiasmo por Pio VII, que havia recuperado a Santa Sé que perdera temporariamente sob Napoleão. O papa imediatamente conferiu a Lucien o título de Príncipe de Canino, e Lucien dedicou seu exaltado "Charlemagne" a ele.

Lucien estava retornando de seu segundo lugar de exílio exatamente quando Napoleão se instalava no que viria a ser seu primeiro. Canino fica a apenas poucos quilômetros do mar Tirreno, quase em frente a Elba, de modo que, após uma longa década, os dois irmãos afastados agora acabavam em uma vizinhança geográfica, separados por uma distância de apenas 240 quilômetros. Lucien decidiu fazer um esforço para restabelecer um relacionamento com Napoleão. Neste ínterim, Madame Mère se unira a Napoleão em seu exílio. O mesmo fez Pauline: assim que Napoleão foi derrubado do poder, Camillo se divorciou dela, humilhando-a ao exibir sua nova amante.

Letizia escreveu a Lucien que ficara nervosa ao saber que Alexandrine e as crianças ainda não haviam chegado, acrescentando que o imperador recebia suas cartas com grande prazer.[46] Era verdade que agora Napoleão não via sentido em continuar a guardar rancor de seu irmão desobediente. No entanto, há relatos de que ele tenha dito: "De todos os meus irmãos, ele é indiscutivelmente o mais talentoso, mas aquele que mais me feriu. Seu casamento foi uma coisa terrível. Casar-se com

IMPÉRIO

uma burguesa, uma bela mulher parisiense, bem no momento em que eu queria fundar uma dinastia! Fiz tudo que estava em meu poder para impedi-lo, mas infelizmente ele sempre teve um fraco por mulheres."[47]

Lucien não soube desta observação de dois gumes. Estava feliz por voltar a Roma e ver seus velhos amigos de novo, especialmente Lethière, que ainda era o diretor da Academia da França na Villa Medici. O ardoroso pintor encontrou uma maneira discreta de mostrar apoio a seu antigo patrono durante seu cativeiro inglês, enviando sua grande tela de Brutus condenando seus filhos à morte para o Salão de 1812, em Paris — a exposição de arte da Académie des Beaux-Arts oficial, que ocorria aproximadamente de dois em dois anos. A imagem era uma alusão pouco disfarçada à morte do duque d'Enghien, em que o homem no centro da imagem, emocionadamente implorando por clemência, foi feito à semelhança de Lucien, enquanto uma figura envolta em uma toga, parado de rosto pétreo atrás de Brutus, assemelhava-se nitidamente a Napoleão.[48] A reencenação pictórica do violento episódio que expulsara Lucien da França foi um corajoso ato de lealdade por parte de Lethière.

☙

Napoleão nunca aceitou seu exílio e continuou conspirando para voltar à França, onde seus partidários ainda eram a maioria no país — apesar da tentativa dos Bourbon de recuperar a influência e a restauração de seu governo em maio de 1814, quando Luís XVIII se tornou rei, ajudado pelas manobras de Talleyrand, que nunca se preocupou com fidelidade ou lealdade. Enquanto isso, Roma comemorava o retorno de Lucien e Alexandrine, cuja vida social elegante e confortável logo foi retomada. O casal também fez novos amigos, notavelmente Caroline de Brunswick, princesa de Gales e futura esposa do rei George IV. Quando ela saiu de Roma para visitar as ruínas gregas, Lucien escreveu para ela em uma espécie de arrebatamento neoclássico: "Deixe, senhora, esta Grécia escravizada, desfigurada, mutilada. A Grécia não está mais na Grécia: está em Roma."[49]

266   NAPOLEÃO E O REBELDE

Lucien não apenas contemplava o passado, contudo: ele prestava especial atenção aos movimentos de Napoleão e teria dito à princesa que sabia dos planos do imperador para fugir de Elba, apenas dez meses depois de sua chegada, e do itinerário que ele tomaria para voltar à França. Napoleão sabia que o momento era estrategicamente favorável para seu retorno, dada a fraqueza dos Bourbon e da situação caótica na Europa, com os principais poderes do Congresso de Viena — Inglaterra, Áustria, Prússia e Rússia — em um estado de tensão que ameaçava transbordar em mais guerras. Em 26 de fevereiro de 1815, às 9 horas da manhã, aproveitando a ausência temporária da frota inglesa, Napoleão partiu de Portoferraio, na ilha de Elba, para o sul da França. Três dias depois de seu desembarque, em 5 de março, Letizia orgulhosamente escreveu a Lucien: "Tenho o prazer de dar-lhe a notícia da saída de nosso caro imperador desta cidade [Portoferraio] e de sua chegada ao golfo Juan perto de Antibes. (...) O imperador disse naquela noite que apreciara aquele dia tanto quanto o dia em que venceu a batalha de Austerlitz. (...) *Vive l'empereur.*"[50]

O Congresso de Viena havia declarado Napoleão um pária apenas uma semana antes; tropas eram reunidas, e a guerra viria. Mas, como havia previsto, Napoleão foi recebido como salvador na França e marchou triunfante por todo o caminho até Paris, enquanto Luís XVIII, os Bourbon e o vira-casacas Talleyrand fugiam de cena. Joachim Murat, rei de Nápoles, estava agora em posição de ameaçar o papa com uma invasão dos Estados Papais, em seu caminho para o norte com as tropas de Napoleão empurrando os austríacos para o outro lado da fronteira. Lucien foi contra o plano e tentou dissuadir seu cunhado de empreendê-lo ou, pelo menos, tentou persuadi-lo a minimizar os danos que tal invasão viria a causar. Pio VII pediu a Lucien que convencesse o próprio imperador a deter Murat em seu avanço. Na verdade, Murat acabaria desviando de Roma e fracassando em seu plano, mas, nesse meio-tempo, o papa decidiu deixar a capital por Gênova, via Florença, junto com o Colégio de Cardeais. Lucien partiu dois dias depois, em 24 de março, "para evitar qualquer aparência de conivência com Joachim".[51] Alexandrine, mais uma vez grávida, ficou para trás com a família na

IMPÉRIO

Villa Rufinella, sob a proteção, pedida por Lucien, do influente cardeal Giulio Maria della Somaglia.

No momento de sua partida de Roma, acompanhado apenas do padre Maurizio, Lucien não sabia se deveria unir-se ao papa em Gênova ou a Napoleão em Paris.[52] Rapidamente, porém, ele optou por ir a Paris e se juntar ao irmão proscrito. Ele planejava viajar através da Suíça e, de lá, talvez para a Inglaterra, onde sua filha Christine (Lili) tinha permanecido. Lucien e o padre Maurizio cruzaram os Alpes e chegaram a Genebra no início de abril. Eles viajaram até atingir Charenton, nos arredores de Paris, onde Lucien decidiu ficar por um tempo. Logo chegou a notícia de que o imperador queria ver o padre Maurizio, e assim, confiando-lhe uma carta para Joseph, que já estava em Paris, Lucien o enviou para a capital.

Antes de se despedir, Lucien aconselhou o padre Maurizio, no caso de ter de mencionar seu nome na presença do imperador, a não se referir a ele como "Príncipe de Canino", mas como "Príncipe Lucien". A precaução logo se revelaria inútil: quando, depois de fazer o padre Maurizio esperar nas Tulherias por algumas horas, Napoleão finalmente o recebeu na companhia de Joseph, ele não pronunciou uma só palavra sobre Lucien. Em vez disso, ele imediatamente iniciou um longo panegírico do papa, a quem chamou de "homem de consciência": Napoleão o julgara fraco por sua resistência passiva ao poder imperial e tentara isolá-lo, mas, quando ele viu que o papa também resistiu aos Bourbon, percebeu que o homem de fato tinha a força de manter seus princípios. Agora que Napoleão finalmente reconhecia a verdadeira natureza do papa, queria fazer tudo por ele, reconhecer seus direitos e garantir seus estados. Esta era a mensagem que o padre Maurizio deveria levar ao papa, através de Lucien — como uma forma de neutralizar Murat e mostrar ao papa que Napoleão não aprovava as ações do rei de Nápoles contra sua santidade. Mas havia outra mensagem aqui: dada a excelente relação mantida entre o papa e Lucien, Napoleão também estava tangencialmente reconhecendo haver julgado mal seu irmão ao tentar impor-lhe sua vontade, que de fato o respeitava por ter obedecido à voz de sua consciência, e que finalmente havia chegado a hora para que eles trabalhassem juntos.

O passo seguinte era entregar a mensagem de Napoleão ao papa em Gênova, exigindo, em troca da proteção do imperador, que ele pressionasse a nova aliança internacional a não entrar em guerra com a França. Lucien e o padre Maurizio deixaram Charenton e fizeram seu caminho para Gênova através da Suíça novamente. Eles foram parados em Versoix, no lago de Genebra, mas, graças a uma carta de recomendação do cardeal della Somaglia, os dois homens conseguiram negociar sua estada sem ser presos, como foi ameaçado. Versoix está perto de Coppet, onde madame de Staël tinha sua famosa propriedade, e eles passaram algum tempo na companhia dela. Por mais de uma década, visitas a ela no local — depois que Napoleão a exilou de Paris — tornaram-se obrigatórias para as maiores mentes da Europa, desde artistas, escritores e poetas a filósofos e diplomatas. Madame de Staël exercera considerável influência política e enfurecera Napoleão, que não podia tolerar uma mulher tão inteligente e poderosa que nem sequer era fisicamente atraente. Ela e Alexandrine foram as duas mulheres que Napoleão mais odiou. Mas agora Lucien se viu implorando a ela que apoiasse o imperador e a honra francesa.

Após alguns dias em Versoix, passados tentando decidir qual caminho tomar para Roma, Lucien recebeu uma carta de Joseph em Paris, solicitando sua presença lá. Lucien portanto voltou, chegando à capital em 7 de maio. O imperador o recebeu com carinho extraordinário, como Lucien descreveu o encontro nas Tulherias em uma carta a Alexandrine. Foi totalmente diferente de sua última reunião, em Mântua: o imperador lhe entregou o grande cordão da Legião de Honra, com o qual tinha viajado de Elba a Paris, e disse: "É vergonhoso demais para mim que você não o tenha", acrescentando algumas palavras gentis sobre sua cunhada grávida. Incapaz de esconder sua surpresa, Lucien riu e respondeu: "É para ela?"

"Não, para o seu filho."

"E se for uma filha?"

"É a mesma coisa, ela vai usá-lo."

Lucien assinou a carta dizendo: "Que Deus proteja aquele que não é só um grande homem, mas um grande coração."[53] Lucien agora seria um príncipe do império.

No final da primavera de 1815, Lucien e Napoleão faziam caminhadas tranquilas nos jardins dos Élysée. Uma atmosfera amigável prevalecia, e os dois irmãos pareciam reconciliados. No entanto, após onze anos de exílio, Lucien sentia algumas emoções compreensivelmente contraditórias em relação à renovada intimidade com um irmão que o perseguira tão duramente. O antigo jacobino, o grande nome do Brumário, o ex-ministro do Interior e embaixador na Espanha, o senador rejeitado que renunciara à vida pública para proteger sua vida privada — este personagem multifacetado não tinha nenhum plano coerente quando chegou a Paris. Ele sabia que queria apoiar seu irmão, mas também que deveria usar esta oportunidade para reavivar a causa republicana da qual nunca desistira — exatamente como nunca havia aceitado desistir de seu casamento. Com efeito, o retorno a Paris despertou nele sua paixão pela política.

Os irmãos trocaram "pontos de vista muito confidenciais" sobre a primeira e a segunda esposa de Napoleão, Joséphine e Maria Luísa,[54] e sobre as conhecidas em comum como as madames Tallien, Récamier e de Staël, sobre quem Napoleão até admitiu: "Eu estava errado: Madame de Staël fez mais inimigos para mim no exílio do que teria feito na França."[55] Lucien sabia que era verdade e que o imperador prejudicara a si mesmo, voltando tantas mulheres contra si. Napoleão parecia renovadamente humilde neste aspecto: ele falou de seu comportamento em relação a Alexandrine com certa medida de arrependimento que não tentou esconder. Não está claro se o imperador foi sincero ou se Lucien queria acreditar que seu irmão estava arrependido. De qualquer forma, Napoleão não poupou esforços para mostrar benevolência para com seu irmão. A oferta da prestigiosa residência do Palais Royal foi uma manifestação de extrema boa vontade, embora Lucien tomasse cuidado para não se sentir totalmente em casa, mantendo apenas os servos que já estavam lá e que estavam dispostos a ficar.

Esses foram os últimos dias de glória imperial, mas Napoleão não sabia disso. Em um banquete de família, ele disse: "Estão aqui apenas os irmãos mais velhos e mais novos da família imperial, cada um para sua própria posição. E, assim, que venha Joseph à minha direita, Lucien à minha esquerda e Jérôme atrás." A santíssima trindade dos irmãos estava finalmente reunida, embora Napoleão mostrasse sinais incomuns de sonolência: ele parecia enfraquecido no geral, e em nada pronto para enfrentar a poderosa Santa Aliança.

Os irmãos Bonaparte mergulharam em preparativos febris para o Champ de Mai — a grande assembleia planejada para o Campo de Marte em Paris, na tradição das reuniões de guerreiros medievais em março ou maio. Seria sua primeira aparição pública. Lucien aconselhou Napoleão a abdicar ali em favor de seu único filho legítimo, nascido de Maria Luísa — o rei de Roma, de 4 anos de idade, também chamado Napoleão. Quando Napoleão foi exilado na ilha de Elba, sua mãe em fuga levou o pequeno Napoleão para Viena. (Após a queda de Napoleão, o Congresso de Viena eventualmente conferiu a Maria Luísa o título de duquesa de Parma, Piacenza e Guastalla — que Alexandrine outrora havia recusado.) Mas não era tarde demais para Napoleão abdicar. O imperador sabia que esse gesto poderia ser seu único meio de manter viva a sucessão, mesmo que ele perdesse a guerra iminente. No entanto, alguns dias depois, em vez de anunciar sua abdicação, ele mudou de ideia. Lucien o criticou por isso, como muitas vezes se atrevera a fazer no passado; e Napoleão ficou furioso com ele, assim como fizera muitas vezes no passado, acusando-o de falar bobagens.

"O que aconteceu com sua firmeza?", Lucien perguntou ao irmão. "Deixe essas dúvidas para trás. Você sabe muito bem o alto custo de não ousar."

"Eu já ousei demais", respondeu Napoleão.

"Demais e de menos. Atreva-se uma última vez."

"Um 18 Brumário!"

"Nada disso. Um decreto muito constitucional. A Constituição lhe dá esse direito."

"Eles não vão respeitar essa constituição e se oporão ao decreto."

"Isso dará aos rebeldes mais uma razão para dissolver as Câmaras."

"A Guarda Nacional virá em seu socorro."

IMPÉRIO

271

"A Guarda Nacional só tem um braço. Quando precisam agir, os comerciantes só pensam em suas esposas e lojas."

"Um 18 Brumário perdido pode levar a um 13 Vindemiário, um golpe militar."

"Aí está você discutindo quando precisa agir. Eles agem, não discutem."

"O que eles podem fazer? São pura conversa fiada."

"A opinião pública está em favor deles. Eles vão declará-lo deposto."

"Deposto! Eles não se atreverão!"

"Eles se arriscarão a tudo, se você não se arriscar a nada."

Lucien, profundamente consciente de como a situação era diferente agora do que tinha sido em 1799, ficou decepcionado com quão pouco Napoleão havia mudado. A antiga inimizade se reacendeu; logo o imperador declarou que não queria que Lucien tivesse um assento na Assembleia Legislativa. Claramente temendo um novo 18 Brumário em que ele seria o derrotado, Napoleão expressou suspeitas ofensivas sobre a ambição oculta de Lucien de se tornar presidente. Lucien queria deixar Paris e abandonar tudo, mas Joseph o deteve. Os três se encontraram, assim como haviam feito depois do Brumário e durante o consulado, para discutir o projeto do Champ de Mai. Figurinos tinham de ser escolhidos. Lucien não queria aparecer de branco, mas com seu uniforme da Guarda Nacional. Napoleão riu amargamente disso, olhando-o nos olhos: "Sim, de modo que você cause um impacto maior em seu uniforme da Guarda Nacional do que eu como imperador, não é mesmo?" Lucien admitiu que era verdade: sua vaidade dominara seu bom senso. Decidiu colocar o uniforme branco (a cor da trégua), mesmo que não lhe caísse bem particularmente.

No final, teve ótima aparência. O evento foi um grande *mise-en-scène* — o último da família. O entusiasmo do público com a primeira aparição do imperador no Champ de Mai (1º de junho de 1815) era evidente. Teria sido um momento perfeito para que Napoleão abdicasse. Como disse uma testemunha contemporânea, fazê-lo em meio a tal triunfo nacional teria sido uma forma das mais gloriosas para Napoleão encerrar sua carreira: teria sido percebida como um gesto nobre.[56] Mas Napoleão não aproveitou o momento. Convencido de que, se abdicasse, Lucien desejaria ser regente em vez de Joseph, tentou iniciar uma rixa entre os dois. Mas Joseph estava ansioso para reconciliar mais uma vez os incompatíveis Lucien e Napoleão; e conseguiu fazê-lo, ao menos na aparência.

No momento em que o imperador finalmente deixou Paris para se juntar ao exército no campo de batalha, Lucien teve um mau pressentimento sobre o resultado da guerra. Notícias rápidas chegaram de Waterloo em 18 de junho, anunciando a vitória. O canhão foi disparado para sinalizar a notícia, muito embora Lucien, cético, aconselhasse Joseph a não permitir e aguardar confirmação.

Ele estava certo. A terrível verdade sobre o desastre chegou vinte horas depois. Paris entrou em alvoroço. Os inimigos do imperador se reagruparam, e os monarquistas começaram as maquinações políticas. Joseph não estava em posição de reprimir qualquer partido. A diplomacia defensiva dos aliados triunfou sobre Napoleão, que voltou a Paris para enfrentar um ultrajado conselho de Estado.

Na reunião das Câmaras em 22 de junho, a abdicação do imperador em favor do rei de Roma voltou à pauta. Napoleão disse a Lucien: "No Brumário, puxamos a espada pelo bem da França. Hoje, temos de atirar a espada ao longe. Tente ganhar as Câmaras de volta. Unido a eles, posso fazer tudo. Sem eles, posso ser capaz de fazer muito por mim, mas eu não poderia salvar o país. Vá, e eu o proíbo quando estiver lá de arengar a essas pessoas, que estão clamando por armas."[57]

Lucien foi para as Câmaras, onde as deliberações foram longas. No final, não conseguiu uma influência decisiva. Lafayette pediu a Lucien que convencesse seu irmão a abdicar, mas Lucien não tinha a intenção de desistir ainda. Ele argumentou que a legislatura deveria ser dissolvida, exatamente como tinha acontecido no 18 Brumário. O imperador se voltou a seu irmão e gentilmente respondeu: "Meu caro Lucien, é verdade que no 18 Brumário só podíamos alegar o bem-estar do povo, e mesmo assim, quando pedimos um projeto de indenização, uma aclamação geral foi nossa resposta. Hoje temos todo o direito do nosso lado, mas não podemos tirar proveito disso."

IMPÉRIO

Houve uma pausa e, em seguida, usando um tom imperioso que Lucien tinha ouvido muitas vezes, Napoleão continuou: "Príncipe Lucien, escreva o que ditarei." Primeiro ele se virou para Fouché — que estava de volta ao palco político e descaradamente jogando dos dois lados, como sempre tinha feito — e disse: "Escreva a estas boas pessoas que fiquem tranquilas. Em breve elas estarão satisfeitas." Lucien esperou que Napoleão começasse seu ditado. Na sala silenciosa, os homens reunidos podiam ouvir as multidões do lado de fora, entoando "*Vive l'Empereur! Aux armes!*" Lucien mal havia escrito algumas linhas quando, compreendendo o que estava acontecendo, ele se recusou a prosseguir e se pôs de pé, rumando para a porta. Mas Napoleão ordenou que ele retornasse; a mensagem tinha de ser concluída:

Quando comecei a guerra para defender a independência nacional, contei com a união dos esforços e a vontade de todos, e com o apoio de todas as autoridades nacionais. Eu tinha motivos para esperar o sucesso. As circunstâncias me parecem haver mudado. Eu me ofereço em sacrifício ao ódio dos inimigos da França. Guardemos a esperança de que eles se mostrem sinceros em suas declarações, e hostis apenas a mim pessoalmente. Unam-se para garantir o bem-estar do povo e sua continuidade como uma nação independente.[58]

Lucien — junto com Carnot, primeiro ministro de Guerra de Napoleão, que também estava presente na sala e sob cujo comando Lucien servira no passado como soldado raso — argumentou que a mensagem deveria ser mais precisa: a continuidade dinástica era constitucional, e o imperador tinha de ser explícito sobre a nomeação de Napoleão II para a sucessão, para evitar o retorno dos Bourbon. Napoleão disse: "Os Bourbon! Bem, pelo menos eles são franceses e não estarão sob o jugo da Áustria." Para Lucien, isso estava errado — o filho de seu irmão era completamente francês —, e ele persuadiu Napoleão a acrescentar à mensagem: "Eu proclamo meu filho, sob o nome de Napoleão II, imperador dos franceses. Os príncipes Joseph e Lucien e os ministros agora no cargo formarão um Conselho de Governo Provisório. Por conta de meu interesse em meu filho, sinto que devo pedir às Câmaras que não percam tempo na aprovação de uma lei para criar uma Regência." Surgiu uma objeção pela presença na declaração dos nomes de Joseph e Lucien; eles foram prontamente apagados. O documento final foi então comunicado à Câmara dos Pares e à Câmara dos Deputados.

Lucien partiu então para a Câmara dos Pares, juntando-se a Joseph e Fesch. Lá, assim que pôde, ele caminhou até a tribuna e falou com veemência: "O imperador está morto! Vida longa ao imperador! O imperador abdicou! Vida longa ao Imperador! Não pode haver intervalo entre o imperador que morre ou abdica e seu sucessor. Eu exijo que, em virtude da força contínua do Ato de Constituição, a Câmara dos Pares declare, sem debate e por um voto espontâneo e unânime, que reconhece Napoleão II como imperador dos franceses. Eu dou o primeiro exemplo, e juro lealdade a ele."

Algumas pessoas ecoaram seu *"Vive l'Empereur!"* mas a dissidência também pôde ser ouvida. O senador Louis-Gustave Doulcet de Pontécoulant, que servira a Napoleão desde 1805, mas que também tinha sido declarado nobre da França por Luís XVIII, discordou da declaração de Lucien e chegou até a questionar sua legitimidade como um orador na Câmara: "Por que direito o Príncipe de Canino propõe um soberano para o povo francês? Quem o declarou francês? Seu único título é o de príncipe romano." Lucien tentou interromper Pontécoulant, que não o deixou falar: "Lamento, príncipe: respeite a igualdade da qual o senhor mesmo deu o exemplo, e à qual a Câmara responderá." Ele continuou: "Eu declaro que jamais reconhecerei como meu soberano uma criança, um indivíduo que não reside na França. Tomar tal resolução seria fechar a porta para qualquer negociação útil." Lucien finalmente pôde responder: "Disseram-me que não sou francês! Bem! Ao menos eu me sinto francês. Estamos todos aqui graças à Constituição do Império; e assim nosso juramento a Napoleão II não deveria nem mesmo ser uma decisão que tomamos, mas uma declaração que não pode tardar se quisermos evitar uma guerra civil."

O discurso de Lucien foi recebido com pouco entusiasmo. Isto não seria um novo Brumário. Somente 18 membros da Câmara, contra 52,

IMPÉRIO 275

votaram para torná-lo membro. A questão de Napoleão II foi abandonada, e o debate agora se centrava nos representantes da próxima comissão governamental. Fouché foi escolhido como presidente. Como um dos primeiros atos de sua presidência, Fouché escreveu uma carta a Lucien ordenando-lhe em nome do governo provisório que deixasse a França para sempre. O homem que provocou o primeiro exílio de Paris para Lucien agora o notificava de seu último.

EPÍLOGO
1815-1840

Sim, se mergulho em mim mesmo, sinto que minha forte irascibilidade como jovem estadista, ofendido em seu orgulho como administrador, ferido em suas convicções políticas, e muito mais e acima de tudo, na sensibilidade de esposo e pai, exilado e perseguido por tantos anos — todos estes sentimentos são hoje substituídos por compaixão ante a imagem dolorosa deste irmão, um novo Prometeu, acorrentado, moribundo e finalmente falecendo em sua rocha, o peito devorado, sem dúvida, não pelo cruel pássaro simbólico da fábula, mas pelo peso da lembrança de sua glória e os arrependimentos de seu abuso de poder.

— Lucien Bonaparte, *Projeto para publicar minhas* Mémoires Secrets

A RESTAURAÇÃO

O anúncio da abdicação de Napoleão causou uma previsível agitação em toda a Europa. Em Paris, uma multidão de partidários do imperador, indignados e furiosos, reuniu-se nas ruas, desde a Place Vendôme — onde Napoleão erguera uma coluna para celebrar sua vitória em Austerlitz — até o Élysée, clamando para que ele ficasse. Quanto a Lucien, ele era considerado por muitos na França como um amigo da liberdade que havia deixado o país para evitar a conivência com seu irmão, e que não desfrutara do sucesso imperial, mas retornara em um momento de incerteza e perigo.

NAPOLEÃO E O REBELDE

Foram dias de grande tensão para os políticos da oposição. No mesmo dia em que se tornou presidente da comissão executiva responsável pelo governo, Fouché instigou um debate na Câmara dos Deputados para reconhecer Napoleão II. Mas a agitação popular não diminuía. No dia seguinte, 24 de junho, Fouché pediu a Napoleão que se retirasse da capital. O ex-imperador imediatamente fugiu para Malmaison com Joseph. Logo Jérôme e depois Lucien foram orientados a seguir o exemplo de seu irmão e deixar Paris, "no interesse da tranquilidade do Estado e de sua própria".[1] Os irmãos se reuniram em Malmaison por volta de 25 de junho. Fouché e seu partido consideraram Napoleão seu prisioneiro, uma garantia valiosa para sua própria sobrevivência política nos dias vindouros da Restauração. Foi um momento angustiante para os irmãos Bonaparte. Joseph decidiu partir para a América, e ele disse a Lucien que, tão logo estivesse seguramente a caminho, Lucien deveria segui-lo para lá. Por hora, Lucien esperava para retornar a Roma, onde poderia ser útil para o restante da família, enquanto Joseph se ocupava de organizar um meio alternativo para a fuga planejada de Napoleão através do Atlântico, caso o governo provisório bloqueasse as fragatas ou se comportasse traiçoeiramente de alguma forma. Napoleão considerou uma fuga para a América, mas no final exigiu asilo político na Grã-Bretanha. Em vez disso, ele foi feito prisioneiro e enviado sob custódia britânica para a remota ilha do Atlântico Sul, Santa Helena. Lucien estava insolvente, tendo gasto mais de 200 mil francos em mobiliário para o Palais Royal. Napoleão lhe dera quase 2 milhões de francos em títulos, dizendo com pouca convicção, "Valerá o que valerá."[2] Os títulos logo foram anulados pelos Bourbon em seu retorno. Lucien se despediu de seu irmão e partiu com Châtillon disfarçado como seu secretário, ainda sem saber exatamente como e quando conseguiria voltar para a Itália e para sua família. Ele tinha dois passaportes — um com seu nome e outro sob seu habitual pseudônimo, Boyer. Durante vários dias, ele entrou e saiu de Le Havre e Dunquerque com a ideia de cruzar para a Inglaterra, mas simplesmente havia obstáculos demais. Ele então se dirigiu ao sul, rumo a Orléans. Sua situação tornou-se constrangedoramente confusa. Os aliados austríacos, prussianos, russos e

EPÍLOGO

ingleses começaram a ocupar toda a França. Ele os evitava tanto quanto podia, ao mesmo tempo observando as reações da população ainda leal a Napoleão durante a invasão sem sangue da França.

Em seu caminho para Grenoble, em Bourgoin, ele se deparou com o exército austríaco. Ele fingiu ser cidadão romano, um tal Cavalier Casali, mas seu sotaque francês o traiu. Ele foi levado para Turim, primeiro ao Hôtel de l'Univers e depois — para seu desânimo — ao interior das muralhas da cidadela.[3] Ele protestou contra sua prisão e escreveu uma carta ousada a Metternich (que tinha sido amante da irmã de Lucien, Caroline Murat), agora primeiro-ministro da Áustria: "Não posso ser considerado nada além de príncipe romano, porque não sou nada além disso. Apesar da intenção do imperador Napoleão de me tornar parte de sua dinastia por lei, tal lei nunca foi aprovada."[4] Lucien usou o argumento que tinha sido usado contra ele nas Câmaras para se libertar. Formalmente, ele estava certo — embora o adotasse com perturbadora desfaçatez retórica. Metternich, talvez divertido com a falta de vergonha de Lucien, respondeu com elegância que estava "encantadíssimo" de informar que ele não seria detido pelas autoridades austríacas.[5] Talleyrand então tentou impedir Lucien de retornar a Roma, porque ele "havia tramado na mais recente conspiração", mas as provas eram fracas na melhor das hipóteses, e tudo que Talleyrand conseguiu foi adiar a libertação de Lucien.[6]

Lucien finalmente chegou a Roma em setembro. Apenas alguns dias antes, sua mulher deu à luz seu sétimo filho (o décimo da casa), um menino que chamaram de Pierre. No final daquele ano agitado de 1815, Charlotte se casou com o príncipe Mario Gabrielli, o rico sobrinho de um cardeal. A menina bela e bondosa, que aos 15 anos quase se tornou rainha da Espanha, agora, aos 20, entraria para uma acolhedora família italiana. Lucien e sua família conseguiram, portanto, continuar com suas vidas. À exceção de Napoleão e Joseph, todos os Bonaparte — Letizia, Pauline, Luís, Jérôme e Fesch — foram obrigados a residir em Roma. Era reconhecidamente um exílio infinitamente mais suave que o imposto a Napoleão, mas a cidade se tornava cada vez menos hospitaleira para eles. Lucien foi colocado sob pesada vigilância. E quando

280 NAPOLEÃO E O REBELDE

Lethière foi abruptamente reconvocado à França em 1816 — terminando assim seu mandato na Villa Medici —, Lucien perdeu um de seus amigos mais antigos e leais. Na época, ele frequentava Manuel Godoy, o antigo "Príncipe da Paz" espanhol, que também estava exilado em Roma.[7] Mas, fora relembrar os bons e velhos tempos de sua juventude irresponsável, eles não tinham muito que celebrar juntos. Lucien e sua família, apesar de estar sob vigilância, eram livres para viajar dentro dos Estados Papais, e voltavam para La Rufinella por longos períodos, em busca de "tranquilidade e felicidade doméstica", mas até naquele lugar era difícil de encontrar a paz.[8]

❧

Mesmo assim, a vida continuou, e Lucien começou novamente a desfrutar de suas atividades artísticas e arqueológicas em La Rufinella. Em um lindo dia de outono no início de novembro de 1817, ele se levantou ao amanhecer, como de costume, assim como Châtillon, o pintor que nunca o abandonou e que, ao longo dos anos, começou até a se parecer com ele.[9] Um novo programa de escavações estava em seus planos, e eles exploraram o terreno para averiguar as melhores áreas para começar a cavar. Quando voltavam para o palácio, eles encontraram Alexandrine, em uma caminhada com suas três filhas. (Sua primeira filha, Anna de Bleschamp, tinha acabado de se casar com o príncipe Alfonso Hercolani de Bolonha.) Lucien notou que sua esposa parecia triste; à sua preocupada indagação sobre qual era o problema, ela respondeu, sorrindo: "Não é nada — mas, sabe, às vezes o evento mais comum pode despertar tristes premonições. Bem, sim, não vou negar, estou triste sem querer —, acabei de testemunhar uma cena que teve um efeito perturbador sobre mim." Ela então contou que, quando estava passando por um loureiro, ouviu pássaros chilreando e depois viu um gavião alçando voo quando ela se aproximou das árvores. Olhando de perto, ela viu um ninho coberto de sangue.

Lucien não levou a sério os sentimentos dela e ordenou que o almoço fosse servido nas cabanas junto da escavação. A tarde passou normalmen-

EPÍLOGO

te. Pouco antes do jantar, um sino convocou a família à sala de estar. Um dos convidados, *monsignore* Cuneo, estava ausente, mas eles decidiram iniciar a refeição sem ele; talvez o prelado estivesse distraído em uma caminhada. Mas o tempo passava, e nenhum sinal dele. Na sobremesa, ele ainda não havia aparecido. Eles começaram a se preocupar: talvez Cuneo tivesse sido sequestrado por Barbone, um famoso bandido que, por vezes, percorria as ruínas das colinas de Tusculum. Lucien decidiu enviar uma equipe de busca formada de guardas florestais e seus servos, que partiu imediatamente. Só então um ligeiro murmúrio foi ouvido no corredor do térreo. A sala de jantar ficava no primeiro andar e os servos que permaneceram no palácio estavam ocupados ali. Ansioso por dar a Lucien e Alexandrine notícias de uma pessoa que eles estimavam, e acreditando que o monsenhor estava de volta, Châtillon deixou a mesa e correu para baixo. Ele foi seguido por Charles, o filho mais velho, e por Cesare, filho do príncipe Hercolani. Quando Châtillon chegou ao mezanino, ele parou e perguntou em voz alta se o monsenhor havia retornado. Algumas vozes baixas responderam: "Sim, sim!", exatamente quando um baque ressoou no corredor, perto de outra escadaria que também conduzia ao primeiro andar. Um homem rude de repente apareceu diante de Châtillon, agarrando-o e gritando: "Aqui está o príncipe!"

O intendente a serviço de Lucien estava entrando no palácio quando os homens começaram a arrastar Châtillon para fora, mas estava escuro demais para que ele visse alguma coisa: ele os confundiu com soldados que talvez estivessem em busca de Lucien. O intendente correu para a sala de estar, onde Lucien estava sozinho com o padre Maurizio, e o alertou do que achava que tinha visto. Lucien imediatamente mandou tocar os sinos e pediu que Brunot discretamente se dirigisse a Frascati e notificasse o governador. Pouco depois, André Boyer soube que bandidos haviam sequestrado Châtillon, confundindo-o com Lucien, e por isso distribuiu armas aos servos. A aterrorizada Alexandrine e as crianças se esconderam em um apartamento remoto do palácio, sem perceber que já fazia muito que os bandidos haviam deixado o local.

Châtillon mal falava italiano, no entanto, conseguiu convencer os sequestradores de que não era Lucien, mas um pintor, "pitto-re", ao desenhar o retrato do bandido De Cesaris, mesmo sofrendo com uma ferida na cabeça, provocada por uma coronhada. O implacável De Cesaris ficou impressionado com seu talento, assim como seus asseclas, e exigiu que Châtillon enviasse o retrato ao governador de Roma e que lhe escrevesse no verso. Eles também exigiram 15 mil francos de Lucien pela libertação. Châtillon explicou que era apenas um amigo, não um parente, e que aquela era uma soma que o príncipe não podia pagar. Mas eles insistiram e, enquanto aguardavam a resposta, foi obrigado a contar histórias das façanhas de Napoleão. Lucien decidiu enviar 1.500 francos, que os bandidos aceitaram. Antes de liberar o pintor, eles lhe deram um belo punhal como lembrança. De Cesaris disse: "Meus cumprimentos ao príncipe. Eu não teria aceitado esta soma reduzida — isso acaba com o serviço. Mas você é francês, e ele é o irmão de um grande e infeliz guerreiro."

Embora a situação tivesse acabado bem, Lucien e sua família já não se sentiam seguros em sua amada Tusculum. A decisão de partir foi triste, lamentada por seus amigos e conhecidos. O cardeal Della Somaglia, secretário de Estado em Roma — a quem Lucien descreveu como culto, inteligente e generoso, e um amigo sincero a quem Alexandrine dedicou um de seus poemas —, deplorava que "estas belas terras sejam privadas de nosso patrono das artes modernas, do homem que teve a sabedoria de buscar a felicidade doméstica, mantendo ao longe a infelicidade social. Tusculum se tornará um deserto, uma triste solidão".

❧

A família retornou a Roma. Pio VII permanecia acolhedor e amigável com eles, mas o cardeal Consalvi tornou-se bastante frio: ele temia o novo embaixador francês em Roma, o conde de Blacas, ferrenho inimigo dos Bonaparte. Um dia, enquanto Blacas passava em sua carruagem, ele se deparou com Lucien, Alexandrine e os filhos menores dando uma caminhada no morro Pincio, em Trinità dei Monti, e exclamou: "[O] governo romano deveria poupar-me da presença do abominável sangue do usurpador."[10] Châtillon, que estava lá, tentou desafiá-lo para um

EPÍLOGO

duelo, mas o embaixador se escondeu atrás de sua posição diplomática — e o pintor foi ameaçado de expulsão. O papa se aborreceu com o comentário desagradável, que rodou as bocas de Roma. A constante vigilância policial continuava, e o ar outrora fresco da Cidade Eterna começou a se tornar sufocante para Lucien.

Joseph conseguiu escapar da França em 25 de julho de 1815, embarcando para a América sob o nome de Surviglieri, a bordo de um navio americano chamado *Commerce*. Um navio de guerra britânico interceptou a embarcação, mas depois deixou passar sem suspeitar que o *signore* Surviglieri, cujos papéis pareciam perfeitamente em ordem, era um fugitivo Bonaparte. Joseph viajava com um intérprete, um cozinheiro e seu secretário; mas sua esposa, Julie Clary, juntamente com suas filhas, Zénaïde e Charlotte, chegaram a Bruxelas (saindo de Paris) na mesma época em que ele chegava aos Estados Unidos.[11]

De Nova York, Joseph escreveu a Lucien que tinha acabado de saber por Julie de sua detenção em Turim e de sua libertação iminente. Ele estava ansioso por se reunir à família e pedia notícias de todos — da família de Lucien, de sua mãe e irmãos —, mas disse que não zarparia de volta na primavera. Ele elogiou como belo o país a que chegara; seu clima era temperado, seu povo, acolhedor, e "aqui se vive mais livre e agradavelmente do que se poderia imaginar".[12] Joseph sabia que sua correspondência seria interceptada pela polícia papal, e talvez o tom otimista fosse para provocá-los, embora ele acrescentasse algumas ressalvas: as grandes cidades do Novo Mundo eram três vezes mais caras do que a vida em Paris, e, se alguém quisesse viver no campo, teria que levar um grande número de pessoas a fim de criar uma sociedade adequada.

Mais tarde, em uma carta que escreveu a Lucien no início de 1816, sua caracterização do país anfitrião foi mais precisa: "O último a chegar aqui é tão bem-visto quanto o homem que nasceu aqui — se ele chega com algum dinheiro; aqui se vive como bem se quer, sem receber nenhum favor, mas tampouco devendo favores a alguém; não estamos sob o olhar inquisitivo de uma polícia nervosa, ou dos curiosos contumazes."[13] Ele prosseguiu contando a Lucien que havia ocupado uma pequena casa a 13 quilômetros de Nova York, as pessoas haviam insistido para que ele não deixasse a cidade, mas ele não queria ver ninguém. Com as neves do inverno, porém, ele acabou voltando para Nova York. As pessoas ali eram "razoáveis", e um estrangeiro que se recusasse a se imiscuir na política local era respeitado por ambos os partidos — pois havia dois partidos, assim como na Inglaterra, explicou. Joseph desejava que sua esposa e filhas viessem; ele planejava passar apenas os três meses de inverno na cidade, e eles então poderiam estabelecer residência no campo e viver do que quer que restasse de sua fortuna. O clima, segundo ele, não era muito mais duro que na Europa, e era possível escolher entre o calor de Charleston e o frio de Boston, e tudo que havia no meio. Mas as cidades norte-americanas não se comparavam com as da Europa. Ele escreveu de novo como a vida era cara, especialmente os bens de luxo, ao mesmo tempo observando que ninguém na América gastava mais de 100 mil ou menos de 30 mil francos por ano: uma fortuna moderada permitia que alguém vivesse como todos os outros. Havia teatros nas grandes cidades, mas as artes ainda eram geralmente "plantas exóticas" — havia alguns poucos amadores e pouquíssimos artistas. Muitas casas estavam desprovidas até de uma biblioteca pequena, não havia poetas e pintores em lugar nenhum, embora as casas importantes tivessem seus músicos e as filhas das famílias ricas soubessem algo de música, assim como, aos 16, todos os filhos sabiam ler e contar.

Joseph parecia confortável em seu exílio, embora sentisse que estava longe demais de sua família. No verão de 1817, ele se estabeleceu na propriedade de Point Breeze, em Bordentown, Nova Jersey — perto do rio Delaware, e a cerca de 50 quilômetros da Filadélfia. Lá, ele instalou sua coleção de pinturas, objetos de arte, tapetes e móveis. Na primavera de 1818, ele escreveu para sua mulher: "Se você estivesse aqui, acho que não lamentaria por Morfontaine, o lugar onde estou agora é mais bonito, e a cada dia se torna mais."[14] Naquele verão, contudo, ele conheceu Anna Savage, que se tornaria sua nova companheira. Neste ponto, ele esperava que apenas Zénaïde ou Charlotte viajassem para lá. Em março de 1819, Lucien escreveu sobre seu desejo de seguir Joseph para os Estados Unidos com sua família: como Bonaparte, ele era incessantemente assediado na Itália. Em resposta, Joseph ofereceu outra

EPÍLOGO   285

longa descrição da vida na América — das condições sociais, econô-
micas e de trabalho, do estado da cultura, dos costumes em geral. Sua
avaliação ainda era positiva (a pobreza das ofertas culturais sendo uma
exceção): "[O] governo, o campo, o clima e os habitantes me agradam
igualmente — não sou exigente e eles também não. Tranquilidade,
justiça, calma, encontra-se tudo isso. As pessoas muitas vezes têm de
se espremer nas cidades, nos bailes, nas viagens, nos barcos a vapor,
mas nunca se tornam grosseiras ou ofendidas. Cada um respeita seu
próximo e é respeitado em troca."[15]

O próprio Napoleão pensava nos Estados Unidos como o melhor
destino para toda a família. Como ele disse a um general que o vigiava
em Santa Helena: "Joseph construirá um grande estabelecimento na
América. Será o refúgio de todos os meus parentes."[16] Lucien manteve
o velho sonho de navegar para o Novo Mundo — e para a liberdade.
Mas seus planos teriam que esperar. Havia crescentes preocupações na
família, e luto: Elisa morreu em Trieste em 7 de agosto de 1820, aos 43
anos. E Napoleão, talvez envenenado por arsênico, certamente devorado
por um câncer de estômago, o que também havia matado seu pai Carlo,
morreu em seu exílio remoto aos 51 anos, em 5 de maio de 1821.

CASAMENTOS, FUNERAIS E ESCAVAÇÕES

Levou seis semanas para que a notícia da morte de Napoleão chegasse
a Roma. A dor foi aguda para todo o clã Bonaparte, especialmente
para Letizia, agora com 65 anos — que caiu gravemente doente. As
considerações políticas sobre a perpetuação da linha dinástica também
estavam na linha de frente das preocupações da família, entretanto;
agora parecia o momento certo para planejar o casamento dos dois
primos, Charles e Zénaïde, prometidos por seus respectivos pais,
Lucien e Joseph, muitos anos antes. Napoleão teria concordado com
o casamento, tendo dito antes de morrer que as filhas de Joseph só deveriam casar-se com príncipes romanos. O dote de Zénaïde foi fixado
em grandiosos 700 mil francos, que também aliviariam a situação
financeira de Lucien por um tempo.

Na verdade, os primos nunca tinham posto os olhos um no outro. Um retrato de Jacques-Louis David de Zénaïde e sua irmã, Charlotte, foi enviado para Charles, em Roma, para que a apresentação pudesse ao menos ser feita em grande estilo. Enquanto Charlotte se juntava ao pai nos Estados Unidos em dezembro de 1821, Zénaïde ficou com a mãe em Bruxelas, a cidade onde David também havia encontrado asilo político; e lá o casamento seria celebrado, em 29 de junho de 1822 — mais de um ano após a morte de Napoleão, segundo a especificação de Joseph quanto ao luto correto a se observar. Havia muito que Joseph esperava Lucien na América: já em fevereiro de 1822 ele não só havia alugado uma casa para ele na Filadélfia, mas também preparado uma casa de campo.[17] Mas os meses foram passando. Para Lucien e Charles, até chegar a Bruxelas provou ser um desafio; eles obtiveram os passaportes necessários somente após a intervenção do cardeal Consalvi, a quem Alexandrine escreveu em nome de Lucien, incapacitado pelo reumatismo. Pai e filho foram então barrados na fronteira dos Estados Papais. Mais uma vez, foi preciso a palavra de Consalvi para que eles recebessem a autorização para seguir viagem — através da Áustria e da Alemanha, uma vez que não eram autorizados a entrar na França e foram aconselhados a evitar o Piemonte e a Suíça. Eles finalmente chegaram a Bruxelas em meados de março.

Para Lucien, viajar para a Bélgica teria sido um primeiro passo em seu plano de navegar para a América; ele contava com embarcar em Ostende. Mas o plano foi novamente arquivado. Ele acabou saindo de Bruxelas antes do casamento de seu filho, voltando para a Itália no final de abril. Alexandrine tinha escrito novamente para Consalvi: ela explicou por que Lucien estava mudando seu itinerário e precisava voltar para a Itália e, especificamente, para os Estados Papais, onde a família queria continuar vivendo. Um dos motivos que ela deu para a mudança foi que Charles e Zénaïde permaneceriam na Europa, em vez de juntar-se a Joseph nos Estados Unidos, como inicialmente previsto. Existia também o problema de saúde de Lucien. Ele vinha sofrendo de uma inflamação no peito havia algum tempo, além do reumatismo. Na verdade, ele ainda queria atravessar o oceano, mas não naquele estado,

EPÍLOGO

como escreveu para a mãe de Livorno, onde parou — anônimo — no caminho de volta para Bolonha (nos Estados Papais) para se juntar a Alexandrine, que estava vivendo perto de sua filha Anna, princesa Hercolani. Neste ponto, Lucien também estava sofrendo de um acesso de depressão. Em seu próprio julgamento, não era hora de empreender uma longa viagem para o Novo Mundo.

❧

A vida em Bolonha com Alexandrine e sua família se provou restauradora. Lá, o casal estava longe da polícia papal, e eles compraram uma bela mansão nos arredores da cidade, na freguesia de Croce del Biacco.[18] Enquanto isso, os recém-casados Charles e Zénaïde viajavam em ritmo de passeio por toda a Europa durante alguns meses, a caminho de Bolonha. Charles estava começando sua carreira como ornitólogo e naturalista, e parou na Alemanha para visitar alguns cientistas. Quando o jovem casal chegou a Bolonha em agosto de 1822, a recepção que Lucien e Alexandrine lhes deram foi extraordinariamente fria, então eles só ficaram três dias e partiram para Roma — uma cidade que Charles estava ansioso por mostrar a Zénaïde, e onde ficariam até maio de 1823.

Charles ficou furioso com seus pais, mas especialmente com Lucien, pela pobre recepção que dedicaram à sobrinha e nova nora. Tudo bem, Zénaïde não beijou a mão de Alexandrine quando chegou a Bolonha, mas era estranho que, de todas as pessoas, Lucien fizesse questão de tais formalidades. Alexandrine na verdade escreveu uma carta muito simpática a Charles, descrevendo o ambiente agradável de Croce del Biacco e tentando atrair o casal de volta para consertar a situação, mas, quando não houve resposta, Lucien atacou o que percebia como desobediência e desrespeito de seu filho. Uma das muitas razões para sua ira era o uso da parte de Charles dos títulos de príncipe e princesa de Musignano para si e sua noiva: ele era um conde, mas Zénaïde, como filha do antigo rei de Nápoles e Espanha, era efetivamente uma princesa, e Charles preferiu não "rebaixá-la". Lucien o acusou de "covardia", mas Charles se defendeu por chamar-se príncipe. Seu pai não havia rejeitado títulos por toda a sua vida? Havia também o fato de sua viagem pela Europa: na opinião de Lucien, eles levaram muito tempo para chegar à Itália. Afinal, Charles tinha apenas 19 anos de idade; Lucien não estava acostumado a conceder-lhe tanta liberdade, e culpou Zénaïde por afastar Charles do seu dever filial. Mas o filho reagiu ao pai com a mesma obstinação e senso de justiça que Lucien demonstrara em sua idade, respondendo à carta de seu pai com uma longa e digna missiva: "Ah, meu papai querido, você sabe que sempre fui um filho submisso e você sempre foi para mim o melhor dos pais, por que guardar toda sua ira para quando mais preciso do seu amor, já que deve compartilhá-lo com a melhor parte de mim mesmo? Por que, se deseja perseguir-me, você me defendeu do tigre ambicioso que assombrou minha infância? Por que me deixou para ser sufocado pelos mercenários dele? Se minha esposa deveria ser uma vítima, por que me casei com ela?"[19]

Dois dias depois de escrever isto ao pai, ele também dirigiu uma breve carta à mãe, pedindo-lhe que se colocasse em sua defesa: "Eu farei de tudo para agradá-lo, desde que ele não prejudique Zénaïde. A felicidade de minha esposa é meu primeiro dever." Estas eram quase exatamente as mesmas palavras que Lucien usara com Napoleão em Mântua, bem como em inúmeras outras ocasiões. Mas as circunstâncias diferiam muito, como Lucien lembrou a Charles: certamente, os títulos impingiriam pouca coisa sobre a "felicidade" do jovem casal, como Charles alegava. Lucien lhe escreveu pertinentemente: "Por acaso pedi que se divorcie?" A ideia era simples: era fundamental para Lucien que Charles usasse o título de príncipe, ao qual ele eventualmente teria direito, apenas uma vez que seu pai o autorizasse a fazê-lo. As trocas epistolares foram intensas e sinceras, mas no final a escaramuça não durou; e o casal passou um tempo maravilhoso em Roma, permanecendo na casa da família na Via Bocca di Leone.[20]

Em janeiro de 1823, Alexandrina deu à luz seu último bebê, Constance. E em fins de maio, quando seu filho e nora partiram para os Estados Unidos — da Antuérpia — para se juntar a Joseph como haviam planejado fazer um ano antes, a própria Zénaïde acabava de engravidar daquele que seria o primeiro de doze filhos. O casal ficou grato quando

EPÍLOGO 289

a travessia de 75 dias chegou ao fim.[21] O navio atracou em Nova York em meados de setembro; Joseph e sua filha Charlotte viajaram até lá para receber o casal. Sua chegada a Point Breeze foi extremamente agradável: Joseph deu ao casal a residência particular que havia construído para Lucien. Ela ficava às margens de um lago artificial, dotado até de uma passagem subterrânea ligada ao casarão principal, que era de grande utilidade quando chovia ou nevava. Havia um imenso parque, e a caça era excelente. Tudo isso foi fonte de grande alegria para Charles, já que uma de suas principais ambições era estudar a flora e fauna da América, e ele podia começar sua pesquisa logo na propriedade.

Em uma carta à mãe, ele descreveu como sua vida era feliz com Joseph e Charlotte, e como eles apreciavam os Estados Unidos, que Charles disse julgar "um país admirável", dotado "do governo mais perfeito que já existiu, incluindo os de Atenas, Esparta e Roma". As eleições estavam chegando, e ele admirava como os cidadãos não podiam vender seus votos como faziam na Inglaterra. É claro que ali era preciso trabalhar duro ou ser "imensamente rico", observou ele e, assim como o tio, ele também notou que os bens não básicos, tais como serviços, funcionários ou roupas, eram três vezes mais caros que na Europa. Ele também escreveu a seu pai que as pinturas não valiam nada na América e que Joseph enviaria para a Europa todas que não queria mais — ele achava que Lucien não deveria enviar nenhum de seus quadros, considerando quão altos eram os impostos alfandegários.

Eles mantiveram os hábitos e prazeres do Velho Mundo. A família muitas vezes lia peças de Racine, Corneille, Voltaire depois do jantar, cada um assumindo um papel. Charlotte era muito boa, embora Charles sentisse falta dos talentos dramáticos de Lucien. Ele pediu que lhe enviassem uma das tragédias de Lucien — das quais Charles sabia recitar alguns versos — bem como alguns dos romances de sua mãe. Apenas alguns dias antes, no final de outubro, ele leu para convidados, em francês, "L'Amérique", o poema que Lucien começou a escrever em 1810 em Malta, e que mais tarde dedicou a Joseph. O público era muito especial: incluía madame Adams, esposa do ministro das Relações Exteriores John Quincy Adams, filho do segundo presidente — e ele próprio o candidato vencedor das eleições presidenciais do ano seguinte. Ela e todos os outros convidados ficaram "enfeitiçados". A Sra. Adams tinha ouvido o nome de Lucien citado entre "os heróis da independência". Charles comentou dos Estados Unidos: "Oh, feliz nação, que possui aquilo que a Itália está tão longe de possuir."[22]

Charles expressou a seu pai a preocupação com seus irmãos sendo educados pelos jesuítas (ele próprio tinha sido educado em casa pelo brilhante padre Maurizio), bem como suas fortes convicções antimilitares: "Só a coragem civil é coragem verdadeira", escreveu ele, prosseguindo para elogiar seu pai: "É a de Catão, Cícero e... sua, meu querido pai."[23] A tanta distância, ele era um bom filho, não só na admiração pelo pai, mas também sendo estudioso e empenhado, citando os clássicos republicanos, embora sua paixão pela história natural, e não pelas ciências humanas, crescesse a cada dia.

❧

Do outro lado do oceano, Lucien também estava desenvolvendo seus interesses científicos, cada vez mais fascinado pela astronomia, que começara a estudar quase uma década antes na Inglaterra. Em 1825, Alexandrine encontrou uma pequena casa na Umbria, ao pé dos Apeninos, junto a um lago de água extraordinariamente pura, onde Lucien e o padre Maurizio passavam algum tempo observando as estrelas. Em 1828, com a ajuda do padre Maurizio, Lucien instalou em Senigallia — na costa do Adriático, na região das Marcas — os telescópios construídos pelo Herschel pai, que ele havia comprado do Herschel filho. Eventualmente, ele se gabou de ter descoberto 20 mil estrelas — e ele planejava catalogá-las, mas este projeto nunca se concretizou.[24]

Nesse meio-tempo, porém, a situação financeira da casa de Lucien se tornou bastante preocupante. Como ele escreveu a Joseph de Roma no final de agosto de 1826, o rendimento da propriedade de Canino foi reduzido à metade, e ele já não podia pagar os juros de sua dívida.[25] Ele teve até de enfrentar o tribunal. O tio Fesch concordou em pagar as dívidas de Canino, facilitando infinitamente a situação de Lucien.

EPÍLOGO

Lucien, porém, não estava mais interessado em Canino, na verdade ele estava "enojado" com os problemas que a propriedade estava causando, e estava disposto a receber como receita dela o que quer que Joseph e Fesch achassem apropriado. Ele já estava vendendo seu gado para os dotes de suas filhas. Fesch se tornou administrador da propriedade. Lucien e Alexandrine estavam passando seu tempo em Bolonha e, mais tarde, em Senigallia. Até onde cabia a ele, Lucien, seu único desejo era ficar em seu "retiro" ou voltar para a Inglaterra e ganhar a vida através da escrita.

Foram anos difíceis. Pauline morreu em 1825, à idade de 45; o belo corpo tão notoriamente esculpido por Canova foi devastado pela doença. E novas tragédias logo atingiram a família. Paul, o inquieto terceiro filho de Lucien e Alexandrine, vinha morando em Bolonha com sua meia-irmã Anna Hercolani. No final de 1827, quando tinha 18 anos, ele deixou a cidade sem a permissão do pai para navegar para a Grécia e lutar por sua independência dos turcos. Ele obteve uma posição como oficial de baixa patente na fragata inglesa *Hellas*, comandada por lorde Cochrane, que tinha conhecido Lucien na Inglaterra. Na véspera da decisiva Batalha de Navarino — que daria a independência à Grécia — Paul acidentalmente baleou a si mesmo; ele não sobreviveu à ferida. Mas isso não era tudo. Pouco depois, em fevereiro de 1828, a segunda filha de Lucien e Alexandrine, Jeanne, que vivia na cidade de Jesi, nas Marcas, e se casara com um nobre local, morreu de uma doença que ela pegou depois de um baile de carnaval; ela tinha apenas 21 anos.

※

Apesar destes terríveis golpes, Alexandrine conseguiu manter-se muito mais realista do que seu marido, cuja atração cada vez mais sonhadora pela poesia e pelos céus era um meio reconfortante e criativo de escapar das duras realidades que o casal tinha de enfrentar. Foi ela quem finalmente conseguiu forçá-lo a retornar à terra — literalmente, alimentando uma antiga paixão e embarcando em uma ocupação que em breve se revelaria altamente frutífera: as escavações.

Tusculum ficava em uma mina de antiguidades romanas. Canino não. Localizava-se no coração da antiga Etrúria e, no começo de 1828, aconteceu um incidente que revelou os tesouros sob a propriedade. Os agricultores estavam lavrando um dia, na planície de Cavalupo, quando o chão de repente se abriu sob o peso dos bois, revelando uma gruta subterrânea que continha dois vasos etruscos quebrados. Os agricultores não alertaram seus empregadores diretamente, o príncipe e a princesa de Canino, que, em todo caso, estavam em Senigallia. Em vez disso, falaram de sua descoberta a dois funcionários — que mantiveram a descoberta em segredo, começaram a procurar por outros tesouros semelhantes, venderam todos os espólios que encontraram a um M. Dorow, que os comprou na crença de que os proprietários legítimos estavam informados do processo. Foi só no final de setembro, quando Alexandrine voltou a Canino de Senigallia — Lucien permaneceu na costa do Adriático por algum tempo mais, imerso em suas explorações astronômicas —, que descobriu o que os dois homens tinham feito, demitindo-os imediatamente. Ela então inaugurou escavações oficiais em um campo perto da gruta, junto à Ponte dell'Abbazia. Inicialmente, apenas alguns vasos emergiram do solo, mas os fragmentos eram de qualidade boa o suficiente para que Alexandrine decidisse avançar com a pesquisa. O monte Cucumella, uma colina artificial nas proximidades, tornou-se o centro de operações; a escavação ocorria em sua periferia, sob a orientação de Alexandrine.

Letizia escreveu a Lucien de Roma, expressando sua desaprovação desta nova atividade de Alexandrine: escavações não eram atividades para uma dama, especialmente considerando que ela precisava da assistência de funcionários quando sozinha; além disso, sua presença ali certamente atrairia pedintes, e assim, entre uma coisa e outra, uns bons 4 ou 5 mil francos certamente seriam dissipados.[26] Independentemente da preocupação de sua mãe, Lucien estava tão ocupado com o céu — exatamente quando sua esposa peneirava a terra — que só voltou para Canino em dezembro. Mas, quando chegou, encontrou já reunida uma impressionante coleção de antiguidades. Seu entusiasmo se acendeu imediatamente. Reuniu uma equipe de cem trabalhadores para ampliar a escavação. Em três ou quatro meses e dentro dos limites

EPÍLOGO

de algumas centenas de metros quadrados, mais de 2 mil objetos foram recuperados de seu antigo lugar de descanso. Para cada um, Lucien registrava a localização e a data da descoberta à medida que eram limpos, e os achados — que consistiam em uma grande variedade de objetos, incluindo vasos pintados e inscritos — foram minuciosamente catalogados. O resultado, o *Catalogo di scelte antichità etrusche trovate negli Scavi del Principe di Canino* foi publicado na cidade vizinha de Viterbo em 1829. Lucien, cujo amor pela antiguidade e pela mitologia estava agora completamente reanimado, concluiu a partir da riqueza da pedreira que ela provavelmente assinalava o local da cidade etrusca de Vetulônia — Vulci em italiano.

Não foi um mero empreendimento amador, como tinham sido as escavações de Tusculum; os achados eram suficientemente importantes para serem tornados públicos, em vez de adicionados a uma galeria particular, como Lucien tinha feito anteriormente. E assim o casal criou o primeiro Museu Etrusco do mundo, em Vulci. Dali em diante, a maior parte da renda familiar derivaria da venda desses objetos arqueológicos. Hoje, os objetos que eles desenterraram e colecionaram são encontrados não só no museu em Vulci, que ainda funciona, mas também no Museu do Vaticano, no Louvre e no British Museum; e eles contribuem imensamente para nossa compreensão da civilização etrusca — embora alguns objetos terminassem por se revelarem gregos.

Graças às antiguidades, as finanças da família melhoraram significativamente. O casal retomou os prazeres rurais e as atividades acadêmicas, artísticas e científicas que haviam cultivado em todos aqueles anos. Lucien tinha o tempo livre para repousar novamente. Em 1830, ele adquiriu mais uma casa, desta vez em Florença, mas passava a maior parte de seu tempo entre Canino e Senigallia, ocupado com a arqueologia em um lado e a astronomia no outro. Tanto Lucien quanto Alexandrine continuaram a escrever poesia. A produção literária de Alexandrine aumentou, e ela dedicou um longo poema que escreveu sobre a rainha Bathilde (rainha dos francos no século VII) ao cardeal Della Somaglia, que havia protegido a família das piores entre as várias ameaças que haviam obscurecido seus dias nos tempos recentes.

ÚLTIMOS ANOS E LEGADO

Mas a política logo invadiu a quietude novamente. A Europa pós-napoleônica era um caldeirão de agitação, de insatisfação geral com um retorno do conservadorismo, com economias instáveis e alto desemprego. Um forte vento de pensamento e ambição liberal fluiu sobre o velho continente, junto com uma corrente renovada de bonapartismo, que unia todos os tipos, dos desempregados aos intelectuais, dos estudantes empobrecidos aos soldados ociosos. Um grande número de sociedades secretas surgiu; na Itália, uma delas foi a Carbonária, um encontro de liberais anticlericais que eventualmente teria um papel importante no estabelecimento da unidade nacional italiana, e entre cujos membros muitos eram também maçons. Lucien, que tinha sido maçom por algum tempo, foi um dos que desenvolveram relações com os carbonários. O mesmo fez seu filho Charles ao retornar da América, em 1829.

Um impopular rei Bourbon estava governando a França. Carlos X, irmão de Luís XVI, parecia ter aprendido pouco com a Revolução. No final de julho de 1830, ele ordenou a dissolução da Câmara dos Deputados. Em resposta, em 28 de julho, uma insurreição eclodiu em Paris. O povo ergueu 6 mil barricadas, gritando: *"A bas les Bourbons! Vive la République! Vive l'empereur!"* Seguiu-se a insurreição. Carlos X eventualmente deixou a França e foi substituído por Luís Filipe, que seria o último rei dos franceses. Para os Bonaparte, a agitação parecia uma oportunidade de ouro para recuperar o poder. Os filhos de Hortense, Napoleão Luís, de 26 anos, e seu irmão, Luís Napoleão (que se tornaria Napoleão III), de 22, reuniram-se na região de Romagna, no norte da Itália, e tramaram com os carbonários para trazer de volta o rei de Roma, o filho meio-austríaco de Napoleão, a quem o falecido imperador designara como seu sucessor e que agora era o duque de Reichstadt, aos 19 anos. Mas a trama, que efetivamente visava a suplantar a autoridade do papa, foi descoberta e sangrentamente reprimida: Napoleão Luís foi morto, e Luís Napoleão foi exilado na Grécia.

EPÍLOGO 295

Lucien optou por não participar das frenéticas atividades em torno deste plano, por mais fortes que fossem seus pontos de vista. Mas seus filhos e sobrinhos entraram ansiosamente na briga da ação política. Aos 16 anos de idade, o mais inquieto e temperamental de seus filhos, Pierre, tomou parte na trama, desconsiderando o fato de que morava nos Estados Papais; ele também foi pego e acabou passando seis meses na prisão em Livorno. Após sua libertação, ele foi forçado a deixar a Itália, e assim ele se juntou a seu tio na América.

Enquanto isso, Joseph já começava a pensar em voltar para a Europa. Ele seguia de perto as notícias de lá, correspondendo-se com os personagens centrais da época, incluindo o príncipe Metternich. Em julho de 1831, ele escreveu para sua mãe que a França faria justiça a Napoleão, restaurando seu filho para governar o país.[27] Em março de 1832, Joseph aderiu ao novo *slogan* bonapartista, *Napoléon, Liberté, Egalité*, e admitiu que "a América nos isola demais".[28] Ele encorajou Lucien a ir a Londres — o melhor lugar de onde observar e organizar eventos, como ele dizia. Lá, Lucien finalmente poderia realizar todos os seus ideais, ou ir para a América partindo da Inglaterra, se necessário. Joseph se juntaria a ele em Londres de bom grado, se Lucien assim quisesse. Se Lucien realmente deixasse a Itália, deveria certificar-se de que Charles e Zénaïde, que estavam de volta a Roma por algum tempo com seus filhos, permanecessem em bons termos com o papa.

Pierre tinha acabado de chegar à Filadélfia naquele momento, e Joseph também informou a Lucien que a intenção do "ardente" rapaz parecia ser de iniciar uma carreira militar, embora fosse difícil fazê-lo na América, onde a posição militar não era muito valorizada e havia apenas 6 mil recrutas em todo o país. Poucos meses depois, em novembro de 1832, Pierre estava na Colômbia: Lucien escreveu, encorajando-o a continuar ali sua carreira militar.[29] Quanto ao próprio Lucien, como ele disse ao filho, ele decidiu encontrar-se com Joseph em Londres, onde este último havia chegado no final de julho de 1832, a tempo de saber que não existia mais nenhum motivo para ter deixado os Estados

NAPOLEÃO E O REBELDE

Unidos, porque o filho de Napoleão, Napoleão II, tinha acabado de morrer prematuramente em Viena, à idade de 21 anos. Mas Lucien já havia decidido ir para Londres, e ele não ficaria parado.

❧

Lucien partiu de Canino em 27 de março de 1833, deixando Alexandrine para cuidar da família e chegando a Londres em 23 de abril.[30] Ele encontrou Joseph e Charlotte, que estava ansiosa para voltar à Itália. Uma semana depois, os dois irmãos — acompanhados por lorde Dudley Stuart, que desposara a filha de Lucien, Christine-Egypta — foram visitar o duque de Wellington. O homem que derrotou o imperador francês em Waterloo prestara a Joseph a honra de uma visita alguns dias antes, e o protocolo exigia que Joseph retornasse a gentileza. Ao chegar à grande residência do duque, a Apsley House, eles viram a enorme estátua que Canova esculpira de Napoleão desnudo — que Lucien e Alexandrine tinham visto quase trinta anos antes, ainda sem terminar, no ateliê do artista.[31] A piada que lorde Bristol fizera sobre o pequeno globo de mármore não contendo a Inglaterra agora recaía neles.

Em 15 de maio, o filho de Lucien, Pierre, chegou a Londres vindo da América, depois de servir orgulhosamente na guerra civil colombiana. Contra as esperanças de seu pai, ele não pôde ficar muito tempo na Colômbia, porque, como não nativo, ele nunca poderia aspirar a tornar-se um oficial do exército criado por Simon Bolívar. Pierre logo teve que fazer o caminho de volta à Itália, e assim, no início de junho, Lucien confiou a suas mãos uma carta para o padre Maurizio, em que reclamava que "na crise realmente ameaçadora deste país, os objetos de arte não têm valor" e por isso não valia a pena enviar qualquer coisa para lá. Além disso, a "célebre coleção" de William Hamilton, abrigada no British Museum, era "lamentável"; os ingleses simplesmente não queriam "gastar um centavo para comprar uma boa obra de arte". No fechamento, Lucien expressou sua esperança de que Pierre, que parecia cada vez mais agitado, "se comporte bem: em todo caso, eu ponderarei sobre o que devo fazer, mas acredito em sua mudança: ele

EPÍLOGO

tem um bom coração e sua cabeça, se ele se acalmar um pouco, será a cabeça de um homem".[32]

Lucien levava uma vida de inebriante glamour em Londres. Não poderia ser uma estada mais diferente da última, quando ele não era um homem livre. Ele frequentava a alta sociedade e, por meio de seu genro Dudley Stuart, forjou novas amizades influentes com a aristocracia — ele jantava com o duque e a duquesa de Bedford, o duque de Buckingham, o duque e a duquesa de Hamilton, e assim por diante. Muitos eram membros da Câmara dos Lordes — e sua proximidade recém-descoberta com a política parlamentarista o inspirou a elaborar um plano para desestabilizar o governo Bourbon. Em 7 de julho de 1833, Lucien publicou no jornal parisiense *La Tribune* um longo e polêmico panfleto intitulado "De la République Consulaire ou Impériale".[33] Desde o Brumário que ele não praticava muito suas habilidades retóricas, mas elas não o haviam abandonado.

Napoleão, Lucien escreveu em sua narrativa um tanto parcial, contivera a "torrente revolucionária" com o "dique consular". Depois, cansado de ser o "messias do povo", ele se rebaixou ao "nível dos reis", e, confrontado pela crescente pressão da Inglaterra, fracassou em estabelecer a paz e o progresso para o mundo inteiro. Agora seria impossível que qualquer pessoa alcançasse o trabalho do "Hércules moderno". E portanto era hora de renunciar às tradições igualmente antigas da monarquia de Luís XIV e do império de Napoleão e de exercer um novo tipo de república, baseado nestas premissas: liberdade ilimitada de imprensa, direito universal ao voto em eleições populares, limitação de impostos, a força militar dedicada à defesa das fronteiras, e uma guarda nacional exclusivamente empregada como polícia local. Todos esses objetivos exigiam um poder executivo forte, cuja estrutura deveria ser determinada através de um plebiscito geral. A preferência de Lucien era por uma república consular, mas, se o povo quisesse que o chefe do executivo fosse nomeado imperador, ele não teria o direito de comandar um exército. Ele receberia um salário justo, mas não excessivo (100 mil francos por ano) e cumpriria todas as políticas estabelecidas e os objetivos acordados.

Lucien tinha intenção de voltar para a França, mas Joseph discordava de seu ativismo. O secretário de Joseph, Mailliard, escreveu em seus diários em agosto que seu patrão estava descontente com Lucien, e o descreveu como "um homem que fala bem, mas que não sente nada".[34] Lucien continuou a insistir em sua posição e tentou persuadir seu prudente e cético irmão mais velho de que ele, Lucien, estava certo. Ele sentia que estava travando tanto uma batalha pessoal quanto uma guerra familiar, observando que ele talvez tivesse de fazer de sua causa "um caso individual, se os outros não reentrarem" na França.[35] A proposta de Lucien levou muito tempo para chegar à Câmara Francesa dos Deputados, onde foi finalmente discutida em 22 de janeiro de 1834; ela foi rapidamente descartada, assim como foi rejeitada a petição oferecida por um deputado para reabrir o território francês para todos os membros da família Bonaparte. Lucien continuava exigindo justiça em eloquentes apelos ao povo francês e à Câmara dos Deputados, tentando pavimentar o caminho para o retorno de sua família à França — sem sucesso.

Enquanto isso, Joseph, que assumiu seu habitual papel de negociar os bagunçados assuntos da família, tentava reconciliar Lucien e Jérôme, que chegou a Londres no início de maio e com quem, segundo Mailliard, Lucien não estava se dando bem. A antipatia de Mailliard por Lucien crescia diariamente: ele o achava volúvel e desprovido de firmeza em seus princípios, apesar de sua evidente inteligência. Em sua opinião, Joseph era de longe o superior dos irmãos.

Meses se passaram sem maiores eventos, até a primavera seguinte. Lucien começou a escrever suas memórias, bem como um panfleto sobre os Cem Dias (o canto do cisne de Napoleão no poder, assim intitulado pela duração de seu retorno como imperador depois de Elba até sua derrocada final): ele tentava realizar através de sua escrita privada aquilo que não conseguira alcançar através da oratória pública.[36] A inatividade forçada estava pesando sobre os irmãos Bonaparte, que se sentiam cada vez mais impotentes e nervosos. Uma mulher provocou ainda mais tensão entre eles: corriam boatos de que madame Sari, uma *créole* atraente, mas manipuladora, tinha um caso com Lucien. Seu marido, um corso chamado Mathieu Sari, que estava a serviço de

EPÍLOGO

Joseph, desafiou Lucien para um duelo. O assunto foi resolvido, mais uma vez, pela intervenção de Joseph. Após a partida dos Sari de Londres em 1º de maio de 1835, Lucien anunciou sua intenção de partir para a Itália, onde Alexandrine estava doente.[37] Ele reclamou das fofocas que se espalhavam a seu respeito. Mailliard ficou contente em vê-lo partir: ele não podia mais suportar aquele "homme de *plaisir* et du *moment*", culpado, a seus olhos, de um estilo de vida epicurista e perdulário que contrastava tão desfavoravelmente com a firme moralidade de seu empregador.[38]

No final, Lucien não chegou a partir porque estava ocupado escrevendo suas memórias e simultaneamente acompanhando a tradução para o inglês por uma senhora chamada Anna Maria Gordon, que por muitos anos foi babá de suas duas filhas mais novas. Neste ponto, após três anos apoiando as tentativas de seu marido de retornar à França e de reconquistar seu status perdido, Alexandrine começou a reclamar da ausência prolongada de Lucien. No início de 1836, ela escreveu uma carta de censura em resposta ao argumento de Lucien de que ela ficaria feliz em saber que ele estava "obrigado a escrever para não morrer de fome": em sua casa, não era "por falta de comida que sua esposa está morrendo". Ela estava contente por Anna Maria fazer um bom trabalho traduzindo seus escritos: "Sou sincera demais para não admitir que Lucien tem perto de si uma pessoa carinhosa a quem conheço; mas, com a mesma sinceridade, confesso que esta posição prolongada é um incidente infeliz na vida de duas pessoas casadas, ou pelo menos de uma delas."[39] Que tipo de afeto se desenvolvera entre Lucien e Anna Maria não é sabido, mas, evidentemente, não era difícil para Alexandrine imaginar que era de uma natureza íntima o bastante para que ele não tivesse pressa de voltar a Canino.

Na mesma carta, Alexandrine informava Lucien dos eventos da família. Pierre estava em Canino e esperava a resposta de seu pai para sua mais recente novidade: seu casamento planejado com uma certa Laetitia Besson — conhecida como a filha de um almirante mas, na verdade, filha ilegítima do tio de Lucien, o cardeal Fesch — tinha falhado porque o dinheiro não estava disponível. Em sua resposta,

Lucien admitiu a Pierre que tinha problemas financeiros e suplicou ao filho que "acorde, jovem Bonaparte, e faça jus a seu nome! Prometa à sua amada que se casará com ela dentro de um ano e inicie sua carreira, encontre seu caminho como fizeram seu tio e seu pai, e volte a nosso abraço como um homem".[40]

O que Alexandrine não mencionou em sua carta foi o quanto era difícil lidar com Pierre e Antoine, seus dois filhos mais novos, com idades de 19 e 18, respectivamente. Sua formidável avó Letizia morreu em Roma em 2 de fevereiro de 1836, aos 85 anos. Lucien não retornou nem então. Agora que ela estava morta, e na ausência do pai, os jovens se comportavam mal. Junto com outros arruaceiros, eles se vestiam como bandidos e, armados com espingardas e pistolas e acompanhados por cães corsos de combate, procuravam problemas em seu território, causando medo e perturbação e passando o tempo com mulheres de má reputação. Por deferência a seu respeitável irmão mais velho Charles, as autoridades papais preferiram não interferir. Mas as coisas passaram dos limites quando os irmãos mataram um auxiliar de caça em sua proprie-dade, a quem haviam demitido e que, por vingança, tinha ferido seu substituto. O novo cardeal no cargo, conhecido por detestar a família Bonaparte, aproveitou a ocasião para prender os irmãos, que naquele meio-tempo haviam solicitado passaportes para ir à Inglaterra. Em 2 de maio de 1836, quando Pierre entrou em um café em Canino (Antoine tinha ido para casa), uma patrulha de carabineiros o cercou e gritou que ele estava preso em nome da lei. Mas Pierre — o obstinado filho do príncipe de Canino, o orgulhoso sobrinho de Napoleão — recusou-se a reconhecer a autoridade da polícia e reagiu violentamente: ele apu-nhalou o policial que lhe deu voz de prisão no coração, matando-o na hora. Após mais uma escaramuça com os outros *carabinieri*, Pierre foi contido com um golpe na cabeça.[41]

Ele foi internado na fortaleza próxima de Viterbo antes de ser leva-do ao Castelo de Sant'Angelo, a infame prisão papal em Roma, onde seria julgado. Alexandrine começou a apelar ao papa e aos cardeais. Lucien, supostamente "sobrepujado" pelos acontecimentos, não podia ou não queria voltar para a Itália, tornando a provação ainda mais

EPÍLOGO

difícil para ela.[42] Depois de sete meses de agonia na prisão, Pierre foi condenado à morte; mas o papa imediatamente comutou a pena para exílio permanente dos Estados Papais. No início de 1837, Pierre navegou de volta à América. Em Nova York, ele passou algum tempo com seu primo Luís Napoleão, filho de Hortense. Este se tornou outro renegado da família que, alguns meses antes, havia tentado um golpe de Estado que falhou lamentavelmente em Estrasburgo, na fronteira franco-suíça. O rei Luís Filipe, em vez de acusá-lo em juízo, o que teria feito com que ele parecesse uma vítima, ordenou a deportação de Luís Napoleão para os Estados Unidos.[43]

Pierre ainda queria seguir a carreira militar, mas foi rejeitado pelo exército americano. Sentindo-se deprimido e isolado em Nova York, ele partiu de volta para Londres em um navio chamado *Wellington*, acompanhado por Luís Napoleão e com a esperança de que seu pai pudesse ajudá-lo a resolver sua vida. Mas Lucien, muito irritado ou talvez envergonhado do comportamento de seu filho, recusou-se a vê-lo, assim como Joseph.[44] Foi graças a sua meia-irmã Christine-Egypta Dudley Stuart que Pierre conseguiu dinheiro suficiente para viajar para a ilha grega de Corfu com sua amante e seu filho ilegítimo, para continuar suas aventuras descontroladas como um mercenário.

Um observador atento da vida dissoluta de Pierre foi o escritor italófilo Stendhal: como cônsul francês em Civitavecchia a partir de 1831, muitas vezes ele visitou Alexandrine na vizinha Canino. Ele era um admirador de Lucien que também desenvolvera sentimentos românticos por Marie, a jovem e graciosa filha do príncipe e da princesa de Canino, que tinha, segundo ele, uma "alma nobre".[45] A explosiva combinação de ideais românticos, cabeça quente e rebeldia de Pierre foi para o personagem de Fabrizio Del Dongo, o herói do grande romance de Stendhal *A Cartuxa de Parma* — ao qual padre Maurizio também serviu como modelo, para o astrônomo sábio e distraído abade Blanes, tutor de Fabrizio.[46]

Em Londres, Lucien também estava tentando ganhar fama literária, mas o primeiro volume de suas memórias foi um fracasso comercial. Os leitores esperavam algumas revelações íntimas sobre seu irmão, mas ele manteve todas as notas sobre suas relações privadas com Napoleão em um arquivo separado, chamado *Memórias Secretas* — ele sentia que era muito cedo para compartilhar aqueles momentos turbulentos com o público. Seu tempo na Inglaterra estava chegando ao fim. Em setembro de 1837, Charles foi a Londres por três meses com seu próprio filho Lucien (que um dia se tornaria cardeal). Ele ainda não tinha recebido o dinheiro do grande dote que Joseph dera a ele para Zénaïde, uma vez que o dinheiro tinha sido usado para a hipoteca de Canino, e uma disputa eclodiu com seu pai; Joseph, porém, como sempre, resolveu a questão discretamente.

Lucien e Joseph já estavam em Londres havia uns bons cinco anos e não viam sentido em permanecer lá. Lucien finalmente voltou à Itália — para Senigallia — no verão de 1838. Alexandrine estava doente, mas o reencontro com o marido tanto tempo distante a revitalizou. Os dois fizeram as pazes e viajaram juntos para Munique em 1839 para visitar o amigo de Alexandrine, o rei Ludovico I da Baviera, um colecionador de antiguidades.[47]

❧

Esta seria sua última viagem juntos. Na lembrança amorosa de sua esposa, em 30 de maio de 1840, e ainda em boa forma para seus 65 anos, Lucien estava passeando pelo terreno de Musignano, que incluía uma antiga floresta de carvalhos seculares atravessada por um riacho. Ele gostava daquela floresta em particular, que o fazia recordar das florestas de castanheiros da Córsega, onde, em sua juventude, junto com seu *babo* Pasquale Paoli, ele muitas vezes cantara versos de "La Gerusalemme Liberata" de Torquato Tasso — o poeta que o inspirou a escrever o épico "Charlemagne", elogiado por Byron e por madame de Staël. Ele continuou com o hábito de cantar em sua terra de exílio, para alegria de toda a família, para quem este era o sinal de seu retorno ao palácio. Naquele dia, eles o ouviram recitar um canto do poema épico de Tasso. Foi um momento estranhamente emocional para todos. Quando ele saiu da floresta, estava caindo doente.[48]

EPÍLOGO

Exatamente um mês depois, Lucien morreu nos braços de Alexandrine, em Viterbo. Eles estavam a caminho de Siena, onde passariam o verão. Padre Maurizio e Constance, a filha caçula, que viria a se tornar uma freira, ajudaram-no em seus momentos finais.

Alexandrine escreveu a Ingres para pedir-lhe para inserir, postumamente, o retrato de Lucien em seu esboço da família de 1815. Mas o pintor se recusou a retocar o desenho, e o chefe da família só apareceria como um busto esculpido: um pai amado, mas ausente.[49] Alexandrine viveu por mais 15 anos, que passou defendendo o legado de seu marido — escrevendo um eloquente panfleto contra o ministro Thiers, que deturpara Lucien em sua *História do Consulado e do Império*.[50] E ela publicou suas próprias obras literárias, desfrutando de amizade e proximidade com indivíduos do naipe de Balzac, Alfred de Vigny, Lamartine e Victor Hugo. Alexandrine morreu em Senigallia em 1855, aos 77 anos, rodeada por seus filhos e muitos netos.[51]

Charles tornou-se o mais renomado naturalista e ornitólogo de sua geração e se manteve politicamente ativo na oposição ao papado.

Antoine acomodou-se como um célebre produtor de vinhos, cujo "champagne" italiano tornou-se imensamente popular.

Louis, que nasceu na Inglaterra em 1813, quando seus pais estavam exilados, viveu em Londres a partir de 1850. Ele herdou do pai a facilidade com línguas e se tornou um respeitado linguista e filólogo comparativo, versado em muitos dialetos europeus e conhecido especialmente por sua especialidade, o basco, para o qual compilou um dicionário e traduziu o Cântico dos Cânticos. Ele sabia celta, trabalhou com dialetos ingleses (o que lhe valeu uma pensão da Lista Civil de que ele muito precisou no fim de sua vida) e ajudou a traduzir o Evangelho de Mateus para os dialetos asturiano, calabrês, corso, genovês, milanês, romano, sardo e siciliano.

Após a revolução de 1848 e a abdicação de Luís Filipe, Pierre voltou para a França, mas era uma constante fonte de embaraço para seu primo Luís Napoleão, que se tornou o imperador Napoleão III em 1852. Pierre ficou conhecido como o "Javali da Córsega".[52] Em 1870, ele baleou e matou Victor Noir, um homem que viera à sua casa para entregar a

convocação para um duelo. Pierre foi julgado e eventualmente liberado, sob alegação de autodefesa, mas o estigma de um homem violento
sempre o acompanharia. Ele se casou com uma mulher parisiense, com
quem teve dois filhos. Seu filho Roland, um explorador e geógrafo, teve
por sua vez uma filha chamada Marie Bonaparte, que se casou com o
príncipe da Grécia. Ela se tornou a primeira mulher psicanalista, uma
aluna famosa de Freud, a quem ela salvou dos nazistas, organizando para
que ele e sua família fossem levados a Londres, a cidade onde Lucien
procurara e encontrara liberdade de expressão em seus últimos anos.

Letizia, a outra ovelha negra da família, casou-se com um diplomata inglês, Thomas Wyse. Ela não era muito fiel, e eles se separaram
escandalosamente. Ela terminou sua vida na miséria em um convento
agostiniano de Paris.

Marie, enquanto ainda adolescente, saiu de casa contra a vontade da
mãe e se casou com um conde local de Canino, Vincenzo Valentini.
Como sua mãe, ela escrevia poemas — em italiano. Sua filha Luciana
se casaria com o rico senador Zeffirino Faina; Luciana foi a legatária
universal de Alexandrine, e é graças a ela que os documentos mais
íntimos da vida de Lucien foram preservados da destruição.[53]

NOTAS

PREFÁCIO

1. Iung I, xii. Uma edição completa e comentada das *Mémoires* de Lucien está em preparação.

1. JUVENTUDE (1775-1799)

1. Esta seção se baseia em muitas fontes combinadas, entre elas: Abrantès, Barras, Bourrienne, Dwyer, Iung, e *Memoirs of Lucien Bonaparte* (citaremos como *Memoirs* a partir daqui). Ver também algumas seções inéditas das *Mémoires* 1814, 184r-232v.

2. *Discours de Lucien Bonaparte*, 1799; *Mémoires* 1814, 208V-209R; Iung I, 323-324; ver Bourrienne I, 278-279.

3. Ludwig, 148.

4. Iung I, 24, vide Napoleão a seu tio Nicolas Paravicini, Brienne, 25 de junho de 1784 (PML, MA 316). Vide Bourrienne I, 3 (erradamente afirmando que os dois irmãos não se reuniram em Brienne).

5. *Mémoires* 1814, 19r-v; Iung I, 25.

6. *Mémoires* 1814, 16v-17r; Iung I, 11-12.

7. *Mémoires* 1814, 19r, 21v.

8. *Mémoires* 1814, 26v.

9. Ludwig, 14.

10. *Mémoires* 1814, 25r.

11. *Mémoires* 1814, 111v; Iung I, 139v.

12. Boswell, 119.

13. *Memoirs*, 12.

14. Ibid.

15. *Mémoires* 1814, 40r; *Memoirs*, 12.

16. *Mémoires* 1814, 41r.

17. *Mémoires* 1814, 42v; Iung I, 40.

18. *Mémoires* 1814, 19v; Iung I, 25. Graziani, 24ss. questiona tanto a cronologia quanto a veracidade das declarações de Lucien.

19. *Memoirs*, 13.

20. *Mémoires* 1814, 47v; Iung I, 46.

21. *Mémoires* 1814, 46v.

22. Napoleão a Lucien, Paris, junho de 1792 (Masson, *Napoléon dans sa jeunesse*, 296).

23. Lucien a Joseph, Ucciani, 24 de junho de 1792 (Masson, *Napoléon dans sa jeunesse*, 297).

24. *Mémoires* 1814, 50v, ver *Memoirs*, 14.

25. *Mémoires* 1816, 65r.

26. *Mémoires* 1814, 51v; Iung I, 61; *Memoirs*, 14.

27. A cena seguinte é extraída das *Mémoires* de Lucien 1814, 60r ss; ver Iung I, 65 ss.

28. Masson, *Napoléon dans sa jeunesse*, 324, ver Abrantès, 218: "Um homem astuto e perspicaz, ele supôs que tanto fogo suprimido ameaçava dominar e destruir a alma evidentemente ardorosa deste jovem Bonaparte e o tomou sob sua asa." O homem é Huguet de Sémonville; D'Abrantès é listada como duquesa por algumas editoras, não todas.

29. *Mémoires* 1814, 102r.

30. Iung I, 90; *Memoirs*, 18.

31. *Mémoires* 1814, 106v; Iung I, 94.

32. *Mémoires* 1814, 89r.

33. *Memoirs*, 16; *Mémoires* 1814, 97v.

34. Alguns historiadores consideram que Napoleão foi quem resgatou os membros fugitivos da família de uma forma espetacular; e Lucien foi aquele que os colocou em risco, levando-os a fugir de sua casa ao escrever de Toulon uma carta aos irmãos na qual anunciava o decreto que assinara para a prisão de Paoli. A carta teria sido apreendida por agentes de Paoli. Tudo isso é possível. Mas não há qualquer vestígio da carta. Paoli sabia muito bem que os Bonaparte estavam do lado francês, em qualquer caso; e, no planejamento de sua vingança contra os desertores de sua causa, ele teria levado a sério sua promessa de não poupar ninguém que se colocasse em seu caminho.

35. *Mémoires* 1814, 119v.

NOTAS

36. Iung I, 107; *Memoirs*, 20.
37. *Mémoires* 1814, 84v.
38. Dumas, *Vie de Napoléon*, cap. "La prise de Toulon".
39. Iung I, 122-3; ver *Mémoires* 1816, 65v-66r: Lucien negou ter escrito esta carta, alegando que tinha sido forjada por algum servo fanático de seu irmão como primeiro cônsul, ou por um agente de Fouché ou Talleyrand.
40. *Mémoires* 1814, 133v; Iung I, 112; *Memoirs*, 26. Itálico no original.
41. *Mémoires*, 23-25; ver *Mémoires* 1814, 133vff.
42. Barras, 340-342.
43. Ibid.
44. Iung I, 109; *Memoirs*, 25.
45. *Memoirs*, 28.
46. Iung I, 118; *Memoirs*, 31.
47. Lucien a Rey père, das prisões de Aix, 20 de julho de 1795 (Iung I, 512-514).
48. Lucien a Chiappe, das prisões de Aix, 20 de julho de 1795 (Iung I, 130-131; esta carta está preservada em italiano, o idioma em que provavelmente foi escrita originalmente, na AFP).
49. Barras, 119-120.
50. Fraser, 6.
51. Ver Moorehead, 235ss.
52. Moorehead, 184, 240, 282; Fairweather, 211-212.
53. *Mémoires* 1815, 81r; Iung I, 136, II, 212.
54. *Mémoires* 1814, 134r; Iung I, 135.
55. Napoleão a Carnot, verão de 1796 (Iung I, 149-150); Atteridge, 33.
56. Lucien a Barras, Estrasburgo, 14 de setembro de 1796 (PIASA, nº 284).
57. Napoleão a Carnot, 25 de outubro de 1796 (Iung I, 150); ver Atteridge, 36.
58. Atteridge, 38.
59. Christine a Napoleão, Ajaccio, 1º de agosto de 1797 (Iung I, 151) *Mémoires* 1814, 133v.
60. Napoleão a Joseph, a bordo do *Orient*, 19 de maio de 1798 (Iung I, 154; 483).
61. *Mémoires* 1814, 134v; Iung I, 199; *Memoirs*, 110-113; Fouché, 56-58. Ver *Appel à la justice* de Alexandrine, 57.
62. Iung I, 263; ver Dwyer, 452.
63. Napoleão a Josephine, 15 de junho de 1796 (Stuart, 197).
64. Rémusat, 42.
65. Gohier, 200; Dwyer, 473.
66. Bourrienne II, 137.

308 NAPOLEÃO E O REBELDE

67. *Mémoires* 1814, 184r ss.; Iung I, 283ss. Ver Dumas, *Os companheiros de Jehu*, 260.
68. Dwyer, 476; Iung I, 293.
69. Ver Stendhal, *Vie de Napoléon*, 46.

2. DIPLOMACIA (1800-1802)

1. Dwyer, 511.
2. *Recueil*, 119ss.
3. *Recueil*, 129ss.; Fouché, 92, afirmou que não houve "fraude alguma" na contagem.
4. Abrantès, 164.
5. Piétri II, 99.
6. Rémusat, 29.
7. *Memoirs of the Private and Political Life of Lucien Bonaparte, Prince of Canino*. 115. Citaremos daqui em diante como *Secret Memoirs*.
8. Fouché, 68.
9. Chateaubriand II, 164.
10. Riberette; Lucien Bonaparte, Lettres à Madame Récamier, 1799-1800: BNF, Nouvelles Acquisitions Françaises, 16.597. Ver Caracciolo, 136-139.
11. Abrantès, 165-166.
12. *Mémoires* 1816, 324r; Iung I, 280.
13. Récamier I, 27ss.
14. Abrantès, 246.
15. Abrantès, 247.
16. Edelein-Badie, 325.
17. *Mémoires* 1814, 288r-v; Iung I, 381-2 (ver Caracciolo, 170-172, Cat. 69); Piétri I, 114-115, registrando também a calúnia maliciosa de Barras, que em suas memórias escreveu que Lucien a envenenara.
18. Ludwig, 167.
19. Lucien a Joseph, Paris, 24 de junho de 1800 (Iung I, 411; ver Bourrienne II, 28-29).
20. Ludwig, 169.
21. *Mémoires* 1814, 281r-282r; Iung I, 385.
22. Ver *Recueil*, 258ss.
23. *Recueil*, 276ss., ver *Discours prononcé*.
24. Napoleão a Lucien, Paris, 16 de julho de 1800 (Bordes, 32).
25. Delécluze, 231-232.
26. Abrantès V, 86 (junho de 1806).

NOTAS

27. Bordes, 30.
28. *Recueil*, 146.
29. Duquesnoy a Lucien, Paris, 21, 24, 29 de janeiro de 1801 (AF); *Mémoires* 1814, 299r; Iung I, 390.
30. *Mémoires* 1814, 303r; Iung I, 395.
31. Roederer, 22.
32. *Recueil*, 321; ver Iung I, 409.
33. *Mémoires* 1814, 282r; Iung I, 385.
34. Iung II, 91n, ver *Mémoires* inéditos em AF.
35. Iung I, 421ss; ver Bourrienne II, 52ss;. *Secret Memoirs*, 111ss; Fouché, 111-112; Piétri I, 121ss.
36. Roederer, 53; ver Iung I, 432 (com o enganoso erro de grafia "8..." em vez de "S...").
37. Roederer, 49.
38. *Mémoires* 1814, 283r.
39. *Mémoires* 1814, 284r; Iung II, 53.
40. *Mémoires* 1814, 285r.
41. *Mémoires* 1814, 285r, ver Masson II, 12, que em vez disso afirma que Lucien estava assombrado pelo trato de Wicquefort. Ver *Mémoires* 1815, 2r; Iung II, 20, 203n. Ver também Simonetta, *Lucien Bonaparte ambassadeur en Espagne*, 70ss.
42. *Mémoires* 1814, 291r; Iung II, 3. As cartas de viagem para Elisa também estão na AF.
43. Lucien a Elisa, Montolieu, 13 de novembro de 1800 (1814, 294r; AF).
44. Iung II, 6; ver Napoleão a Joseph, Paris, 2 de dezembro de 1800 (*Mémoires du roi Joseph I*, 191); Piétri II, 23ss.
45. *Mémoires* 1815, 1r; Iung II, 23.
46. *Mémoires* 1815, 3v; Iung II, 19-20.
47. *Mémoires* 1815, 2r; Iung II, 20. Ver *Mémoires* 1816, 74r; Iung II, 73n.
48. Hughes, 239ss.
49. *Mémoires* 1815, 2r; Iung II, 23n.
50. Talleyrand a Lucien, Paris, 24 de dezembro de 1800 (Iung II, 56; erroneamente datado como 23). Ver Iung II, 456, Talleyrand a Lucien, Paris, 25 de dezembro de 1800.
51. *Mémoires*, AF 13-14; ver Iung II, 91n.
52. Roederer, 52.
53. Dumas, *Le Chevalier*, 333, 364, 500.
54. *Mémoires* 1815, 3v-25v; Iung II, 23ss.

310 NAPOLEÃO E O REBELDE

55. Hughes, 240ss.
56. Fumaroli, 305-321.
57. Elisa a Lucien, Paris, 16 de fevereiro de 1801 (AFP, 8365).
58. Elisa a Lucien, Paris, 20 de fevereiro de 1801 (AFP, 8359).
59. Piétri II, 187.
60. *Mémoires* 1815, 4r; Iung II, 48.
61. *Mémoires* 1815, 4r.
62. *Mémoires* 1815, 3r-v.
63. Iung II, 67-68. Ver *Mémoires* 1816, 64v; Iung II, 130n.
64. Piétri II, 249ss.
65. *Mémoires* 1815, 27r; Iung II, 89n.
66. Marquesa a Lucien (Madri?), início do verão de 1801 (AF).
67. Elisa a Lucien (Paris?), 20 de agosto de 1801 (AFP, 8354).
68. *Mémoires* 1815, 29v.
69. Lucien a Napoleão (Madri?), abril de 1801 (Iung II, 154).
70. Roederer, 54-56.
71. Napoleão a Lucien, Paris, março de 1801 (como citado em Piétri II, 353).
72. Iung II, 124; P.-N. Bonaparte, *Souvenirs*, 220.
73. Iung II, 126; P.-N. Bonaparte, *Souvenirs*, 225.
74. *Mémoires* 1815, 42v ss.; Iung II, 128ss.
75. Jefferson a Livingston, Washington, 18 de abril de 1802 (Peterson, 486).
76. *Mémoires* 1815, 46r ss.; Iung. II, 136ss.
77. *Mémoires* 1815, 56r; Iung II, 158ss.; P.-N. Bonaparte, *Souvenirs*, 158ss.
78. Mlle Lenormant, sobrinha de madame Récamier, ver *Mémoires* 1816, 71r-v; Iung II, 178-179.

3. AMOR (1802-1803)

1. *Mémoires* 1815, 128r.
2. A seção inteira sobre Méréville é extraída das *Mémoires* inéditas do AF. Nenhuma outra referência a este texto será feita nas notas.
3. *Mémoires* 1815, 106r; Iung II, 243ss.
4. Stendhal, *Vie de Napoléon*, 160.
5. Chateaubriand I, 577.
6. O manuscrito de próprio punho de Alexandrine das *Souvenirs* está preservado no AF; uma transcrição datilografada existe no AFP; partes deste texto foram publicadas por Fleuriot de Langle.
7. Fontanes a Elisa, 4 de outubro de 1802 (Fleuriot, *Alexandrine*, 43).

NOTAS

311

8. Lucien a Napoleão, Paris, inverno de 1802-1803 (BIF, ms. 2.190, fólios 29-30; ver Caracciolo, 139-140).

9. Ver citação de Arikha e Simonetta em Caracciolo, 174-176 (Cat. 71).

10. Simonetta e Colesanti, *Lo Sperone del Sotterraneo*, passim (AFP).

11. *Mémoires* 1814, 188r; Iung II, 379; Piétri I, 186-187.

12. *Mémoires* 1815, 36r.

13. *Mémoires* 1815, 193v-194R; Iung II, 389.

14. *Mémoires* 1815, 196v-197r; Iung II, 394-395 (este capítulo está cronologicamente deslocado por Iung).

15. *Mémoires* 1815, 200r; Iung II, 399.

16. *Mémoires* 1815, 209r; Iung II, 411.

17. Todo o diálogo intitulado "La Reine d'Etrurie" está em P.-N. Bonaparte, *Souvenirs*, 240ss;. Iung II, 272ss.

18. Ducrest, 9. Ver Piétri I, 188; Piétri II, 151-152 e 157; Fleuriot, *Alexandrine*, 47.

19. Este episódio é extraído das *Mémoires* inéditas do AF.

20. Ibid.

21. Ibid.

22. *Mémoires* 1815, 37v.

23. Este episódio é extraído de Simonetta e Colesanti, *Lo Sperone del Sotterraneo* (AFP).

24. Lucien a Napoleão, início de novembro de 1803 (Simonetta e Colesanti, *Lo Sperone del Sotterraneo*, AFP).

25. O episódio inteiro em *Mémoires*, 1815, 140r ss.; Iung II, 310ss.

26. *Mémoires* 1815, 154v ss;. Iung II, 332ss.; (cronologicamente reorganizados).

27. *Mémoires* 1815, 172r ss. Iung II, 358ss.; (cronologicamente reorganizados).

4. EXÍLIO (1804-1807)

1. *Mémoires* 1815, 133r ss.; Ver Simonetta e Colesanti, *Lo Sperone del Sotterraneo*, 69-70.

2. *Mémoires* 1815, 136r.

3. *Mémoires* 1815, 121r, ver Iung II, 268.

4. *Mémoires* 1815, 136v.

5. Dumas, *Le Chevalier*, 464.

6. Fouché, 168; Iung II, 432; ver P.-N. Bonaparte, *Souvenirs*, 152.

7. Rémusat, 266ss. Tradução revista pelos autores.

8. *Mémoires* 1815, 212v (ver também 138v); Iung II, 435ss.

9. *Mémoires* 1815, 225v ss.; Ver Simonetta e Colesanti, *Lo Sperone del Sotterraneo*, 72-80.

312 NAPOLEÃO E O REBELDE

10. *Mémoires* 1815, 334r.
11. Ibid.; ver Iung III, 4.
12. *Mémoires* 1815, 335r, ver Fraser, 112ss.
13. Fraser, 119ss.
14. Bernadotte a Lucien, Paris, junho de 1804, em *Mémoires* de 1815, 219r-222v e 1816, 86r-89r; ver Iung I, 362-63 e II, 445-449.
15. Elisa a Lucien, Paris, 17 de junho de 1804, citado em Alexandrine, *Appel à la justice*, 104-106.
16. Dos inéditos "Brouillards" de Lucien (AFP).
17. Letizia a Lucien, Paris, 7 de abril de 1805, Bonaparte, *Lettere di Leticia*, 47-48. Citaremos daqui em diante como LLB.
18. *Mémoires* 1815, 265v; Iung III, 9.
19. Esta seção inteira é extraída das *Mémoires* 1815, 265r-289v; III Iung, 9-48. Cópias e originais das cartas por Talleyrand e Fesch também estão no AFP.
20. Lucien a Joseph (Pesaro, verão de 1805; AF).
21. Ibid.
22. Lucien a Elisa, Pesaro, 5 de agosto de 1805 (AF); ver Marmottan, *Lettres inédites*, 171).
23. Elisa a Lucien, Lucca, 1º de outubro de 1805 (AF); ver Marmottan, *Lettres inédites*, 175).
24. Consalvi a Lucien, Roma, 10 e 17 de agosto de 1805 (AF).
25. Joseph a Lucien, Saut sur Seine, 6 de setembro de 1805 (AN 400/14 AP, 85).
26. Joseph a Napoleão, Paris, 1º de outubro de 1805 (Bonaparte, Mémoires et Correspondance I, 282. Citaremos daqui em diante como *Mémoires du Roi Joseph*.)
27. *Mémoires* 1816, 72v-73v (ver Iung III, 57: longa carta de Artaud descrevendo o ateliê de Canova em Roma, 19 de fevereiro de 1805).
28. Edelein-Badie, ver Caracciolo, 241ss.
29. Pauline a Lucien, Paris, 6 março de 1806 (AFP, 8384). A resposta manuscrita de Lucien está escrita no verso da mesma folha.
30. Este comentário é extraído das *Mémoires* inéditas do AF. Ver Fraser, 136-137.
31. Lucien a Letizia, Tusculum, 1º de julho de 1806 (Edelein-Badie, 342); Letizia a Lucien, Pont, 7 de setembro de 1806 (LLB, 54-55 em francês; mas o original em italiano, AF, contém as informações censuradas sobre a situação financeira).
32. *Mémoires* 1815, 329v.
33. Lucien a Fesch, Roma, 6 de outubro de 1806 (PIASA # 286; ver Atteridge, 175; Tyson Stroud, *Man Who Had Been King*, 196).
34. Lucien a Letizia e Joseph, Roma, 7 e 9 de outubro de 1806 (AF).

NOTAS 313

35. Letizia a Lucien, Paris, 2 de novembro de 1806 (LLB, 55-56; ver original sem censura em italiano, AF).
36. Lucien a Elisa, Roma, 4 de abril de 1807 (Marmottan, *Lettres*, 180-181).
37. Letizia a Lucien, Paris, 9 de maio de 1807 (AN, 400/14 AP, 9-10).
38. Letizia a Lucien, Paris, 11 de julho de 1807 (AN, 400/14 AP, 12-14).
39. Lucien a Lethière, Roma, 9 de janeiro de 1807 (Agradecemos a Geneviève Madec-Capy por fornecer uma cópia deste documento a partir do arquivo particular de Pierre Ordioni).

5. IMPÉRIO (1808-1815)

1. Joseph a Lucien, Veneza, 4 de dezembro de 1807 (AN, 400/14 AP, 101).
2. Joseph a Napoleão, Módena, 11 de dezembro de 1807 (*Mémoires du roi Joseph* IV, 77).
3. Napoleão a Letizia (sem data ou lugar, mas do norte da Itália, dezembro de 1807; Edelein-Badie, 347).
4. Sobre esta entrevista inteira, ver *Mémoires* 1815, 290r-313r, ver Iung III, 82-125; ver Fleuriot, *Alexandrine*, 87-99; ver Ludwig, 271-284; Piétri I, 223ss.
5. Napoleão a Joseph, Milão, 17 de dezembro de 1807 (*Mémoires du roi Joseph* IV, 80; ver Iung III, 137-138).
6. Letizia a Lucien, Paris, 28 de dezembro de 1807 (LLB, 62).
7. Joseph a Lucien, Nápoles, 1º de janeiro de 1808 (AN, 400/14 AP, 103-106).
8. Napoleão a Joseph, [Paris], 11 de março de 1808 (Masson, *Napoléon et sa famille* IV, 221-222).
9. Marmottan, *Lucien Bonaparte à Florence*, 327.
10. Letizia a Lucien, Paris, 28 de março de 1808 (AF).
11. Masson, *Napoléon et sa famille* IV, 224-227; Masson, *Napoléon et sa famille* V, 40-42; ver BT, Fonds Masson 457, 93-98.
12. Letizia a Joseph, Paris, 7 de junho de 1808 (BIF, ms. 5.670, f. 125).
13. Tassoni a Testi, Florença, 21 de junho de 1808 (Marmottan, *Lucien Bonaparte à Florence* 331).
14. Lucien a Joseph, 5 de julho de 1808 (BIF, ms. 5.670, f. 146v).
15. Elisa a Lucien, [Lucca?], 14 e 25 de junho de 1808 (AF); 30 de agosto de 1808 (AFP, 8369).
16. Letizia a Lucien, Paris, 30 de outubro de 1808 (Iung III, 152-153).
17. Letizia a Lucien, 23 de setembro de 1808 (AN, 400/14 AP, 17-18).
18. Lucien a Letizia, Canino, 4 de dezembro de 1808 (Iung III, 153-154).
19. Abrantès, 4, 205-209.

314 NAPOLEÃO E O REBELDE

20. Hughes, 261ss.

21. Roederer, 127, 134.

22. Elisa a Lucien, Pisa, 25 de dezembro de 1809 (AF; Marmottan, *Lettres*, 234).

23. Lucien a Joseph, Canino, 1º de janeiro de 1810 (BIF, ms. 5.670, f. 159).

24. Piétri I, 242 (do *brouillon* de Campi).

25. Alexandrine a Napoleão, Canino, fevereiro de 1810 (Fleuriot, *Alexandrine*, 104-105; ver R. Bonaparte, ed., *Lucien Bonaparte et sa famille*, 181-183).

26. Letizia a Alexandrine, Paris, 10 de março de 1810 (PIASA # 266; ver Iung III, 155-156).

27. Todas as cartas trocadas entre Lolotte e seus pais estão no AF. O Dossiê Lolotte é composto de 34 cartas de Lolotte a seus pais, três de Alexandrine para Lolotte (além de uma lista de cinquenta páginas de conselhos sobre comportamento religioso e moral), 21 de Lucien a Lolotte, duas de Lucien a Campi, 15 de Campi a Lucien, duas de Lucien a Napoleão, três de Lucien a Letizia, e uma de Napoleão a Letizia. Ver Simonetta, *Séjours*, em Caracciolo, 277.

28. Fleuriot, *Alexandrine*, 109.

29. Napoleão a Letizia, Dunquerque, 22 de maio de 1810 (AF).

30. Piétri I, 254.

31. Fleuriot, *Alexandrine*, 109.

32. Alexandrine a Madame..., Forte Ricasoli, 5 de setembro de 1810 (AF; AFP).

33. Lucien a Piétri, Forte Ricasoli, 1º de setembro de 1810 (Piétri I, 260).

34. Napoleão para o presidente do Senado Garnier, Fontainebleau, 27 de setembro de 1810 (*Lettres inédites de Napoléon 1er*, 276; ver Masson, *Napoléon et sa famille* V, 126-134, com a data de 18 de setembro).

35. O poema ainda é inédito (AF; uma cópia precedida por uma carta escrita à mão por Lucien a Joseph, Tusculum, 20 de fevereiro de 1817, ainda estava nas mãos de um livreiro parisiense, Rodolphe Chamonal, em 2009).

36. Tyson Stroud, *Emperor of Nature*, 18 e gravura 1. Esta é a mesma gravura que aparece na página do título deste capítulo.

37. Lucien a Campi, Worcester, dezembro de 1811 (AF).

38. BL Add. 34584, 74v-75r (ver Butler, 79-80).

39. Chateaubriand como citado em Fraser, 172.

40. Madame de Staël a Lucien, [Londres], 20 de fevereiro de 1814 (AF); ver madame de Staël a Lucien, [Londres], 23 de abril de 1814 (Fleuriot, *Alexandrine*, 139-140).

41. Byron a Butler, Londres, 20 de outubro de 1813 (Butler 89-90); ver Lucien a Butler, Worcester, 9 de novembro de 1813 (BL Add. 34.583, 450).

42. O artigo da *Champion*, dezembro de 1814, está preservado na BL, Add. 34.584, 73.

NOTAS

43. BL Add. 34.584, 75v (ver Butler 80).
44. Padre Maurizio para Alexandrine, Brescia, 24 de dezembro de 1849 (AF).
45. Ver Lieven.
46. Letizia a Lucien, Portoferraio, 18 de agosto de 1814 (LLB, 82).
47. Fleuriot, *Alexandrine*, 154 (Pichot, 341).
48. Edelein-Badie, 121.
49. Pietromarchi, 258, 264; *Secret Memoirs*, 74.
50. Letizia a Lucien, Portoferraio, 5 de março de 1815 (LLB, 82; AN, 400/14 AP, 27-28).
51. *Mémoires* 1815, 252v.
52. *Note confidentielle du Père Maurice sur son entrevue avec Napoléon aux Tuileries en 1815* (*Mémoires* 1816, 203r-209r, 213r-224r; Iung III, 232-242 O *Suplément* em 1816, 210r-212v ; Iung III, 365-371 Outra cópia no AFM). Ver Piétri I, 290 sobre Lucien embaixador em Roma.
53. Lucien a Alexandrine, Paris, 8 de maio de 1815 (Eugénie, Princesse de Grèce, 16). Para o *cordon*, consulte Caracciolo, 281ss.
54. *Mémoires* 1815, 255v (ver Iung III, 263).
55. O restante do capítulo é extraído das *Mémoires* 1815, 255v-257v. Ver Atteridge, 443ss. e *La vérité sur les cent-jours* de Lucien (texto amplamente reproduzido em Iung III, 287-346).
56. Miot, 734.
57. Iung III, 309; Piétri I, 299; Atteridge, 449.
58. Atteridge, 455ss.

EPÍLOGO (1815-1840)

1. Atteridge, 460.
2. *Mémoires* 1815, 257v; Iung III, 359; Piétri I, 305.
3. Piétri I, 305.
4. Lucien a Metternich, Turim, Julho de 1815 (Iung III, 362-364; ver Piétri I, 306-307).
5. Metternich a Lucien [Viena], 28 de agosto de 1815 (Iung III, 365; ver Eugénie, Princesse de Grèce, 18, corrigindo a data com base no original).
6. Piétri I, 309.
7. Piétri II, 362.
8. Elisa a Lucien [sem data] (Piétri I, 311).
9. Châtillon; Piétri I, 316; P.-N. Bonaparte, *Souvenirs*, 51ss.
10. Piétri I, 314ss;. Fleuriot, *Alexandrine*, 168.

316   NAPOLEÃO E O REBELDE

11. Ver Tyson Stroud, *Man Who Had Been King*, 1ss.
12. Joseph a Lucien, Claremont (perto de Nova York), 25 de outubro de 1815 (AN, 400/14 AP, 119).
13. Joseph a Lucien, Nova York, 30 de janeiro de 1816 (AN, 400/14 AP, 122-124).
14. Joseph a Julie, Point Breeze, 17 de abril de 1818 (Tyson Stroud, *Man Who Had Been King*, 60).
15. Joseph a Lucien, Filadélfia, 20 de março de 1819 (Tyson Stroud, *Man Who Had Been King*, 61).
16. Tyson Stroud, *Man Who Had Been King*, 77.
17. Joseph a Lucien, Point Breeze, 24 de fevereiro de 1822 (AN, 400/14 AP, 132-135).
18. Alexandrine a Charles, Croce del Biacco, 17 de julho de 1822 (Fleuriot, *Alexandrine*, 188).
19. Charles a Lucien, Roma, 4 de outubro de 1822 (AFP, 8387-8388; ver Tyson Stroud, *Emperor of Nature*, 29-31).
20. Charles a Alexandrine, Roma, 6 de outubro de 1822 (AFP, 8298). Charles a Lucien, Roma, 28 de fevereiro de 1823 (AFP, 8390). No verso desta carta, Lucien esboçou o rascunho da sua resposta; ver Tyson Stroud, *Emperor of Nature*, 31.
21. Tyson Stroud, *Emperor of Nature*, 34ss.
22. Charles a Alexandrine, Point Breeze, 1º de novembro de 1823 (AFP, 8299; ver Tyson Stroud, *Emperor of Nature*, 42; Tyson Stroud, *Man Who Had Been King*, 109).
23. Charles a Lucien, Point Breeze, 16 de junho de 1824 (AFP, 8394).
24. Fleuriot, *Alexandrine*, 194ss.
25. Lucien a Joseph, Roma, 26 de agosto de 1826 (Fleuriot, *Alexandrine*, 195-196).
26. Letizia a Lucien, Roma, 30 de setembro de 1828 (AF; ver Fleuriot, *Alexandrine*, 204-205).
27. Joseph a Letizia, Point Breeze, 27 de julho de 1831 (Pietromarchi, 313).
28. Joseph a Lucien, Filadélfia, 31 de março de 1832 (AN, 400/14 AP, 138-145).
29. Lucien a Pierre, Canino, 15 de novembro de 1832 (P.-N. Bonaparte, *Souvenirs*, 60-62).
30. Ver entradas datadas dos diários de Mailliard em MP (Yale MS 341, Box 7). Ver também diário de Lucien viajando à Inglaterra em 1833 (AF) para os compromissos sociais de Lucien.
31. Tyson Stroud, *Man Who Had Been King*, 169 (MP, 30 de abril de 1833).
32. Lucien ao padre Maurizio, Londres, 7 de junho [1833] (AFM).
33. Iung III, 404-420.
34. Tyson Stroud, *Man Who Had Been King*, 165 (MP, 24 de agosto de 1833).

NOTAS

35. 8 de agosto de 1833 (AF, diário de viagem inglês).
36. *La vérité sur les cent-jours*; ver Iung III, 287-346.
37. Tyson Stroud, *Man Who Had Been King*, 174 (MP, 1º de maio de 1835).
38. MP, 18 de maio de 1835.
39. Alexandrine a Lucien, [Canino, início de 1836, com uma cópia de Pio VII a Alexandrine, Roma, 4 de junho de 1808] (AF).
40. Lucien a Pierre [Londres, final de 1835-início de 1836]: P.-N. Bonaparte, *Souvenirs*, 97-98.
41. Stendhal para Thiers, Civitavecchia, 6 de maio de 1836 (Stendhal, *Correspondance*, 209-211). Ver muitas cartas de Alexandrine aos vários cardeais, apelando em prol de Pierre (AF).
42. Tyson Stroud, *Man Who Had Been King*, 186.
43. Ibid., 185.
44. Eugénie, Princesse de Grèce, 147-149; ver Pierre a Joseph, Londres, 16 e 17 de julho de 1837; Christine a Joseph, Londres, 17 de julho de 1837 (AF).
45. Stendhal a Bucci, Paris, 6 de setembro de 1838 (Stendhal, *Correspondance*, 267; ver Stendhal a Marie, Civitavecchia, 14 de agosto de 1840 [ibid., 380-381]; Marie a Stendhal [Canino], 8 de agosto de 1840 [ibid., 578-579]).
46. Pietromarchi, 317.
47. Fleuriot, *Alexandrine*, 211.
48. *Mémoires* 1814, 54r.
49. Fleuriot, *Alexandrine*, 155; Fleuriot, "Monsieur Ingres".
50. Alexandrine, *Appel à la justice*.
51. Sobre os conhecidos literatos de Alexandrine e seus filhos e netos, ver AF. Ver Stendhal a Thiers, Civitavecchia, 1º de julho de 1840 (Stendhal, *Correspondance*, 372-373).
52. Ver P.-N. Bonaparte, *Souvenirs* e Eugénie, Princesse de Grèce.
53. Ver prefácio dos autores.

BIBLIOGRAFIA

FONTES MANUSCRITAS

AF = Archivio Faina, Perugia

AFM = Archivio dei Frati Minori di Lombardia, Milão

AFP = Archivio della Fondazione Primoli, Roma

AN = Archives Nationales, Paris

AP (depois AN) = Archives Privées

BIF = Bibliothèque de l'Institut de France, Paris

BL = British Library, em Londres

BNF = Bibliothèque Nationale de France, Paris

BT = Bibliothèque Thiers, Fonds Masson, Paris

Mémoires 1814, 1815, 1816 = Archives Diplomatiques, Ministère des Affaires Etrangères, Paris, MD, França

MN = Museo Napoleonico, Roma

MP = Mailliard Papers, Manuscripts and Archives, Yale University Library, New Haven, CT

PML = Pierpont Morgan Library, Literary and Historical Manuscripts (LHMS), Nova York

PIASA = *Pages d'histoire — Lettres et manuscrits autographes* (venda de 13 de fevereiro de 2009)

OBRAS DE LUCIEN BONAPARTE (CRONOLOGICAMENTE)

Discours de Lucien Bonaparte, président du Conseil des Cinq-Cents, aux troupes, au milieu de la cour du palais de Saint-Cloud, le 19 brumaire an 8 ([A Saint-Cloud] [de l'Imprimerie Nationale] [19 brumaire an 8 = 9 novémbre 1799]).

320 NAPOLEÃO E O REBELDE

La Tribu indienne, ou Édouard et Stellina. Par le citoyen L. B. Paris, An. VII (1799), 2 vols.

Recueil des Lettres Circulaires, Instructions, Arrêtés et Discours Publics émanés des citoyens Quinette, Laplace, Lucien Bonaparte, Chaptal, Ministres de l'intérieur depuis le 16 Messidor an 7 jusqu'au 1er Vendémiaire an 10. Imprimerie de la République, an X (1802); cf. *Discours prononcé dans le Temple de Mars... le 25 messidor an 8, pour la Féte du 14 juillet et de la concorde.* Paris, an VIII (1800).

La vérité sur les cent-jours; suivie de documens historiques sur 1815. Paris, 1835.

Mémoires de Lucien Bonaparte, prince de Canino. Écrits par lui-même. Tome Premier. Édition originale. Paris, 1836.

Memoirs of Lucien Bonaparte. Written by Himself. Parte I. Londres, 1836 (Citado no texto como *Memoirs*.)

Mémoires de Lucien Bonaparte, prince de Canino. Écrits par lui-même. Tome Premier. Bruxelas, 1836.

Mémoires de Lucien Bonaparte, prince de Canino. Écrits par lui-même. Tome Deuxiène. Bruxelas, 1845.

Lucien Bonaparte et sa famille [ed. Roland Bonaparte]. Paris, 1889.

FONTES PRIMÁRIAS POR LUCIEN E ALEXANDRINE

Bonaparte, Alexandrine. *Appel à la justice des contemporains de feu Lucien Bonaparte en réfutation des assertions de M. Thiers dans son histoire du Consulat et de l'Empire...* Paris, 1845.

Bonaparte, Lucien. *Memoirs of the Private and Political Life of Lucien Bonaparte, Prince of Canino.* Traduzido do francês. Londres, 1818. (Citado no texto como *Secret Memoirs*.)

Muséum étrusque de Lucien Bonaparte, prince de Canino, fouilles de 1828 a 1829. Vases peints avec inscriptions. Viterbo, 1829.

Bonaparte, Pierre-Napoléon. *Souvenirs, Traditions et Révélations.* Parte I, Livro 1, Vol. 1. De 1815 à la Révolution de Février. Ixelles-Bruxelas, 1876.

[Campi, Andrea, mas publicado sem autor] *Mémoires secrets sur la vie privée, politique et littéraire de Lucien Bonaparte, prince de Canino.* Paris, 1816, 2 vols.

Iung, Theodor, org. *Lucien Bonaparte et ses Mémoires.* D'après les papiers déposés aux Archives Étrangères et d'autres documents inédits. Paris, 1882-1883, 3 vols. (Citado no texto como Iung.)

BIBLIOGRAFIA

OBRAS POR OUTROS (CITADAS EM INGLÊS QUANDO EXISTE UMA TRADUÇÃO)

Abrantès, Duchesse d'. *Mémoires d'une contemporaine*, Paris, 1828.

———. *Memoirs of the Duchess d'Abrantès (Madame Junot)*. Nova York, 1832.

Albany, Comtesse d'. *Correspondance inédite de la comtesse d'Albany*. Nîmes, 1879.

Barras, Vicomte de. *Memoirs of Barras Member of the Directorate*, Nova York, 1895.

Bonaparte, Joseph. *Mémoires et correspondance politique et militaire du roi Joseph; publiés, annotés et mis en ordre*, ed. A. Du Casse, Paris, 1856-60, 10 vols. (Citado no texto como *Mémoires du roi Joseph*.)

Bonaparte, Letizia. *Lettere di Letizia Buonaparte*, ed. P. Misciattelli. Milão, 1936. (Citado no texto como LLB.)

Boswell, James. *The Journal to a Tour to Corsica and Memoirs of Pascal Paoli*. Londres, 1768; reimpressão em 1996.

Bourrienne, Louis Antoine Fauvelet de. *Mémoires de M. Bourrienne, Ministre d'État, sur Napoléon, le Directoire, le Consulat, l'Empire et la Restauration*. Paris, 1829, 10 vols.

Butler, Samuel, org. *The life and letters of Dr. Samuel Butler: head-master of Shrewsbury school 1798-1830 and afterwards Bishop of Lichfield*. Londres, 1896.

Chateaubriand, François René de. *Mémoires d'Outre-Tombe*. Paris, 1951, 2 vols.

Châtillon, Charles de. *Quinze ans d'exil dans les États Romains, pendant la proscription de Lucien Bonaparte*. Paris, 1842.

De Las Cases, Emmanuel. *Mémorial de Sainte Hélène. Journal of the Private Life and Conversations of the Emperor at Saint Helena*. Londres, 1823.

Ducrest, Madame. *Chroniques populaires. Mémoires sur l'impératrice Joséphine*. Paris, 1855.

Fouché, Joseph. *Duc d'Otranto. Ministre de la police génerale. Mémoires*. Paris, 1993.

Gohier, Louis-Gérôme. *Mémoires de Louis-Jérôme Gohier, Président du Directoire au 18 Brumaire*. Paris, 1824.

Lettres inédites de Napoléon 1er. Paris, 1898.

Miot. *Memoirs of Count Miot de Melito*. Londres, 1881, 2 vols.

Peterson, M. D., org. *The Portable Jefferson*. Nova York, 1975.

Récamier, Madame. *Souvenirs et Correspondance de Madame Récamier*, ed. Madame Lenormant. Paris, 1859, 2 vols.

Rémusat, Madame de. *Memoirs of Madame Rémusat in Two Volumes*. Londres 1880.

Riberette Pierre. "Vingt lettres inédites de Lucien Bonaparte à Madame Récamier", *Société Chateaubriand Bulletin*, 1978, p. 39-57.

Roederer, Pierre-Louis. *Bonaparte me disait*. Paris, 1942.

Simonetta, Marcello e Colesanti, Massimo, orgs. *Lo Sperone del Sotterraneo. Trittico di memorie inedite e rare*. Roma, 2008.

Stendhal [Henri Beyle]. *Correspondance. Book III 1835-1842*, ed. Victor del Litto e Henri Martineu. Paris, 1968.

FONTES SECUNDÁRIAS

Atteridge, Hilliard Andrew. *Napoleon's Brothers*. Londres, 1909.

Bordes, Philippe. *Jacques-Louis David: Empire to Exile*. New Haven, 2005.

Caracciolo, Maria Teresa, ed. *Lucien Bonaparte (1775-1740) un homme libre*. Exhibition catalogue, Musée Fesch, Ajaccio, 2010.

Charles, Napoléon. *Bonaparte et Paoli: aux origines de la question corse*. Ajaccio 2000.

Colesanti, Massimo, org. *Napoleone, le donne. Protagoniste, alleate, nemiche. Atti del Convegno Internazionale, Roma, 9-10 novembre 2006*. Roma, 2009.

Delécluze, Etienne-Jean. *Louis David. Son école et son temps. Souvenirs*. Paris, 1855.

Dumas, Alexandre. *Le Chevalier de Sainte-Hermine*. Paris, 2005.

———. *The Companions of Jehu*, San Diego, 2008.

———. *Vie de Napoléon*. Paris, 1881.

Dwyer, Philip. *Napoleon: The Path to Power*. New Haven, 2009.

Edelein-Badie, Béatrice. *La collection de tableaux de Lucien Bonaparte*. Paris, 1997.

Eugénie, Princesse de Grèce. *Pierre Napoléon Bonaparte*. Paris, 1963.

Fairweather, Maria. *Madame de Staël*. Nova York, 2005.

Fleuriot de Langle, Paul. *Alexandrine Lucien-Bonaparte, Princesse de Canino (1778-1855)*. Paris, 1939.

———. "Le Second Mariage de Lucien Bonaparte", *Revue des Deux Mondes*, 15 de junho, 1936, p. 784-810.

———. "Monsieur Ingres et la Princesse de Canino", *La Revue de France*, julho de 1939, p. 34-43.

Fraser, Flora. *Pauline Bonaparte: Venus of Empire*. Nova York, 2009.

Fumaroli, Marc. *Quand l'Europe parlait français*. Paris, 2001.

Graziani, Antoine-Marie. *Lucien Bonaparte, l'aigle versatile*, em Caracciolo, p. 15-33.

Hughes, Robert. *Goya*. Nova York, 2004.

Hulot, Frédéric. *Les frères de Napoléon*. Paris, 2006.

Lawday, David. *Napoleon's Master: A Life of Prince Talleyrand*. (Nova York: Thomas Dunne Books/St. Martin's Press, 2007).

Lieven, Dominic. *Russia against Napoleon: The True Story of the Campaigns of War and Peace*. (Nova York: Viking, 2010).

Ludwig, Emil. *Napoleon*. Londres, 1954 (1926).

BIBLIOGRAFIA

Marmottan, Paul. "Lucien Bonaparte et Napoléon en 1807"; "Lucien Bonaparte à Florence, 17 avril-5 novembre, 1808", *Revue historique*, Livro 79, 1902, p. 57-62, 324-332.

———. "Lucien Bonaparte et sa sœur Elisa, lettres inédites", *Revue des études napoléoniennes*, março 1931, p. 166-186, abril 1931, p. 229-239.

———. "Lucien Ministre de l'intérieur et les arts", *Revue des études napoléoniennes*, julho-agosto 1925, p. 1-40.

Masson, Frédéric. *Napoléon dans sa jeunesse*. Paris, 1907.

———. *Napoléon et sa famille*. Paris, 1897-1919, 11 vols.

Moorehead, Caroline. *Dancing to the Precipice: The Life of Lucie de la Tour du Pin, Eyewitness to an Era*. Nova York, 2009.

Natoli, M., ed. *Luciano Bonaparte, le sue collezioni d'arte, le sue residenze a Roma, nel Lazio, in Italia (1804-1840)*. Roma, 1995.

Pichot, Amédée. *Napoléon à l'île d'Elbe. Chronique des évènements de 1814 et 1815*. Paris, 1878.

Piétri, François. *Lucien Bonaparte*. Paris, 1939. (Citado no texto como Piétri I.)

———. *Lucien Bonaparte à Madrid (1801)*. Paris, 1951. (Citado no texto como Piétri II.)

Pietromarchi, Antonello. *Lucien Bonaparte, prince romain*. Version française de Reine Artebisio Carducci. Paris, 1985 (edição italiana original: *Luciano Bonaparte principe romano*. Reggio Emilia, 1980).

Plessix Gray, Francine du. *Madame de Staël: The First Modern Woman*. Nova York, 2008.

Primoli, Giuseppe. "Une nièce de l'Empereur, Charlotte Bonaparte, Princesse Gabrielli, fille de Lucien", *Revue des études napoléoniennes*, março-abril 1925, p. 97-132.

Ramage, Nancy. "Vincenzo Pacetti and Luciano Bonaparte: The Restorer and His Patron", em *History of Restoration of Ancient Stone Sculptures*. Getty Museum, 2003, p. 137-148.

Simonetta, Marcello. *Lucien Bonaparte ambassadeur en Espagne*, em Caracciolo, p. 70-79; *Une œuvre inconnue: les Mémoires de Lucien Bonaparte*, ibid., p. 122-129; *Séjours en Angleterre (1810-1814) et en France (le Cent-Jours, 1815)*, ibid., p. 277-285.

Stendhal [Henri Beyle]. *Vie de Napoléon*. Paris, 2006 (1969).

Stuart, Andrea. *The Rose of Martinique: A Life of Napoleon's Josephine*. Nova York, 2003.

Tyson Stroud, Patricia. *The Emperor of Nature: Charles-Lucien Bonaparte and His World*. University of Pennsylvania Press, 2000.

324 NAPOLEÃO E O REBELDE

_____. *The Man Who Had Been King: The American Exile of Napoleon's Brother Joseph.* University of Pennsylvania Press, 2005.

Vallet, Huguette. *Les Voyages en Italie (1804). Journal d'un compagnon d'exil de Lucien Bonaparte.* Roma, 1986.

ÍNDICE

Nota: Todos os termos de parentesco são relativos a Lucien.

10 de agosto (Revolução Francesa), 53
18 Brumário, golpe do (1799), 15, 19, 71, 73, 86, 92, 99, 122, 128, 180, 227, 233, 234, 270, 272
18 Frutidor (1797), 66
19 Brumário, 15, 73, 75, 76, 86

A Batalha de Termópilas (quadro) (David), 89
A Cartuxa de Parma (Stendhal), 301
Académie de France em Roma, 220, 264
Académie des Beaux-Arts, 264
Académie Française, 91
Adair, Robert, 256
Adams, Louisa, 289
Ajaccio, França, 20, 25, 26, 29, 30, 33, 36, 38, 40, 42, 59, 61, 62, 68
Alexandre, o Grande, 65, 218
Alfieri, Vittorio, 241
Alquier, Charles-Jean-Marie, 100, 182
Appiani, Andrea, 55
Arnault, Antoine-Vincent, 91, 110, 112, 147, 181
Arqueologia, 218, 219, 279, 280, 291, 292
As três idades do homem (Ticiano), 213
Aspern-Essling, batalha de (1809), 246
Assembleia Nacional Francesa, 26, 36, 46, 55

Astronomia, 290, 293
Atala (Chateaubriand), 136
Austerlitz, batalha de (1805), 211, 248, 266, 277
Austríacos, 58, 68, 85, 183, 186, 211, 246, 253, 266, 273, 279, 280, 286, 294

Baciocchi, Elisa Bonaparte (grã-duquesa) (princesa de Lucca) (irmã), 21, 31, 40, 63, 66, 85, 90, 91, 100, 106, 112, 116, 117, 139, 143, 186, 198, 209, 210, 215, 220, 233, 237, 242, 245, 247, 251, 252, 285
e Alexandrine, 142
grã-duquesa da Toscana, 245, 253
princesa relacionamento com Lucien de Lucca, 32, 40, 62, 84, 90, 91, 100, 112, 116, 117, 139, 142, 209, 210, 219, 244
Baciocchi, Felice (cunhado), 62, 66
Baciocchi, Napoleona (sobrinha), 34
Barras, Paul, 15, 49, 50, 52, 54, 58, 60, 67, 70, 73
Bastia, França, 26, 37, 40, 42, 61, 63, 64, 76
Bastilha, invasão da (1789), 22, 88, 89
Beauharnais, Eugène, 70, 71, 214, 232, 236

Beauharnais, Joséphine de, *ver* Bonaparte, Joséphine de Beauharnais
Beckford, William, 111
Bénard, Abraham Joseph, 161
Bernadotte, Désirée Clary, 50, 73, 185
Bernadotte, Jean-Baptiste (rei da Suécia), 73, 162, 190, 191, 198, 262
Bernadotte, Oscar, 185
Besson, Laetitia, 299
Bleschamp, Alexandrine de (segunda esposa de Lucien), *ver* Bonaparte, Alexandrine de Bleschamp Jouberthon
Bolívar, Simon, 296
Bonaparte família, 28, 29, 40, 43, 48, 51, 58, 75, 76, 122, 126, 140, 141, 144, 213, 215, 219, 223, 269, 271, 289, 294, 299
e 18 Brumário, 75, 76
e a morte de Napoleão, 285
e o teatro, 140, 141, 219, 289
e os expurgos do Termidor, 51
fuga da Córsega, 40, 43
reunida, 269, 271
riqueza de, e Napoleão, 48
ruptura com a facção de Paoli, 28, 29
sobre a rixa Lucien-Napoleão, 213, 215
"tempestade em uma banheira", 122, 126, 144
Bonaparte, "Brutus" (apelido), 46, 47, 51
Bonaparte, Alexandrine de Bleschamp Jouberthon (segunda esposa de Lucien)
casamento com Lucien, 142, 145, 150, 157, 164, 171, 172, 177, 298
e estilo, 179, 179
e Napoleão, 148, 179, 184, 191, 199, 220, 223, 238, 242, 247, 255, 264, 287, 288, 298, 303, 304
encontro com Lucien, 131, 138
escritora, 303
fertilidade, 247, 267
namoro, 138, 145

retrato de, 130, 276
souterrain conjugal, 145, 161, 164, 165
Bonaparte, Antoine (filho), 300, 303
Bonaparte, Carlo (pai), 20, 21, 24, 26, 27, 30, 33, 41, 285
morte de, 20, 21
Bonaparte, Caroline (irmã), *ver* Caroline Bonaparte Murat
Bonaparte, Charles (filho), 144, 145, 146, 157, 163, 197, 206, 252, 276, 281, 285, 289, 294, 289, 294, 295, 300, 303
Bonaparte, Charlotte (filha), *ver* Charlotte Bonaparte Gabrielli
Bonaparte, Charlotte (sobrinha), 252, 283, 285
Bonaparte, Christine Boyer (primeira esposa de Lucien), 50, 52, 59, 66, 78, 79, 81, 86, 90, 107, 111, 136, 139, 160, 249
casamento, 50, 52, 83, 84
e Joséphine, 83
e os casos de Lucien, 79, 81, 83
morte de, 86, 90, 111, 139
Bonaparte, Constance (filha), 288, 303
Bonaparte, Elisa (irmã), *ver* Elisa Bonaparte Baciocchi
Bonaparte, Elizabeth Patterson, 193, 194
Bonaparte, Giovanna (filha), 220
Bonaparte, Hortense Eugénie Cécile de Beauharnais (cunhada), 102, 130, 184, 186, 199, 214, 232, 236, 247, 294, 301
Bonaparte, Jeanne (filha), 276, 291
Bonaparte, Jérôme (rei da Westfália) (irmão), 21, 31, 41, 42, 66, 194, 195, 202, 204, 210, 219, 227, 241, 250, 252, 269, 277, 279, 297
Bonaparte, Joseph (irmão mais velho), 20, 24, 26, 27, 29, 37, 42, 45, 48, 50, 54, 56, 69, 75, 76, 85, 86, 95, 96, 104, 120, 122, 130, 132, 140, 146, 148, 160, 164, 176, 184, 185,

ÍNDICE

190, 199, 200, 204, 207, 210, 211, 213, 215, 218, 220, 223, 225, 227, 234, 243, 245, 246, 252, 267, 269, 271, 273, 279, 289, 288, 290, 295, 298, 301, 302
casamento com Julie Clary, 50
como Joseph I de Nápoles, 213, 215, 218, 220, 223, 225, 228, 234, 243
rei da Espanha, 241, 242
Bonaparte, Joseph Lucien (filho), 217, 220
Bonaparte, Joséphine de Beauharnais (primeira esposa de Napoleão), 57, 58, 70, 72, 78, 83, 94, 96, 102, 105, 114, 119, 120, 125, 130, 142, 146, 149, 152, 158, 159, 161, 168, 171, 172, 178, 180, 184, 189, 191, 195, 214, 229, 232, 236, 246, 247, 269
caixa de rapé com miniatura de, 130
casamento com Napoleão, 57, 58, 147, 189
e divórcio, 191, 232-236, 246, 247
e episódio da infanta, 152
e joias, 178
relacionamento com Lucien, 69, 72, 78, 94, 96, 114, 119, 120, 142, 149, 153, 158, 161, 168, 172, 179, 180, 185, 191
Bonaparte, Julie Clary (rainha da Espanha) (cunhada), 50, 66, 157, 186, 220, 236, 252, 283
Bonaparte, Letizia Ramolino (mãe), 20, 23, 26, 27, 31, 35, 40, 43, 50, 53, 55, 58, 61, 62, 66, 97, 140, 142, 148, 161, 164, 169, 171, 172, 177, 180, 185, 189, 193, 196, 199, 204, 207, 208, 216, 218, 220, 223, 232, 236, 239, 244, 247, 259, 264, 265, 279, 285, 291, 300
criando Lucien, 20, 22
e Alexandrine, 142, 161, 163, 177
e Christine, 62
e Lolotte, 247, 255

e Lucien, 20, 33, 50, 162, 163, 174, 179, 180, 189, 207, 208, 216, 218, 220, 239, 242, 257
e Napoleão, 194, 195, 244
fuga da família da Córsega, 40, 43
morte de, 299
na Itália, 61
sobre Paoli, 31, 34
Bonaparte, Lucien (1775-1840)
adolescência, 21, 29
amantes, *ver* Alexandrine de Bleschamp Bonaparte, Anna Maria Gordon; Laure Junot (duquesa d'Abrantès); Juliette Récamier; marquesa de Santa Cruz
autobiografia de, *ver Mémoires*
caricatura de, 222
carreira de, *ver* carreira de Lucien Bonaparte
casamentos, *ver* Alexandrine de Bleschamp Bonaparte; Christine Boyer Bonaparte
coleções de arte de, *ver* coleção de arte
e golpe do, 18 Brumário, *ver* 18 Brumário
e liberdade de imprensa, 66, 68
e miopia, 15, 16, 78, 82, 98
e Napoleão, *ver* relacionamento (Lucien-Napoleão)
e política, *ver* política
e privacidade, 213, 222
e seminário, 20-23, 37
educação, *ver* Brienne-le-Château
independência de espírito, 47, 77, 86, 96, 97, 1898, 189, 207, 234, 287
infância de, 18, 22
morte de, 302
nome revolucionário "Brutus", 46, 47, 50
oratória de, *ver* oratória
prisões, *ver* prisões
relacionamentos de, *ver* relacionamentos

retrato de família, 276
retratos de, 14, 130, 180
Bonaparte, Lucien (sobrinho), 303
Bonaparte, Luís (filho), 276, 300
Bonaparte, Luís (rei da Holanda) (irmão), 21, 29, 31, 66, 184, 186, 213, 215, 232, 234, 236, 241, 247, 256, 257, 279
Bonaparte, Luís Napoleão (sobrinho), *ver* Napoleão III
Bonaparte, Marie (bisneta), 304
Bonaparte, Napoleão (irmão) (1769-1821)
  abdicação do trono, 263, 270, 273, 277
  apelido, 47
  caráter de infância de, 19
  carreira militar, *ver* carreira militar
  como primeiro cônsul, 18, 19, 73, 75, 87, 90, 92, 94
  divórcio de Joséphine, 191, 232, 236, 246, 247
  e casamento, 246, 247
  e mulheres, 131, 132
  educação *ver* Brienne-le-Château; Escola Real Militar em Paris
  escritos de, 24, 25, 42
  exílio, 263, 264
  golpe de Estado de 18 Brumário, *ver* 18 Brumário
  imperador, 193, 197, 208, 224, 244, 263
  morte de, 285
  rei da Itália, 199, 206, 224
  relacionamento com Lucien, *ver* relacionamento (Lucien-Napoleão)
  residência, *ver* Malmaison
  tentativa de assassinato contra, 102, 103
Bonaparte, Napoleão Luís (sobrinho), 294
Bonaparte, Paul (filho), 244, 276, 290
Bonaparte, Pauline (irmã), *ver* Pauline Bonaparte Leclerc Borghese

Bonaparte, Pierre (filho), 279, 294, 296, 299, 301, 303
Bonaparte, Roland (neto), 303
Bonaparte, Zénaïde (sobrinha), 158, 236, 252, 282, 288, 295, 302
Bonapartismo, 294, 295
Borghese, Camillo, 178, 183, 195, 199, 263
Borghese, Pauline Bonaparte Leclerc (irmã), 21, 22, 31, 55, 57, 58, 61, 66, 126, 137, 138, 140, 178, 181, 183, 190, 196, 199, 214, 216, 232, 250, 252, 263, 279, 290
  beleza, 56, 57, 290
  como duquesa de Guastalla, 215, 216
  e a rixa Lucien-Napoleão, 214, 215
  e Alexandrine, 137, 138
  e divórcio, 263
  morte de, 290
Bosio, Jean-Baptiste-François, 258
Boswell, James, 25
Bourbon, casa de, 95, 151, 155, 185, 190, 216, 235, 248, 264, 267, 273, 278, 294, 296
Bourbon, Louis Antoine de (duque d'Enghien), 186, 190, 264
Bourrienne, Louis Antoine Fauvelet de, 94, 95, 125
Boyer, André (cunhado), 255, 278, 280
Boyer, Pierre-André (sogro), 50, 51, 52
Brienne-le-Château, 19
Briot, Pierre-Joseph, 147, 161, 164
Bronzino, Agnolo, 213
Butler, Samuel, 260

Cambacérès, Jean-Jacques-Régis de, 143, 172, 177, 257
Campi, Andrea, 78, 248
Canino, 239, 244, 248, 250, 255, 263, 267, 273, 290, 295, 298, 303
Canova, Antonio, 182, 211, 213, 217, 290, 296
"Capitão Canhão", 47

ÍNDICE

Carlos I da Inglaterra, 34, 94

Carlos IV da Espanha, 100, 105, 107, 111, 115, 117, 119

Carlos X da França, 294

Carlota de Espanha (princesa de Portugal), 111

Carnot, Lazare, 55, 59, 6, 85, 272, 273

Caroline de Brunswick (princesa de Gales), 264, 265

carreira de Lucien Bonaparte
almoxarife militar em Saint-Maximin, 42, 52, 76
burocrata para o Exército do Reno, 59, 60
Comissário da República em Bastia, 63, 76
comissário de guerra com o Exército do Norte, 57
conselheiro militar para o Comité de Segurança Pública, 54
député do Conselho dos Quinhentos, 66
e monumentos militares, 88
embaixador na Espanha, 96, 120, 161, 162
inspetor de administração militar em St. Chamas, 51, 52
Legião de Honra, 268
ministro do Interior, 76, 77, 86, 87, 91, 96, 190
posto de comissário em Marselha, 59
presidente do Conselho dos Quinhentos, 14, 15, 19, 71
príncipe de Canino, 263, 267, 273
rebaixamento, 60, 62
secretário informal para Paoli, 27, 35
secretário pessoal de Fréron, 55
senador (1802), 148, 152, 165, 257
senador de Trieste, 160, 161

carreira militar de Napoleão Bonaparte
brigadeiro, 52, 53
capitão, 29
chef de bataillon (major), 46, 47

comandante da Guarda Nacional da Córsega, 30, 31, 36, 37
comandante do Exército da Itália, 58, 59, 63, 68
estratégia, 63, 64
general, 48
major na divisão de artilharia, 45
prisão de, 51
segundo em comando, Exército do Interior, 54
subtenente, 22
tenente, 22, 23

Carteaux, Jean-François, 43, 46, 54

casamento com Alexandrine (e rixa Lucien-Napoleão), 148, 180, 184, 190, 199, 219, 223, 237, 242, 247, 254, 264, 287, 288, 298, 303, 304

Catarina de Wurtemberg (rainha da Westfália) (cunhada), 251, 252

Cem Dias (panfleto), 298

Cevallos, Pedro, 105

Champ de Mai, 269, 271

"Charlemagne" (Lucien Bonaparte), 244, 257, 260, 261, 263, 303

Charles, Hippolyte, 69

Chateaubriand, François René de, 80, 133, 135, 140, 141, 181, 182, 260

Châtillon, 181, 255, 258, 260, 261, 263, 278, 279, 281

Clary, Désirée, *ver* Désirée Clary Bernadotte

Clube dos Jacobinos, 23, 27, 29, 32, 35, 129, 227
ver Société Populaire

Código Napoleônico, 104, 172

coleção de arte (Lucien), 78, 88, 89, 110, 144, 190, 193, 195, 213, 217, 218, 224, 241, 245, 255, 262, 263, 265, 288, 305

Comitê de Segurança Pública, 48, 53

compra da Louisiana (1803-1804), 120, 128

Congresso de Viena, 266

330 NAPOLEÃO E O REBELDE

Conselho dos Anciãos, 53, 79
Conselho dos Quinhentos, 14, 15, 17, 53, 64, 65, 68, 72, 73, 129, 161, 233
ver 18 Brumário
Conspiração de Auteuil, 85
Constituição de 1795 (França), 68
Constituição de 1799 (França), 75, 76
Convenção jacobina, 51, 53
Córsega, França, 15, 20, 31, 33, 36, 38, 40, 46, 49, 52, 58, 60, 64, 68, 76, 78, 96, 123, 126, 154, 213, 229, 240, 256, 257, 298, 299, 303, 304
ver Ajaccio; Bastia
Corvisart, Jean-Nicolas, 159
Cromwell, Oliver, 94

D'Abrantès, duquesa, *ver* Junot, Laure
Dama com leque (Vélazquez), 213
Danton, Georges Jacques, 51
David, Jacques-Louis, 79, 84, 88, 89, 178, 194, 285
de Bleschamp, Alexandrine, *ver* Alexandrine de Bleschamp Bonaparte
De France, Henri, 255
"De la République Consulaire ou Impériale" (panfleto) (Lucien Bonaparte), 296
de Santa Cruz, marquesa, 74
de Sémonville, Huguet, 37
de Truguet, Laurent, 36
Declaração dos Direitos Humanos, 24
Della Somaglia, Giulio Maria, 267, 268, 281, 293
Desaix, Louis, 85
Dia da Bastilha (14 de julho, 1790), 25, 51
Diretório, 15, 48, 54, 57, 59, 64, 68, 70, 73, 75, 76, 90, 111, 122
ducado de Parma, 216, 248, 249, 255
Ducrest, Georgette, 151, 152
Dudley Stuart, Christine-Egypta Bonaparte ("Lili") (filha), 65, 77, 84, 100,

111, 117, 147, 184, 186, 252, 267, 276, 295, 300
Dumas, Alexandre, 47, 181
duquesa de Alba (Cayetana de Silva), 106, 109
Duquesnoy, Adrien, 91

Egito, 65, 68, 69, 70, 75, 123, 127
Epaminondas, 45, 46
Escola Real Militar (Paris), 19
escritos (Lucien), 193, 244, 257, 260, 261, 263, 289, 293, 298, 300, 303
ver "Charlemagne"; "De la République Consulaire ou Impériale", "L'Amérique"; *Mémoires*; o panfleto dos Cem Dias
Espanha, 45, 97, 101, 103, 108, 110, 112, 117, 120, 121, 131, 133, 139, 143
Estados Unidos, 28, 33, 176, 177, 242, 244, 253, 257, 278, 282, 288, 295, 296, 301
descrição dos, 282, 285, 288
e casamento, 176, 177
e escravidão, 28
e Lucien, 242, 244, 253, 257, 295
e republicanismo, 28
fuga para, 277, 278, 282, 286
independência da Grã-Bretanha, 33
ver Compra da Louisiana
Exército da Itália, 58, 59, 61, 65
Exército do Interior, 54
Exército do Norte, 56, 59
Exército do Oriente, 65, 67, 68, 70.
Exército do Reno, 59, 60
Exército Revolucionário, 43
Expedição Egípcia (1798-1799), 65, 68
expurgos do Termidor (1794), 51

Fabre, François-Xavier, 180
Faina, Albalisa Roncalli
Faina, Luciana Valentini (neta), 304
Faina, Zeferino, 304

ÍNDICE

família Faina (braço italiano da família), 304

Ferdinando VII da Espanha, 100

Fesch, Joseph (tio), 20, 40, 41, 68, 181, 193, 194, 200, 201, 203, 205, 206, 215, 218, 219, 251, 274, 279, 290, 299

Fête de la Concorde, 87, 92

Fiorella, Pascal-Antoine, 240

Fontanes, Louis-Marcelin de, 90, 91, 94, 140, 181, 197

Forte Ricasoli (Malta), 256, 257

Fouché, Joseph, 51, 56, 67, 74, 76, 80, 85, 92, 95, 97, 103, 104, 145, 163, 184, 186, 190, 272, 275, 277, 307n3

Fouquier de Tinville, Antoine Quentin, 45

Fourment, Hélène, 213

Francisco II, Sacro Império Romano, 211, 246

Frégeville, Charles-Louis-Joseph de Gau de, 17

Fréron, Stanislaus, 48, 51, 55, 58, 61

Freud, Sigmund, 303

Gabrielli, Charlotte Bonaparte ("Lolotte") (filha), 50, 59, 61, 77, 84, 100, 117, 147, 185, 208, 214, 215, 233, 236, 239, 242, 255, 258, 276, 279, 313n2
e Napoleão, 249, 255

Gabrielli, Mario (genro), 279

George III do Reino Unido, 257

George IV do Reino Unido, 264

Gérard, François, 241

Giustiniani, Vincenzo, 192, 213, 218

Godoy, Manuel, 100, 101, 105, 107, 110, 114, 116, 122, 143, 279

Goldsmith, Oliver, 25, 26

Gordon, Anna Maria, 298

governo republicano, 114, 116, 121, 126, 129, 135, 151, 156, 157, 161, 176, 177, 183, 186, 198, 204, 207, 212, 232, 246, 263, 269, 289, 294, 296, 297

Goya, Francisco, 101, 143, 245

Grande Armée (Grande Armada), 219, 263

Gros, Jean-Antoine, 84

Guagno (mártir corso), 26, 27

Guarda Nacional da Córsega, 30, 31, 36, 37

Guerra das Laranjas (1801), 115

Guillemardet, Félix, 111, 112

Hamilton, William, 296

Henrique IV da França, 202, 203, 205

Hercolani, Alfonso, 279

Hercolani, Anna, 290

Hercolani, Cesare, 280

Hercules (navio), 256

Herschel, John, 261, 289

Herschel, William, 261, 289

História da Córsega (Napoleão Bonaparte), 24

Holanda, 55, 58, 256

Hôtel de Brienne, 144, 157, 158, 161, 164, 184, 199, 216, 220

Hôtel de Brissac, 77, 83

Hôtel des Invalides, 87

Igreja Católica, 134, 135, 145, 164, 18, 183, 195, 202, 203

Independência corsa, 21, 26, 30, 123

independência de espírito (Lucien), 47, 77, 86, 96, 97, 187, 188, 207, 234, 287

Índia, 35, 64

Inglaterra, 28, 33, 34, 38, 65, 90, 91, 94, 110, 111, 116, 186, 211, 212, 257, 261, 263, 266, 267, 278, 284, 288, 290, 296, 297, 299, 302, 303, 315n30

Ingres, Jean-Auguste Dominique, 221, 302

332   NAPOLEÃO E O REBELDE

Itália, 92, 21, 22, 25, 27, 37, 53, 58, 59, 61, 63, 66, 68, 69, 71, 77, 78, 85, 91, 97, 101, 104, 114, 151, 152, 162180, 181, 184, 189, 200, 206, 208, 211, 212, 214, 216, 224, 226, 234, 235, 240, 246, 244, 249, 253, 259, 260, 263, 278, 279, 281, 284, 286, 287, 289, 292, 296, 298, 300, 304
   feriado italiano (1803), 181, 184
   residência italiana, 189, 200
Iung, Theodore

Jacobinismo, 23, 26, 2932, 33, 35, 36, 40, 41, 45, 51, 54, 60, 68, 93, 95, 78, 103, 104, 123, 126, 129, 140, 151, 161, 194, 227, 268
Jefferson, Thomas, 121, 176
Jesuítas, 289
Johnson, Samuel, 26
Joseph I, *ver* Joseph Bonaparte
Jouberthon, Alexandrine (segunda esposa de Lucien), *Ver* Bonaparte, Alexandrine de Bleschamp Jouberthon
Jouberthon, Anna de Bleschamp (princesa Hercolani) (filha de Alexandrine), 136, 139, 140, 142, 183, 252, 276, 279, 286
Jouberthon, Hippolyte, 136, 141, 157, 162, 170, 175
Junot, Laure (duquesa d'Abrantès), 77, 83, 103, 244, 245

"L'Amérique" (poema) (Lucien Bonaparte), 289
Laborde, Jean-Joseph de, 110, 131, 133, 134, 136, 140
Lafayette (Gilbert du Motier), 86, 156, 272
Laure Junot; Pasquale Paoli; Juliette Récamier, 23, 26, 28, 30, 45, 47, 53, 57, 58, 60, 62, 63, 68, 70, 75, 76, 83, 87, 92, 97, 100, 103

Le Marois, Jean, 163, 164
Le Plessis Chamant, 75, 83, 84, 91, 92, 96, 118, 120, 133, 135, 139, 141, 145, 157, 162, 164, 192, 219
Lebrun, Charles-François, 145, 228
Leclerc, Charles (cunhado), 61, 1269, 127, 137, 138, 145, 179, 183
Leclerc, Dermide, 183, 196, 197, 220
Legião de Honra, 268
"lei dos dois terços", 53
Lenormant, Amélie, 82
Lethière, Guillaume Guillon, 110, 112, 113, 130, 143, 144, 147, 162, 181, 182, 220, 221, 255, 264, 279
Lotto, Lorenzo, 213
Louverture, Toussaint, 126, 127
Ludovico Capponi (Bronzino), 213
Luís Filipe I de França, 294, 303
Luís XVI, 25, 29, 30, 33, 54, 87, 122, 158, 172, 246, 294
Luís XVIII, 265, 266

Maja desnuda (Goya), 109, 11, 143
Malmaison, 140, 144, 148, 149, 155, 158, 165, 168, 186, 245, 246, 277
Marengo, batalha de (1800), 85
Maria Antonieta, 46, 57, 182, 246,
Maria Carolina da Áustria (rainha de Nápoles), 182
Maria Isabel da Espanha, 114
Maria Luísa da Espanha (rainha da Etrúria), 148, 156, 175
Maria Luísa de Parma, 100, 101, 105, 109, 111, 114, 117, 151
Maria Luísa, duquesa de Parma (imperatriz da França) (segunda esposa de Napoleão), 246, 269, 270
Maria Teresa (condessa de Chinchòn), 101
Marinha Real Britânica, 256
marquesa de Santa Cruz (Maritana Waldstein), 105, 107, 111, 113, 115, 118131, 133, 138, 139

ÍNDICE

Maurizio, "padre", 254, 260, 261, 267, 268, 280, 289, 296, 301, 302

Mémoires (Lucien Bonaparte), 490, 70, 80, 298, 300

Mémoires d'Outre-Tombe (Chateaubriand), 80, 133

Méréville, 131, 138, 140, 143

Metternich, príncipe Klemens (Clemens) Wenzel Von, 252, 278, 295

Minette, *citoyenne*, 105, 109

Ministério do Interior, 76, 77, 86, 87, 91, 97, 190

Ministério Francês de Relações Exteriores (Quai d'Orsay)

monarquia constitucional, 25, 27, 28, 127, 128, 270, 275

Monarquistas, 46, 47, 53, 103, 135, 271

Monck, George, 94

Murat, Caroline Bonaparte (rainha de Nápoles) (irmã), 21, 31, 41, 42, 61, 66, 102, 178, 243, 244, 251, 252, 256, 257, 278

Murat, Joachim (rei de Nápoles), 102, 165, 172, 243, 256, 265

Musée de l'Ecole Française (Versalhes), 91

Museu Etrusco (Vulci), 293

Napoleão (Canova), 211, 212, 296

Napoleão II da França, 269, 270, 273, 274, 277, 295

Napoleão III (Luís Napoleão Bonaparte), 294, 301, 303

Nelson, Horatio, 67

Nilo, batalha do (1798), 67

Nilo, batalha final do (25 de julho de 1799), 67

Noir, Victor, 304

O gênio do cristianismo (Chateaubriand), 135, 140

Oitavo Arrondissement, 65, 66

Orangerie do Château de Saint-Cloud, 15, 19, 73

oratória (Lucien), 16, 18, 23, 27, 38, 46, 47, 49, 50, 54, 51, 62, 76, 87, 88, 92, 123, 125, 129, 131, 227, 296, 297

Ouvrard, Gabriel-Julien, 82

Palácio das Tulherias, 53, 54, 86, 9395, 102, 123, 158, 178, 254, 266, 268

Palácio de Luxemburgo, 73, 75, 77

Palazzo Nuñez (Bocca d'Oro), 213, 218, 219

Palazzo Torlonia, 213

panfleto incendiário (1800), 93, 95

Paoli, Pasquale, 21, 23, 40, 42, 43, 58, 123, 302, 305n18, 306n34

e Lucien, 27, 42

Paralelo entre César, Cromwell e Bonaparte (panfleto), 93, 94

paternalismo, 19, 20, 21, 29, 31, 32, 52, 55, 59, 61, 64, 76, 77, 126

Piétri, Antoine-Jean, 257

Pio VII, 134, 181, 183, 184, 195, 210, 220, 235, 239, 240, 244, 257, 259, 263, 266, 267, 283, 285, 296, 299, 300

Pitt, William, 57

Place de la Concorde, 87

política (Lucien), 17, 18, 23, 36, 56, 59, 61, 65, 90, 92, 93, 125, 130, 269

ver Clube Jacobino

Pomona (navio), 256

Pontécoulant, Louis-Gustave Doulcet de, 273

Portugal, 110, 111, 115, 116, 120, 242

Primeira Campanha Italiana (1797-1798), 61, 69, 72, 91, 101

Primeiro Cônsul da República Francesa (Napoleão), 18, 19, 73, 75, 87, 90, 92, 94

prisão em Aix (1795) (Lucien), 52, 55

prisão em Aix (1795) (Lucien), 52, 55

prisões (Lucien), 52, 54, 278, 279

produções de teatro, 140, 141, 219, 289

Prússia, 264, 278

334 NAPOLEÃO E O REBELDE

Quai d'Orsay, 99

Récamier, Juliette, 79, 82, 84, 106, 269
reconciliação (Lucien-Napoleão), 264, 268
   tentativas de, 199, 200, 224, 238
Reino do Terror (1793-1794), 17, 18, 29, 30, 36, 37, 39, 40, 44, 48, 50, 51, 54, 55, 77, 133, 192
relacionamento (Lucien-Napoleão), 19, 22, 23, 29, 47, 54, 59, 75, 77, 93, 95, 117, 120, 124, 130, 140, 143, 150, 155, 160, 162, 199, 200, 204, 206, 208, 211, 224, 240, 264, 271, 287
   Aparências, 22
   desconfiança, 77
   despotismo, 29
   dissimilaridade, 58
   e competição, 19
   e guerra, 47
   e Itália, 240
   e posições, 55, 56
   e reconciliação, 199, 200, 224, 237, 264, 268
   humilhação, 117, 120, 3129, 150, 204
   inimizade, 116, 125, 210, 211, 270, 271
   intimidade, falta de, 22, 23, 75, 76
   Ira 124, 130, 140, 143, 155, 162, 206, 208, 227, 228, 235, 287
   panfleto incendiário, 93, 95
   rixa, ver casamento com Alexandrine
   ver 18 Brumário; paternalismo; "tempestade em uma banheira"
relacionamentos, Ver Elisa Bonaparte Baciocchi; Joséphine de Beauharnais Bonaparte;
República Cisalpina (norte da Itália), 114, 115, 232
residência em Tusculum, 244, 245, 256, 279, 281, 291, 292
Retrato de Giovanni della Volta, com sua esposa e filhos (Lotto), 213

Retrato de um jovem (Bronzino), 213
Revolução Francesa (1789-1799), 15, 18, 19, 20, 36, 37, 39, 40
   ver Bastilha, invasão; 18 Brumário; Reino do Terror, 10 de Agosto; expurgos do Termidor
Rey, Auguste, 52
Reynolds, Joshua, 24
Robespierre, Augustin, 48
Robespierre, Maximilien, 43, 44, 47, 48, 51, 57, 66, 77
Roederer, Pierre-Louis, 91, 92, 95, 96, 118, 120, 193, 241, 247
Rousseau, Jean-Jacques, 15, 28, 79, 123
Rubens, Pieter Paul, 213
Rússia, 67, 97, 186, 198, 262, 266
Rustan, 123, 125, 126, 149, 168

Sacro Império Romano, 211, 245
Saint-Domingue, 126, 136, 139, 141, 145, 197
Saint-Maximin, 42, 52, 76
Santarelli, Giovanni Antonio, 243
Savage, Anna, 284
Secret Memoirs (Campi), 78
Secret Memoirs (Lucien Bonaparte), 301
Segunda campanha italiana, 85, 101
seminário em Aix, 20
Servières, Joseph, 254
Sieyès, Joseph, 68, 70, 72, 85, 95
Société Populaire (Sociedade Popular), 36, 38, 49
sopro da metralha (1795), 122
souterrain conjugal, 144, 161, 162, 163
Souvenirs (Alexandrine Bonaparte), 194
St. Chamas, 51, 52
Staël, Germaine de, 131, 132, 259, 261, 268, 269, 302
Stendhal (Marie-Henri Beyle), 75, 131, 132, 191, 300
Stuart, Dudley (genro), 296, 297
sucessão política, 193, 195, 200, 206, 214, 230, 237, 269, 273

ÍNDICE

sucessão, 193, 195, 200, 206, 214, 230, 237, 269, 273

Talleyrand, Charles-Maurice de, 71, 72, 85, 97, 101, 102, 105, 115, 119, 120, 132, 152, 155, 156, 181, 200, 205, 215, 263, 265, 279, 306n39, 309n50, 310n19
Tallien, Jean-Lambert, 57
Tallien, Thérésia Cabarrus, 57, 82, 269
Tasso, Torquato, 27, 28
"Tempestade em uma banheira", 120, 126, 144
Terror, ver Reino do Terror
Ticiano (Tiziano Vecelli), 213
Tolstoi, Leon, 262
Toulon, cerco de (1793), 46, 48, 59
Trafalgar, batalha de (1805), 211
Tratado de Aranjuez (1801), 120
Tratado de Badajoz (1801), 115, 116
Tratado de Pressburgo (1805), 211, 214
Tratado de San Idelfonso (1796), 116
Tratado de Schönbrunn (1809), 246
Tudo, Pepita, 110
Tusculanae Disputationes (Cícero), 217

Valentini, Marie Bonaparte (filha), 304
Valentini, Vincenzo (genro), 304
Vanvitelli, Luigi, 217
Velázquez, Diego, 213
Vida de Napoleão (Stendhal), 131, 132
Vigée-Lebrun, Elizabeth, 57
Villa Medici, 220, 264, 279
Villemanzi, Jacques Pierre Orillard de, 42, 43

Wagram, batalha de (1809), 245, 262
Waldstein, Maritana, *Ver* marquesa de Santa Cruz
Washington, George, 28, 91, 121, 156, 157, 176, 257
Waterloo, batalha de (1815), 271, 295, 296
Wellesley, Arthur (duque de Wellington), 295, 296
Wicar, Jean-Baptiste, 15, 252
Württemberg, Catharina Von, 194
Wyse, Letizia Bonaparte (filha), 199, 252, 241, 304
Wyse, Thomas (genro), 304

Este livro foi composto na tipografia Adobe
Garamond Pro, em corpo 12/15,5, e impresso
em papel off-white no Sistema Cameron da
Divisão Gráfica da Distribuidora Record.